Sarah Morgan

Schneezauber in Winterbury

Roman

Aus dem Englischen von
Sarah Heidelberger

HarperCollins

Die Originalausgabe erschien 2024 unter dem Titel
The Holiday Cottage bei Canary Street Press,
an imprint of HarperCollins *Publishers*, US.

2. Auflage 2025

Deutsche Erstausgabe

Valentinskamp 24 · 20354 Hamburg
info@harpercollins.de
Published by arrangement with
HarperCollins*Publishers* L.L.C., New York
Gesetzt aus der Stempel Garamond
von GGP Media GmbH, Pößneck
Druck und Bindung von GGP Media GmbH, Pößneck
Printed in Germany
ISBN 978-3-365-01085-3
www.harpercollins.de

Druckprodukt mit finanziellem
Klimabeitrag
ClimatePartner.com/15109-2009-1001

MIX
Papier
FSC FSC® C014496

Für Flo, Ali und Dora.
Ich hab euch lieb xx

1. KAPITEL

IMOGEN

Am Anfang war das Gespräch noch ganz normal gelaufen, und im Nachhinein konnte Imogen selbst nicht mehr sagen, wann genau es eine so fatale Wendung genommen hatte. Auf jeden Fall war es nicht ihre Schuld gewesen. Zumindest nicht ausschließlich. Sie hatte doch nur nett sein und sich gut mit ihren Kolleginnen verstehen wollen! Das war doch wohl kein Verbrechen, oder? Eigentlich war es in Großraumbüros sogar fast schon eine zwingende Entwicklung, weil man durch die fehlende Privatsphäre so viel von den anderen mitbekam. Wenn man eng auf eng mit den übrigen Teammitgliedern saß, kam es automatisch zu Geplauder, und man absorbierte nach und nach in Form winziger Schnipselportionen vertrauliche Informationen über die Kollegen, ohne es richtig wahrzunehmen. Intimität durch Osmose sozusagen.

»Hey, Imogen.« Anya, die ihr gegenübersaß, warf ihr einen Blick zu. Sie war Make-up-süchtig und verbrachte mindestens eine halbe Stunde am Tag damit, die Vorzüge ihrer neusten Entdeckungen anzupreisen. Heute glitzerten ihre Augenlider wie Weihnachtsbaumschmuck. »Hast du schon die Mail von der Chefin gelesen? Sie will, dass wir demnächst mal alle unsere Hunde mit zur Arbeit bringen.«

»Ja, hab ich gesehen.« Seitdem war es mit ihrem Tag kontinuierlich bergab gegangen. Es war wichtig, dass sie sich gut mit ihren Kolleginnen verstand, trotzdem legte sie Wert darauf, Privatleben und Beruf voneinander zu trennen. »Hast du schon den Preisvergleich für die Veranstaltungsorte fertig, Anya? Ich muss das Angebot noch von Rosalind freigeben lassen, damit ich es vor der Mittagspause an den Kunden schicken kann.«

Haustiere, Kleidung, Make-up, Diäten, Reisen, Restaurants, Filme, Bücher, unangenehme Dates und nervige Kunden. Das waren die Hauptgesprächsthemen hier im Büro.

»Ich warte noch auf die letzten beiden Rückmeldungen. Ist das nicht eine geniale Idee? Alle Hunde tragen Weihnachtsoutfits, und Rosalind sucht den Gewinner aus. Alles für den guten Zweck. Ach, das wird so ein Spaß! Mal sehen, ob ich meinen kleinen Cocoa dazu bewegen kann, ein Geweih zu tragen. Eigentlich reagiert er sehr empfindlich darauf, wenn man ihn am Kopf berührt, vermutlich wird das also nichts. Aber wir sollen uns auch aufbrezeln. Gerade am Samstag hab ich mir ein neues Glitzer-Highlight besorgt. Genau das Richtige für Weihnachten. Wenn man zwei genommen hat, gab's einen Rabatt, da hab ich dir auch einen mitgebracht.« Sie hielt ihn Imogen hin.

»Für mich?« Überrascht und vielleicht auch eine Spur gerührt nahm sie ihn entgegen. »Wieso?«

»Ach, einfach so.« Anya zuckte grinsend mit den Achseln. »Sagen wir, es ist ein kleines Dankeschön, weil du mir letzte Woche mit diesem unangenehmen Kunden aus der Patsche geholfen hast. Außerdem hast du tolle Wangenknochen, der steht dir bestimmt fantastisch.«

Imogen schnürte sich unerwartet die Kehle zusammen. Sie musste an ihren ersten Arbeitstag denken, als Anya ihr zum Einstand einen glasierten Cupcake und einen Stift geschenkt hatte, der im Dunkeln leuchtete. *Den wirst du brauchen, wegen der ganzen Nachtschichten.*

Sie konnte kaum glauben, dass sie inzwischen schon beinahe ein Jahr lang hier arbeitete. Nur wenige Tage vor Weihnachten hatte sie angefangen und war noch nicht einmal richtig eingearbeitet gewesen, als die Agentur auch schon über Weihnachten die Pforten schloss.

»Danke, der ist wirklich toll.« Mit einem leisen Anflug von Panik warf sie einen Blick auf die Uhr. Sie versäumte keine

Deadlines. Nie. Und gerade war sie für ihre Maßstäbe eindeutig zu knapp davor. Am liebsten hätte sie selbst zum Hörer gegriffen und die Kostenvoranschläge eingeholt, aber sie war Anyas Managerin, und entsprechend zählte es zu ihren Aufgaben, ihre Teammitglieder in ihrer Entwicklung zu unterstützen, was wiederum bedeutete, dass sie Anya nicht die Arbeit abnehmen durfte. Auch wenn es sie den letzten Nerv kostete. Es wäre so viel leichter und entspannter gewesen, die Sache einfach selbst in die Hand zu nehmen. Allein schon, weil sie sich dann darauf hätte verlassen können, dass alles rechtzeitig und fehlerfrei erledigt gewesen wäre. »Könntest du dich jetzt bitte direkt um die Veranstaltungsorte kümmern? Das sind die letzten Zahlen, die mir für die Abgabe noch fehlen.«

»Klar, ich kümmere mich sofort drum. Übrigens, ich hab da einen Lippenstift gesehen, der würde einfach toll an dir aussehen, Imogen. Vielleicht können wir in der Mittagspause ja mal zusammen shoppen gehen! Und falls du nach Hunde-Looks suchst – ich hab da einen unfassbar niedlichen roten Weihnachtsmannumhang im Internet gesehen. Wie gemacht für Golden Retriever! Oder hast du schon was Passendes gefunden?« Anya schien die Aussicht darauf, dass alle ihre Hunde mit zur Arbeit bringen würden, weitaus spannender zu finden als die Arbeit selbst. »Du bringst Midas doch mit, oder?«

Da Imogen klar war, dass sie die Kostenvoranschläge im Leben nicht zu sehen bekommen würde, wenn sie das Hundethema nicht zu einem Abschluss brachte, warf sie einen kurzen Blick zu dem Foto auf ihrem Schreibtisch.

Riesige braune Augen schauten zurück und versetzten ihr einen Stich ins Herz.

Der große Hundetag im Büro.

Sie strich mit den Fingerspitzen über das Foto. »Gerade weiß ich nicht genau, ob ich ihn mitbringen kann.« Dabei wusste sie es eigentlich ganz genau, und die Antwort lautete Nein. Nur musste sie noch eine Möglichkeit finden, ihren Kolleginnen davon zu erzählen, ohne sie vor den Kopf zu stoßen. Und da kam ihr ein Gedanke. »Es geht ihm nicht so gut. Er hat die letzten Nächte in der Tierklinik verbracht.«

»Was? O nein! Midas ist krank? Und du hast uns nichts davon erzählt?« Anya legte ihren Stift weg und suchte Janies Blick. »Sag mal, wusstest du, dass Midas krank ist?«

Janie sah so ruckartig auf, dass ihr Pferdeschwanz ins Wippen geriet. Sie war eine Sportfanatikerin und ging jeden Morgen eine Stunde lang ins Fitnessstudio, während ihre Kolleginnen noch tief und fest schliefen. Manchmal lief sie sogar im Büro auf und ab, um die Zielvorgabe in ihrem Schrittzähler zu erreichen.

»Was? Midas ist krank?« Sie drückte einen Anruf weg und richtete ihre volle Aufmerksamkeit auf Imogen. »Aber das ist ja schrecklich! Was ist denn passiert? Ist etwa die Hundesitterin schuld? Hat sie ihn irgendwas Verbotenes fressen lassen?«

»Nein, nein, keine Sorge.« Vielleicht war die Idee doch nicht so gut gewesen. Wahrscheinlich hätte sie einfach nur mitspielen und am entscheidenden Tag eine Ausrede erfinden müssen, weshalb Midas nicht kommen konnte. *Er ist in eine Scherbe getreten und muss seine Pfote ausruhen.* »Es ist nichts Schlimmes. Könntest du dich jetzt bitte kurz um die Kostenvoranschläge kümmern? Ich muss das Angebot fertigstellen, der Abgabetermin ist in …«

»Aber klar ist das schlimm! Das ist dein Hund, um den es hier geht! Was könnte es Wichtigeres geben? Der Kunde kann warten.«

»Kann er nicht«, erwiderte Imogen. »Wir sind nicht die Einzigen auf dem Markt. Jeden Tag schießt eine neue Eventagentur aus dem Boden. Wenn wir uns gegen die Konkurrenz durchsetzen wollen, müssen wir die Erwartungen nicht nur erfüllen, sondern übertreffen.«

»Und das werden wir ja auch. Bei dem Event werden wir ganze Arbeit leisten, so wie immer, vor allem wenn du die Projektleitung hast. Aber es geht doch nur um ein Angebot. Es wird schon niemanden umbringen, wenn es ein paar Stunden zu spät eintrudelt. Erlaub dir mal zwei Minuten zum Durchatmen,

Imogen«, sagte Anya. »Du hast das ganze Wochenende durchgearbeitet, um deine beiden letzten Veranstaltungen zu betreuen, und hast dir am Montag nicht mal freigenommen. Du arbeitest zu viel.«

Zu viel? Ihrer Meinung nach konnte man gar nicht zu viel arbeiten.

Sie liebte ihren Job. Er war ihr Ein und Alles. Sie war die geborene Multitaskerin und betreute doppelt so viele Projekte wie alle anderen. Sie tat alles dafür, Aufträge zu gewinnen und ihre Kunden zu halten – durch Erfahrung, Detailverliebtheit, Kreativität und harte Arbeit. Sie war gut in dem, was sie machte. Und das sah nicht nur sie selbst so. In der letzten Agentur, für die sie gearbeitet hatte, war sie so schnell in die luftigen Höhen des Managements aufgestiegen, dass eine eifersüchtige Kollegin ihr sogar eine Sauerstoffmaske auf den Tisch gelegt hatte.

Aber jetzt musste sie ein Sechserteam managen und wünschte sich dabei manchmal, sie hätte all die Arbeit einfach allein machen können, anstatt sie delegieren zu müssen. Vor allem für Anya schien das Wort »Dringend« keinerlei Bedeutung zu haben. Sie war großzügig und nett, arbeitete aber so langsam, dass es Imogen manchmal zur Weißglut trieb, und sie erzählte jedem, wie wichtig ihr Work-Life-Balance sei – nur dass sie sich praktisch nie auf den Work-Aspekt der Gleichung konzentrierte.

Manchmal fühlte sich Imogen, als müsste sie mit sechs Gewichten an der Hüfte zum Marathon antreten.

Es führte kein Weg daran vorbei: Sie würde mit Anya reden müssen. Über Themen wie Engagement und Ziele. Alles Zeit, in der sie nichts für ihre Kunden tun konnte, was bedeutete, dass sie am Ende Überstunden schieben musste.

Work-Life-Balance existierte für Imogen nicht. Aber das machte ihr nichts. Sie wollte es nicht anders.

»Um zwölf ist die Deadline, Anya. Komm, wir schaffen das.«

»Entspann dich, Imogen. Sonst bekommst du noch Falten und graue Haare. Du hast so viel Energie, dass ich schon vom Hinschauen ganz müde werde. Klar schaffen wir das, so wie immer.« Je gleichgültiger Anya den Abgabetermin abtat, desto heftiger schlug Imogens Stressbarometer aus.

Anya hatte recht: Bisher hatten sie es immer geschafft. Aber nur, weil Imogen am Ende jedes Mal alles selbst machte. Dabei mochte sie Anya wirklich, was die Sache nicht gerade einfacher machte. »Anya ...«

»Ich weiß schon. Du bist gestresst. Und ich verstehe auch, wieso.«

»Ehrlich?« Eine tiefe Erleichterung überkam sie. Vielleicht hatte Anya ja doch begriffen, worauf es bei der Arbeit ankam.

»Aber natürlich! Wie solltest du auch ruhig bleiben, wenn dein süßer kleiner Midas krank ist? Ich kann nicht fassen, dass du uns nicht eher davon erzählt hast! Ich an deiner Stelle wäre ein nervöses Wrack.«

Midas?

»Ich ...«

»Und was sagt der Tierarzt? Wann darf er wieder nach Hause? Du musst ja selbst ganz krank sein vor Sorge! Ehrlich, du kannst uns alles sagen! Wir sind doch ein Team, und wir stehen füreinander ein. Du bist ein Mensch, genauso wie wir anderen auch, Imogen. Wenn du uns brauchst, sind wir für dich da und übernehmen natürlich auch deine Arbeit.«

Imogen blinzelte. Anya schaffte es ja noch nicht mal, sich um ihre eigene Arbeit zu kümmern! Aber vermutlich war der Zeitpunkt nicht gerade günstig, um darauf hinzuweisen.

»Also, ich ...«

»Anya hat recht«, sagte Janie. »Du musst dich nicht zusammenreißen. Ich meine, es geht hier um Midas! Er ist dein Baby!« Sie reckte den Arm und nahm sich das Foto von Imogens Schreibtisch. »Schau dir nur dieses süße Gesichtchen an. Der arme Kleine. Ich bin sicher, dass Rosalind dir freigeben würde, wenn du ihr alles erklärst. Sie hat sich so toll verhalten, als Buster diesen Knoten am Bein hatte. Liegt bestimmt daran, dass sie selbst einen Hund hat. Sie weiß einfach, wie das ist.«

»Deswegen fühle ich mich in der Agentur ja auch so wohl«,

warf Anya ein. »Hier stimmt es einfach auf der zwischenmenschlichen Ebene. Bei meinem letzten Job hat nie jemand über sein Privatleben geredet. Ich kam mir vor, als würde ich mit einem Haufen Roboter zusammenarbeiten. Der totale Albtraum.«

Ein Ort, an dem niemand über sein Privatleben redete? Langsam fragte sich Imogen, ob ihr das nicht vielleicht lieber gewesen wäre. Sie mochte ihre Kolleginnen wirklich, aber sie hätte sie noch ein bisschen mehr gemocht, wenn sie mit einer ähnlichen Arbeitsmoral gesegnet gewesen wären wie sie selbst.

Trotzdem waren das alles gute Menschen. Auch wenn sie eher die Arbeit an ihr Privatleben anpassten als andersherum.

Mit Tränen in den Augen betrachtete Janie das Foto von Midas. Imogen beugte sich vor und nahm es ihr sanft aus der Hand.

»Ich würde lieber nicht weiter darüber reden.« Sie stellte das Foto wieder auf ihren Schreibtisch zurück, direkt neben das von ihrer Familie. Ihr letzter Arbeitgeber hatte eine flexible Tischregelung gehabt, sodass man keine persönlichen Gegenstände aufstellen konnte. Aber hier bei RPQ Events lief alles ganz anders.

Es gab Pflanzen und ein Aquarium, und die Angestellten wurden regelrecht dazu angehalten, ihren Arbeitsplatz persönlich zu gestalten. Anya hatte ihren Monitor mit Lichterketten umrandet, und niemand schien sich daran zu stören.

Als sich Imogen an ihrem ersten Tag umgesehen hatte, war sie überwältigt gewesen von all den Plüschtieren und Familienfotos. Und als sie auf ihren eigenen leeren, kahlen Schreibtisch geblickt hatte, war ihr klar geworden, dass er so nicht bleiben konnte.

Komm, Imogen, zeig uns deine Familie, hatte Janie gut gelaunt vorgeschlagen, und Anya hatte begeistert genickt. *Hast du denn auch Haustiere? Wir alle hier lieben Tiere. Sogar Danny. Er behauptet zwar, dass er die Kaninchen nur für seine Töchter gekauft hat, aber glaub ihm kein Wort!*

Sie hatte noch nie ein privates Foto auf ihrem Schreibtisch gehabt, aber da sie damit in diesem Umfeld hier Aufmerksamkeit erregte, hatte sie es einfach genauso gemacht wie alle anderen. Das Team hatte ihr einen warmen Empfang bereitet, und sie hatte dazugehören wollen. Also hatte sie sorgfältig ein Foto von Midas ausgewählt und dazu noch ein Familienfoto, das an Weihnachten entstanden war. Alle drängten sich zusammen und lachten in die Kamera, während sie versuchten, auf dem glitschigen Schnee nicht auszurutschen. Imogen liebte dieses Foto. Sie sahen alle so glücklich aus.

»Wir sind für dich da, Imogen.« Janie rieb ihr zum Zeichen ihrer Solidarität die Schulter. »Du bist so mutig und stark. Es muss schrecklich sein, nicht von deinem vierbeinigen Freund begrüßt zu werden, wenn du abends nach Hause kommst. Bestimmt vermisst du ihn fürchterlich. Wir hatten ja keine Ahnung, was du gerade durchmachst! Du wirkst genauso wie immer. Ehrlich, du bist wirklich ein bemerkenswerter Mensch. Aber so wird man vermutlich, wenn man eine so glückliche Familie hat.«

Jetzt war Imogens Panik nicht mehr zu ignorieren. Persönliche Gespräche wie dieses brachten sie durcheinander. Vermutlich würden die beiden ihr gleich zu einer Trauertherapie raten. Sie musste dringend das Thema wechseln, ehe es zu spät war.

»Klar vermisse ich ihn. Aber er ist in guten Händen, und ich bin mir sicher, dass er schon bald wieder nach Hause darf. Also, wenn du mir eben die Kostenvoranschläge besorgen könntest, schaffe ich es noch, dem Kunden vor zwölf das Angebot zu schicken.«

»Ist schon in Arbeit. Was hat er denn eigentlich?«

»Was hat wer?«

»Na, Midas!« Anya warf ihr einen mitfühlenden Blick zu. »Ich hoffe doch nichts Ernstes. Keine Ahnung, wie du es schaffst, dich auf die Arbeit zu konzentrieren, wenn er krank ist.«

»Er wird noch getestet«, erklärte Imogen. »Sie müssen erst herausfinden, was ihm fehlt.«

Noch so ein Problem mit Großraumbüros: Die Leute wollten Details hören.

Sie verbrachte viel Zeit mit Kunden in deren Büros, sah sich potenzielle Veranstaltungsorte an oder arbeitete direkt auf den Events. Aber früher oder später führte ihr Weg immer wieder zurück an den Schreibtisch und damit auch zu ihren Kolleginnen. Die sie mochte – sehr sogar! Aber sich einzufügen war nicht dasselbe, wie Teil eines zusammengeschweißten Teams zu sein. Wenn jemand reden wollte, hatte sie immer ein offenes Ohr, doch manchmal waren es ihr einfach zu viele Informationen. Eigentlich hätte die erzwungene räumliche Nähe ja für mehr Diskretion sorgen sollen, aber manchmal hatte sie das Gefühl, dass das genaue Gegenteil der Fall war.

Da war zum Beispiel Janie, die es nie für nötig zu halten schien, ihren Platz zu verlassen, wenn sie einen privaten Anruf entgegennahm. Dadurch wusste Imogen inzwischen, dass Janie bei ihrer Mutter wohnte, eine verheiratete Schwester hatte und im Augenblick mit zwei verschiedenen Männern ausging, für den Fall, dass einer von beiden sie plötzlich ghosten sollte, was sie befürchtete, da sie mit einem beständigen Misstrauen gegenüber dem anderen Geschlecht gesegnet war, nachdem ihr Vater die Familie bei Nacht und Nebel verlassen hatte, als sie zehn war.

Dann war da Peter. Er leitete die IT-Abteilung und saß links von ihr. Obwohl er erst seit sechs Monaten für die Agentur arbeitete, wusste sie, dass er am Freitag einen Arzttermin hatte, bei dem es um eine Körperstelle ging, über die sie in Zusammenhang mit Kollegen lieber nicht nachdenken wollte. Sie wusste, dass seine Freundin sich wünschte, mit ihm zusammenzuziehen, genauso wie sie wusste, dass Peter im Traum nicht daran dachte, weil sie das Telefonat mit seinem Vermieter mitbekommen hatte, in dem er den Mietvertrag um ein weiteres Jahr verlängert hatte.

Und zuletzt gab es noch Danny, ebenfalls Accountmanager, der den Großteil seiner Arbeitszeit damit verbrachte, seine Fitnessstudiotermine und Barbesuche zu organisieren, alles nur, damit er erst nach Hause kam, wenn seine Frau ihre vierjährigen Zwillinge schon ins Bett gebracht hatte. Ja, er mochte Kaninchen haben, aber wenn man ihm so zuhörte, trug er nicht sonderlich viel dazu bei, sich auch um sie zu kümmern. Das war aus seiner Sicht die Aufgabe seiner Frau (und zwar bei Weitem nicht die einzige).

Imogen legte all die Informationen, die sie im Büro mitbekam, in einem abgelegenen Winkel ihres Gehirns unter »Dinge, die ich lieber nicht wissen würde« ab und versuchte, sie zu vergessen, was ihr auch einigermaßen gelang. Deutlich größere Probleme bereitete es ihr, dass die anderen auch mehr über *sie* wissen wollten.

Privatsphäre war ihr wichtig, und hätte sie die Wahl gehabt, hätte sie niemandem groß etwas über ihre persönlichen Angelegenheiten erzählt. Aber sie wollte dazugehören, und sie wollte gemocht werden. Also hielt sie es genauso wie die anderen und stellte Fotos auf ihren Schreibtisch und plauderte mit. Wobei die Massen an Privatgesprächen in absehbarer Zeit wohl ungekannte Ausmaße annehmen würden, da sie sich *dem* Teambuilding-Monat überhaupt näherten.

Der Dezember stand vor der Tür.

Und Imogen war bewusst, dass der Hundetag bloß der Anfang einer ganzen Reihe an Weihnachtsevents sein würde. Es würde das Weihnachtsessen und das Weihnachtswichteln geben, den Quizabend, bei dem sie für den guten Zweck sammelten (»Welches der folgenden Rentiere gehört nicht zum Rudel des Weihnachtsmanns?«) … Die Liste war endlos. Und bei allem, was Imogen ihren Kolleginnen von sich erzählte, sparte sie ein Thema lieber aus: wie sehr sie Weihnachten fürchtete. Letztes Jahr hatte sie sich problemlos aus der Affäre ziehen können, weil sie erst wenige Tage vor der Weihnachtspause ihren ersten Arbeitstag gehabt hatte. So einfach würde sie diesmal nicht davonkommen.

»Zumindest kannst du über Weihnachten viel Zeit mit ihm verbringen.« Janie warf ihr ein Lächeln zu. »Nur noch sechsunddreißigmal schlafen! Wir verbringen die Feiertage dieses Jahr bei meiner Schwester. Ich freu mich schon so! Sie hat das größere Haus und den größeren Fernseher. Und du, Imogen? Ich hoffe doch schwer, dass du dir endlich mal freinimmst. Letztes Jahr hatten wir eine Woche lang Betriebsferien, und trotzdem hast du sogar am 24. noch E-Mails versendet. Ehrlich, wer macht so was?«

»Ich war doch noch ganz neu hier und wollte mich beweisen.« Eigentlich hatte sie zwar andere Beweggründe gehabt, aber das ging hier niemanden etwas an. »Ehrlich gesagt hätte ich nicht gedacht, dass ihr die E-Mails überhaupt lest. Die Agentur war geschlossen, alle Kunden in den Weihnachtsferien – da dachte ich, ich nutze die Gelegenheit, um mich in Ruhe einzuarbeiten und dann im Januar voll durchstarten zu können.«

»Aber du hattest doch genauso Urlaub wie alle anderen auch! Hast du die Zeit denn gar nicht mit deiner Familie verbringen wollen?«

»Aber das habe ich doch.« Imogen rückte das Foto von Midas neben das Familienfoto. »Gearbeitet habe ich nur, wenn die anderen ihr Verdauungsschläfchen gehalten oder vor dem Fernseher gesessen haben.« Und jetzt wollte sie wirklich, wirklich gern das Thema wechseln, um nicht länger darüber nachdenken zu müssen.

»Dir fällt es echt schwer loszulassen, hm?«, fragte Anya. »Lass dieses Jahr deinen Laptop doch einfach zu Hause, dann kommt du gar nicht erst in Versuchung. Als ich nach den Ferien meinen Computer hochgefahren und die fünfundsechzig neuen E-Mails von dir im Postfach gefunden habe, war ich schon ein bisschen erschrocken.«

»Ich mag es eben, alles erledigt zu haben, ehe das neue Jahr beginnt«, rechtfertigte sich Imogen. »Und keine Sorge, für meine Familie ist trotzdem genug Zeit geblieben.«

Janie ließ sich kopfschüttelnd gegen ihre Stuhllehne sinken. »Wie schaffst du das alles nur? Du hast meistens ja nicht mal Zeit, nach der Arbeit mit uns was trinken zu gehen, weil du entweder auf deine Nichte und deinen Neffen aufpasst oder deine Oma besuchst. Dann hast du auch noch einen Hund … Du bist ständig für alle da, und trotzdem leistest du bei der Arbeit noch Übermenschliches. Und das alles, ohne dass du dir jemals freinimmst. Wie viele Urlaubstage nimmst du eigentlich ins nächste Jahr mit?«

»Ähm … Keine Ahnung? Fast alle, glaube ich.«

»Dachte ich mir's doch! Lass es doch etwas ruhiger angehen. Dann kommen wir anderen uns neben dir auch nicht ganz so unfähig vor.«

»Ihr seid doch nicht unfähig!«, sagte Imogen. »Wir sind ein geniales Team.«

»Sind wir ja auch. Aber wenn du nicht aufpasst, bekommst du noch Burn-out. Du hast in letzter Zeit jedes Wochenende gearbeitet, und jetzt solltest du dir dringend mal eine richtige Pause gönnen. Dein Elternhaus sieht einfach traumhaft aus. Genau richtig für eine Auszeit – so viel Platz, und dann die ganze Natur drumrum! Midas fühlt sich dort bestimmt pudelwohl. Bist du denn gar nicht aufgeregt?«

Weihnachten, Weihnachten, Weihnachten ...

Wenn es nach ihren Kolleginnen ging, konnte man sich gar nicht ausgiebig genug über Weihnachten unterhalten. Sie hätte schreien können. Dieses Jahr hatten sie im Juli angefangen, darüber zu reden, als Anya übers Wochenende einen Weihnachtsfilmmarathon eingelegt und eine Weile lang kein anderes Thema mehr gekannt hatte. Im Juli! Was war nur los mit der Menschheit?

Im Oktober war Janie dann von einem Abstecher in den Supermarkt, wo sie eigentlich nur einen Salat holen wollte, zurückgekehrt und hatte berichtet, dass die Regale bereits mit Weihnachtsdeko und Weihnachtssüßkram gefüllt waren. Dabei hatte sie ihren Salat, der aussah, als wäre er aus Plastik gegossen, auf ihrem Schreibtisch abgestellt und einen in grell bedruckte Alufolie gewickelten Schokoladenweihnachtsmann danebengelegt.

»Normalerweise esse ich keine Schokolade, aber zu Weihnachten mache ich eine Ausnahme«, hatte sie fröhlich verkündet, den Weihnachtsmann aus seiner roten Verpackung befreit und ihm den Kopf abgebissen. »Und du, Imogen?«

Imogen hatte konzentriert auf ihren Monitor gestarrt und gehofft, dass die anderen schnell das Interesse an dem Thema verlieren würden.

»Ich weigere mich, im Oktober an Weihnachten zu denken.

Das ist doch viel zu früh!« Das durfte sie doch hoffentlich sagen, ohne unangenehm aufzufallen, oder? Schließlich gab es viele Menschen, die sich im Oktober noch nicht mit Weihnachten befassten.

Dasselbe hatte sie auch im November gesagt, als sie nach ihren Plänen für die Weihnachtsfeier im Büro gefragt wurde: »Ich weigere mich, im November an Weihnachten zu denken. Das ist doch viel zu früh!«

Aber nächste Woche war der 1. Dezember, und damit gingen ihr die glaubhaften Ausreden aus. In den Schaufenstern glitzerte Weihnachtsschmuck, und aus den Lautsprechern dröhnten Weihnachtslieder.

Das Thema war nun unvermeidlich.

Also würde sie sich durch dieses eine Gespräch hier quälen und dann hoffentlich eine Zeit lang damit in Ruhe gelassen werden.

»Ja, ich fahre nach Hause. Bestimmt wird es so laut und chaotisch wie immer. Wie das eben so ist, wenn die ganze Großfamilie zusammenkommt. Der Baum ist eigentlich zu groß fürs Wohnzimmer, im Kamin flackert ein Feuer, Onkel George singt krumm und schief und ich muss von früh bis spät meine Nichten und Neffen davon abhalten, die Geschenke zu schütteln, und verhindern, dass meiner Mutter der Weihnachtsbraten anbrennt.« Das würde ja wohl reichen, um die anderen zufriedenzustellen, oder? »Und jetzt brauche ich wirklich dringend die Kostenvoranschläge, Anya.«

»Ich bin schon dran. Oh, und ich hab ganz vergessen, dir zu sagen, dass Dorothy Rutherford vorhin angerufen hat. Da hast du gerade mit dem Techniker von der Beleuchtungsfirma telefoniert.«

Imogens Puls schoss in die Höhe. »Du hast es vergessen? Aber Dorothy Rutherford ist eine wichtige Kundin, Anya! Wenn sie anruft, lasse ich alles stehen und liegen und gehe dran. Und wenn ich gerade mit einem anderen Kunden beschäftigt bin, rufe ich sie umgehend zurück.«

»Kein Problem, sie hat das ganz entspannt gesehen. Mrs. Rutherford liebt dich! Jeder hier weiß, dass du der einzige Grund bist, aus dem sie uns den Auftrag gegeben hat. Sie wollte unbedingt weiter mit dir zusammenarbeiten, nachdem du deine alte Agentur verlassen hast. Ich glaube, aus ihrer Sicht kannst du gar nichts falsch machen. Außerdem bist du die Einzige hier, die ihren alkoholfreien Wein wirklich gut findet.«

»Mir schmeckt er auch!«, protestierte Janie. »Als Erfrischungsgetränk. Es ist nur eben kein … na ja, kein Alkohol eben. Den kleinen Schwips, den ich am Freitagabend brauche, bekomme ich davon jedenfalls nicht. Den dazugehörigen Kater allerdings auch nicht.«

»Nur am Freitag?« Anya grinste. »Und was ist mit den anderen Wochentagen?«

»An denen auch. Das ist das Erste, was meine Mum und ich machen, wenn ich nach Hause komme: Wir köpfen eine Flasche. Deswegen gehe ich ja auch jeden Morgen ins Fitnessstudio. Wenn ich nicht mehr zu Hause wohnen würde, wäre es vermutlich leichter, damit aufzuhören. Du hast so ein Glück, dass du dir eine eigene Wohnung leisten kannst, Imogen.«

Imogen nutzte die Gesprächspause, um zu fragen: »Was wollte Dorothy denn?«

»Über das Angebot reden, das du ihr geschickt hast. Wie es klang, ist sie mit allem einverstanden. Sie schien ziemlich beeindruckt zu sein. Sie wollte ein maßgeschneidertes, originelles Konzept, und das hat sie mit dem Outdoor-Festival samt Bühne und Zelten und so weiter auch bekommen. Fast wie ein Rockkonzert! Sie meinte, so können sie gleichzeitig den Kunden ihre Produkte präsentieren und eine Party für die Einheimischen schmeißen. Die Idee mit dem Feuerwerk und den Drohnenbildern hat ihr besonders gut gefallen. Das wird ein richtig dicker Auftrag, Imogen, Glückwunsch! Du hast wieder mal einen Weg gefunden, ein Briefing voller unrealistischer Erwartungen umzusetzen. Das sollten wir feiern!« Sie grinste in Janies Richtung. »Vielleicht mit einem Glas alkoholfreiem Wein?«

»Nein, danke, da trinke ich lieber einen doppelten Espresso. Aber eins muss ich ihnen lassen, die Flaschen sehen einfach toll aus. So hochwertig wie Champagner.«

»Und ihre Verkaufszahlen gehen durch die Decke. Irgendwem scheint das Zeug also zu schmecken.« Anya stützte das Kinn in die Hand. »Aber das Marketing ist auch wirklich clever. Wie sie den Healthy-Living-Trend für sich nutzen ... Und dann die Bilder von ihrem Anwesen in den Cotswolds mit dem Weingarten und den ganzen coolen Leuten, die sich mit Spearcante zuprosten ... Wenn ich die Anzeigen sehe, will ich sofort dabei sein, selbst wenn es keinen Alkohol gibt. Weißt du eigentlich, was es mit dem Namen auf sich hat?«

»Ich glaube, *spearca* stammt aus dem Altenglischen und bedeutet so viel wie Funke«, erklärte Imogen.

Die beiden starrten sie mit großen Augen an.

»Woher weißt du so was alles?«

»Dorothy ist meine Kundin. Es ist mein Job, so viel über sie zu wissen wie möglich. Sie war nicht immer Unternehmerin. Früher hat sie in Oxford Anglistik gelehrt und auch Mediävistik studiert. Da lernt man Altenglisch und Altnordisch. Ich glaube, sie hat sich ziemlich intensiv mit angelsächsischer Prosa und Lyrik beschäftigt. Um Etymologie kommt man da nicht herum.«

Anya runzelte die Stirn. »Hat das nicht mit Insekten zu tun?«

Janie grinste. »Nein, das ist *Ento*mologie. *Ety*mologie ist die Lehre von der Herkunft der Wörter. Und mir als Thema eindeutig lieber als Insekten, danke auch.«

Imogen für ihren Teil interessierte sich gerade allerdings auch nicht für die Herkunft des Namens. Ihre Aufmerksamkeit galt einzig der Tatsache, dass Dorothy hatte warten müssen.

Dorothy war mehr als nur eine wichtige Kundin. Sie war Imogens Lieblingskundin. Dorothy war intelligent, interessant und überraschend angenehm in der Zusammenarbeit. Sie ließ sich auf Imogens Ideen ein und ließ sie meistens einfach machen. Seit vielen Jahren leitete sie die familieneigene Winzerei in den Cotswolds, wo schon mehrere preisgekrönte Weine entstanden waren. Und vor einer Weile hatte sie beschlossen, mit alkoholfreiem Wein zu experimentieren, lange bevor das Thema zum Trend geworden war. Und nun, wo Healthy Living und Alkoholverzicht in den Fokus gerückt waren, ging das Geschäft durch die Decke.

Imogen arbeitete bereits seit Jahren mit Dorothy zusammen und schätzte ihren Enthusiasmus und ihre positive, wertschätzende Art. Sie jammerte nie und beschwerte sich nie, was man vom Gros der übrigen Agenturkunden nicht gerade behaupten konnte.

»Ich rufe sie zurück.«

»Zwecklos! Sie meinte, dass sie die nächsten Stunden über beschäftigt ist. Sie will dich auf dem Heimweg vom Auto aus anrufen.«

Irgendwie gelang es Imogen, ihren Frust zu verbergen. Wenn sie direkt erfahren hätte, dass Dorothy in einem Meeting saß, hätte sie sich die ganze Aufregung doch sparen können!

Stattdessen konnte sie sich in der Zwischenzeit …

»Anya, wenn du mir jetzt bitte gleich die Kostenvoranschläge besorgen würdest, damit ich das Angebot fertigstellen kann …« Ihr kam der rettende Einfall. »… dann kann ich nämlich endlich in Ruhe mit dem Tierarzt telefonieren.«

»Aber klar, für Midas würde ich einfach alles tun!«

»Super, danke.«

Wie erhofft überkam ihre Kolleginnen beim Thema Midas der Arbeitseifer, und zehn Minuten später hatte Imogen sämtliche Zahlen für ihr Angebot beisammen. Erleichtert schickte sie es zur Freigabe an Rosalind und ließ sich auf ihren Stuhl zurücksinken.

Erledigt. Endlich. Vielleicht sollte sie Midas in Zukunft häufiger zu Motivationszwecken nutzen.

Es war ihr unangenehm, bei der Arbeit über ihn zu reden, aber sie wollte so gern einfach nur dazugehören. Und wenn das kleinere persönliche Opfer ihrerseits erforderte, dann war es eben so. Sie würde tun, was nötig war. Selbst wenn das bedeutete, vorgeben zu müssen, Weihnachten zu mögen.

Ihr Team würde die Wahrheit sowieso nie herausfinden.

Schon bald stand im Foyer ein riesiger Baum, den sie gemeinsam mit allen anderen bewundern würde. An strategisch günstigen Stellen würden Mistelzweige hängen, obwohl Beziehungen innerhalb der Belegschaft nicht erwünscht waren (und die Anzahl der küssenswerten Personen in der Agentur deprimierend gering war, wie Janie nach mehreren Gläsern Wein, in denen definitiv noch sämtlicher Alkohol enthalten gewesen war, einmal beklagt hatte). Und dann stand auch noch der Hundetag an.

Womit sie wieder bei Midas war.

Seufzend betrachtete sie das Foto auf ihrem Schreibtisch. Der Fotograf hatte Midas beim eifrigen Schwanzwedeln eingefangen.

Er war wirklich ein süßer Hund.

Nur dass er leider nicht ihrer war.

Ebenso wie sie die Weihnachtsfeiertage leider nicht mit ihrer chaotischen, lärmigen Großfamilie verbringen würde.

Sie liebte das Familienfoto auf ihrem Schreibtisch. Aber bei den Menschen darauf handelte es sich nicht um ihre Familie. Imogen kannte sie gar nicht, auch wenn sie fand, dass sie alle ungemein sympathisch aussahen.

Sie hatte das Weihnachtsfest von jemand anderem beschrieben.

Es gab kein großes Landhaus. Keinen übergroßen Baum und kein Kaminfeuer. Onkel George würde nicht krumm und schief singen, weil Onkel George ebenso wenig existierte wie irgendwelche anderen Onkel. Oder Nichten und Neffen, die sie davon abhalten musste, ihre Geschenke zu schütteln. Es würde kein Scharadespiel geben und auch keinen angebrannten Weihnachtsbraten. Weil ihre Mutter noch nie in ihrem ganzen Leben einen Weihnachtsbraten zubereitet hatte.

Aber das war gerade nicht ihr größtes Problem. Ihr größtes Problem war der Hundetag.

Alle wollten Midas kennenlernen. Doch es gab keinen Midas.

Imogen hatte keinen Hund. Und eine liebevolle Familie hatte sie auch nicht.

Imogen hatte niemanden.

Das Privatleben, das sie den anderen vorspiegelte, war reine Erfindung.

2. KAPITEL

DOROTHY

Dorothy hatte sich gerade auf den Heimweg aus der Stadt gemacht, als Imogen sie zurückrief.

»Tut mir leid, dass ich vorhin nicht erreichbar war, Dorothy. Sie wissen ja, wie gern ich mit Ihnen telefoniere.«

Imogen klang ein wenig außer Atem, und ihr Bedauern wirkte aufrichtig. Dorothy musste lächeln. Es war nahezu unmöglich, Imogens positive, ausnahmslos gut gelaunte Art nicht zu bewundern. Ihre Energie war ansteckend, sie lächelte immer fröhlich und besaß einen unermüdlichen Arbeitseifer.

»Kein Problem. Ich wollte Ihnen nur eben persönlich sagen, wie begeistert wir von Ihrem Angebot sind und dass wir Ihnen grünes Licht geben. Über die Details können wir uns ja später noch austauschen.« Sie sah kurz zu ihrer Tochter hinüber, die mit im Schoß gefalteten Händen neben ihr auf dem Beifahrersitz saß.

Sara warf ihr einen vielsagenden Blick zu, den sie geflissentlich ignorierte. Das hier war *ihre* Entscheidung. Sie konnte tun und lassen, was sie wollte. Und was sie wollte, war eine Zusammenarbeit mit Imogen. Weil es niemanden gab, der den Auftrag mehr verdient hätte.

»Toll! Das sind ja fantastische Neuigkeiten! Ich freue mich so!« Imogens Enthusiasmus schien den gesamten Wagen auszufüllen. »Ich versuche, übers Wochenende noch an den Details zu feilen, und schicke Ihnen das Ergebnis am Montag zu.«

»Keine Eile. Machen Sie am Wochenende frei, Imogen. Ich habe den Eindruck, dass Sie rund um die Uhr arbeiten.« Dorothy sah in den Seitenspiegel und wechselte auf die Überholspur. »Ich dachte, vielleicht können wir uns einfach zum Mittagessen treffen, wenn ich das nächste Mal in London bin. Dann stoßen wir auf unsere hervorragende Zusammenarbeit an. Und auf Weihnachten natürlich.«

»Das wäre schön! Sagen Sie mir einfach wann, und ich erledige den Rest. Ich freue mich schon.«

»Die kommende Woche verbringe ich in den Cotswolds, aber die Woche darauf bin ich wieder in der Stadt. Passt Ihnen das?«

Nachdem sie sich verabredet hatten, wünschte sie Imogen ein schönes Wochenende und beendete das Telefonat.

Schweigen senkte sich über das Auto.

Dorothy wartete. Ihr fehlte heute die nötige Energie für das Gespräch, das jetzt unweigerlich folgen würde.

Nach einer Weile ergriff Sara wie befürchtet das Wort. »Mum ...«

»Ich will es nicht hören, Sara.«

»Aber ...«

»Imogen leistet hervorragende Arbeit. Sie ist klug, fleißig und kreativ. Ich kenne niemanden, mit dem ich lieber zusammenarbeiten würde. Hast du sie nicht gehört? Ihre Begeisterungsfähigkeit ist einfach ansteckend.«

Sara atmete tief durch. »Niemand hat behauptet, sie wäre nicht gut. Aber ...«

»Weißt du, dass unsere Kunden und Lieferanten immer noch von dem Event schwärmen, das sie letztes Jahr für uns organisiert hat? Sogar die, die gar nicht dabei waren, reden darüber. Weil sie es bereuen, dass sie nicht gekommen sind. Es ist wirklich schade, dass du es verpasst hast.«

Sara wandte sich ab und sah aus dem Fenster. »Ava war krank.«

»Ich weiß doch.« Sie wollte noch etwas hinzufügen, schloss den Mund aber wieder. *Lass es gut sein, Dorothy.*

»Ich weiß, dass du Imogen den Auftrag geben willst«, sagte Sara. »Aber meinst du nicht, wir sollten auch ein paar anderen Agenturen die Chance geben zu pitchen?«

»Nein.« Dorothy beobachtete skeptisch ein Auto vor ihnen, das sich aggressiv durch den Verkehr schlängelte. »Imogen macht ihre Sache hervorragend, das Angebot passt in unser Budget, und solange sie für die Planung verantwortlich ist, kann ich mich darauf verlassen, dass die Sache läuft. Warum sollte ich andere Bewerber pitchen lassen? Wir sind ein kleines Familienunternehmen und haben keine Zeit für das alles. Was macht der denn da? Glaubt der wirklich, er passt in diese kleine Lücke? Am Freitagnachmittag sind manche Leute irgendwie nicht ganz sie selbst.« Sie wollte nichts lieber, als dass dieses Gespräch aufhörte. Aber den Gefallen tat ihre Tochter ihr nicht.

Sara trommelte mit den Fingern auf der Akte herum, die auf dem Armaturenbrett lag. »Ich finde einfach nur, dass wir …«

»Ich weiß, was du sagen willst, und ich bin immer dankbar für deine Meinung, Sara. Aber diese Entscheidung liegt bei mir, und ich habe sie bereits getroffen.« Sie sagte das, als wäre es ihr leichtgefallen. Dabei stimmte das gar nicht. Ob Sara wohl ahnte, dass sie sich von früh bis spät selbst hinterfragte? Große, wichtige Entscheidungen sollte man mit kristallklarer Sicherheit treffen. Aber diese hier war verschwommen und trüb. »Ihr Konzept ist perfekt, die Idee mit der Drohnenshow ausgefallen. Alles findet auf unserem Gelände statt, sodass sich die Kosten im Rahmen halten. Und ich finde es toll, dass wir all unsere Nachbarn aus dem Dorf einladen können. Das wird eine richtige Party.«

»Ich gebe ja zu, dass sie das hervorragend geplant hat. Aber es geht mir ja auch gar nicht um die Qualität von Imogens Arbeit, und das weißt du genau.« Sara seufzte. »Ich mache mir einfach Sorgen um dich.«

»Und das ist vollkommen unnötig. Ich weiß schon, was ich tue.« Was nicht der Wahrheit entsprach. Eigentlich hatte sie nämlich keinen blassen Schimmer, was sie tat. Sie improvisierte, gab ihr Bestes. Ließ es drauf ankommen und hoffte, dass auf ihr Bauchgefühl in Zukunft mehr Verlass sein würde als in der Vergangenheit. Hieß es nicht, aus Fehlern würde man klug? In ihrem Fall hatten die Fehler sie einfach nur vorsichtig gemacht.

»Mum …«

»Was ich wirklich brauche, sind die neusten Zahlen. Und wenn wir das erledigt haben, können wir abschalten, aufs Land fahren und in den Wochenendmodus wechseln.« Der Verkehr lichtete sich nach und nach, und sie ließen London hinter sich.

Eine Zeit lang spürte sie Saras Blick noch auf sich ruhen, doch schließlich richtete ihre Tochter ihre Aufmerksamkeit auf ihr Handy.

»Patrick hat mir vor einer Stunde die Zahlen geschickt. Der Umsatz ist um vierzig Prozent höher als im vergangenen Jahr um diese Zeit. Wir können uns vor Bestellungen kaum retten, aber das hat natürlich damit zu tun, dass die Feiertage vor der Tür stehen. Ich habe mit der Agentur geredet. Der neue Slogan *Weihnachten ohne Kopfschmerzen* kommt insbesondere bei den Vierzig- bis Fünfzigjährigen gut an. Das ist natürlich ideal, weil wir ja gerade bei dieser Altersgruppe die Verkaufszahlen steigern wollten.«

Dorothy musste lächeln. »Das sind die ganzen Eltern, die das Weihnachtsessen zubereiten müssen. Und deine neue Social-Media-Kampagne?«

»War ein Hit bei den Influencern. Viele von den Lifestyle-Fotos waren einfach traumhaft. Die neue Flasche und das Label kommen auf Bildern hervorragend zur Geltung. Das schönste wurde in einer Weihnachtsbaumschule geschossen. Ich schicke es dir zu. Die Geschenkflasche im Miniaturformat mit Weihnachtsetikett ist schon fast ausverkauft, die Nachbestellung ist raus, und …«

Die folgende Stunde lang redete Sara weiter. Als sie mit ihrem Update für Dorothy fertig war, hatten sie die Autobahn wieder verlassen und schlängelten sich entlang der Landstraßen in die Cotswolds.

Unwillkürlich legte sich Dorothys Großstadtstress. Dafür entstand ein ganz neuer, der allerdings nichts mit der Gegend zu tun hatte, sondern mit der Jahreszeit.

»Ist das kalt heute«, sagte sie in lebhaftem Ton. »Nicht zu

fassen, dass nächste Woche schon der 1. Dezember ist. Weihnachten steht vor der Tür.« Als sie *Weihnachten* sagte, legte Sara ihr tröstend die Hand aufs Bein. Mit dieser kleinen Geste fiel jegliche Spannung, die das Gespräch vorhin zwischen ihnen erzeugt hatte, von ihnen ab.

»Ja, ich weiß.« Sara drückte ihr Bein. »Aber das wird schon. Wart's nur ab, wir machen es uns richtig schön.«

»Genau. So wie immer.« Was hätte sie ohne ihre Tochter nur tun sollen? Dorothy richtete sich auf und konzentrierte sich auf den Verkehr. Sara war so viel sortierter als sie. Ihre Tochter besaß die unbezahlbare Fähigkeit, die Vergangenheit einfach auszublenden. Was hätte Dorothy dafür gegeben, dasselbe von sich behaupten zu können! »Sind die Mädchen schon sehr aufgeregt?

»Aufgeregt ist stark untertrieben. Sie haben extra einen Kalender gebastelt, in dem sie ankreuzen, wie oft sie noch schlafen müssen, bis der Weihnachtsmann kommt. Und sie haben genügend Weihnachtskarten für die halben Cotswolds gebastelt. Keine Ahnung, was ich damit anstellen soll.«

»Schlag den Mädchen doch vor, dass sie den Tieren welche schicken. Die Alpakas freuen sich sicher über Weihnachtspost.«

»Tolle Idee. Allerdings müsstest du dann dafür sorgen, dass sie die Karten nicht fressen.« Sara lachte auf. »Apropos Alpakas, Mrs. Nolan wollte gern wissen, ob sie sich Benson für die Schulaufführung leihen können. Da du im Publikum sitzt, könntest du auf ihn aufpassen.«

»Sie haben Verwendung für ein Alpaka? Was ist das überhaupt für ein Stück?«

»Die Kinder haben es selbst geschrieben«, erzählte Sara. »Es scheint um alle Arten von Tieren zu gehen, aber für Benson haben sie sich eine richtige Rolle ausgedacht, weil die Kinder ihn so mögen. Und sie wissen ja, dass er sie nie beißen würde, egal, wie sie sich aufführen.«

»Stimmt, Benson tut keiner Fliege was zuleide. Sie können ihn gern ausleihen.«

»Glaubst du, er würde sich ein Geweih aufsetzen lassen?«

»Es gibt nur eine Möglichkeit, das herauszufinden.« Bei der Vorstellung musste Dorothy lächeln. »Soll ich sonst noch jemanden mitbringen? Die Herdwick-Schafe sind sanftmütig, von denen könntet ihr euch auch ein paar leihen.«

»Ich dachte eher an Romeo und Juliet.«

Dorothy zog eine Grimasse und schüttelte den Kopf. »Die beiden besser nicht. Außer natürlich, ihr wollt, dass das Stück im Chaos endet. Du weißt doch, wie Ziegen sind.«

»Ja, niedlich.«

»Und sie fressen alles, was ihnen in die Quere kommt, Sara.«

»Stimmt, da hast du recht. Gut, dann einfach nur Benson. Und vielleicht eins von den Schafen, ich frage noch mal nach.«

»Du könntest sicherheitshalber doch Miles bitten mitzukommen«, schlug Dorothy vor. »Es wäre sicher nützlich, einen Tierarzt dabeizuhaben.«

Sara lachte. »Als ob Miles sich blicken lassen würde. Seit Bryony Wilson damals in der Pause ein Glas Wein zu viel hatte und ihn im Flur abgepasst und nicht mehr weggelassen hat, bekommen ihn keine zehn Pferde mehr zu solchen Veranstaltungen.«

»Da hast du auch wieder recht. Dann übernehme ich eben die Alpaka-Betreuung.«

»Toll, danke, Mum. Willst du Holly Cottage jetzt, wo es endlich fertig renoviert ist, eigentlich wieder über die Agentur vermieten lassen?«

»Nein, das Thema wollte ich erst im Januar angehen.«

Holly Cottage war das ehemalige Pförtnerhaus des Anwesens, aber Dorothy vermietete es inzwischen schon seit zehn Jahren an Feriengäste. Dieses Jahr hatte sie die Handwerker aus dem Ort beauftragt, es über die Sommermonate zu renovieren, was dank der Unberechenbarkeit alter Cottages leider viel länger gedauert hatte als erwartet. Dafür konnte sich das Ergebnis aber sehen lassen. Charakter und Charme waren erhalten geblieben, doch von der Heizung bis zu den Wasserrohren hatte alles modernisiert werden müssen.

»Es sieht toll aus«, sagte Sara. »Wo wir beim Thema Weihnachten sind, wir haben noch gar nicht genauer abgesprochen, wie wir es dieses Jahr machen wollen. Die Mädchen hoffen, dass wir alle zusammen bei dir im Haus wohnen können. Wäre das in Ordnung?«

Auf einmal hatte Dorothy einen Kloß im Hals. »Das ist nicht nötig, Sara. Ehrlich, ich komme wunderbar zurecht. Ihr wart doch letztes Jahr schon über Weihnachten bei Patricks Familie. Wollt ihr nicht endlich mal in eurem eigenen Zuhause feiern? Ich könnte den Tag einfach bei euch verbringen.«

»Ich verbringe mehr als genug Zeit in meinem eigenen Zuhause«, erwiderte Sara. »Wir würden viel lieber zu dir kommen. Natürlich nur, wenn wir dir nicht auf die Nerven gehen. So komme ich zu einem herrlich entspannten Weihnachtsfest, bei dem ich faul auf dem Sofa herumliegen kann, während du in der Küche werkelst und deine hyperaktiven Enkeltöchter bei Laune hältst. Glaub mir, für mich sind das mehr als verlockende Aussichten.« Ihr Handy gab ein *Ping!* von sich, und während sie die eingegangene Nachricht las, fragte sich Dorothy, wie Sara es nur schaffte, ihr immer wieder ein Lächeln ins Gesicht zu zaubern und ein gutes Gefühl zu geben, wenn es um Weihnachten ging. Was einem Wunder gleichkam, denn ein Teil von ihr hatte so wie jedes Jahr panische Angst vor den Feiertagen. Es spielte keine Rolle, wie viel Zeit verstrich – weh tat es immer noch. Und das wusste Sara genau. Vermutlich, weil sie sich mit Weihnachten ähnlich schwertat wie Dorothy. Immerhin hatten sie jene Tage damals gemeinsam durchgestanden, und manchmal fragte sie sich, ob sie ohne die Unterstützung ihrer Tochter damals überhaupt noch am Leben wäre.

Bei dem Gedanken durchflutete sie eine Welle aus Liebe und Stolz.

Was für eine großartige Frau Sara doch war. Und zu Weihnachten noch mehr als sonst. Sie hatte sich bewusst dafür entschieden, Weihnachten zu einem besonders schönen Erlebnis zu machen und die Feiertage ausgiebig zu zelebrieren, anstatt den Kopf in den Sand zu stecken.

Sie musterte ihre Tochter von der Seite. Sara tippte gerade eine Antwort in ihr Handy und hielt den Kopf gesenkt, sodass ihr das Haar wie ein blassgoldener Vorhang ins Gesicht fiel. Nur die Rundung ihrer Wange und ihre langen Wimpern lugten hervor. Für einen Moment erkannte Dorothy in der verheirateten Frau, die inzwischen selbst zwei Kinder hatte, wieder das kleine Mädchen von früher.

Sara. Die stets so verantwortungsbewusste, aufmerksame Sara. Andere Kinder bereiteten ihren Eltern ständig Sorgen. Nicht so Sara.

»Patrick hat geschrieben, dass wir Pizza-Abend machen.« Sara schickte ihre Nachricht ab. »Er fragt, ob du auch kommst. Die Mädchen und er haben den Teig und den Sugo schon vorbereitet, was bedeutet, dass ich später die ganze Küche schrubben darf. Du siehst: Weihnachten bei dir wäre für mich ein Traum.«

Dorothy lachte. Einen Augenblick lang war sie verlockt, die Einladung zum Pizzaessen anzunehmen. Ein Abend mit ihren Enkelkindern würde sie ablenken und ihre triste Stimmung heben. Aber andererseits hatte sie das Bedürfnis, etwas Zeit zu Hause zu verbringen. »Danke, aber heute lieber nicht.«

»Sicher?« Sara klang besorgt. »Du hast doch wohl nicht vor, allein auf dem Sofa zu sitzen und vor dich hin zu trauern, oder?«

»Nein, aber ich war die ganze Woche in London. Viel zu lange für meinen Geschmack. Ich möchte nach den Tieren sehen und nachfragen, was in meiner Abwesenheit alles so passiert ist.«

»Falls du es dir anders überlegen solltest, kannst du jederzeit vorbeikommen. Patrick wird garantiert wie immer viel zu viel kochen.«

»Danke, vielleicht komme ich darauf zurück.«

»Und? Hast du dich wegen Weihnachten schon entschieden? Sag es bitte ganz ehrlich, wenn es dir mit uns zu anstrengend wird. Ich verspreche auch, dass ich nicht faul auf dem Sofa herumliegen werde. Wir helfen alle mit, die Mädchen auch. Wobei ihre Hilfe allerdings meist bedeutet, dass wir Erwachsenen am Ende doppelt so viel Arbeit haben.«

Dorothy lächelte. »Du weißt doch genau, wie sehr ich mich freuen würde, wenn ihr kommt.« Die Aussicht hob ihre Stimmung merklich. Sie würde alle Weihnachtsregister ziehen, so wie Sara es auch immer machte. Inklusive riesigem Baum. Die Mädchen wären bestimmt begeistert. »Das wird schön. Die Kinder könnten mir in den kommenden Wochen ja helfen, das Haus zu schmücken.«

In ihrer Brust breitete sich ein dumpfer Schmerz aus. Wie glücklich sie sich schätzen konnte, sie alle zu haben: ihre wunderbare Tochter, ihren liebenswürdigen Schwiegersohn und ihre beiden hinreißenden Enkeltöchter. Das Weingut, das Unternehmen und ihr wunderschönes Landhaus. Nicht zu vergessen die Tiere. Sie lächelte. Die Tiere waren der Grund dafür, dass sie sich niemals wirklich einsam fühlte. Insgesamt hatte das Schicksal es mehr als gut mit ihr gemeint, das war ihr bewusst. Und doch …

Und doch war es möglich, Dankbarkeit zu empfinden und zugleich Vergangenes zu bereuen. Und zu dieser Jahreszeit meldete sich die Reue immer wieder besonders hartnäckig zu Wort.

Sie setzte Sara vor ihrem Haus im Dorf ab, stieg ebenfalls kurz aus, um ihre Enkelinnen zu umarmen, und fuhr dann die paar Meilen weiter bis zum Winterbury Estate.

Ihre Eltern hatten Haus und Land seinerzeit in einem heruntergewirtschafteten Zustand erworben und Stück für Stück wiederaufgebaut. Es war ihr Vater gewesen, der die Idee gehabt hatte, Weinberge anzulegen. Die Inspiration dazu war ihm während einer Frankreichreise gekommen. Er war überzeugt davon gewesen, dass die geschützte Lage des Geländes und die Bodenqualität einen exzellenten Wein ermöglichen würden – und die Zeit hatte ihm recht gegeben.

Dorothy fuhr die schmalen Landstraßen entlang. Als sie in das kleine Dorf Winterbury abbog, streiften ihre Scheinwerfer Trockenmauern und reetgedeckte Cottages. Kaum war sie dort, überkam sie ein tiefes Gefühl der Ruhe und Gelassenheit. Obwohl in diesem idyllischen kleinen Winkel von England alle Annehmlichkeiten, die die moderne Welt zu bieten hatte, vorhanden waren, kam es ihr hier manchmal vor, als würde die Zeit stillstehen.

Mitten durchs Dorf plätscherte ein Bach, flankiert von Häusern aus honigfarbenem Sandstein. Es gab einen Dorfplatz, ein Pub, das von Leuten aus dem gesamten Umland besucht wurde, eine hervorragende Bäckerei und verschiedene kleine Läden mit lokalen Produkten, darunter natürlich auch der Wein aus Winterbury Estate. In den Sommermonaten quollen die Straßen nur so über vor Touristen, die die typische Atmosphäre der Cotswolds in sich aufnehmen wollten. Aber im Winter erinnerte das Dorf noch ganz an den Ort ihrer Kindertage.

Laut Wetterbericht würde es nun einen Kälteeinbruch geben, aber es war ein gutes Jahr für die Reben gewesen. Patrick, der nicht nur ihr Schwiegersohn, sondern auch ihr Winzer war, hatte ihr im vergangenen Monat sogar eröffnet, dass es ihr bisher bestes Jahr überhaupt war. Schon jetzt war der Ertrag so hoch wie nie. Der Juni war trocken und warm gewesen – förderlich für die Blüte –, und als es später zu stärkeren Unwettern gekommen war, gediehen die Reben bereits so prächtig, dass sie eine Rekordernte eingefahren hatten.

Eine Meile hinter dem Dorf bog sie auf die Hauptstraße ab, fuhr durch das Tor von Winterbury Estate, passierte Holly Cottage und folgte der Allee, die zum Haus führte.

Die Aussicht auf ein Wochenende ohne Gesellschaft bereitete ihr keine Bauchschmerzen. Sie lebte seit Phillips Tod allein und war daran gewöhnt.

Sara befürchtete immer, sie könnte vereinsamen, aber Dorothy fühlte sich auf dem Weingut niemals allein. Einerseits, weil normalerweise immer irgendjemand dort war, entweder aus dem kleinen Team aus Angestellten, die ihr mit der Winzerei halfen, oder ihre Haushälterin Jenny, die im Dorf wohnte. Vor allem aber, weil es ihr Zuhause war.

Sie hielt vor dem Eingang. Die Haustür wurde geöffnet, und ein einladender Lichtschein erhellte die Treppe. Dann schoss ein wild mit dem Schwanz wedelnder Spaniel auf sie zu.

»Bailey!« Sie bückte sich, um ihn ausgiebig zu streicheln. »Ich hab dich ja so vermisst.«

Sie nahm ihr Gepäck, das nur aus einem kleinen Koffer bestand. Sie reiste lieber ohne unnötigen Ballast.

»Er benimmt sich jedes Mal, als wärst du ein Jahr lang weg gewesen und nicht nur eine Woche. Ist die Reise gut gelaufen?« Jenny erwartete sie bereits im Mantel auf der Treppe.

»Ja, danke. Toll, dass du hier nach dem Rechten gesehen hast, Jenny.« Sie umarmte die andere Frau herzlich. Sie kannten sich bereits seit Jahrzehnten, und ihre Freundschaft war ihnen auch in schweren Zeiten stets eine Stütze gewesen. »Und gibt es irgendwelche Neuigkeiten?«

»Nein, alles bestens. Vorhin habe ich noch nach den Alpakas gesehen und ihnen frisches Heu gebracht.«

»Danke, Jenny. Fahr vorsichtig. Wir sehen uns am Montag.« Dorothy sah ihrer Haushälterin hinterher, bis die Rücklichter in der Dunkelheit verschwunden waren, dann betrat sie mit Bailey an ihrer Seite das Haus.

Es war schön, wieder daheim zu sein.

Als sie in die Küche weiterging, empfing sie dort eine wohlige Wärme.

Jenny hatte ihr die Post auf den Tisch gelegt, aber sie beschloss, den Stapel erst später durchzusehen. Jetzt würde sie sich erst einmal einen Becher sahnige heiße Schokolade machen und sich damit in die Bibliothek setzen. Es war der Raum, in dem sie sich Phillip am nächsten fühlte, hier drinnen konnte sie seine Präsenz immer noch ganz genau spüren. Seit über zwanzig Jahren war sie nun schon verwitwet, aber so schön sie es sich im Leben auch eingerichtet hatte – es verging kein Tag, an dem sie ihn nicht vermisste.

Sie setzte sich in die Ecke, die auf den Garten und die Koppel hinausging. Im Sommer konnte sie von hier aus ihre kleine Alpaka-Herde beobachten, aber heute hatten sich die Tiere vor der Kälte in ihren Stall geflüchtet.

Rechts von der Koppel befand sich der Gemüsegarten, und dahinter begannen die Weinberge.

Bailey kam zu ihr in die Bibliothek und machte es sich zu ihren Füßen gemütlich.

»Wir sollten heute früh zu Bett gehen.« Sie kraulte ihm den Kopf. »Morgen liegt ein anstrengender Tag vor uns.«

So wie in der Vorweihnachtszeit eigentlich jeder Tag anstrengend war. Was allerdings nichts war im Vergleich zur Erntezeit mit ihren endlosen Überstunden, die keinerlei Raum für Freizeit ließen. Auch wenn sie die logistische Seite des Unternehmens ihrem kleinen Team überließ, in dem Patrick eine zentrale Rolle spielte, war es am Ende doch ihre Aufgabe als Chefin, den Überblick zu wahren. Und hin und wieder half sie auch dabei, die Reben zurückzuschneiden. Dann fühlte sie sich wieder ein wenig wie damals in den arbeitsreichen, aber glücklichen Tagen, in denen Phillip und sie gemeinsam einen Großteil der anfallenden Aufgaben selbst übernommen hatten.

Es war an der Zeit, dass sie sich Gedanken über Weihnachten machte. Wenn ihre Enkelinnen kamen, musste das Haus schließlich ordentlich geschmückt sein.

Außerdem würde sie jetzt schon anfangen müssen zu backen, zu kochen und einzufrieren, damit sie nicht so hetzen musste, wenn ihre Familie da war.

Von früh bis spät würde sie auf den Beinen sein, aber sie scheute die viele Arbeit nicht, sondern begrüßte sie als willkommene Ablenkung.

Und auch wenn sie wusste, dass Sara nicht ernsthaft vorhatte, faul auf dem Sofa herumzuliegen, wollte sie ihr unbedingt ein entspanntes Weihnachtsfest ermöglichen. Sara sollte Zeit mit Patrick und ihren Töchtern verbringen. Sich auf die Mädchen konzentrieren, statt am Herd zu kleben. Es gab nichts Wichtigeres als die Familie, und die frühen Kinderjahre verstrichen so schnell.

Mit ihrer leeren Tasse kehrte sie in die Küche zurück, wo sie Imogens Angebot aus ihrer Laptoptasche holte. Konzept und Details waren genial – aber von Imogen hatte sie auch nichts anderes erwartet. Sie war eine beeindruckende junge Frau und hatte Dorothys Vertrauen und damit auch diesen großen Auftrag mehr als verdient.

Sie wusste, dass es Sara Sorgen bereitete, wie eng ihr Verhältnis zu Imogen war.

Es war der eine, einzige Punkt zwischen ihnen, in dem sie nicht einer Meinung waren.

Dorothy konnte Saras Besorgnis nachvollziehen, aber das änderte nichts an ihrem Entschluss.

Sie tat, was am besten für sie war.

3. KAPITEL

SARA

»Und? Wie war es in der großen bösen Stadt?« Patrick zog sie an sich, um sie zu küssen, kaum dass sie zur Tür herein war.

»Groß und böse.« Sie ließ ihre Koffer fallen, um seinen Kuss zu erwidern. »Ich fürchte, mein Aufenthalt hat mich verdorben.«

»Echt?« Er löste seine Lippen von ihren und lächelte. »Was für erfreuliche Neuigkeiten. Könntest du mir bitte mehr darüber erzählen? Oder noch viel besser – führst du es mir vor?«

»Vielleicht.«

»Mummy!«, quietschten zwei Stimmchen in der Küche, dann kamen die Mädchen in den Flur getobt.

»Hm, wohl eher nicht«, murmelte sie und warf Patrick ein Lächeln zu, dann schloss sie ihre Töchter in die Arme.

Zuerst war Ava dran, die sechs war und die Wildere der beiden.

»Wir machen Pizza!«, rief sie.

»Wirklich? Da muss ich unbedingt mitmachen.« Sie küsste Ava und streckte die Arme nach Iris aus. Sie war neun und deutlich ruhiger als ihre Schwester. Doch sie verströmte denselben Duft von Shampoo, Zucker und Unschuld.

Sie drückte sie fest an sich. Eigentlich gab es nur eins, was Sara wirklich etwas bedeutete, und das war ihre Familie. Es verstrich kein Tag, an dem sie keine aufrichtige Dankbarkeit dafür empfand, Patrick und die Kinder zu haben. Sie waren ihr Lebensinhalt, und sie würde niemals zulassen, dass sich etwas zwischen sie drängte.

»Wir haben schon mit deiner angefangen«, sagte Iris. »Weil wir dachten, dass du bestimmt zu müde bist, um sie selbst zu machen. Wieso ist Granny denn gar nicht mit reingekommen?«

Das war so typisch für Iris: diese aufmerksame Art. Immer hatte sie die anderen im Blick.

Sara drückte ihr einen Kuss auf die Stirn und stand auf. »Granny war ein bisschen müde und wollte gern nach ihren Tieren sehen.«

»Komm schon«, sagte Ava zu ihrer Schwester und zog sie an der Hand zurück in die Küche.

Was wiederum typisch für die stets rastlose Ava war – in Gedanken immer bereits beim nächsten Abenteuer.

Der Anblick der Mädchen, die Hand in Hand davonliefen, versetzte ihr einen Stich ins Herz. Hoffentlich würde das Verhältnis der beiden für immer so eng bleiben. *Schwestern.*

Am liebsten hätte sie die Zeit angehalten.

Gemeinsam mit Patrick folgte sie ihnen in die Küche. »Und? Haben sie sich benommen?«

»Absolut. Aber du weißt ja, wie es jetzt weitergeht. Sie freuen sich so darüber, dass du wieder hier bist, dass wir sie unmöglich ins Bett bekommen.«

»Es wird ihnen schon nicht schaden, wenn sie mal einen Abend später schlafen gehen.« Sara streifte ihre Schuhe ab und band sich eine Schürze um. Es war so schön, wieder zu Hause zu sein. Zwar machte sie sich immer noch Sorgen um ihre Mutter, aber hier im Kreis ihrer Familie traten diese Gedanken zeitweise in den Hintergrund. »Ich will keine Tomatensaucenflecken auf meiner besten Seidenbluse riskieren.«

»Dann zieh sie doch einfach aus.« Patrick warf ihr seinen besonderen Blick zu, und sie reagierte mit ihrem.

Vielleicht hätten sie sich für heute Abend einen Babysitter organisieren und ausgehen sollen.

»Ich musste mein T-Shirt ausziehen, weil ich Tomate draufgekleckert hab.« Ava verteilte Käse auf ihrer Pizza. »Jetzt bin ich traurig. Das war mein Lieblings-Shirt.«

»Beim Waschen geht der Fleck bestimmt raus.« Iris schob das Backblech mit dem Pizzateig näher zu ihrer Schwester, damit weniger Käsekrümel auf der Arbeitsfläche landeten. »Ich hab es schon eingeweicht und Seife auf den Fleck gegeben. Sie hat geweint, aber ich hab ihr erklärt, dass du es wieder sauber bekommst. Du bekommst doch alles sauber.«

Sara musste lächeln. Eigentlich war sie froh, keinen Babysitter organisiert zu haben. Den heutigen Abend wollte sie mit ihrer Familie verbringen. Später, wenn die Mädchen schliefen, hatte sie noch genügend Zeit mit Patrick allein. »Du bist so lieb zu deiner Schwester.«

»Hier ist deine Pizza.« Patrick schob ihr ein Backblech hin, und sie machte große Augen.

»Wow. Das sind aber viele Oliven.«

»*Zu* viele?« Iris musterte sie nervös. »Ich hab dir meine abgegeben, weil du Oliven doch so magst.«

»Es sind ganz genau richtig viele! Und das war sehr großzügig von dir.« Sara bewunderte pflichtbewusst ihre Pizza. »Wie hast du das nur so perfekt hinbekommen?«

Iris bekam vor Stolz rote Bäckchen und machte sich zufrieden wieder an die Arbeit an ihrer eigenen Pizza, die ebenso ein Sinnbild ihrer Persönlichkeit war wie die von Ava.

Iris' war akkurat belegt und mit Schinkenstreifen symmetrisch in vier Quadranten unterteilt.

»Deine Pizza sieht aus wie ein Kunstwerk«, bemerkte Sara bewundernd.

Dann schob ihr Ava ihre Pizza hin. »Und meine? Ist die auch ein Kunstwerk?«

»Ja, ein klarer Fall von moderner Kunst«, sagte Patrick und zwinkerte Sara zu.

Avas Pizza sah aus, als hätte jemand die Zutaten von einem Hubschrauber abgeworfen.

»Die sieht lecker aus.« Sara schob die Pizzen in den Ofen und setzte sich an den Tisch.

»Lange Woche? Dann hilft ein Glas von unserem besten Weißen aus Winterbury.« Patrick stellte ihr ein großes Weinglas hin, und Sara prüfte eingehend den Inhalt.

»Eine schöne Farbe.«

»Und der Geschmack ist sogar noch besser.« Er setzte sich neben sie und drückte ihr die Hand. »Das war bisher unser bestes Weinjahr. Unglaublich. Einmal im Leben war das Wetter auf unserer Seite. Danke übrigens für deine Mail mit dem Update. Klingt, als wäre der Termin mit dem Großhändler gut gelaufen.«

»Sehr gut sogar. Er kennt sich aus im alkoholfreien Marktsegment. Und er ist überzeugt, dass in diesem Bereich noch viel Raum für Wachstum ist.« Sara spielte mit ihrem Glas. »Ich hoffe, es klappt.«

Ava hielt sich die Ohren zu. »Hört jetzt auf, über die Arbeit zu reden! Arbeit ist langweilig.«

Sara stellte ihr Glas weg. »Du hast recht. Schluss mit Arbeit.«

Aber Ava kritzelte schon wild mit grünem Wachsmalstift auf einem Blatt Papier herum. »Ich male einen Weihnachtsbaum.«

Iris blickte auf. »Das ist hübsch geworden. Jetzt fehlt nur noch der Schmuck.«

»Wann bekommen wir endlich unseren richtigen Baum?«, fragte Ava, während sie wahllos pinke Kleckse auf dem Bild verteilte.

»Jetzt jedenfalls noch nicht«, antwortete Iris. »Sonst fallen die Nadeln ab. Aber bald.«

»Ich finde es toll mit Baum. Am liebsten hätte ich das ganze Jahr einen.«

»Ich auch.« Iris beugte sich vor und wischte einen Farbklecks weg, der auf dem Tisch gelandet war. »Willst du am Weihnachtsabend mit mir im Zimmer schlafen?«

»Bei Nanna zu Hause?« Ava strahlte. »Ja!« Sie sah zu Sara. »Darf ich? Bitte, bitte?«

»Klar, wenn Iris einverstanden ist.«

»Das wird toll.«

Ihre Begeisterung war ansteckend, und Sara spürte eine warme Vorfreude in sich aufsteigen. Ihr war bewusst, was für

Schwierigkeiten ihre Mutter mit der Weihnachtszeit hatte, und ihr selbst ging es teilweise auch so. Aber sie hatte gelernt, diese Gefühle auszublenden und zu ignorieren. Sobald sie die Mädchen um sich hatte, war der blasse Schleier der Trauer schnell vergessen. Die Fröhlichkeit ihrer Töchter drang bis tief in ihr Herz vor und vertrieb jede Düsterkeit daraus.

»Bald gehen wir den Baum holen. Und dann suchen wir uns den größten im ganzen Wald aus!«

Ava klatschte in die Hände und stieß dabei versehentlich ihr Glas um, woraufhin Iris loslief, um einen Lappen zu holen und den Tisch abzuwischen.

Patrick half ihr. »Du warst es, die unbedingt eine kleine Schwester wollte.«

Iris ließ den Lappen in die Saftpfütze fallen. »Da wusste ich ja noch nicht, wie viel Dreck so eine kleine Schwester macht.«

Gemeinsam aßen sie die Pizza, und als die Mädchen endlich schliefen, war Sara selbst schon fast so weit, dass sie am liebsten einfach nur ins Bett gefallen wäre.

Sie räumte das Geschirr in die Spülmaschine, putzte die Küche und setzte einen Kaffee auf.

»Ich hoffe, der ist entkoffeiniert«, bemerkte Patrick. »Wobei mich heute vermutlich sowieso nichts wachhalten könnte.«

»Musstest du gestern Nacht oft nach ihnen sehen?«

»Ava hat schlecht geträumt. Du kennst das ja mit ihrer ausgeprägten Fantasie. Vermutlich haben wir zu viel unternommen. Ich wollte sie müde spielen. Das ist der Nachteil an der vielen Arbeit – wenn ich mal wirklich Zeit mit den Mädchen verbringen kann, übertreibe ich es meistens, weil ich alles nachholen will.« Er stellte Tassen auf den Tisch, und sie schenkte ein.

»Wie konnten wir nur zwei dermaßen unterschiedliche Kinder bekommen?«

»Keine Ahnung, aber ich finde, sie ergänzen sich perfekt. Man muss sich ja nicht unbedingt ähnlich sein, um gut zusammenzupassen. Siehe Fish and Chips. Oder Scones und Clotted Cream.«

Sie trugen ihren Kaffee ins Wohnzimmer, wo Sara sich aufs

Sofa fallen ließ. »Ich mache mir Sorgen um die beiden. Iris ist so vernünftig und Ava so ein Chaosmagnet. Und dabei ist sie erst sechs! Wie soll das erst werden, wenn sie sechzehn ist?«

Patrick rieb ihr das Bein. »Die beiden machen das schon.«

»Woher willst du das wissen? Niemand kann vorhersagen, was die Zukunft bringt.«

»Huch!« Er musterte sie überrascht. »Wo kommt das denn plötzlich her?«

»Ach, egal. Manchmal frage ich mich nur, ob …«

»Ich weiß, wovor du Angst hast. Und ich kann dir versichern, deine Sorge ist vollkommen unbegründet. Nichts dergleichen wird passieren. Bist du so aufgewühlt, weil du stundenlang mit deiner Mutter im Auto festgesessen hast? Hat sie dich auf dumme Gedanken gebracht?«

»Nein«, verteidigte sie ihre Mutter hastig. »Also, natürlich macht sie sich Sorgen …«

»Und mit diesen Sorgen hat sie dich angesteckt. Weswegen ich dir hier und jetzt mitteile, dass es keinen Grund gibt, vor irgendetwas Angst zu haben. Den Mädchen geht es gut, und sie achten sehr aufeinander.« Er stellte seine Tasse ab und zog Sara in seine Arme. »Wie geht's deiner Mutter denn?«

»Ach, das Übliche eben.« Sie kuschelte sich an seine Schulter. »Sie ist tapfer. Und sie hat viel zu tun, das ist gut für sie.«

»Hast du sie überzeugen können, dass wir Weihnachten bei ihr feiern sollten?«

»Ja, ich glaube schon.« Sie sah zu ihm auf. »Und du bist auch wirklich ganz sicher, dass du das möchtest?«

»Aber ja. Die Mädchen werden begeistert sein!«

»Und du?« Sie trank einen Schluck Kaffee. »Immerhin arbeitest du für meine Mutter. Bist du sicher, dass du Weihnachten mit deiner Chefin verbringen willst?«

»Na klar! Ich habe sie gern um mich, und die Zusammenarbeit läuft wie am Schnürchen. Nicht, dass ich deine Mutter häufig zu Gesicht bekommen würde. Apropos Arbeit: Das Konzept von der Event-Agentur für unser Sommerfest sieht toll aus.«

»Du hast es schon gelesen? Ich hätte nie gedacht, dass du zwischen deiner Arbeit und der Kinderbetreuung noch Zeit dafür findest.«

»Du warst ja nicht da. Meine Abende waren lang und einsam. Ich hab dich vermisst. Außerdem finde ich das Thema spannend.« Nach kurzem Schweigen schob er nach: »Es ist kaum zu glauben, wie schnell wir expandieren. Wenn der Typ aus deinem Meeting eine Bestellung aufgibt …«

»Ja, ich weiß. Dann gehört unsere kleine Winzerei in den Cotswolds plötzlich zu den ganz großen.« Sie grinste. »Frohe Weihnachten.«

»Und hat sich deine Mutter mit Imogen getroffen?«

»Nein, diesmal nicht. Aber sie haben vereinbart, noch vor Weihnachten essen zu gehen.« Leise Anspannung machte sich in ihr breit. »Sie scheinen sich ziemlich nahezustehen.«

»Und das bereitet dir Sorge?«

»Ich weiß nicht.« Nach kurzem Schweigen gestand sie: »Ja, doch.«

»Imogen leistet hervorragende Arbeit.«

»Ich weiß, dass sie gut ist. Was das betrifft, habe ich kein Problem mit ihr.« In ihrer Schläfe setzte ein unangenehmes Pochen ein. »Aber du weißt ja, wie meine Mutter ist. Egal, ob Mensch oder Tier – sie hat ein Herz für alle, die einsam, bedürftig oder verletzlich sind.«

»Und in welche Kategorie würdest du Imogen einordnen?«

»Weiß ich auch nicht. Aber als sie die Agentur gewechselt hat, ist meine Mutter mitgegangen, ohne auch nur eine Sekunde darüber nachzudenken.«

»Ja. Weil Imogen kompetent ist und vollen Einsatz zeigt. Unter *bedürftig und verletzlich* verstehe ich was anderes, Sara. Ich würde eher vermuten, dass deine Mutter eine vernunftbasierte Geschäftsentscheidung getroffen hat.«

Seine logische, klare Art tat ihr gut, doch ganz vertreiben konnte er ihre Vorbehalte damit nicht. »Du hast recht. Aber wir wissen beide, dass ihre Beweggründe meistens komplexer sind als das.«

Er schien über ihre Worte nachzudenken. Dann erwiderte er: »Am Ende liegt die Entscheidung bei deiner Mutter. Sie tut, was sie für richtig hält.«

Nur dass diese Entscheidung unangenehme Konsequenzen mit sich bringen könnte.

»Ich will sie doch nur beschützen.«

Sie und mich. Ja, sie wollte auch sich selbst schützen. War das egoistisch?

Nein, man nennt das Überlebensinstinkt.

»Das weiß ich doch. Aber deine Mutter ist genauso stur wie du, und ihre Entscheidung ist gefallen. Dir bleibt gar nichts anderes übrig, als dich damit abzufinden.«

»Da hast du recht, es ist sinnlos, mir Sorgen zu machen.« Sie kuschelte sich fester an ihn. »Dass bald Weihnachten ist, macht die Sache nicht besser.«

»Ich weiß doch.« Er drückte sie an sich. »Aber alles wird gut. Und Weihnachten machen wir es uns richtig schön.«

Es gab keinen Grund, an seinen Worten zu zweifeln. Warum nur hatte sie trotzdem so ein mulmiges Gefühl?

4. KAPITEL

IMOGEN

Imogen fuhr ihren Computer herunter und gähnte, ein langer Tag lag hinter ihr. Sie musste noch ein paar Ideen für das hundertjährige Firmenjubiläum eines Kunden im kommenden Sommer sammeln, aber es war an der Zeit, sich auf den Heimweg zu machen. Die Strecke von der U-Bahn-Station zu ihrer Wohnung war spät am Abend zu gefährlich.

»Imogen?«, rief Rosalind ihr aus ihrem Büro zu. »Kannst du kurz reinkommen?«

Außer ihnen beiden befand sich niemand mehr auf der gesamten Etage. Die Schreibtische lagen verlassen da, und hinter den Fenstern erstreckte sich die Stadt mit ihren schimmernden Hochhäusern vor dem dunklen Nachthimmel.

In der Tiefe schlängelte sich die Themse an der Tower Bridge vorbei in Richtung Greenwich. Die Aussicht auf London war atemberaubend. Es kam ihr vor, als würden ihnen alle Highlights der Stadt zu Füßen liegen. Manchmal fragte sich Imogen, ob es wohl jemandem auffallen würde, wenn sie einfach einen Schlafsack mitbrachte und sich nachts unter dem Schreibtisch zusammenrollte. Das wäre jedenfalls deutlich komfortabler gewesen als ihre aktuelle Wohnung, die in einer Gegend lag, in der sich London von seiner hässlichsten Seite zeigte.

Vor Rosalinds Bürotür blieb Imogen kurz stehen. Wie immer überkam sie ein Anflug von Neid. Rosalind war die Einzige in der gesamten Agentur, die einen Rückzugsort hatte. Mit einer richtigen, echten Tür, die allerdings so gut wie nie geschlossen war.

Manchmal träumte Imogen davon, wie viel mehr Arbeit sie bewältigen könnte, wenn sie ebenfalls ihr eigenes Büro gehabt hätte. Kein Small Talk mehr, keine kreativen Fantasiegeschichten über ihr Leben. Keine Notwendigkeit, sich anzupassen. Wie sich das wohl anfühlen würde?

Fürchterlich.

Sie war zu Hause schon einsam genug. Da brauchte sie nicht auch noch in der Arbeit allein und abgeschieden zu sein.

»Ist alles in Ordnung, Rosalind?«

»Bestens sogar. Es gibt positive Neuigkeiten, und da du einen wesentlichen Beitrag dazu geleistet hast, dachte ich, du sollst es als Erste erfahren.« Rosalind ließ sich in ihrem Sessel zurücksinken und setzte ihre Brille auf, mit der sie aussah wie eine strenge Akademikerin. »Wir haben den Auftrag von Noop.«

Imogen durchflutete ein heftiges Triumphgefühl. »Das ist ja der Wahnsinn!« Momente wie dieser waren der Grund dafür, dass sie so viel arbeitete. Nichts war zu vergleichen mit dem Adrenalinkick, den sie bekam, wenn sie einen großen Auftrag an Land gezogen hatte.

»Was umso beeindruckender ist, weil sich insgesamt sechs Agenturen an dem Pitch beteiligt haben. Noop war begeistert von dir. Glückwunsch, Imogen.«

»Das war eine Team-Leistung.«

»Aber du hast dieses Team geleitet.« Rosalind winkte sie an ihren Schreibtisch. »Setz dich doch kurz. Ich will mit dir reden.«

Imogen trat ein und nahm gegenüber von Rosalind Platz.

Ja, es würde entsetzlich spät werden – aber den Sieg zu genießen, war es fast schon wert, auf dem Heimweg ausgeraubt zu werden.

»Das sind ja fantastische Neuigkeiten! Wann hast du es erfahren?«

»Gerade eben. Der Geschäftsführer persönlich hat angerufen. Aber eine Bedingung gibt es: Sie wollen, dass du das Projekt persönlich betreust.«

»Kein Problem«, antwortete Imogen wie aus der Pistole geschossen.

Rosalind beugte sich vor und musterte sie eindringlich. »Bist du sicher? Ich muss gestehen, dass ich mir Sorgen mache. Du betreust jetzt schon fast doppelt so viele Kunden wie Danny, und der ist diese Woche zu mir gekommen, um Bescheid zu geben, dass er zu ausgelastet ist, um weitere Projekte zu übernehmen.«

»Danny hat aber auch zwei Kinder und zu Hause eine Menge um die Ohren.« Seine häufigen Fitnessstudio- und Barbesuche sparte sie vorsichtshalber aus.

»Und was er außerdem hat, ist eine Frau, die ihm fast alles abnimmt«, fügte Rosalind trocken hinzu. »Aber lassen wir das. Ich gehöre nicht zu der Spezies Chefin, die findet, dass die Angestellten am besten gar kein Privatleben mehr haben sollten. Allerdings hege ich den Verdacht, dass Dannys Beitrag zu dieser Agentur eher im Minimalbereich angesiedelt ist. Aber was dich betrifft, frage ich mich schon, wie du es schaffst, ein solches Arbeitspensum zu bewältigen.«

»Ich bin Single, das hilft. Außerdem liebe ich meine Arbeit einfach. Schätze, ich bin der typische Workaholic.« Da sie kein Privatleben hatte, hatte die Arbeit automatisch Priorität. Abgesehen davon, dass ihr auch in finanzieller Hinsicht gar keine andere Wahl blieb.

Rosalind musterte sie kritisch. »Aber hattest du nicht einen Freund? Ja, genau! Jack hieß er, oder?«

Verdammt. Sie hatte Jack vergessen. Hätte die Beziehung wirklich existiert, wäre das besorgniserregend gewesen. Aber wie die meisten Aspekte von Imogens Privatleben war auch Jack erfunden. Und nach all den Höhen und Tiefen über Janies Liebesleben, die Imogen sich im Lauf des vergangenen Jahres hatte anhören müssen, war ihr das fast schon recht so.

»Doch, ja, aber das ist nichts Ernstes. Er arbeitet für eine der großen Unternehmensberatungen. Du weißt ja, wie das in solchen Läden läuft: Die wichtigste Grundvoraussetzung ist, dass man neben der Arbeit kein Leben hat.«

»Trotzdem bin ich der Meinung, dass du überlastet bist«, entgegnete Rosalind. »Glaub ja nicht, ich würde das nicht bemerken. Was du leistest, ist bei allem Talent und aller Arbeitsmoral kaum zu schaffen. Ich will doch nur vermeiden, dass du am Ende mit einem Burn-out ausfällst.«

»Ich weiß nicht mal, was Burn-out ist, Rosalind. Ehrlich, davon bin ich weit entfernt.« Sie rutschte nach vorn auf die Stuhlkante und versuchte, möglichst energiegeladen zu wirken.

»Und du bist wirklich sicher, dass du dich nicht übernommen hast?«, hakte Rosalind nach. »Du würdest es mir doch sagen, wenn dem nicht so wäre, oder?«

»Natürlich.« *Auf keinen Fall.* Wenn ihr die Arbeit über den Kopf wuchs, ging sie eben später ins Bett, um alles zu erledigen. »Wieso fragst du eigentlich? Habe ich irgendwo Fehler gemacht? Etwas vergessen?«

»Nein, du machst keine Fehler.« Rosalind hielt ihren Blick. »Meistens leistest du sogar mehr, als irgendjemand von dir erwartet.«

»Schön. Ich arbeite schnell, das weißt du ja. Und wenn ich mal ein paar Überstunden schieben muss, um ein Projekt abzuschließen, dann ist es eben so.«

Warum stellte ihr Rosalind all diese Fragen? Nur unter Mühen gelang es Imogen, den Impuls zu unterdrücken, im Spiegel ihr Äußeres zu überprüfen. Sah sie übermüdet aus? Was war hier los? Vielleicht sollte sie in Zukunft mehr Make-up tragen. Anya konnte ihr sicherlich einen Tipp geben, welches Rouge zu ihr passte.

»Du schiebst schon mehr als genug Überstunden.« Rosalind drückte auf ihre Tastatur, um den Computer zum Leben zu erwecken, und rief ein Dokument auf. »Letzte Woche hast du mir um drei Uhr morgens eine Mail geschickt. Und in der Nacht darauf um vier. Nur interessehalber: Wann schläfst du eigentlich?«

»Ich gehöre zu den Glücklichen, die nicht viel Schlaf brauchen«, versicherte ihr Imogen. »Und wenn mir nachts etwas einfällt, hake ich es lieber direkt ab, als es mit mir herumzuschleppen.«

»M-hm.« Rosalind musterte sie über ihren Brillenrand hinweg. »Machst du irgendwas zur Entspannung?«

»Klar.« *Nie.* »Yoga, meditieren, Gassi gehen …«

»Ach, stimmt ja. Midas.« Rosalind nahm die Brille ab. »Janie meinte, er sei krank. Hast du schon vom Tierarzt gehört?«

Ein fiktiver Freund war leicht zu händeln. Männer waren so unzuverlässig, dass es eine Unzahl an Gründen gab, sie in den Wind zu schießen, ohne dass sich jemand wunderte. Aber die Sache mit dem Hund war ganz klar ein Fehler gewesen. Wäre ihr das doch nur früher aufgefallen! Dann hätte sie sich ein weniger kompliziertes Haustier ausgedacht. Ein Kaninchen vielleicht. Oder einen Hamster. Vielleicht auch eine Stabheuschrecke. Wobei man über eine Stabheuschrecke nur schwer ins Schwärmen geraten konnte, und das entsprechende Foto auf ihrem Schreibtisch hätte sicherlich kaum dazu beigetragen, dass sie Janie ans Herz wuchs.

Wie auch immer, sie hätte sich ein Haustier suchen sollen, durch das sie sich an den Gesprächen zwischen den Teammitgliedern beteiligen konnte, ohne sich komplexe Geschichten ausdenken zu müssen.

»Der Tierarzt meinte, dass Midas wieder gesund wird.«

»Wie schön! Und wann holst du ihn ab?«

»Ihn … Ihn abholen?« Panik machte sich in ihr breit. Ihr Lügennetz hatte sich inzwischen so eng um sie zusammengezogen, dass es ihr die Luft zum Atmen abschnürte.

»Na ja, die Tierarztpraxis wird ihn ja wohl kaum zu dir nach Hause bringen, oder?«

»Ach so, nein, natürlich nicht. Ich fahre hin, um ihn zu holen. Wobei – jetzt, wo du es sagst: Eigentlich wäre es toll, wenn sie einen Lieferservice hätten. So wie für Pizza.« *Halt endlich den Mund, Imogen!* »Morgen. Ich hole ihn morgen. Sie wollen ihn noch eine Nacht lang dabehalten. Um ganz sicherzugehen.«

»Aber was hat er denn eigentlich?«

»Das wissen sie immer noch nicht so genau. Sie meinten, sie besprechen das alles in Ruhe mit mir, wenn ich dort bin.« Jetzt durfte sie nur nicht vergessen, Hundekrankheiten zu googeln, die schwer genug waren, dass das Tier mehrere Tage lang unter Beobachtung bleiben musste, ohne in Lebensgefahr zu schweben.

»Wenn du am Montag Homeoffice machen willst, um dich um ihn zu kümmern, kein Problem.«

Homeoffice? Wenn ein fiktiver Hund schon so anspruchsvoll war, konnte sie sich glücklich schätzen, keinen echten zu besitzen.

»Danke, Rosalind, aber das ist wirklich nicht nötig. Ich habe eine tolle Hundesitterin, die mir in solchen Situationen hilft. Am Montag finden drei von meinen Events statt, darum muss ich den ganzen Tag lang quer durch London flitzen, um rechtzeitig überall sein zu können. Aber du kennst das ja.« Oder auch nicht. Denn Rosalind nahm schon lange nicht mehr persönlich an Veranstaltungen teil. Sie hatte von Gründung der Agentur an ein Händchen für gute Leute bewiesen, die ihr den direkten Kundenkontakt größtenteils abnahmen.

»Deine Hundesitterin scheint ja ein echter Goldschatz zu sein. Könntest du mir ihre Kontaktdaten weiterleiten?«, fragte Rosalind. »Ich habe solche Schwierigkeiten, jemand Verlässliches zu finden. Meine letzte Hundesitterin war die reinste Katastrophe.«

Imogen gab einen mitfühlenden Laut von sich, als wäre das ein Thema, mit dem sie sich bestens auskannte. *Los, stell eine Frage!*, dachte sie. Dann musste sie selbst keine mehr beantworten. »Was ist passiert?«

»Ach, sie hatte zum Schluss so viele Hunde, dass sie den Überblick verloren hat. Und manchmal sogar einen Hund. Zum Glück waren sie alle gechipt. Ich bin jetzt schon bei Nummer fünf in diesem Jahr.«

»Nummer fünf?« Imogen wollte bemerken, dass das aber eine beträchtliche Menge Hunde sei, als sie gerade noch rechtzeitig begriff, dass Rosalind von Hundesittern sprach. »Ach so, ja klar. Du hast absolut recht, es ist schwer, gute Leute zu finden.«

»Meinst du, deine hat vielleicht noch ein Plätzchen für meine Daisy? Sie verträgt sich gut mit anderen Hunden. Also, meistens zumindest. Jedenfalls beißt sie so gut wie nie.«

»Ich glaube, meine Sitterin ist im Moment ausgebucht«, sagte Imogen hastig. »Aber wenn sie wieder einen Platz frei hat, sage ich dir sofort Bescheid.«

»Das wäre nett.« Rosalind lächelte. »Tja, und wenn du dir sicher bist mit Noop …«

»Absolut.« Imogen warf einen Blick auf die Uhr. Zu ihrem Entsetzen war es schon so spät, dass sie von Glück reden konnte, wenn sie nur ausgeraubt und nicht gemeuchelt wurde. Sie stand auf. »Danke, Rosalind. Dann sehen wir uns am Montag.«

»Genau. Und ich hoffe, dass Midas wieder ganz gesund wird und die Tierarztrechnung nicht allzu heftig ausfällt.«

Zumindest waren fiktive Hunde billig. Kompliziert, aber billig.

Gut gelaunt verließ Imogen das Büro. Sie hatten einen neuen Kunden an Land gezogen!

Lächelnd nahm sie die Treppe nach unten. Janies Besessenheit von ihrem Schrittzähler schien langsam abzufärben. Das Klackern ihrer Absätze hallte durchs Treppenhaus.

Einen Moment lang hatte sie ernsthaft befürchtet, dass Rosalind ihr das Projekt vielleicht nicht überlassen würde. Was wirklich albern gewesen wäre, weil es ihr hervorragend ging und sie nicht den leisesten Anflug von Burn-out bei sich feststellen konnte.

Sie hatte keine Ahnung, was der Auslöser für das Gespräch gewesen war, nahm aber daraus mit, dass sie in Zukunft vorsichtiger sein musste.

Keine E-Mails mehr mitten in der Nacht. Damit erregte sie nur unnötig Aufmerksamkeit. Dasselbe galt für E-Mails an Weihnachten, offenbar machten normale Leute das nicht. Zumindest nicht, wenn sie ein Leben wie das führten, das Imogen den anderen vorspielte. Wäre sie wirklich gewesen, wer sie zu sein vorgab, dann hätte sie an Weihnachten einen Spaziergang mit Midas durch die klirrend kalte Winterluft gemacht, um anschließend in ihr großes Landhaus zurückzukehren, wo sie sich am Küchentisch mit ihren Lieben zusammensetzte. Die Weihnachtszeit war Familienzeit. Eine Zeit, zu der Menschen wie Fantasie-Imogen keinen Gedanken an die Arbeit verschwendeten, weil sie voll und ganz mit den Festlichkeiten beschäftigt waren. Ihr war ein Fehler unterlaufen. Aber das würde ihr kein zweites Mal passieren.

Dieses Jahr würde sie die E-Mails, die sie während der Feiertage schrieb, als Entwurf speichern und erst am 2. Januar versenden. Am Ende würde Anya zwar dieselbe Anzahl an Mails im Postfach haben, sich aber trotzdem weniger wundern.

Sie durchquerte die Eingangshalle, verabschiedete sich von den Empfangskräften und wagte sich in den lebensgefährlichen Tanz mit der eigenwilligen Glasdrehtür, die eine tägliche Bedrohung für Karriere und Leben der Menschen darstellte, die in diesem Gebäude arbeiteten.

Die Kälte traf sie wie ein Faustschlag. Hastig knöpfte sie ihren Mantel zu und schlang sich den Schal um.

Es hieß, dieser Winter würde ungewöhnlich kalt werden. Die Buchmacher nahmen keine Wetten mehr darauf an, dass die Londoner weiße Weihnachten erleben würden, was an sich so unwahrscheinlich war, dass es an ein Wunder grenzte.

Vielleicht sollte sie sich doch besser einen echten Hund zulegen, an dem sie sich wärmen konnte. Aber da sie keine Familie hatte, die einspringen konnte, wenn sie Unterstützung brauchte, war das leider keine Option. Sie musste ihr Leben so unkompliziert halten wie möglich.

Der Zug war überfüllt. Eingequetscht zwischen den anderen Pendlern achtete sie sorgsam darauf, dass kein Blickkontakt zustande kam. Als sie in einer Kurve von einem Anzugträger gegen die Metallstange im Einstiegsbereich gedrückt wurde, fiel ihr auf, dass sie seit Langem keinem Mann mehr körperlich so nah gewesen war. Vielleicht war es an der Zeit, es mal wieder mit Dating zu probieren. Der letzte Versuch war allerdings nicht sonderlich erfolgreich verlaufen. Vermutlich war es einfacher, es bleiben zu lassen.

Der Zug ratterte durch die dunklen Tunnel unter der Stadt und spuckte in regelmäßigen Abständen Passagiere aus. Je weiter sie sich vom Glamour und Wohlstand der Londoner Innenstadt mit ihren verglasten Büros und ihrem geschäftigen Treiben entfernten, desto leerer wurde es in der Bahn, bis schließlich sogar ein Sitzplatz für Imogen frei wurde.

Sie starrte auf ihr Handydisplay, immer bedacht darauf, niemanden anzusehen. Unauffällig zu bleiben.

Als der Zug ihre Haltestelle erreichte, befand sich nur noch eine Handvoll Leute im Abteil.

Ehe sie ausstieg, knöpfte sie den Mantel über ihrer Tasche zu. Es war erst zwei Monate her, dass sie überfallen worden war und man ihr die Handtasche gestohlen hatte. Seitdem wappnete sie sich Abend für Abend innerlich und äußerlich für den fünfminütigen Fußweg vom Bahnhof nach Hause.

Der Kontrast zwischen dem glamourösen Viertel, in dem sie arbeitete, und ihrem Wohnviertel hätte greller nicht sein können. Selbst der übermotivierte Makler hatte die Worte »aufstrebendes Viertel« nur unter Mühen über die Lippen gebracht, als er sie herumgeführt hatte. Dass sie überhaupt die Möglichkeit gehabt hatte, sich in Ruhe in der Wohnung umzusehen, sagte mehr als genug. Im Augenblick waren Mietwohnungen in London dermaßen begehrt, dass die Leute teilweise astronomische Anzahlungen leisteten, kaum war eine Annonce erschienen, nur um sich eine Wohnung zu sichern, die sie mitunter nicht einmal besichtigt hatten. Aber Imogens Wohnung hatte niemand besichtigen wollen. Offenbar kannte selbst die Verzweiflung Grenzen.

Vorbei an Müll, der nicht abgeholt worden war, zwei Häusern mit vernagelten Fenstern und einem herrenlosen Einkaufswagen trat sie den Heimweg an. Eine flackernde Straßenlaterne warf dunkle Schatten auf den Bürgersteig. Die Temperatur war tagsüber weiter gefallen, heute Nacht würde es wohl zum ersten Mal Frost geben.

Während sie die Stufen zu ihrer winzigen Einzimmerwohnung im Souterrain hinabstieg, fragte sie sich, wie ihre Kolleginnen wohl auf die Wahrheit über ihr Leben reagieren würden.

Denn sie wohnte nicht in einer hübschen Wohnung mit eigenem Garten, in der genug Platz für Midas war. In ihre beengte Unterkunft hätte kein Hund mit einem Funken Selbstachtung auch nur eine Pfote gesetzt.

Doch das alles machte ihr nichts aus. Denn sie wohnte aus einem guten Grund hier, und der lautete: finanzielle Sicherheit. Sie hätte sich eine Wohnung näher an der Innenstadt durchaus leisten können. Aber das hätte sie einen guten Teil ihres Gehalts gekostet. Mit dieser Wohnung hier konnte sie jeden Monat einen ansehnlichen Betrag sparen, und das war ihrer Meinung nach jedes Opfer wert. Sie hatte schon fast genug beisammen, um die Anzahlung für eine anständige Eigentumswohnung leisten zu können. Doch sie wollte mehr als das. Was sie wollte, war ein Ort, in den sie sich verliebte. Ein echtes Zuhause, das nur ihr allein gehörte. Wann immer ihr Zweifel an ihrer aktuellen Wohnsituation kamen, warf sie einen Blick auf ihr Erspartes, und Stolz und Zufriedenheit kamen in ihr auf.

Sie verriegelte die Tür und legte ihre Jacke ab.

Eigentlich war das Leben hier gar nicht so übel. Zumindest war die Wohnung besser als die meisten, in denen sie als Kind gelebt hatte, und sie war es gewohnt, sich mit Dingen zu umgeben, die ihr Sicherheit und Trost spendeten. Die Wände waren grün gestrichen, und sie hatte sich zwei große Topfpflanzen gekauft, sodass sie so tun konnte, als wäre sie auf dem Land und nicht eingekeilt zwischen einem heruntergekommenen Parkplatz und den Bahngleisen. Die Pflanzen waren nicht echt, so wie praktisch alles in ihrem Leben. In diesem Fall aber hatte sie damit niemanden täuschen wollen, sondern eine Vernunftentscheidung getroffen, weil die Wohnung zu dunkel für echte Pflanzen war. Eine gesamte Wand wurde von ihrem Bücherregal eingenommen. Die Bücher darin hatte sie gebraucht auf Flohmärkten und bei der Wohlfahrt gekauft. Dass sie früher anderen

Menschen gehört hatten, verlieh ihr das Gefühl, nicht gänzlich allein auf dieser Welt zu sein. Vor ihr hatte schon einmal jemand diese Seiten umgeblättert. Vor ihr hatte sich schon einmal jemand in der Geschichte verloren, in die sie sich flüchtete, wenn sie sich einsam fühlte.

In einer Ecke befand sich eine Küchenzeile, und unter dem einzigen Fenster stand ein kleiner runder Bistrotisch, an dem sie ihre Mahlzeiten einnahm. Die gesamte Einrichtung strahlte Einsamkeit aus, doch das machte Imogen nichts aus.

Sie stellte ihren Laptop auf dem Tisch ab, machte sich einen Toast und setzte sich, um das Angebot durchzusehen, das sie für den neuen Kunden erarbeitet hatten.

All die Ideen umzusetzen, würde sie eine Menge Arbeit kosten, aber das würde sie schon schaffen.

Ihr Handy gab ein *Pling!* von sich. Anya hatte geschrieben.

Wie geht es Midas?

Imogen stöhnte auf und beschloss, nicht zu antworten. Hoffentlich würde Anya einfach annehmen, dass sie zu tun hatte.

Wie hatte sie sich nur in diese aussichtslose Lage manövrieren können? So durfte das nicht weitergehen. Inzwischen waren ja schon die einfachsten Gespräche das reinste Minenfeld!

Sie musste Midas loswerden. Aber wie schaffte man einen fiktiven Hund ab? Hm … Und was, wenn sie ihn an seiner fiktiven Krankheit sterben ließ? Bei der Vorstellung, ein Tier zu töten, bekam sie Schuldgefühle, bis sie sich wieder in Erinnerung rief, dass Midas ja gar nicht existierte.

Nein, das konnte sie nicht bringen. Wenn sich in der Arbeit herumsprach, dass ihr Hund gestorben war, würde man sie mit Mitgefühl überschütten und ihr anbieten, sich freizunehmen, was ungefähr das Letzte war, was sie gerade brauchen konnte.

Sie aß noch einen Bissen Toast und starrte die Wand an. Und wenn sie Midas bei ihrer »Familie« auf dem Land unterbrachte?

Andererseits würde sie sich dadurch nur noch enger in ihrem Lügengeflecht verstricken.

Und dann kam ihr eine Idee. Sie würde sagen, dass er ausgebüxt war! Ja, das war gut. Das würde funktionieren. Eine saubere, ordentliche Lösung. Sie würde einfach der Hundesitterin die Schuld geben – auch wenn sie bei dem Gedanken wieder Gewissensbisse bekam und sich bewusst machen musste, dass die Hundesitterin ebenso fiktiv war wie der Hund.

Sie würde eine Zeit lang trauern, weil sie ihren besten Freund verloren hatte, sich nach außen aber stoisch geben. *Bitte, kein Mitgefühl, sonst muss ich nur weinen.* Und nein, sie würde sich kein neues Haustier anschaffen. Dazu hing ihr Herz noch zu sehr an Midas. Problem gelöst.

Es würde so guttun, zumindest eine ihrer vielen Lügen loszuwerden.

Vielleicht war es auch an der Zeit, dass Jack sich von ihr trennte. Nein, das war keine gute Idee. Wenn man innerhalb so kurzer Zeit erst seinen Hund und dann auch noch seinen Freund verlor, wirkte man entweder bemitleidenswert oder inkompetent. Nein, besser, sie trennte sich von ihm.

Jedenfalls war es an der Zeit, dass ihr Leben einfacher wurde. Ihre Familie und das Landhaus würde sie behalten, weil beides zu Weihnachten und an anderen Feiertagen angenehme Gesprächsthemen bot und niemand je die Wahrheit erfahren würde. Aber allen anderen Ballast würde sie abwerfen.

Zufrieden mit ihrem Plan wollte sie erneut von ihrem Toast abbeißen, als das Handy klingelte. Auf dem Display erschien der Name »Tina«. Augenblicklich sackte ihre Stimmung in den Keller.

Warum jetzt? Warum ausgerechnet heute?

Mit einem unangenehmen Ziehen im Magen musterte sie das Handy so lange, bis es aufhörte zu klingeln. Obwohl die Heizung nicht besonders hochgedreht war, war sie von einer Minute zur anderen schweißgebadet.

Als es noch einmal klingelte, musste sie die Fäuste ballen, um nicht doch abzunehmen.

Niemand zwang sie dranzugehen. Es gab keinerlei Verpflichtung. Sie war genau dann erreichbar, wenn es ihr gerade passte. Wenn sie bereit war. Und das war sie nicht. Jedenfalls jetzt gerade nicht.

Erneut hörte es auf zu klingeln, diesmal teilte ihr das Handy aber mit, dass sie eine neue Nachricht auf der Mailbox hatte.

Kurz spielte sie mit dem Gedanken, sie zu löschen, ohne sie vorher abgehört zu haben. Aber dann rief sie die Mailbox doch ab, auch wenn sie sich dafür hasste, dass ein Teil von ihr einfach nicht anders konnte.

»Hi, Imogen, Tina hier. Bitte ruf mich so schnell wie möglich zurück. Es ist dringend.«

Sie hörte sich die Nachricht noch ein zweites und drittes Mal an, hätte aber selbst nicht sagen können, weshalb. Denn die Worte blieben ja gleich, egal, wie oft sie sie anhörte.

Hi, Imogen, wie geht es dir?

Hi, Imogen, ich musste gerade an dich denken und dachte, ich melde mich kurz.

Hi, Imogen, ich weiß, ich hätte dir das schon viel früher sagen sollen, aber mir tut das alles furchtbar leid.

Natürlich wurde nichts davon gesagt. Das war ihr schon vor dem Abhören der Nachricht klar gewesen, und doch war sie jedes Mal wieder enttäuscht. Obwohl sie es besser wusste, war es ihr unmöglich, das verbliebene winzige bisschen Hoffnung in ihrem Herzen zu ersticken. Was vielleicht ja auch gut so war. Denn was blieb einem noch, wenn man den Glauben daran verlor, dass sich die Dinge zum Positiven wenden konnten? Man musste an dieser Hoffnung festhalten, sonst war das Leben sinnlos und finster. Und so ein Leben wollte sie nicht.

Sie löschte die Nachricht, damit sie nicht in Versuchung geriet, sie noch einmal abzuspielen und noch tiefer zu sinken als ohnehin schon.

Das hier war der Grund, aus dem sie ein fiktives Leben erfunden hatte: Weil ihr wahres Leben etwas war, das man besser verheimlichte. Für ihre Kolleginnen war sie Imogen mit dem Hund

und der liebevollen Großfamilie mit dem herrlichen Landhaus. Manchmal beneidete sie sich selbst darum, so schön klang das alles.

Aber darüber durfte sie gerade nicht nachdenken.

Ihr Handy klingelte ein drittes Mal, und so wie immer nahm sie am Ende doch ab.

»Imogen?« Die Stimme war heiser und kehlig. »Bist du's?«

Sie schloss die Augen. *Nein.* Sie würde sie nicht Tina nennen. Nicht an einem Tag wie heute, an dem ihr gesamtes Leben eine einzige Lüge zu sein schien.

»Ja, ich bin dran. Hi, Mum.«

5. KAPITEL

DOROTHY

Dorothy schlüpfte in ihre uralte Daunenjacke, legte einen Schal um und ging mit Bailey an ihrer Seite nach draußen. Der Sonnenaufgang hatte den Himmel milchweiß gefärbt, und Boden und Bäume waren von silbrigem Frost bedeckt. Sie liebte die Stille solcher Morgen zu Beginn des Winters. Das Gefühl, dass die ganze Welt sich einkuschelte. Die Bäume hatten ihr Laub abgeworfen, als wären sie müde von dem halben Jahr, in dem sie es getragen hatten.

»Das ist aber kalt heute.« Sie redete mit Bailey, so wie sie mit all ihren Tieren sprach. Als wären sie Familienmitglieder. Was sie für Dorothy auch waren.

Jedes Tier, um das sie sich kümmerte, hatte eine Geschichte – in der Regel eine tragische. Sie waren bei ihr gelandet, weil sich niemand sonst ihrer annehmen konnte. Sie hatte ihnen ein Zuhause und eine zweite Chance gegeben.

Diese Tiere brauchten sie, aber das beruhte auf Gegenseitigkeit. Mit jedem Tier, das sie rettete, wurde die Last der Schuldgefühle für ihr vergangenes Versagen ein wenig leichter. Sie brauchte keine Therapie zu machen, um zu begreifen, was sie da tat. Selbst jetzt noch, über zwanzig Jahre später, versuchte sie, Wiedergutmachung zu leisten. So viele Leben wie möglich zu retten zum Ausgleich für das eine, das sie nicht hatte bewahren können. Nur dass ein solcher Ausgleich natürlich nicht möglich war. Jedenfalls nicht richtig. Doch es half. Die Tiere profitierten davon, und Dorothy hatte dadurch eine sinnstiftende Aufgabe. Tätig zu sein war ihre Therapie. Tätig zu sein hatte sie selbst gerettet.

Damals, ganz am Anfang, war sie derart von ihren Gedanken gequält worden, dass ihr das Herz gebrochen war. Einmal und dann noch einmal. In jener Zeit hatte es Tage gegeben, an denen sie sicher gewesen war, den Schmerz nicht zu überleben. Ihn auch gar nicht überleben zu wollen. Am Ende hatte sie dann aber doch immer einen Grund gefunden weiterzumachen.

Anfangs für Sara, dann für Saras Kinder, ihre Enkelinnen. Für das Weingut, die Tiere. All das war jetzt ihr Lebensinhalt, und trotz der Vergangenheit war es ein gutes Leben. Sie war zufrieden. Ja, sie dachte über die Dinge nach, die damals geschehen waren – viel häufiger, als sie es Sara gegenüber je zugeben würde –, aber der Schmerz war inzwischen zu einem dumpfen Pochen geworden, das sie an guten Tagen kaum mehr wahrnahm.

Es sei denn, es ging gerade auf Weihnachten zu.

Sobald sich die Beeren an den Stechpalmensträuchern rot verfärbten, war der Schmerz wieder da. Ihre Strategie dagegen bestand darin, sich einfach noch mehr Arbeit aufzuhalsen als sonst. Sie verbrachte besonders viel Zeit in London, sorgte dafür, dass sie zu jeder Tages- und manchmal auch Nachtzeit etwas um die Ohren hatte.

Leicht war das nicht, aber sie wusste ja, dass sie es durchstehen würde, schließlich war es ihr schon so oft gelungen. Was man einmal überlebt hatte, das konnte man wieder überleben. Und wieder. Und wieder. Es mochte ihr nicht wie Sara gelingen, die Vergangenheit ganz auszublenden, aber dafür hatte sie gelernt, sich während der Weihnachtszeit auf all das zu konzentrieren, was sie besaß, nicht auf das, was sie verloren hatte. Dankbarkeit statt Verbitterung zu empfinden.

Vorsichtig durchquerte sie den Garten mit seinem vereisten Boden. Am Koppelgatter drängten sich bereits die Alpakas, um sie zu begrüßen. Bei diesem Anblick hob sich Dorothys Stimmung merklich.

In Gesellschaft dieser bildschönen und sanftmütigen Geschöpfe konnte man unmöglich niedergeschlagen sein.

Den Anfang ihrer Menagerie hatten gar nicht die Alpakas gebildet, sondern ein Esel aus dem örtlichen Tierheim, den man dort nicht unterbringen konnte. Dann war ein Wurf Kätzchen dazugekommen, den jemand in einem Sack in den Fluss geworfen hatte. Schafe, ein altes Polizeipferd, das sich ein ruhiges Rentnerdasein auf dem Land verdient hatte, Hühner und mehrere Kaninchen.

Aber niemals ein Alpaka.

Wie bei so vielen Tieren war es der Tierarzt Miles McEwan gewesen, der sich bei ihr gemeldet hatte. Er war gerade von einem Kleinbauernhof zurückgekommen, dessen Betreiber das Interesse an ihren Alpakas verloren hatten, weil sie so viel Arbeit machten. Die Tiere befänden sich in einem bedauernswerten Zustand und bräuchten umgehend ein neues Zuhause. Ob Dorothy nicht einspringen könne.

Die Wut war ihm anzuhören gewesen, was selten vorkam, ließ Miles doch normalerweise stets Ruhe und Bedacht walten, insbesondere in Krisensituationen. Aber das Leid dieser Tiere schien ihn aufgewühlt zu haben – und Dorothy berührte es ebenfalls, was er natürlich ganz genau gewusst hatte.

So wie er gewusst hatte, dass sie nicht Nein sagen würde. Dorothy hätte niemals Nein gesagt zu einem Lebewesen, das Schutz und Hilfe benötigte. Diese Alpakas schienen sie zu brauchen. Miles wartete ihre Zusage ab, erst dann eröffnete er ihr, dass es sich um *vier* Tiere handelte.

Dorothy hatte keine Ahnung von Alpakas gehabt, also hatte sie einen Züchter aus der Gegend besucht, damit er ihr einen Crashkurs verpasste, und die Koppel hergerichtet, die sich am nächsten am Haus befand.

An einem hellen, sonnigen Frühlingstag waren die Alpakas dann eingetroffen, und Miles und Dorothy hatten sie gemeinsam in ihr neues Zuhause gebracht. Ihr Zustand war tatsächlich erbärmlich gewesen, und während der ersten Monate war Miles regelmäßig vorbeigekommen, um nach ihnen zu sehen. Mit vereinten Kräften gelang es ihnen schließlich, die Alpakas aufzupäppeln. Ein Jahr später war noch Benson dazugekommen, sodass die Herde nun fünf Tiere umfasste.

Inzwischen wirkten sie so gesund und munter, dass die schweren Zeiten vergessen schienen.

Dorothy fütterte sie, sah nach dem Heu, mistete ihre Schlafecke im Stall aus und gab ihnen frisches Wasser. Währenddessen unterhielt sie sich mit den Alpakas und überprüfte nebenbei ihr Fell und ihren allgemeinen Gesundheitszustand. Miles schaute häufig kurz vorbei, wenn er gerade beruflich in der Gegend war, und wenn sie zwischendurch irgendetwas Besorgniserregendes entdeckte, brauchte sie nur kurz anzurufen. Nötig war das aber nur selten, denn sie hatte sich mittlerweile einiges an Wissen angeeignet. Sie hatte Zeit mit den Alpakas verbracht, ihr Verhalten beobachtet und so gelernt, was sie brauchten.

Als sie gerade das Gatter zur Koppel wieder hinter sich schloss, kam Miles in seinem Auto die Einfahrt entlang.

Sein letzter Besuch war schon ein paar Wochen her, und sie freute sich auf seine Gesellschaft. Er war für sie wie ein Sohn und sie bemutterte ihn gern, was umso alberner war, weil er kein bisschen wirkte wie jemand, der bemuttert werden musste. Aber er war nun mal das Kind ihrer ältesten Freundin, und sie hatte immer schon ein wachendes Auge auf ihn gehabt.

Der Gedanke an ihre Freundin versetzte ihr einen Stich. Fünf Jahre war Sybil jetzt schon tot, und doch vermisste Dorothy sie jeden Tag. Der Kontakt zu Miles gab ihr das Gefühl, dass sie zumindest noch ein bisschen Teil ihres Lebens war.

Lächelnd winkte sie ihm zu, während er ausstieg und den vereisten Garten durchquerte. Sein Gang war ausgreifend und selbstbewusst, ganz anders als ihr vorsichtiges Getrippel vorhin.

»Morgen, Dorothy.« Er trug einen dicken Pulli und schwere Stiefel. Auf seiner Hose prangten Schlammspritzer.

»Guten Morgen, Miles. Wie schön, dich zu sehen. Warst du die ganze Nacht auf den Beinen?«

»So gut wie.«

Sie konnte nicht anders, als ihn ein wenig aufzuziehen. »Heißes Date?«

»Ja, sie war absolut umwerfend. Beine wie ein Rennpferd.« Er grinste und lehnte sich gegen das Gatter. »Was wenig verwunderlich ist, weil sie eins ist. Ich war drüben auf Mortons Gestüt. Pferd mit Kolik.«

»Ach, du liebes bisschen. Und? Wird es wieder?«

»Schätze schon. Heute Morgen um zwei sah die Sache noch anders aus. Lange Nacht.«

Die Erschöpfung war ihm anzusehen. Auf seinem Kinn schimmerte ein dunkler Bartschatten, und unter seinen Augen hatten sich tiefe Ringe gebildet. »Und wieso du? Du hast die Betreuung für das Gestüt doch schon länger abgegeben.«

»Ihr jetziger Tierarzt war verhindert, also bin ich eingesprungen. Irgendwann wird es sich schon auszahlen, dass ich ihnen den Gefallen getan habe.«

Sie wusste genau, dass das nicht sein Hauptgrund gewesen war: Miles war einfach großzügig veranlagt.

Sie legte ihm die Hand auf den Arm. »Du musst ja todmüde sein. Und bestimmt auch hungrig. Ich wollte gerade Tee aufsetzen und mir Frühstück machen. Möchtest du vielleicht mitessen?«

»Was glaubst du denn, wieso ich hier bin? Ich wollte gerade nach Hause fahren und mir selbst Frühstück machen, da ist mir eingefallen, dass in meinem Kühlschrank gähnende Leere herrscht. Ich hatte gehofft, wenn ich hier aufkreuze und ein bisschen traurig schaue, bekommst du Mitleid und fütterst mich durch.«

»Und wieso ist dein Kühlschrank leer?« Vielleicht musste er ja doch ein bisschen bemuttert werden. »Achtest du nicht genügend auf dich?«

»So gut wie gar nicht!« Er setzte seinen besten Hundeblick auf. »Schau mich nur an, ich bin total ausgemergelt! Gut möglich, dass ich kurz vor dem Hungertod stehe.«

Doch was sie sah, waren lange Beine, breite Schultern und von harter körperlicher Arbeit im Freien gestählte Muskeln. Sie musste daran denken, wie er im Sommer mitgeholfen hatte, eine Kuh aus dem Fluss zu retten. Bis zur Taille hatte Miles im Wasser gestanden, um sie zu sedieren, damit sie während der ganzen Aktion sich und ihre Retter nicht in den Tod riss. Dann hatte er sie gemeinsam mit dem Bauern an Land gezogen. Noch am selben Tag hatte die Geschichte im gesamten Ort die Runde gemacht – seitdem musste Miles seine Getränke im Dorfpub nicht mehr selbst zahlen.

Sybil wäre stolz auf ihn, dachte sie.

»Stimmt, richtig mickrig siehst du aus«, verkündete sie gut gelaunt. »Glaubst du, dass du überhaupt noch selbst deine Teetasse heben kannst?«

»Oh, das wird schwierig. Aber Kuchen hilft bestimmt!«

»Kuchen?« Sie gab einen tadelnden Laut von sich. »Zum Frühstück?«

Er zuckte mit den Achseln. »Da ich die ganze Nacht über wach war, können wir auch einfach behaupten, es wäre ein Abendessen. Aber wenn du dich damit wohler fühlst, kann ich mir sicherlich auch eine riesige Schüssel Porridge runterzwingen. Allerdings müsste es sich dann schon um dein Spezialrezept mit Zimt und Ahornsirup handeln. Und vielleicht noch ein Sandwich mit Bacon.«

Sie musterte ihn stirnrunzelnd. »Hand aufs Herz, Miles. Hast du wirklich nichts zu essen zu Hause?«

»Quatsch, natürlich! Mein Essen schmeckt nur nie so gut wie deins.« Er lehnte sich gegen das Gatter und betrachtete die Alpakas, die wieder aus ihrem Stall gekommen waren, um nachzusehen, was es mit dem Lärm auf sich hatte. »Sie sehen prächtig aus, Dorothy. Manchmal glaube ich, du kannst zaubern.«

»Das war Teamwork.« Sie klopfte ihm auf die Schulter. »Benson bekommt eine Hauptrolle bei einer Schulaufführung. Aber vermutlich werde ich dich damit nicht von deiner Arbeit weglocken können, was?«

Wie Sara prophezeit hatte, schauderte er bei der Vorstellung. »Nein danke, nach dem letzten Mal ist mir die Lust vergangen.

Du kommst bestimmt allein zurecht, Dorothy. Benson und du, ihr braucht meine Hilfe nicht.«

»Da hast du sicher recht.« Sie lächelte. »Und jetzt komm. Wenn du ordentlich frühstückst, darfst du auch ein Stück Schokoladenkuchen mit nach Hause nehmen.«

Vor der Haustür streifte er seine Stiefel ab, dann folgte er ihr in die Küche.

Auf dem Tisch lagen noch die Stechpalmen- und Mistelzweige, die sie am Vorabend geschnitten hatte. Sie schob sie beiseite, um ihm Platz zu machen.

»Setz dich, die Weihnachtsvorbereitungen können warten.«

»Jetzt habe ich doch ein schlechtes Gewissen, weil ich dich von deinen Aufgaben abhalte.« Er wusch sich die Hände, dann hob er einen Stechpalmenzweig auf, der auf dem Boden gelandet war, und legte ihn zu den anderen. »Du scheinst ja einiges zu tun zu haben.«

»Aber nichts davon eilt. Ich freue mich immer, dich zu sehen.«

Und das nicht nur, weil er für sie eine Verbindung zur Vergangenheit darstellte, sie fand seine Gesellschaft wirklich angenehm.

Während sie in der Küche herumwerkelte, machte er es sich am Küchentisch bequem und erzählte ihr von seiner Woche.

Schon bald war der Raum erfüllt vom Duft nach frischem Kaffee und brutzelndem Speck.

Sie fand es schön, dass jemand hier war, den sie umsorgen konnte, und beobachtete belustigt und zufrieden, wie er alles, was sie ihm hinstellte, bis auf den letzten Krümel verputzte. Tief in sich drinnen war er immer noch der Junge von früher, und es freute sie, dass er ihr Zuhause und ihre Gesellschaft als erholsam empfand. »Na, das nenne ich mal einen gesegneten Appetit.«

»Dabei esse ich aus reiner Höflichkeit.« Er kratzte die Porridge-Schüssel leer und griff nach dem mit Bacon belegten Brötchen, das sie ihm hingestellt hatte.

»Und du kochst auch wirklich richtig für dich?«

»Um ehrlich zu sein, nein. Meistens bin ich einfach zu müde.« Nachdem er das Brötchen förmlich inhaliert hatte, schloss er die

Augen. »Wenn ich von meinen Einsätzen zurück bin, falle ich in der Regel nur noch aufs Sofa. Und dabei haben wir angeblich die friedlichste Zeit im Jahr. Das war köstlich, Dorothy. Willst du mich heiraten?«

»Du bist zweiunddreißig«, entgegnete sie trocken, und er öffnete die Augen.

»Na und? Dann bin ich eben ein paar Jährchen jünger als du. Aber in Anbetracht meiner vielen Nachtschichten hatte ich viel mehr Wachstunden als andere Leute. So gesehen bin ich bestimmt schon an die fünfzig.« Er lächelte, und wie so oft dachte sie, dass sich die Frau, die Miles eines Tages davon überzeugen konnte, sein Junggesellendasein aufzugeben, wirklich glücklich schätzen konnte.

»Wann warst du zuletzt mit einer Frau aus? So richtig, meine ich.«

»Was heißt richtig?«

»Im Restaurant. Oder im Kino.« Sie schenkte ihm Kaffee nach. »Kannst du dich überhaupt noch erinnern?«

»Ehrlich gesagt, nein. Wann soll ich das denn auch noch erledigen?«

»Das schaffst du schon.« Sie stellte den Kuchen auf den Tisch und schnitt Miles ein dickes Stück ab. »Was machst du eigentlich an Weihnachten?«

»Ich habe Bereitschaft, vermutlich bin ich also in irgendeinem Stall, wo ich so tue, als wäre ich einer der Heiligen Drei Könige.« Er unterdrückte ein Gähnen. »Die Tiere interessiert es nicht, ob Weihnachten ist. Sie werden trotzdem krank. Erwähnte ich eigentlich schon, was für eine fantastische Köchin du bist?«

»Wenn du mir weiter so schmeichelst, lade ich dich am Ende noch zum Weihnachtsessen ein. Aber im Ernst, Miles, komm an Weihnachten doch zu uns. Sara, Patrick und die Mädchen sind auch da.« Eigentlich hatte sie ihm das Kuchenstück einpacken wollen, damit er es mit nach Hause nehmen konnte, aber er angelte es sich vorher von der Platte und begann zu essen. Sie verkniff sich ein Grinsen und schnitt ein zweites Stück ab, das sie in eine Tupperdose packte. »Wir würden uns alle sehr freuen, wenn du mit uns feierst.«

»Du kannst mich doch nicht ernsthaft zum Essen einladen. Als wüsstest du nicht genau, was dann passiert! Du setzt mir das leckerste Menü aller Zeiten vor, und schon klingelt mein Handy und ich muss los, um mich um irgendeine Kuh oder ein anderes Viech zu kümmern, dem Weihnachten egal ist. Und dann redest du nie wieder ein Wort mit mir.« Er leckte sich die Schokolade von den Fingern. »Vertrau mir, ich habe in meinem Leben weitaus mehr Menschen vor den Kopf gestoßen als mit meinem Charme bezaubert. Falls du einen Beweis brauchst, gebe ich dir gern die Nummer der Frau, die es zuletzt gewagt hat, mit mir zusammenzuziehen. Ich glaube, inzwischen dürfte sie ihre Therapie beendet haben.«

Sein lockerer Tonfall konnte sie nicht täuschen. Sie wusste, wie sehr ihn das Ende besagter Beziehung getroffen hatte. Wie zurückhaltend er seitdem war. Knapp drei Jahre war das jetzt her, und soweit sie wusste, hatte er seitdem keinerlei Versuche mehr unternommen, jemanden kennenzulernen, was umso überraschender war, weil es wohl in den gesamten Cotswolds kaum eine alleinstehende (und so manche vergebene) Frau gab, die nicht heimlich von ihm träumte. Viele von ihnen hätten sicherlich nicht gezögert, seine unplanbaren Arbeitszeiten in Kauf zu nehmen, solange sie nur Miles McEwan an ihrer Seite wussten.

»Wenn du einen Einsatz hast, halte ich dir eben das Essen warm, bis du wieder zurück bist. Und eine Therapie werde ich danach ganz sicher nicht brauchen. Von unwichtigen Kleinigkeiten lasse ich mich nicht stressen.« Sie nahm gegenüber von ihm Platz und trank einen Schluck Kaffee. »Die Einladung ist ernst gemeint, Miles. Bitte feiere mit uns. Ich bestehe darauf.«

Er seufzte. »Dorothy …«

»Gefüllter Truthahn …«

»Ich kann doch nicht …«

»In Ahornsirup glasierte Pastinake …«

»Verflucht seist du, elendes Weib! Na gut, ich komme.« Er stand auf und räumte seinen Teller und die Schüssel in die Geschirrspülmaschine. »Lädst du noch andere einsame Streuner ein? Nur um sicherzugehen, dass du mich nicht verkuppeln willst.«

»Ich wollte Erin fragen.«

Er musterte sie argwöhnisch. »Erin aus der Bäckerei? Erin, die schon Ende sechzig ist?«

»Gibt es sonst noch eine Erin in der Gegend?«

Die roten Flecken, die plötzlich auf seinen Wangen sprossen, verrieten ihr, dass es durchaus einmal eine andere Erin gegeben hatte. Vielleicht war er ja doch umtriebiger, als sie dachte.

»Erin aus der Bäckerei ist ein ausgesprochen netter Mensch«, sagte er. »Und ich würde mich sehr freuen, Weihnachten in ihrer Gesellschaft zu verbringen. Besonders, wenn sie ihr legendäres Sauerteigbrot mitbringt. Und vielleicht ein paar Zimtschnecken.« Er klappte die Spülmaschine zu und bückte sich zu Bailey, um ihn zu streicheln. »Weißt du eigentlich, was für ein Glück du hast, dass du hier wohnen darfst und dir jeden Tag jemand einen vollen Futternapf hinstellt?«

Baileys begeistertes Schwanzwedeln ließ darauf schließen, dass ihm das durchaus bewusst war.

Miles richtete sich wieder auf. »Ich sollte dann mal.«

»Moment mal. Vorher will ich noch die Geschichte von der anderen Erin hören.«

Er nahm seinen Mantel vom Haken und warf ihr ein durchtriebenes Lächeln zu. »Willst du nicht, glaub mir.«

»Möchtest du wirklich einer einsamen alten Frau diese kleine Freude in ihrem tristen Alltag verwehren?«

»Wie du weißt, ist mein Liebesleben alles andere als erfreulich. Und wenn du einsam bist, hätte ich ein paar neue Tiere für dich im Angebot. Paula Lightfoots Katze hat diese Woche geworfen, und sie kann sie nicht alle behalten.«

Dorothys Herz zog sich bei dem Gedanken zusammen, aber sie ignorierte das Gefühl. »Wenn ich mir noch mehr Tiere ins

Haus hole, droht mir eine ordentliche Standpauke von Sara. Sie findet es wichtig, dass ich lerne, Nein zu sagen. Außerdem wissen wir doch beide, dass Paula die Kätzchen am Ende einfach behalten wird, falls sich kein Zuhause für sie findet.«

»Da hast du recht.« Er wollte gehen, doch in der Tür blieb er noch einmal stehen und drehte sich zu ihr um. »Bist du wirklich einsam?« Die plötzliche Besorgnis in seinem Blick gab ihr einen Grund mehr, unbedingt eine Partnerin für ihn finden zu wollen. Allerdings nur eine, die ihn auch wirklich verdient hatte. Er war ein guter Mann, und gute Männer durften nicht verschwendet werden.

»Nein, für Einsamkeit habe ich gar keine Zeit.«

»Aber du musst zugeben, dass Weihnachten nicht gerade deine Lieblingszeit im Jahr ist.«

Sie zuckte mit den Achseln. »Früher war das so, stimmt. Aber Sara und ihre Familie kommen an Weihnachten her, und die Mädchen sind so begeistert, dass es schwer ist, sich nicht anstecken zu lassen. Ich finde, man sollte sich mehr über das freuen, was man hat, als dem hinterherzutrauern, was man verloren hat, meinst du nicht? Nachher kommen sie übrigens vorbei. Wir wollen den ersten Weihnachtsschmuck aufhängen. Sie verbringen jeden Samstag hier.«

»Ich weiß.« Er lächelte. »Wie läuft es mit dem Reiten? Benimmt sich das Pony?«

»Thelma ist ein Schatz. Iris schlägt sich gut, sie hat Talent. Unglaublich, wie sehr sie mich daran erinnert, wie Sara in dem Alter war. Tausend Dank noch mal, dass du uns geholfen hast, das richtige Pony zu finden.«

»Thelma brauchte ein schönes Zuhause, und das hat sie hier bei dir gefunden. Ich würde sagen, eine Win-win-Situation für alle Beteiligten.« Wieder unterdrückte er ein Gähnen, und sie schob ihn zur Tür hinaus.

»Du schläfst ja fast im Stehen ein. Na los, ab ins Bett mit dir.«

»Gute Idee.« Auf dem Weg zur Haustür fügte er hinzu: »Danke, Dorothy, das war köstlich. Du solltest ein Café eröffnen.«

»Wenn all meine Kunden so viel essen wie du, bin ich nach einer Woche pleite.« Sie deutete auf sein Auto. »Fahr vorsichtig.«

Er beugte sich zu ihr herunter und umarmte sie. »Mach ich doch immer. Und du pass gut auf dich auf.«

Sie sah ihm hinterher und dachte dabei an Sybil. Sie vermisste ihre Plauderstündchen bei einem Glas Wein. Vermisste es, Bücher und Rezepte zu tauschen und lange Spaziergänge zu unternehmen.

Als sie sich gerade auf andere Gedanken bringen wollte, indem sie Thelma einen Heuballen auf die Koppel brachte, hörte sie Saras Wagen.

Sekunden später hallten die Rufe der Mädchen über den Hof.

»Nanna?«

»Hier drüben! Ich wollte gerade Thelma füttern.«

»Das kann ich doch machen.« Iris kümmerte sich stets zuverlässig um die Tiere und berichtete Dorothy danach in allen Einzelheiten, wie es denen ging. »Darf ich später reiten?«

»Ich hatte schon Angst, du fragst nicht. Thelma braucht dringend Bewegung.«

Die Kinder kamen so gut wie jedes Wochenende, um ihr zu helfen, auch bei Wind und Wetter. Sie liebten es, Zeit mit den Tieren zu verbringen, und Dorothy freute sich jedes Mal wieder, wie gern die beiden draußen waren und gesunden Beschäftigungen nachgingen. Hoffentlich würde sich daran nie etwas ändern.

Doch am meisten freute es sie zu sehen, wie nah sich die Mädchen standen.

»Ich will auch auf Thelma reiten!« Ava hopste über den Hof, ohne auf Eis und Pfützen zu achten. »Aber vorher will ich Benson füttern.«

»Das machen wir zusammen. Und heute bist nicht du mit Reiten dran, sondern ich.« Iris nahm ihre Schwester bei der Hand, und gemeinsam liefen sie zu den Alpakas, wo sie ihrer Schwester half, aufs Gatter zu steigen. »Gut festhalten, nicht runterfallen.«

»Immer hilft sie ihr und passt auf sie auf«, sagte Dorothy zu Sara.

»Ich weiß. Iris hat einen ausgeprägten Beschützerinstinkt. Oh, und wo wir gerade beim Thema sind: Du brauchst über Weihnachten nur ein Zimmer für die beiden vorzubereiten. Sie wollen zusammen schlafen.« Gemeinsam beobachteten die beiden die Mädchen.

Sie waren so unschuldig und ihre Leben so einfach und unkompliziert. Spielen, Schule, Ponys, Freundschaft – das waren die Themen, die den Alltag der beiden bestimmten. Ihr Zuhause war eine sichere Zuflucht, und ihre Eltern dienten als Puffer vor der harten Realität. Wenn man sie so sah, konnte man sich nicht vorstellen, dass in ihrem Leben jemals etwas schieflaufen würde. Aber der Tag würde unweigerlich kommen, das war Dorothy nur allzu bewusst.

»Wie geht es Iris in der Schule? Hat sie nette Freundinnen gefunden?«

Sara warf ihr einen Seitenblick zu. »Mum …«

»Tut mir leid, hör nicht auf mich.« Was hatte sie sich nur dabei gedacht, diesen schönen Augenblick zu zerstören, indem sie ihre Ängste nach außen dringen ließ?

»Ihre Freundinnen sind entzückend«, antwortete Sara umsichtig. »Mach dir keine Sorgen.«

»Mache ich doch auch gar nicht.«

»Machst du wohl, aber das ist in Ordnung. Ich kann dich verstehen.« Schweigend beobachtete Sara, wie Iris die Hand ihrer Schwester flach aufbog, damit Benson die Karotte fressen konnte, die sie hielt. »Iris ist vernünftig und hat keine Angst, sich zu wehren, wenn es nötig sein sollte. Wenn sie etwas nicht tun will, sagt sie Nein, auch zu ihren Freundinnen. Das habe ich selbst erlebt. Sie ist keine Mitläuferin.«

»Das bedeutet, dass sie stark ist.« Plötzlich hatte Dorothy einen Kloß im Hals. »Du bist eine gute Mutter, Sara.«

»Das warst du auch. Und bist es noch.« Sara drückte ihr den Arm. »Und jetzt genug davon. Wir müssen noch ein paar Alpakas füttern und ein Pony satteln.«

»Da hast du recht, das müssen wir.«

»Auf dem Weg bin ich an Miles vorbeigekommen. Gibt es Probleme?«

»Nein, er wollte nur mal nach dem Rechten sehen, weil er gerade in der Gegend war.«

Sara lachte auf. »Soll heißen, er hatte Hunger und weiß, dass du jedes Wochenende Kuchen backst.«

»Das auch. Aber das macht mir nichts aus. Ich freue mich einfach, ihn zu sehen. Im Moment mache ich mir allerdings Sorgen um ihn. Er arbeitet zu viel.«

»Er ist eben ein hervorragender Tierarzt.«

»Aber deswegen darf er ja wohl trotzdem noch ein Sozialleben haben!«

Sara warf ihr einen amüsierten Blick zu. »Ich glaube, Miles ist alt genug, um auf sich selbst aufzupassen.«

»Da hast du wohl recht.« Trotzdem brauchte man manchmal einen kleinen Stupser in die richtige Richtung, wenn man so verletzt worden war. Keiner wusste das besser als sie. Es war so viel einfacher, sich zu schützen, als zu riskieren, dass einem noch einmal jemand wehtat.

Benson hatte inzwischen brav alles aufgefressen und sich bei den Mädchen mit seinem schönsten Schnulzblick bedankt. Jetzt trottete er zurück zu seiner Herde, und Iris und Ava machten sich auf den Weg zur nächsten Koppel.

»Ich versteh nicht, wieso ich nicht einfach auch reiten kann!«, brummte Ava, als sie sich Thelma näherten.

»Das hab ich dir doch schon erklärt. Weil heute ich dran bin.«

Nach kurzem Nachdenken sagte Ava: »Aber ich könnte doch nur mal ganz kurz.«

Iris seufzte. »Warum versteht sie nicht, was Nein heißt, Mummy? Ständig will sie rumdiskutieren.«

»Sie ist hartnäckig, keine Frage.« Sara nahm Ava auf den Arm. »Nein heißt Nein, Spatz. Nicht Ja und auch nicht Vielleicht. Außerdem musst du nach Bailey sehen, während Iris reitet.«

»Ich will aber lieber Iris zuschauen.« Ava wand sich auf Saras Arm, die sie aber nicht losließ.

»Dann machen wir das aber zusammen.«

Dorothy streifte Thelma ein Halfter über und führte sie zu den Stallungen. Diese dienten inzwischen vornehmlich als Lager, aber zwei Boxen wurden noch genutzt, eine für Thelma, die andere stand bereit, falls Miles oder der Tierschutz spontan um Hilfe baten.

Iris nahm eine Kardätsche und striegelte mit geübten Bewegungen den Schlamm aus Thelmas Fell.

»Du bist aber dreckig, was hast du denn nur gemacht?« Als Thelma den Kopf zu ihr drehte und sie sanft mit der Nase anstupste, musste sie lachen.

Sara kam näher, damit Ava das Pony streicheln konnte. »Vorsicht. Und nicht an die Augen, das mag sie nicht.«

Ava streichelte Thelmas Hals. »Sie ist so weich!«

»Das liegt daran, dass sie gerade ihr Winterfell trägt. Dadurch hat sie es wärmer.«

Dorothy sattelte und trenste das Pony, führte es in den Hof und half Iris beim Aufsitzen. »Nimm mal das Bein nach vorn, damit ich den Gurt nachziehen kann.«

Nachdem sie nachgesattelt hatte, ging sie mit den beiden in die kleine Reithalle.

Ava redete ohne Punkt und Komma, und Sara hörte aufmerksam zu, antwortete hin und wieder und fragte ihre Tochter nach ihrer Meinung zu diesem oder jenem.

Dorothy war so stolz auf sie. Sara ging so achtsam mit den Mädchen um und war immer darauf bedacht, ihre Aufmerksamkeit gerecht zu verteilen. Sie behandelte die beiden als Individuen, zeigte ihnen aber gleichzeitig auch, dass sie ihr beide gleich wichtig waren. Und die Verantwortung, die das Elterndasein mit sich brachte, schien ihr nicht die geringste Angst zu machen. Sie war fürsorglich, pragmatisch und bemerkenswert entspannt.

Dorothy bewunderte sie. Es war nicht leicht, sich so zu verhalten, das wusste sie aus eigener Erfahrung. Man tat, was man für richtig hielt, aber sobald die Dinge aus dem Ruder liefen, fragte man sich unwillkürlich, was man hätte anders machen können. Wie viel Schuld bei einem selbst lag. Wie viel war angeboren, wie viel Erziehung? Welchen Anteil hatte sie an dem, was geschehen war?

Es gab Worte, die sie lieber nie gesagt hätte. Ach, was hätte sie gegeben, um sie zurücknehmen zu können!

»Nanna?« Ava sprang von Saras Arm und kam angerannt. »Wieso siehst du so traurig aus?«

Sie musste sich schleunigst zusammenreißen. »Aber ich bin doch gar nicht traurig! Mir ist nur ein bisschen kalt. Ich dachte, vielleicht gehen wir gleich einen heißen Kakao trinken.« Was für ein Glück, dass sie zwei Enkelinnen hatte, die sie regelmäßig ins Hier und Jetzt zurückbeförderten. »Wir müssen nur noch warten, bis Iris mit Reiten fertig ist.«

»Ich kann doch bei ihr bleiben«, bot Sara an. »Und wenn wir fertig sind, kommen wir zu euch.« Sie warf einen Blick zu Iris, die mit entschlossener Miene durch die Halle trabte. »Hände nach unten, Iris! Und nimm die Zügel kürzer. Ja, gut so!«

»Sie ist genauso ein Naturtalent wie du damals.«

»Ich habe das Reiten geliebt. Die Nähe zu den Pferden. Draußen an der frischen Luft zu sein.« Sara verstummte. »Ich hatte eine tolle Kindheit. Eine bessere kann man sich gar nicht wünschen. Und Dad und du, ihr wart so gute Eltern. Ich weiß, wie sehr du ihn vermisst. Mir fehlt er auch. Was irgendwo verrückt ist, wenn man bedenkt, wie lange es jetzt her ist. Aber andererseits, so verrückt dann auch wieder nicht.«

Auf einmal brannten Tränen in Dorothys Augen. Erinnerung um Erinnerung kam in ihr hoch. Wie Phillip zum ersten Mal mit Sara im Meer gebadet hatte. Dass er beim Befüllen der Strümpfe am Kamin immer ein Weihnachtsmannkostüm getragen hatte, aus Angst, dass Sara aus ihrem Kinderzimmer spähen und ihn entdecken könnte. Wie er Sara das Lesen beigebracht hatte. »Er war stolz auf dich, Sara.«

»Ich wünschte, er hätte seine Enkelinnen noch kennengelernt. Ava ist ihm so ähnlich.«

»Stimmt. Sie hat seine überschwängliche Art und seinen Lebenshunger geerbt. Dein Vater hat nie ein Nein akzeptiert. Egal, welche Einwände kamen – irgendwie hat er sein Gegenüber immer überreden können, am Ende doch Ja zu sagen.«

Sara nickte. »Allerdings bin ich mir nicht sicher, ob das auch wirklich eine positive Eigenschaft ist. Jedenfalls ist es ziemlich anstrengend für die Mitmenschen.«

Sie wechselten einen Blick, und Dorothy musste lächeln.

»Mir frieren gleich die Zehen ab. Ich würde sagen, es ist Zeit für einen schönen heißen Kakao. Ava und ich gehen vor und fangen schon mit der Weihnachtsdeko an.«

»Nimm dich bloß in Acht vor Kleber und Glitzer«, setzte Sara zu einer Warnung an, brach dann aber ab, weil Dorothys Handy klingelte.

Dorothy sah auf die Nummer. »Es ist Imogen, da sollte ich rangehen. Ich beeile mich, versprochen.«

Saras gerade noch zugewandter, gut gelaunter Gesichtsausdruck wurde wachsam. »Mum …«

»Schon gut, Sara. Hallo, Imogen, ist alles okay?«

Sie lauschte, dann nickte sie. »Klingt hervorragend. Dann bis später, ich freue mich.« Unter Saras fragendem Blick legte sie auf. »Sie wollte nur Bescheid geben, dass sie unser Mittagessen nächste Woche arrangiert hat.«

»Ich kann nicht glauben, dass du nur dafür zurück nach London fährst. Es ist bald Weihnachten! Die Straßen sind rappelvoll! Kannst du nicht einfach hierbleiben und dein Mittagessen mit Imogen auf Anfang nächsten Jahres verschieben?«

»Ich habe zugesagt, und auf mein Wort ist Verlass. Außerdem mag ich London zur Vorweihnachtszeit. Das Getümmel und die ganze Atmosphäre machen mir gute Laune, und Imogens Gesellschaft ebenso. Sie hat hart für uns gearbeitet.«

Sara seufzte. »Wir wissen beide, dass du nicht deshal…«

»Können wir jetzt endlich Kakao trinken, Nanna?« Ava hatte das Interesse an Pferden und ihrer Schwester verloren und griff nach Dorothys Hand. »Mir ist kalt.«

»Mir auch.« Dorothy schloss ihre Hand um Avas. »Wie sehen uns drinnen, Sara. Bleibt nicht zu lange in der Kälte.«

Sie wusste genau, dass Sara gern noch mehr gesagt hätte. Ihre Tochter wollte nicht, dass sie noch einmal nach London fuhr. Aber davon würde sie sich nicht aufhalten lassen. Sie würde tun, was sie für richtig hielt. Denn die Vergangenheit konnte man zwar nicht ungeschehen machen – aber man konnte sein Bestes für die Zukunft geben.

6. KAPITEL

IMOGEN

Wie es aussah, würde der heutige Tag der arbeitsreichste im ganzen Jahr werden. Imogen pendelte zwischen drei Veranstaltungen, die in unterschiedlichen Teilen von London stattfanden. Sicher nicht ideal, aber so war das Leben manchmal eben. Bei nicht allen Projekten gab es Spielraum mit dem Termin, und es war ihre Aufgabe, dafür zu sorgen, dass trotzdem alles funktionierte.

Sie hatte ihren Tag minutiös durchplanen müssen, um jede Veranstaltung besuchen zu können und auch dann, wenn sie nicht physisch anwesend war, im Notfall stets für dic Kunden erreichbar zu sein – und Notfälle, das wusste sie aus Erfahrung, waren so gut wie unvermeidlich. Die gehörten dazu. Und es war ihre Aufgabe, die Stolpersteine aus dem Weg zu räumen.

Nervös war sie nicht. Sie hatte sich für sämtliche Eventualitäten gewappnet und einen Punkt in ihrer Karriere erreicht, an dem sie so gut wie jeden denkbaren Notfall schon einmal erlebt hatte, inklusive einer Pharma-Konferenz, bei der der Moderator auf der Bühne einen Herzinfarkt erlitt, woraufhin Imogen den Defibrillator suchte, das Designerhemd des Moderators aufriss und ihm eine 200-Joule-Ladung verpasste, die ihn wieder zurück ins Reich der Lebenden holte. Sie hatten einander nur schockiert angeschaut, während das Publikum nach einem kurzen Schreckmoment in donnernden Applaus ausbrach, weil Momente wie dieser viel seltener waren, als die Arztserien im Fernsehen vermuten ließen. Anschließend hatte Imogen den Mann noch begleitet, bis er in den Krankenwagen verladen war, und parallel einen neuen Moderator organisiert. Trotz der dramatischen Ereignisse war das Event als Erfolg gewertet worden. Seitdem war der Pharmakonzern ihr Kunde geblieben, und der CEO schickte ihr jedes Jahr ein extravagantes Weihnachtsgeschenk.

Dann war da der Küchenbrand in dem Hotel gewesen, in dem eine Stunde später ein festliches Mittagessen für den Vorstand einer großen Investment-Bank stattfinden sollte. Imogen hatte ihre zahlreichen Kontakte spielen lassen, einige Gefallen eingelöst und am Ende ein Vier-Gänge-Menü auf den Tisch gezaubert, das der Royal Family würdig gewesen wäre.

Sie hatte auf Kundenwunsch eine Veranstaltung in einem Zoo organisiert, bei der sich einer der Gäste so betrunken hatte, dass er versuchte, ins Pinguingehege zu klettern.

Und dann die ganzen Kleinkatastrophen. Ein abgebrochener Absatz (sie hatte per Kurier ein neues Paar Schuhe von einem Laden in Knightsbridge kommen lassen), Halsschmerzen (Lutschtabletten), verlorene Notizen für die Rede (zum Glück ließ sie sich zur Sicherheit von allen Kunden vorab die Dateien schicken), apokalyptische Wetterbedingungen (Umzug des gesamten Events von draußen nach drinnen innerhalb von zwei Stunden) ... Die Liste ließ sich endlos fortführen. Entsprechend sicher war Imogen inzwischen, dass sie nichts mehr aus der Bahn werfen (oder, wie bei der Wetterkatastrophe, pusten) konnte. Sie nahm die Herausforderungen mit Humor. Es machte ihr einfach Spaß, Hürden zu meistern und ihre Kompetenz unter Beweis zu stellen.

Das hier war ihr Job, und sie war gut darin. Nein, nicht einfach gut. *Die Beste.*

Die Kunden gingen davon aus, dass bei ihren Veranstaltungen alles glattlaufen würde, und meistens war das auch der Fall – weil Imogen alle Widrigkeiten behob, ehe ihre Kunden überhaupt gewahr wurden, dass etwas anders lief als geplant.

Sie ging davon aus, dass es für jedes Problem mindestens eine Lösung gab, meistens eher mehrere. Und es war ihre Aufgabe, diese Lösungen zu finden und die beste auszusuchen.

Selbst bei Events, bei denen sie nicht persönlich anwesend war, war sie stets erreichbar, um Fragen zu beantworten und Schwierigkeiten aus der Welt zu schaffen. Deswegen hatte sie immer zwei Handys bei sich, für den Fall, dass eines verloren ging oder gestohlen wurde oder dass sie zwei Anrufe parallel entgegennehmen musste, was tatsächlich manchmal vorkam.

Jeder Veranstaltung wurde von RPQ ein eigenes Vor-Ort-Team zugeteilt, das die ganze Zeit über präsent war. Imogens Aufgabe bestand eigentlich nur darin, sich blicken zu lassen, ein paar Fotos von dem Event zu machen, Probleme zu lösen, die ihr Team allein nicht in den Griff bekam, und dem Kunden das Gefühl zu vermitteln, sich entspannt zurücklehnen zu können.

Ihre erste Veranstaltung heute war eine ganztägige Vertriebskonferenz in einem schicken Hotel vor den Toren von London. Das Unternehmen hatte sein bisher bestes Wirtschaftsjahr hinter sich, und RPQ hatte den Auftrag erhalten, ein Event zu organisieren, das einerseits als Weihnachtsfeier diente und andererseits ihren Erfolg zelebrieren sollte.

Es war eines ihrer ambitioniertesten Projekte überhaupt, nicht zuletzt wegen des Termindrucks.

Das Motto lautete Winter Wonderland und Hotel und Garten waren im lappländischen Stil dekoriert. Das Budget war nach oben hin offen gewesen, sodass Imogen die Möglichkeit gehabt hatte, Kunstschneekanonen zu mieten, mit denen sie den gesamten Außenbereich in ein weißes Schneeparadies verwandelt hatte. Die Gäste konnten Schlitten fahren und Rentiere streicheln, es gab Glühweinstände und heiße Schokolade. Im Festsaal, in dem erst zwei Tage zuvor ein Gala-Diner für fünfhundert Personen stattgefunden hatte, war nun eine Weihnachtsmannwerkstatt aufgebaut, in der die Besucher ihre eigenen Spielsachen basteln konnten.

Da Imogen wusste, wie stressig die Weihnachtseinkäufe gerade für berufstätige Eltern werden konnten, hatte sie dafür gesorgt, dass ein großer Spielwarenladen aus der Gegend ebenfalls einen Stand aufbaute, damit die Gäste nebenbei shoppen konnten. Am Rand der Bude befand sich ein riesiger Jutesack für Geschenkspenden, die an eine Londoner Kinderorganisation gehen würden.

Inmitten des Festsaals war eine Eislaufbahn aufgebaut, und in einer Ecke glitzerte eine Weihnachtsbar, an der Wichtel Champagner und alkoholfreie Cocktails ausschenkten und sich die Leute beim Weihnachtsmann anstellten, der in diesem Jahr die Boni verteilte. Imogen hatte die Idee zwar ein bisschen daneben gefunden, aber der CEO Angus Fitzgerald hatte darauf bestanden, was wohl stark damit zusammenhing, dass es sich dabei um *seinen* Einfall handelte.

»Imogen!« Da kam Angus auch schon auf sie zu. In seinem förmlichen Anzug wirkte er vollkommen fehl am Platz. »Was für ein Fest, Sie sind ein Genie!«

Sie schüttelte ihm die Hand, nahm das Kompliment mit einem herzlichen Lächeln entgegen und sah sich um. »Wie es aussieht, amüsieren sich die Gäste, Mr. Fitzgerald.«

»Nun nennen Sie mich doch bitte endlich Angus. Und die Leute sind alle ganz aus dem Häuschen! Das hier ist das Weihnachten ihrer Träume! Wie haben Sie das nur hinbekommen?«

Das Weihnachten ihrer Träume.

»Das ist mein Job, Angus.« Abgesehen davon, dass sie einige Erfahrung darin mitbrachte, von Weihnachten zu träumen. Weil das Fest der Liebe in der Realität für sie niemals existiert hatte. Ein echtes Weihnachtsfest im Kreis der Familie kannte sie nur aus ihrer Fantasie. Einen Moment lang drohte sie von ihrer Einsamkeit überrollt zu werden, aber sie unterdrückte das Gefühl rasch wieder. Jeder wusste, dass Weihnachten vor allem Druck und Stress bedeutete. Die schneebestäubte glitzernde Familienweihnacht mit strahlenden Gesichtern, wie man sie aus Hollywoodfilmen kannte, war reine Fiktion. Davon war sie fest überzeugt. Allein schon, weil ihr keine andere Wahl blieb, wenn sie nicht in tiefe Trauer darüber verfallen wollte, was ihr alles vorenthalten geblieben war.

Angus sah sich noch immer begeistert um. »Das Beste ist der Spielwarenladen. Meine Frau beschwert sich jedes Jahr, dass sie die gesamten Weihnachtseinkäufe erledigen muss, also habe ich einen Plüschlöwen für meine Enkeltochter gekauft. Damit leiste ich auch einen Beitrag.« Als er bemerkte, wie sie ihn beobachtete, kniff er die Augen zusammen. »Jetzt machen Sie wieder dieses Gesicht.«

»Welches Gesicht denn?«

»Das Gesicht, das Sie immer machen, wenn Sie etwas vorschlagen wollen und unsicher sind, wie ich reagieren werde.«

Imogen verdrängte das Bild aus ihrem Kopf, wie Angus seiner Enkelin zu Weihnachten einen Plüschlöwen überreichte. »Erstaunlich, wie gut Sie mich schon kennen.«

»Nun schießen Sie schon los. Sagen Sie, was Sie auf dem Herzen haben.«

Nach kurzem Zögern platzte sie heraus: »Sie tragen Anzug, Angus.«

Er rückte seinen Krawattenknoten zurecht. »Und?«

»Und das hier ist ein Event in lockerer Atmosphäre. Von der Bank, aber trotzdem nicht richtig beruflich.«

»Und das heißt?«

»Vielleicht würde es Ihren Mitarbeitern leichter fallen, auf Sie zuzugehen, wenn Sie sich etwas weniger formell kleiden würden. Damit Sie nahbarer wirken.«

Genau in diesem Moment schoss der Leiter der Sales-Abteilung in einem roten Pulli mit Riesenschneemann auf der Brust auf seinen Schlittschuhen an ihnen vorbei.

Angus sah ihm hinterher. »Er ist im Sales-Bereich. Es ist sein Job, ein gutes Verhältnis zu seinen Leuten zu haben.«

»Aber Sie sind der Boss. Und das hier ist die Belohnung für ein hervorragendes Jahr. Da sollten auch Sie ein gutes Verhältnis zu Ihren Leuten haben. Schließlich geht es heute um die Menschen, die diesen Erfolg ermöglicht haben.«

»Dagegen sage ich ja auch gar nichts. Aber einen Schneemann-Pulli ziehe ich nicht mal an, wenn *Sie* mich darum bitten. Ich muss immer wieder unangenehme Gespräche führen, manchmal auch jemandem kündigen. Das ist selbst ohne Schneemann-Pulli schon schwer genug.«

»Natürlich sollen Sie auch weiterhin als Autoritätsperson wahrgenommen werden, diese Grenze überschreiten wir nicht. Der Schneemann wäre eindeutig zu viel. Aber …« Sie klopfte mit dem Finger gegen ihren Mundwinkel und dachte nach. Dann zückte sie ihr Handy und rief eins der jüngeren Teammitglieder an. »Hi, Nick. Kannst mir bitte einen von den Ersatzpullovern in Dunkelblau bringen? Ja, genau, den aus Kaschmir. Danke.«

»Sie haben Ersatzpullover dabei?«

»Selbstverständlich. Missgeschicke passieren. Rotwein auf weißen Hemden, abgeplatzte Knöpfe, Risse im Ärmel … Das Arsenal an möglichen Pannen ist endlos. Ah, danke, Nick.« Sie nahm ihrem Kollegen den Pullover ab und hielt ihn Angus hin. »Hier, probieren Sie es mal damit.«

Er nahm ihn und begutachtete ihn. »Der hat ja einen Weihnachtsbaum als Logo-Stickerei.«

»So klein, dass man es kaum wahrnimmt, er aber trotzdem noch als Weihnachtspulli durchgeht. Botschaft: *Ich bin einer von euch und trotzdem noch der Chef.*«

Angus lachte auf. »Mir war gar nicht bewusst, dass Kleidung so mitteilsam ist.«

»Sie würden staunen. Nonverbale Kommunikation ist nicht weniger wirksam als die Worte, die aus Ihrem Mund kommen.« Sie nahm ihm das Jackett ab und sah zu, wie er den Pulli überstreifte. »Der steht Ihnen aber gut.«

»Und er ist deutlich bequemer als das Jackett, das muss ich schon sagen. Damit wäre dann auch geklärt, was ich an den Feiertagen trage.« Er strahlte sie an. »Darf ich den behalten?«

Als hätte er mit seinem siebenstelligen Jahresgehalt nicht eine ganze Wagenladung Kaschmirpullis aus der Portokasse bezahlen können. Aber was ihm fehlte, war Zeit. Zeit, die sie ihren Kunden durch ihre Effizienz einsparte.

»Natürlich.« Sie reichte Nick das Jackett und notierte sich in Gedanken, den Pulli auf die Abschlussrechnung zu setzen. »Nick hängt Ihr Jackett auf, Sie können es später in der Garderobe holen. Oder sollen wir es Ihnen lieber in Ihr Büro liefern? Wie es Ihnen besser passt. So weit scheint hier jedenfalls alles in sicheren Bahnen zu verlaufen. Wir haben die Soundanlage gecheckt, für Ihre Rede um zwölf ist alles bereit.«

»Werden Sie denn gar nicht mehr hier sein?«

»Leider nicht, ich muss um Viertel vor zwölf in Knightsbridge sein. Aber ich stehe die ganze Zeit über mit meinem Team in Kontakt, Sie erreichen mich also, falls etwas sein sollte. Was ich bezweifle, der Tag wird laufen wie am Schnürchen.«

»Und das haben wir allein Ihnen zu verdanken. Sie sind wirklich ein Ass.« Erneut reichte er ihr die Hand. »Machen Sie eigentlich auch mal Pause, Imogen?« Sein Tonfall war besorgt, aber sie war auf der Hut. Sagte sie Ja, würde er denken, dass sie zu wenig Zeit in sein Projekt investiert hatte. Sagte sie Nein, würde er glauben, dass sie bald Burn-out bekam und sich nicht mehr anständig um seine Veranstaltungen kümmern würde.

»Ich gönne mir Pausen, wenn ich sie brauche und der geeignete Zeitpunkt gekommen ist.«

Er lachte auf. »Das ist die diplomatischste Antwort, die ich je gehört habe. Falls Sie jemals das Bedürfnis nach einem beruflichen Tapetenwechsel verspüren, melden Sie sich bei mir. Sicher freuen Sie sich jetzt sehr auf die wohlverdiente Weihnachtspause.«

»Ach, die beginnt doch erst in ein paar Wochen.« Sie versuchte, nicht daran zu denken. Denn von Vorfreude konnte in ihrem Fall keine Rede sein. Und sie hatte auch nicht vor, eine Pause zu machen. Weihnachten war so schon schlimm genug, da brauchte sie ganz sicher keine Freizeit, die ihr Gelegenheit bot, herumzusitzen und sich selbst zu bemitleiden.

»Und wo verbringen Sie Weihnachten, Imogen?«

Kaum eine Frage hasste sie so sehr wie diese. Aber zum Glück hatte sie die Antwort längst gründlich einstudiert.

»Bei meiner Familie auf dem Land.« Sie hatte diesen Satz schon so oft gesagt, dass sie ihn beinahe selbst glaubte. Und zu lügen war in diesem Fall – wie so oft – besser, als die Wahrheit zu sagen. Weil die Wahrheit die Menschen in Verlegenheit brachte, und das wollte Imogen gern vermeiden. Ebenso wie das unangenehme Gefühl, bemitleidet zu werden.

»Ach, wie schön, dann kommen Sie ja bald aus der Stadt raus. Wir arbeiten jetzt schon so viele Jahre zusammen, und Sie wissen alles über mich, aber ich kaum etwas über Sie. Was machen Sie etwa in Ihrer Freizeit?«

»Ach, ich habe viele Interessen. Zum Beispiel Jiu Jitsu. Da habe ich den schwarzen Gürtel.« Was die Wahrheit war. Die eine echte Information, die sie zwischen all den Lügen über sich preisgab. Es war ihr einziges Hobby und die eine Aktivität, für die sie sich neben der Arbeit Zeit nahm.

»Jiu Jitsu?« Er hob die Brauen. »Wie sind Sie denn darauf gekommen?«

Weil ich das Gefühl brauchte, die Kontrolle zu haben und auf mich selbst aufpassen zu können.

»Es eignet sich hervorragend, um fit zu bleiben«, antwortete sie stattdessen und überlegte fieberhaft, was sie als weitere Hobbys nennen sollte, damit sie vielseitiger wirkte. Was machte Janie noch mal in ihrer Freizeit? »Und Yoga. Mehrmals die Woche. Ich lese gern. Und ich gehe mit dem Hund raus. Das übliche Programm eben.«

»Sie haben einen Hund?«, fragte Angus interessiert. »Was denn für einen?«

Herr. Im. Himmel. »Einen Golden Retriever.« Warum nur hatte sie den Hund erwähnt? Das Thema war für ihre Kollegen gedacht, nicht für ihre Kunden. Sie deutete auf ein paar von Angus' Mitarbeitern, die darauf zu warten schienen, sich mit ihm unterhalten zu können. »Ich habe schon viel zu viel von Ihrer Zeit in Anspruch genommen.«

»So gern ich mich auch mit Ihnen unterhalte – da haben Sie wohl recht, ich sollte mich unters Volk mischen. Danke noch mal, Imogen.« Er ließ erneut den Blick über die Winterlandschaft schweifen, die sie erschaffen hatte. »Das perfekte Ende eines perfekten Jahres.«

Imogen beschloss, dass es an der Zeit war, sich zurückzuziehen. Nicht dass ihm noch die Tränen kamen. »Viel Spaß heute, Angus. Dieses Fest ist nicht nur für Ihre Untergebenen, sondern auch für Sie. Es war Ihr bestes Geschäftsjahr, und Sie haben sich genauso das Recht verdient, den Abend zu genießen, wie alle anderen. Los, gönnen Sie sich eine kleine Schlittenfahrt.« Sie drückte ihm aufmunternd den Arm, dann überließ sie ihn seinen Mitarbeitern und sah noch einmal überall nach dem Rechten.

Angus war ihr ans Herz gewachsen, und es freute sie zu sehen, was für ein Erfolg das Fest war.

Nachdem sie mit der Leitung ihres Vor-Ort-Teams kurz die letzten Details besprochen hatte, sprang sie in den nächsten Zug zurück in die Stadt.

Die folgende Veranstaltung war eine Preisverleihung im Rahmen eines Festessens in einem Fünf-Sterne-Hotel direkt am Hyde Park. Als sie eintraf, hatte sie noch jede Menge Zeit – so weit, so gut.

Doch als sie gerade die Eingangstreppe hinauflief, bekam sie einen Anruf von der Vor-Ort-Teamleitung ihres Abend-Events. Der Kunde war bekanntermaßen schwierig, sodass Imogen beschlossen hatte, den gesamten Abend über dort zu bleiben und Sorge zu tragen, dass alles glattlief.

»Imogen?« Sophies Stimme kiekste. »Krise!«

Sie blieb stehen. »Durchatmen, Sophie. Ganz ruhig. Vergiss nicht, dass wir darüber geredet haben. Wenn es ein Problem gibt, bewahren wir einen kühlen Kopf und versuchen, eine Lösung zu finden. Einen Schritt nach dem anderen.«

»Und es *gibt* ein Problem. Ein riesiges sogar!«

»Alles wird gut, Sophie.«

»Nichts ist gut. Es ist sogar richtig, richtig schlimm! Von all den ...«

»Fakten, Sophie. Erklär mir das Problem in maximal fünf Wörtern.«

»Die Hauptrednerin sitzt in Edinburgh fest. Irgendein Vorfall am Flughafen, für heute wurden alle Flüge gestrichen. Sie ist panisch, der Kunde ist panisch, und ich bin es auch. Eigentlich dreht sich die gesamte Veranstaltung doch nur um sie! Wir haben diesen Abend so lange geplant! Das Restaurant ist seit achtzehn Monaten gebucht! Und niemand sonst könnte diese Rede halten!« Sophies Stimme bebte. »Alan Marsh ist am Durchdrehen und gibt mir an allem die Schuld – warum auch immer, ich hab doch mit der Flugbehörde nichts zu tun! Aber das ist ihm egal. Er hat mich angeschrien und als nutzlos bezeichnet und gesagt, dass er uns allesamt feuert, wenn du nicht in zehn Minuten hier bist.«

In ihrem Bauch kribbelte ein Anflug von Wut. Mit anspruchsvollen Kunden konnte sie umgehen. Aber Tyrannen hasste sie aus tiefster Seele. »Er hatte nicht das Recht, so etwas zu sagen, Sophie. Du leistest hervorragende Arbeit.«

»Tue ich nicht. Er hat recht! Sobald sich größere Probleme auftun, verfalle ich in Panik. Ich bin nicht wie du. Und jetzt verlieren wir den Kunden, und dann werde ich gefeuert und …«

»Stopp!«, unterbrach Imogen sie mitten im Satz. »Und jetzt hör mir zu, Sophie.«

Schniefen. Dann: »Okay, ich höre.«

»Alan Marsh kann als Kunde manchmal schwierig sein. Aber versuch, das Ganze als Möglichkeit zu betrachten, etwas dazuzulernen. Bleib selbst ruhig und übertrage diese Ruhe auf ihn.«

»Wie soll das denn bitte gehen? Kann ich ihm nicht einfach sagen, dass du kommst? Dann beruhigt er sich bestimmt.«

»Nein. Weil du ihm damit letztlich nichts anderes sagst, als dass du dir das Projekt selbst nicht zutraust.«

»Tue ich ja auch nicht.«

Eine Welle des Mitgefühls erfasste Imogen. »Aber sicher tust du das. Alan hat gerade dein Selbstvertrauen zerschmettert, aber wir setzen es gemeinsam wieder zusammen, okay?«

»Ja?«

»Versprochen. Und den Anfang machst du, indem du das Problem jetzt so knapp wie möglich zusammenfasst.«

»Aber … hab ich das nicht schon?«

»Nein. Der Kunde hat dich angeschrien, und du hattest solche Angst vor den Konsequenzen, die du dir ausgemalt hast, dass du dich nicht auf das eigentliche Problem konzentrieren konntest. Du bist in Gedanken überall, nur nicht bei der Lösung, und solange du dich von der Panik leiten lässt, wirst du auch keine finden. Also. Wo liegt das Problem? Mit was hat das alles angefangen?«

»Ich habe keine Rednerin!«

»Du *hast* eine Rednerin.«

»Ja, aber sie ist nicht hier!«

»Ganz genau. Du hast eine Rednerin, allerdings am falschen Ort. *Das* ist das Problem, für das du eine Lösung brauchst. Zusammengefasst lässt sich sagen, du hast ein Transportproblem.«

»Stimmt, aber ich weiß nicht, wie …«

»Anstatt deine Kraft darauf zu verschwenden, Angst davor zu haben, wir könnten den Kunden oder unsere Jobs verlieren, denk lieber darüber nach, wie sich das Transportproblem lösen lässt.«

»Aber ich weiß einfach nicht, was ich noch tun soll. Beim Flughafen habe ich schon angerufen, aber dort haben sie aktuell selbst keine Ahnung, wie es weitergeht.«

»Du musst ja auch nicht die Probleme am Flughafen lösen, sondern das Problem, dass sich deine Klientin am falschen Ort befindet. Vergiss die Fluggesellschaft. Denk lieber darüber nach, wie du deine Rednerin rechtzeitig von A nach B schaffen kannst. Wenn du eine Antwort auf diese Frage gefunden hast, lösen sich alle anderen Probleme von selbst.« Auf diese Weise packte sie ihr gesamtes Leben an: Möglichkeiten sondieren, sich für eine entscheiden, die Umsetzung organisieren. »Transportmöglichkeiten: Flugzeug, Zug, Auto. Auto dauert zu lange, bleiben Flugzeug und Zug.«

»Wie gesagt, aus Edinburgh werden auf absehbare Zeit keine Flüge mehr gehen.«

»Dann lautet unser neues Problem, dass von dem Flughafen keine Flüge gehen. Eine mögliche Lösung bestünde darin, auf einen anderen Flughafen auszuweichen.« Imogen sah auf die Uhr und rechnete kurz. »Hast du schon geprüft, wie es mit Glasgow aussieht?«

»Glasgow?«

»Genau. Schau mal nach, ob von dort ein passender Flug geht. Falls ja, organisierst du einen Fahrer, der deine Rednerin hinbringt.« Sie gab Sophie die Nummer des Limousinenservices ihres Vertrauens. »Und was würdest du für ihre Landung organisieren?«

»Ich … ähm … Ich würde dafür sorgen, dass sie in Heathrow abgeholt wird. Und jemanden aus unserem Team zur Ankunftshalle schicken, um sie einzusammeln und alles Weitere für sie zu organisieren, damit sie sich entspannt auf ihre Rede konzentrieren kann. So muss sie am Ende nicht auf den letzten Drücker gestresst auf die Bühne hetzen.«

»Genial! Siehst du? Du kannst das!« Imogen gab alles, um Sophies durch den Kunden arg lädiertes Selbstbewusstsein wieder aufzupäppeln.

»Leider ist das aber nicht alles. Die Rednerin ist ziemlich genervt und kurz davor, das Handtuch zu schmeißen und wieder nach Hause zu fahren.«

»Nachvollziehbar. Geschäftsreisen sind immer stressig, wenn man zu einer bestimmten Zeit an einem bestimmten Ort sein muss und es zu Verspätungen kommt. Vermutlich ist ihr das alles furchtbar peinlich, auch wenn sie gar nichts für ihre Situation kann. Ergo: Wir müssen ihr das Gefühl geben, dass sie wichtig ist und geschätzt wird. Fällt dir dazu was ein?« Sie wich einer kleinen Gästetraube aus und schlang den Mantel fester um sich. Eigentlich war es viel zu kalt, um hier draußen zu stehen.

»Hm. Sie wohnt heute Nacht hier im Hotel. Das Zimmer ist schön, aber nichts Besonderes. Der Kunde wollte nicht mehr Budget lockermachen.« Nach kurzem Schweigen fuhr Sophie fort: »Vielleicht könnte ich mit dem Hotel reden, ob sie das Zimmer upgraden. Immerhin richten wir hier häufig Events aus.«

»Das stimmt«, sagte Imogen. »Eine sehr gute Idee.«

»Vielleicht haben sie ja noch eine Suite frei.«

»Es lohnt sich auf jeden Fall zu fragen.«

»Und wir könnten vielleicht noch eine Behandlung im Spa obendrauf legen.«

»Genial!« Imogen bemerkte, dass ihr eine ihrer Mitarbeiterinnen durch die Tür zuwinkte. »Ich muss jetzt auflegen und mich um die Graphic-Design-Awards kümmern. Die nächsten paar Stunden bin ich hier.«

»Aber kann ich dich denn trotzdem erreichen?« Auf einmal schwang wieder Panik in Sophies Stimme mit.

»Klar. Die ganze Zeit. Aber du wirst mich nicht brauchen, weil du das selbst schaffst. Und wenn der Kunde noch mal ausfallend wird, hörst du dir das einfach an, bewahrst die Ruhe und versicherst ihm, dass du alles in deiner Macht Stehende getan hast, um das Problem zu lösen. Du machst das gut, Sophie.«

»Fühlt sich aber nicht so an. Ich wünschte, ich wäre so gelassen wie du. Du kommst heute Abend doch, oder?«

»Als hätte ich je ein Event versäumt, Sophie.« Aber bedeutete das nun, dass sie besonders effizient war oder dass sie ein besonders armseliges Privatleben hatte?

Sie entscheid sich spontan für Option eins.

»Ich weiß, tut mir leid, dass ich das Thema überhaupt angesprochen habe. Der Kunde fragt nur die ganze Zeit nach dir. Als hätten wir anderen allesamt keine Ahnung, was wir hier eigentlich machen, und als wäre die ganze Geschichte mit dem Flughafen nie passiert, wenn du nur hier gewesen wärst. Als ob du Probleme einfach wegzaubern könntest …« Sophie räusperte sich. »Entschuldige bitte. Ich sollte mich dringend beruhigen. Problem, Lösung. Problem, Lösung.«

»Genau. Und vergiss nicht, du machst das toll.« Imogen hob einen Finger, um ihrer wartenden Mitarbeiterin zu signalisieren, dass sie gleich kommen würde. »Bis später, ja?«

»Genau. Weil du ja noch kommst. So wie immer. Ich kümmere mich solange um die Angelegenheiten, die wir gerade besprochen haben, und wir sehen uns dann in ein paar Stunden.«

»Halt mich auf dem Laufenden.« Damit legte Imogen auf, ließ das Handy in ihrer Handtasche verschwinden und sprintete die Treppe zum Hotel hoch. Ein kurzer Schwindel erfasste sie, und ihr fiel auf, dass sie seit dem Vorabend nichts mehr gegessen hatte. Vor dem Großevent nachher würde sie sich noch irgendwo eine Kleinigkeit zu essen besorgen müssen.

Dass Sophie mit dem Kunden nicht gut zurechtkam, wunderte sie wenig. Alan Marsh *war* einfach schwierig. Einer von dem nervigen Typus, dem das Glas selbst dann noch halb leer vorkam, wenn man es gerade bis zum Rand gefüllt hatte. Er fand an jeder Kleinigkeit etwas auszusetzen und schien nur nach einem Grund zu suchen, sie feuern zu können. Imogen hatte stets penibel darauf geachtet, ihm keinen derartigen Grund zu liefern, und so würde sie es auch heute halten.

»Hi, Arthur.« Sie winkte dem Mann an der Rezeption zu, der freundlich zurückwinkte.

»Schön, Sie zu sehen, Imogen.«

Inzwischen hatte sie hier schon so viele Veranstaltungen betreut, dass sie das Personal gut kannte.

Sie ging geradewegs durch in den Festsaal, wo sie ein paar Worte mit dem Techniker und der Teamleiterin wechselte. Dann beobachtete sie eine Weile lang vom hinteren Bereich des Saals aus das Treiben. Es herrschte eine ausgelassene Atmosphäre.

Sie betrachtete die Dekoration. Auf jedem Tisch stand zur Zierde eine schneeflockenförmige Hologrammskulptur.

Weihnachten dominierte jetzt schon ihr Leben, dabei war es bis zu den Feiertagen noch eine ganze Weile hin.

Sie blieb lange genug, um mit der Kundin zu sprechen und sicherzugehen, dass sie voll und ganz zufrieden war, dann ging sie nach oben in den Raum, in dem für die Dauer des Tages ihr RPQ-Hauptquartier eingerichtet war.

Wie erhofft war niemand dort, das gesamte Team hatte zu tun.

Imogen streifte ihre Schuhe ab, schenkte sich ein großes Glas Wasser ein, aß eine Banane und einen Schokoriegel und legte die Beine auf dem Sofa hoch.

Sie war erschöpft. Ihre Gedanken rasten, ihr Puls genauso, aber sie musste unbedingt noch die Eventpläne für den nächsten Tag durchgehen. So kurz vor Weihnachten reihten sich die Veranstaltungen aneinander wie Perlen an einer Kette.

Rosalinds Worte hallten durch ihren Kopf. *Und du hast dich auch sicher nicht übernommen, Imogen?*

Sie konnte sich im Augenblick keine Verfehlungen leisten. Doch auch wenn sie Sophie versichert hatte, dass alles in Ordnung war, hatte sie selbst ein schlechtes Gefühl bei der Sache. Der Kunde war anstrengend, und sie musste sich von der besten Seite zeigen.

Sie schloss die Augen.

Nur fünf Minuten, dann würde sie aufbrechen, um Sophie zu unterstützen.

Sie musste kurz weggenickt sein, denn als jemand die Zimmertür öffnete, schreckte sie hoch.

Als die Person den Raum betrat, hatte Imogen bereits hastig ihre Schuhe wieder angezogen und checkte ihre Mails. Sie fühlte sich benommen und nahm einen ersten Anflug von Kopfschmerzen wahr. Hätte sie mal besser etwas anderes als Schokolade gegessen!

»Hi, Imogen! Ich wusste ja gar nicht, dass du noch da bist! Schicker Anzug, das Grün steht dir! Du siehst aus wie ein supersexy Weihnachtswichtel.« Es war Janie, die selbst einen Look aus schwarzem Etuikleid und eleganter Hochsteckfrisur trug, der sie überaus professionell und kompetent wirken ließ. »Ich wollte nur schnell meinen Fleckenentferner holen. Ein Gast hat sich Himbeersaft aufs Hemd gekippt. Nächstes Mal empfehlen wir als Dessert vielleicht besser die Käseplatte.« Sie kramte in einer Tasche herum. »Oh, Mann, wo steckt das Zeug? Ich weiß genau, dass ich eine Flasche dabeihabe.«

Imogen langte in die riesige Handtasche, die sie stets bei sich trug, und reichte Janie ihren eigenen Fleckenentferner. »Himbeere geht schwer raus. Vielleicht solltest du ihm besser gleich ein frisches Hemd geben.«

»Das ist Plan B. Problem – Lösung, hab ich recht? Danke, Imogen.« Janie steckte den Stift ein. »Ich bin total durcheinander, weil Mum gerade angerufen hat. Und jetzt rate mal. Sie heiratet wieder!«

Imogen war unsicher, wie sie reagieren sollte. War das gut oder schlecht? »Wow. Und wie geht es dir damit?«

»Super! Ich mag Ray, und seit Dads Tod war sie allein. Ich will einfach nur, dass sie glücklich ist. Manchmal habe ich das Gefühl, dass wir eher Freundinnen sind als Mutter und Tochter … Ach, du weißt schon.«

Nein, wusste sie nicht. Das war eine Art von Beziehung, mit der sie keinerlei Erfahrung hatte.

An guten Tagen war ihr Verhältnis zu ihrer Mutter kühl und distanziert, an schlechten Tagen – für die schlechten Tage hatte sie bis heute keine passende Beschreibung gefunden.

»Das freut mich für dich.«

»Ich werde Trauzeugin. Nächste Woche wollen wir die Kleider aussuchen. Es gibt fast nichts Schöneres als Mutter-Tochter-Shopping, findest du nicht auch?«

»Wer mag das nicht? Aber ich will dich nicht länger aufhalten«, sagte Imogen. »Du musst doch zurück zu unserem Kunden, um dich um den Fleck zu kümmern.«

»Da hast du recht.« Janie tätschelte den Fleckenentferner in ihrer Tasche. »Wir sehen uns dann morgen im Büro. Vielleicht können wir mittags ja zusammen essen gehen. Freust du dich auch schon so auf Freitag?«

Freitag? Was war denn am Freitag? »Ich …«

»*Das* hast du vergessen?« Janie lachte. »Der große Hundetag! Der Tag, an dem wir endlich Midas kennenlernen dürfen. Ich glaube, wir sind allesamt aufgeregter als du.«

Und schon wieder Midas.

Es reichte. Sie musste diesem Elend ein Ende bereiten. Ein für alle Mal. »Das geht leider nicht, Janie.«

»Wieso nicht?« Das aufgeregte Glitzern in Janies Augen wich einem besorgten Ausdruck. »Ist er etwa wieder krank?«

»Nein, das nicht.« Sie zögerte. Jede noch so kleine Lüge führte sofort zur nächsten. Hätte sie doch nie damit angefangen! Aber das hatte sie, und jetzt wusste sie nicht mehr, wie sie aus der Sache herauskommen sollte. »Ich wollte eigentlich nicht darüber reden, weil das alles so furchtbar ist.«

»Was?« Alarmiert setzte sich Janie neben sie. »Du machst mir ja richtig Angst! Du musst natürlich nicht darüber reden, wenn du nicht willst. Aber du weißt, dass du mir jederzeit dein Herz ausschütten kannst, oder? Wir sind doch Freundinnen.«

Imogen schnürte sich die Kehle zusammen. »Sind wir?«

»Was soll das denn bitte heißen? Natürlich!« Janie nahm Imogens Hand.

Die freundschaftliche kleine Geste rührte Imogen zutiefst. Auf einmal überkam sie das Bedürfnis, Janie alles zu erzählen. Was wäre so schlimm daran? Janie war ein netter Mensch, sie würde das verstehen.

Sie versuchte, einen geeigneten Einstieg zu finden, aber Janie redete unaufhaltsam weiter.

»Von dem Moment an, in dem du das Foto von Midas aufgestellt hast, wusste ich, dass wir Freundinnen werden. Allein schon, weil wir beide Hundefreundinnen sind.«

Imogen war aber gar keine Hundefreundin. Jedenfalls keine echte. Sie war eine Fake-Hundefreundin. So wie praktisch alles an ihr Fake war. Betrug. Ein echter Hund hätte vermutlich sofort gerochen, dass bei ihr etwas faul war.

»Aber wir sind uns auch ansonsten ähnlich.« Janie war jetzt nicht mehr zu bremsen. »Wir sind beide gern zu Hause. Nicht, dass ich was dagegen hätte, auch mal einen draufzumachen. Aber am liebsten kuschle ich mich zu Hause auf dem Sofa ein und schaue mit meiner Familie einen Film. Und ich weiß ja, dass es dir genauso geht.«

Tat es nicht, wobei sie sich das nicht so ausgesucht hatte. Aber wenn Imogen auf dem Sofa einen Film schaute, dann war sie dabei stets allein.

Sie zog ihre Hand weg. »Du bist echt ein toller Mensch, Janie. Ich habe so ein Glück, mit dir arbeiten zu dürfen.«

Janie lächelte. »Und jetzt erzähl. Was ist mit Midas?«

Wenn sie Janie die Wahrheit erzählte, bedeutete das das Ende ihrer Freundschaft. Janie würde herausfinden, dass sie keine Hundefreundin war, und es würde sie verletzen, dass Imogen sie so lange belogen hatte. Sie würde ihr nie wieder vertrauen, und die Atmosphäre im Büro wäre nicht mehr dieselbe.

Das konnte Imogen nicht riskieren. Nicht jetzt. Nein, sie würde die Scharade noch eine Weile aufrechterhalten müssen.

»Er ist weg. Midas ist weg.«

»Aber wo ist er denn?«

»Weggelaufen.«

»Was?« Janie sah sie entsetzt an. »Ich dachte, dein kleiner Garten ist sicher!«

»Ist er ja auch.« Vielleicht hätte sie sich doch besser eine andere Ausrede einfallen lassen sollen. Jetzt kam es so rüber, als wäre sie unvorsichtig gewesen! Und der Hundesitterin konnte sie auch schlecht die Schuld geben, weil Janie dann den Namen wissen wollen würde, damit sie ihr eine schlechte Bewertung geben konnte.

Aber sie musste Midas loswerden, und sie brachte es einfach nicht übers Herz, ihn umzubringen. »Ich kann es mir nur so erklären, dass jemand über den Zaun geklettert ist und ihn mitgenommen hat. Aber ich habe keine Überwachungskamera, mit Gewissheit werde ich es also vermutlich nie erfahren. Jedenfalls ist er weg.«

So, erledigt. Leb wohl, Midas.

Sie war fast schon erleichtert. Nie wieder würde sie sich Lügengeschichten über ihren imaginären Hund ausdenken müssen.

Und nein, sie würde sich keinen neuen anschaffen.

Ein Blick in Janies fassungsloses Gesicht verriet ihr allerdings, dass das Thema längst nicht ausgestanden war.

»Weg?« Janie war ganz rot vor Wut. »Du glaubst, jemand hat ihn geklaut? Von so was liest man im Moment ja häufiger. Einfach nur schockierend ist das! Manche Menschen denken wohl, sie können sich einfach nehmen, was sie wollen. Wenn sie es wenigstens auf Gartenmöbel oder deinen Fernseher abgesehen hätten. Aber Haustiere … Die gehören doch zur Familie. Diese Leute stehlen ein Familienmitglied. Das ist Entführung! Ach, Imogen …« Sie zog sie in ihre Arme. »Ich kann mir gar nicht vorstellen, was du gerade durchmachst. Was hat denn die Polizei dazu gesagt?«

»Die … Die Polizei?«

»Du hast doch Anzeige erstattet, oder?« Janie ließ sie wieder los. Ihre Gedanken schienen sich jetzt zu überschlagen. »Hast du einen von diesen Hundetrackern? Kannst du Midas' Standort auf dem Handy ermitteln?«

Imogen starrte sie nur wortlos an. Hundetracker? So was gab es wirklich? »Ähm, nein. Ich habe das nie für nötig gehalten. Er ist immer so dicht bei mir geblieben, wenn wir Gassi waren. Ist nie weggelaufen.«

»Dann kannst du ihn also nicht aufspüren. Ach, du Armes! Und der arme Midas erst! Wenn davonzulaufen nicht seinem Wesen entspricht, muss ihn jemand gestohlen haben. Was er wohl gerade durchmacht?« Janie verstummte, dann sagte sie plötzlich: »Irgendetwas müssen wir doch tun können!«

»Leider nicht«, antwortete Imogen. »Ich werde lernen müssen, damit zurechtzukommen. Wenn Freitag nicht Rosalinds großer Hundetag wäre, hätte ich dir auch gar nichts davon erzählt. Schließlich kann ich ihn jetzt nicht mitbringen.«

»Wie solltest du auch?« Janie drückte ihr die Hand. »Wir sollten Rosalind davon erzählen, dann sagt sie den Hundetag bestimmt ab. Das muss doch fürchterlich für dich sein, uns alle mit unseren Hunden zu sehen.«

»Nein, das möchte ich auf keinen Fall. Das Leben muss weitergehen.«

»Wie kannst du nur so tapfer sein? Ich an deiner Stelle wäre ein heulendes Häuflein Elend.«

»Ich bemühe mich, den Kopf nicht hängen zu lassen. Stürze mich in die Arbeit. So ist es am besten, dann habe ich keine Zeit zum Nachdenken.« Der letzte Teil stimmte sogar.

Ihr Handy brummte, und sie zückte es dankbar. »Tut mir leid, Janie, aber da muss ich drangehen. Die arme Sophie hat heute Abend ein ziemliches Albtraum-Event am Hals. Die Hauptrednerin steckt am Flughafen fest, und der Kunde benimmt sich schwierig. Ich muss so schnell wie möglich hin.«

»Ach, mit The Work Nook? Die sind grauenhaft! Eine Freundin von mir hat PR für sie gemacht. Es ist so toll von dir, dass du Sophie unterstützen willst. Aber wie du im Augenblick an die Arbeit denken kannst, ist mir ein Rätsel.«

»Die Arbeit lenkt mich ab. Das Leben ist nun mal voller Herausforderungen. Und uns bleibt nichts anderes übrig, als sie zu meistern.«

Und aufzuhören, Haustiere und Familienmitglieder zu erfinden. Da es eindeutig schwieriger war, Lügen abzuschütteln, als sie zu erzählen.

Zumindest war sie endlich Midas los. Dieser Teil ihres fiktiven Lebens war Vergangenheit. Sie fühlte sich leichter, empfand aber gleichzeitig auch eine merkwürdige Trauer um ihren verlorenen Hund.

Als sie aufstand, geriet sie kurz ins Wanken.

»Bist du sicher, dass alles in Ordnung ist?« Janie sprang auf. »Du siehst nämlich gar nicht gut aus. Ganz käsig bist du! Und du wirkst so erschöpft … Das muss der Schock sein. Komm, setz dich, ich bringe dir was zu trinken.«

»Danke, mir geht's gut. Ich muss jetzt wirklich los.«

Aber ein bisschen seltsam fühlte sie sich schon. Da war so ein merkwürdiger Druck hinten in ihrer Kehle. Vermutlich kam der vom vielen Reden.

Mit einem freundlichen Nicken verabschiedete sie sich von Janie, nahm ihren Mantel und kehrte in die Lobby zurück. Dann warf sie einen letzten Blick in den Saal, in dem das festliche Mittagessen bereits in vollem Gang war, und verließ zufrieden mit ihrer Arbeit das Hotel.

Sie würde Sophie unterstützen und sich um diesen unangenehmen Kunden kümmern, und dann würde sie nach Hause fahren und ein paar Stunden schlafen. Zum Glück war ihr Terminkalender für morgen leer. Keine Veranstaltungen. Sie musste nur noch ein paar Stunden lang durchhalten, dann hatte sie einen ganzen langen Tag im Büro, um sich zu erholen.

Draußen überlegte sie kurz, ob sie Bahn oder Taxi nehmen sollte, und entschied sich am Ende fürs Taxi. So, wie sie sich gerade fühlte, hätte ihr das Gedränge in der Bahn vermutlich den Rest gegeben.

Im Taxi lehnte sie sich zurück und ging ihre E-Mails durch.

Seit sie sich im Hotel mit Janie unterhalten hatte, waren sechsundneunzig neue Nachrichten eingetroffen, die fast alle als dringend markiert waren. Sie überflog die Betreffzeilen, las erst einmal nur die Nachrichten, die mit den heutigen Events zu tun hatten, und beantwortete sie umgehend. Als sie gerade dabei war, eine beruhigende Nachricht an eine Kundin aufzusetzen, die wegen einer Budgetänderung in Panik geraten war, klingelte ihr Handy.

Tina.

Sie drückte den Anruf weg. Ihre Mutter meldete sich grundsätzlich nur, wenn sie etwas brauchte, und es war undenkbar, dass Imogen während ihrer Arbeitszeit mit ihr telefonierte. Das würde sie zu sehr aufwühlen, und sie musste sich konzentrieren.

Sie widmete sich wieder ihren Mails, war aber nervös und wachsam und wütend auf sich selbst, weil sie zuließ, dass ein bloßer Anruf von ihrer Mutter sie dermaßen durcheinanderbrachte. Es war nicht einfach nur eine emotionale Reaktion – sie war auch körperlich spürbar. Alles in ihr schrie: *Lass alles stehen und liegen und lauf!* Ihr Herz war im Notfallmodus und hämmerte schmerzhaft gegen ihre Rippen, ihre Handflächen waren verschwitzt, und ihr Atem ging so schwer, als wäre sie eine lange Treppe nach oben gerannt.

Sie atmete ein paarmal tief durch, doch da kam auch schon der nächste Anruf. Erneut drückte sie ihn weg.

Anfangs hatte es sich noch merkwürdig und unnatürlich angefühlt, Anrufe von ihrer eigenen Mutter abzulehnen. Aber das war gewesen, ehe sie sich eingestanden hatte, dass einfach alles, was mit ihrer Mutter zu tun hatte, merkwürdig und unnatürlich war – inklusive ihrer Beziehung zueinander.

Wie ihre Mutter »Nenn mich Tina!« zu ihr sagte, zählte zu ihren ersten Erinnerungen. *Niemand soll merken, dass du meine Tochter bist.*

Sie hatte das mit sechs genauso verwirrend gefunden wie mit sechzehn, hatte sich aber darauf eingestellt. Nicht, dass sie eine Wahl gehabt hätte. Niemand hatte sie je gefragt, was sie wollte: eine warmherzige, liebevolle Mutter, die sie umarmte, ihr vorlas und Interesse an ihr zeigte, oder diese wütende junge Frau, die sie beschuldigte, ihr die besten Jahre ihres Lebens gestohlen zu haben.

Ihr Handy brummte wieder. Diesmal war es eine Nachricht von Sophie.

Wann kommst du? Der Kunde fragt nach dir.

Es waren noch fünf Stunden, bis das Event begann, aber wenn der Kunde wollte, dass sie ihm Händchen hielt, dann würde sie genau das tun.

Als sie gerade antworten wollte, kam erneut ein Anruf rein, diesmal von einer unbekannten Rufnummer.

Da sie nicht ausschließen konnte, dass es sich um einen Klienten handelte, ging sie dran.

»Hallo?«

»Spreche ich mit Imogen Thorne?«

»Ja, wer ist da?«

»Ich bin Arzt in der Notaufnahme.« Er nannte das Krankenhaus. »Sind Sie Tina Thornes Schwester?«

Schwester? Sie ließ den Kopf gegen die Stütze sinken und

schloss für einen Moment die Augen. Ihre Mutter schon wieder …

»Ich bin ihre Tochter.« Die Zeiten, in denen sie abwechselnd die Schwester, die beste Freundin und die Cousine aus Schottland gespielt hatte, waren vorbei. Da machte sie nicht mehr mit. »Was ist passiert?«

»Sie hatte einen Unfall. Als sie eingeliefert wurde, erwähnte sie eine Schwester, und wir haben Ihre Nummer in ihrer Handtasche gefunden. Wir haben es auch von ihrem Handy aus versucht, aber Sie sind nicht drangegangen.«

Oh, das war das Krankenhaus gewesen? Sie empfand einen Anflug von schlechtem Gewissen. Dann hatte ihre Mutter also gar nicht um Geld bitten wollen. »Ich saß bis gerade in einem Meeting. Und eine Schwester hat sie nicht.«

»Sind Sie sicher? Sie hat nämlich explizit darauf bestanden, dass wir ihre Schwester kontaktieren.«

Tu so, als wärst du meine Schwester.

»Glauben Sie mir, diese Schwester existiert nicht. Um was für einen Unfall geht es eigentlich?«

»Wenn Sie ins Krankenhaus kommen, können wir das unter vier Augen besprechen. Sie hat sich eine Kopfverletzung zugezogen, und dass sie glaubt, Sie wären ihre Schwester, könnte ein Hinweis darauf sein, dass sie verwirrt ist.«

Verwirrt? Wohl eher verbohrt.

Ob es sich bei dem Anruf dieses Arztes wohl um eine Falle handelte? War der Mann wirklich Arzt, oder war das einer der ausgeklügelten Tricks ihrer Mutter, um an Geld zu kommen? Allein, dass ihr dieser Verdacht kam, sagte vermutlich schon alles.

»Wann?«

»Jetzt gleich.«

»Ich … Sofort? Aber das geht nicht! Ich bin bei der Arbeit und frühestens um Mitternacht fertig, und …«

»Ms. Thorne.« Seine Stimme hatte einen rasiermesserscharfen Ton angenommen. »Ihre Mutter ist verletzt. Sie wird gerade untersucht, und je nachdem, was dabei herauskommt, wird sie nachher jemanden brauchen, der sie nach Hause bringt und dort versorgt.«

»Und Sie sind sicher, dass sie nach mir gefragt hat? Normalerweise will sie mich nicht …« Sie brach ab, wusste auf einmal nicht mehr, was sie sagen sollte. *Normalerweise will sie mich nicht in ihrer Nähe haben.* Nein, es war zu peinlich, das offen auszusprechen, zumal sie selbst durchs Telefon spüren konnte, wie sehr dieser Arzt sie jetzt schon verurteilte. Bestimmt hatte er liebevolle Eltern, fürsorgliche Großeltern und vermutlich auch Frau und Kinder. Solche Menschen verstanden nicht, dass andere Leute weniger Glück im Leben gehabt hatten. Dass es Familien gab, die aus der Hölle und nicht aus Hollywood kamen, dass nicht alle Probleme gelöst und nicht alle Sünden vergeben werden konnten. »Ich bezweifle, dass sie mich bei sich haben möchte.«

»Meiner Meinung nach sollten Sie kommen.«

Er konnte ja nicht ahnen, wie es war. Wie oft sie sich schon in einer Situation wie dieser wiedergefunden hatte. Wie oft sie mitten in der Nacht mit dem Taxi quer durch die Stadt gefahren war, um ihre Mutter in irgendeinem Krankenhaus einzusammeln, die jedes einzelne Mal geschworen hatte, dass so etwas nie wieder vorkommen würde. Manchmal hatte sie es sogar ernst gemeint, und auf Imogens Handy hatte anschließend ein paar Monate lang Ruhe geherrscht. Aber am Ende kam doch jedes Mal der nächste Anruf. Manchmal von einer Nachbarin, manchmal von der Polizei, manchmal von irgendeinem Fremden, der ihre Mutter in der Bar aufgegabelt hatte, in der sie arbeitete. Was eigentlich egal war, weil sich am Ergebnis dadurch nichts änderte.

Imogen brachte ihre Mutter dann nach Hause, versuchte, zumindest ein bisschen Ordnung in ihrer Wohnung zu schaffen, füllte den Kühlschrank (weil sie auf die harte Tour gelernt hatte, dass es keine gute Idee war, ihrer Mutter Geld zu geben), und wartete ab, bis ihre Mutter nüchtern genug war, um ihr mitzuteilen, dass sie verschwinden und sich aus ihrem Leben heraushalten sollte. Was sie auch tat. Bis der nächste Anruf kam und sie wieder auf der Matte stand, denn ganz gleich, wie sehr sie sich auch bemühte – es gelang ihr einfach nicht, den Kontakt komplett abzubrechen.

Sie glaubte an Familie, auch wenn sie zufällig eine erwischt hatte, die ihren Erwartungen nicht mal ansatzweise gerecht wurde. Trotzdem versuchte sie, sich ihrer Mutter gegenüber so zu verhalten, wie es zwischen Familienmitgliedern ihrer Meinung nach angemessen war: liebevoll und hilfsbereit. Wie schwer ihr das auch manchmal fallen mochte.

Sie war die einzige Angehörige ihrer Mutter. Sie hatten nur einander. Ihrer Mutter mochte das nicht viel bedeuten – aber Imogen war es wichtig. Inzwischen unterstützte sie ihre Mutter nicht mehr finanziell, weil das jedes Mal wieder katastrophale Folgen gehabt hatte. Aber den Kontakt vollständig abbrechen würde sie nicht. So verhielt man sich seiner Familie gegenüber nicht. In einer Familie hielt man zusammen, ging miteinander durch dick und dünn. Daran glaubte sie fest, auch wenn ihre Mutter es nicht tat. Und sie wollte, dass ihr Verhalten ihre Überzeugungen widerspiegelte. Das allein war der Grund dafür, dass sie überhaupt noch mit ihrer Mutter redete, obwohl der Kontakt in der Regel ungefähr so angenehm war wie eine Nacht auf dem Nagelbrett. Sie hatte es nicht leicht mit ihrer Mutter und war sich dieser Tatsache durchaus bewusst.

»War sie betrunken?«

Der Arzt schwieg kurz. »Wenn Sie herkommen, können wir Ihnen alles in Ruhe erklären.«

Was vermutlich so viel bedeutete wie Ja. Sie war betrunken gewesen. Imogen überraschte das wenig.

Und jetzt hielt es dieser Arzt für dringend notwendig, dass sie ins Krankenhaus kam. Was für Untersuchungen waren das überhaupt? Lügen durften Ärzte doch nicht, oder? Wegen des hippokratischen Eides und so weiter.

Sie sah auf die Uhr. Das Krankenhaus lag direkt auf dem Weg zu ihrer nächsten Veranstaltung. Sie würde einen winzigen Abstecher machen, eine halbe Stunde bleiben, um mit dem Arzt zu reden, und abwarten, dass ihre Mutter sie wieder einmal aus ihrem Leben verbannte, was normalerweise eine Frage von Minuten war.

»Ich bin in zwanzig Minuten da.« Dann legte sie auf und informierte Sophie.

Beruhige den Kunden. Bin in einer Stunde da.

Sie würde sich um ihre Mutter kümmern und trotzdem pünktlich zu dem Event erscheinen. Kein Problem.

7. KAPITEL

SARA

»Wir sollten uns nächstes Wochenende schon um den Weihnachtsbaum kümmern.« Sara strich Butter auf eine Scheibe Toast, die sie routiniert zu einem Haus zurechtschnitt. Sie war nicht bereit, sich darüber Gedanken zu machen, dass ihre Mutter nach London fuhr. Das war doch lächerlich! Was genau befürchtete sie überhaupt?

»Ist das für mich?« Patrick klang amüsiert. »Hübsches Haus!«

Ungläubig starrte Sara den Toast an. »Oh, tut mir leid. Da hat wohl der Autopilot übernommen.«

»Schon gut, ich merke ja, dass du in Gedanken bist.« Er musterte sie aufmerksam. »Willst du vielleicht ein bisschen was von dem Ballast bei mir abladen, der für die Sorgenfalten auf deiner Stirn verantwortlich ist?«

»Nein, danke. Das ist lieb von dir.«

»In Ordnung. Aber dann trink wenigstens deinen Kaffee. Du weißt doch, dass du vor deiner ersten Koffeinzufuhr nicht wie ein normaler Mensch funktionierst.« Er stellte ihr eine Tasse hin. »Hier, danach geht es dir bestimmt besser.«

Sie spürte seine Hand an ihrem Rücken, den tröstlichen, sanften Druck seiner Finger an ihrer Wirbelsäule.

Sie hatte noch nie ihre Launen vor ihm verbergen können. Egal, ob sie glücklich, traurig, besorgt oder gedankenverloren war – er bemerkte es sofort. Und dafür war sie dankbar. Sie kannte ihn, seit sie vier war, und auch ihr Freundeskreis war bis heute derselbe wie damals. Lissa, Shona, Paul und Rick. Sie waren gemeinsam im Kindergarten gewesen, hatten dieselbe Schule besucht, wo sie ständig zusammengluckten, und waren erst in ihren Studienjahren eine Zeit lang getrennter Wege gegangen. Paul und Rick waren kurz darauf zusammengekommen und führten jetzt die Dorfbuchhandlung. Sara und Patrick waren zusammengezogen und hatten einige Jahre später geheiratet. Lissa führte ein Büro für Innenarchitektur in London, hatte aber eins der Cottages im Dorf saniert und kam einmal im Monat her, um sich zu erholen und ihre Freunde und ihren jüngeren Bruder zu besuchen, bei dem es sich um den Tierarzt Miles handelte. Lissa warf stylishe Dinnerpartys mit elegantem Essen und extravaganten Blumengestecken von Shona, die Floristin geworden war. Shona stattete vor allem Hochzeiten und größere Veranstaltungen aus und reiste viel. Aber egal, was auch passierte, alle drei Monate trafen sich die sechs, um einander auf den neusten Stand zu bringen. Lissa sorgte für Essen und Eleganz, Shona für die Blumen, Sara und Patrick für den Wein und Paul und Rick für spannende Unterhaltung. Sie versorgten den gesamten Freundeskreis mit Büchern, und Sara hatte mitbekommen, dass Shonas »Weihnachtseinkäufe« darin bestanden, dass sie eine Liste der Leute, die sie beschenken wollte, inklusive Alters- und Interessenangaben an Paul und Rick schickte. Die suchten die passende Lektüre aus, packten die Bücher festlich ein und brachten Shona die fertige Kiste vorbei. Da auch Sara auf dieser Liste stand, ließ sie Paul und Rick gegenüber inzwischen immer rechtzeitig durchschimmern, was sie gerade gerne lesen würde. Apropos: Dieses Jahr hatte sie sich noch gar nicht darum gekümmert.

»Hast du Paul schon deinen Buchwunsch zugesteckt?«, fragte sie Patrick.

»Nein, aber ich habe letzte Woche eine Kritik zu einem Buch über Vulkane gelesen. Vermutlich werde ich das nehmen.« Er begutachtete seinen Toast. »Ein architektonisches Meisterwerk! Ich würde ja gern die Tür essen, aber wie kommen wir dann ins Haus?«

Ava gab ihr unwiderstehliches perlendes Kinderlachen von sich. »Das ist doch nur Toast, du Doofi!«

Patrick musterte die Scheibe erneut und schüttelte den Kopf. »Quatsch. Das ist ein Haus! Mit Fenstern und Kamin und Türen.«

»Du musst es ganz essen.«

»Echt? Na gut, wie du meinst.« Er nahm einen riesigen Hausbissen, und Sara verdrehte die Augen.

»Wenn du mir den Link zu dem Buch schickst, leite ich ihn an Paul weiter. Übrigens steht das Datum für unser nächstes Treffen.«

»Schön.«

»Ich kann immer noch nicht glauben, dass ich dir deinen Toast zurechtgeschnitten habe.«

»Keine Sorge, ich finde, wenn Ava ein Toasthaus bekommt, habe ich auch eins verdient. Das nennt man Gleichbehandlung.« Er beugte sich vor, um sie zu küssen. »Es ist ein tolles Toasthaus. Glaubst du, nächstes Mal bekommst du eine Burg mit Zinnen hin? Oder vielleicht eine Toastjacht?«

»Los, setz dich.« Sie schob ihn sanft in Richtung Tisch. »Du kannst von Glück reden, dass ich dir überhaupt Frühstück mache.«

»Weiß ich doch. Aber ich habe dir einen starken Kaffee gemacht, und deswegen hast du mindestens genauso viel Glück mit mir wie ich mit dir.« Er trug seinen Teller zum Tisch und setzte sich zu den Mädchen. »Habe ich richtig gehört, dass es vorhin um Weihnachtsbäume ging?«

»Genau, ich dachte, wir erledigen das am Wochenende. Machen einen richtig schönen Ausflug daraus, so wie immer. Ein Besuch im Wald, heißer Kakao …« Sie schnupperte an ihrem Kaffee und nahm einen Schluck. »Was hältst du davon?«

»Was willst du denn mit einem Baum? Du magst Weihnachten doch gar nicht.« Er zwinkerte ihr zu, weil Ava entsetzt nach Luft schnappte.

»Aber Mummy *liebt* Weihnachten!«

»Ehrlich?« Patrick biss ein Toastfenster ab. »Das wusste ich ja gar nicht.«

»Klar weißt du das!« Ava warf ihm einen strengen Blick zu. »Sie schmückt doch immer alles! Und dann backt sie einen riesigen Kuchen und holt das ganze Grünzeug aus dem Garten rein und wickelt es ums Treppengeländer. Und sie hängt überall Lichter auf. Wir basteln Weihnachtskarten und Schmuck und malen Bilder und zählen, wie oft wir noch schlafen müssen. Sie liest uns Weihnachtsbücher vor, und wir dürfen Lichterkettendisco in der Badewanne machen.«

»Das klingt ja nach verboten viel Spaß!«, sagte Patrick. »Aber wenn wir Weihnachten dieses Jahr bei Nanna verbringen, brauchen wir doch gar keinen Baum.«

Sara schüttelte lächelnd den Kopf. »Patrick …«

»Was? Wir stellen keinen Baum auf?« Avas Lippen begannen zu zittern, sodass Iris ihren Toast weglegte, um ihr beruhigend die Hand zu streicheln.

»Natürlich stellen wir einen Baum auf. Daddy macht nur Witze«, sagte sie.

»Aber den verstehe ich nicht. Was soll daran witzig sein?«

»Er will uns auf den Arm nehmen.«

»Manchmal frage ich mich, ob sie neun oder neunzig ist«, murmelte Patrick Sara zu. Dann aß er seinen Toast auf und fuhr an Ava gewandt fort: »Iris hat recht. Das war nur ein Witz. Wir besorgen den größten Baum im ganzen Wald. So groß, dass wir eine Leiter brauchen, um Iris' Engel oben befestigen zu können. Und klar weiß ich, dass Mummy Weihnachten liebt. Das ist ja einer der Gründe, aus denen ich sie geheiratet habe.«

Ava sprang auf und umarmte ihn, während Iris still vor sich hin lächelte.

Eine tiefe Zufriedenheit überkam Sara. Es stimmte, sie liebte Weihnachten. Auch wenn es eine Zeit gegeben hatte, in der das nicht der Fall gewesen war. Nach dem Schlaganfall ihres Vaters und den düsteren Tagen danach hatte jeder Gedanke an die Familie über Jahre hinweg Trauer in ihr ausgelöst. Aber inzwischen war viel Zeit vergangen, und sie hatte gelernt, sich auf das Positive zu konzentrieren. Die traurigen Erinnerungen zu ignorieren und stattdessen die schönen hervorzuheben. Und von denen gab es viele in ihrem Leben.

Patrick hatte ihr an Weihnachten den Antrag gemacht. Es war Weihnachten gewesen, als sie herausfand, dass sie mit Iris schwanger war. Und die Kinder hatten ihr die nötige Ausrede verschafft, wieder ganz und gar in ihrer Weihnachtsbegeisterung zu schwelgen. Denn die Wahrheit lautete: Sie *wollte* Weihnachten genießen. Sie hatte sich aktiv dafür entschieden, ein Fest der Freude daraus zu machen, und ignorierte jegliche Gefühle, die sie womöglich davon abhalten würden.

Mit Blick auf die Uhr stand Patrick auf. »Wir sollten los, sonst kommen wir zu spät. Ava? Zähne?«

Ava fletschte die Zähne und knurrte dabei wie ein Tiger. »Hervorragend. Und jetzt geh sie putzen.«

Die Kleine rannte los, während Iris das Frühstücksgeschirr in die Spülmaschine räumte.

»Danke.« Sara umarmte sie. »Vergiss nicht, dass du heute dein Projekt mitbringen sollst.«

»Ist schon in meiner Schultasche.« Iris lief ihrer Schwester hinterher, und Patrick sah ihr mit gehobenen Brauen nach.

»Das Arktisprojekt ist fertig?«

Sie nickte. »Du hast deinen letzten Eisbären gezeichnet. Jetzt wirst du die Bären erst beim Elternabend nächste Woche wiedersehen. Dort sollen alle Projekte ausgestellt werden.«

»Ihres ist bestimmt am besten.«

Sie musterte ihn mit schief gelegtem Kopf. »Meinst du nicht, dass du vielleicht ein bisschen voreingenommen bist?«

»Nein. Hast du gesehen, wie hart sie daran gearbeitet hat? Sie gibt doch bei allem ihr Bestes.«

»Ich weiß.«

Er stellte seinen Teller auf der Spülmaschine ab, bemerkte Saras Blick und räumte ihn ein. »Und jetzt sag mir bitte endlich, was los ist. Geht es immer noch um deine Mutter?«

»Sie hört nicht auf, sich zu bestrafen, und ich kann das langsam nicht mehr mit ansehen. Es ist jetzt so viele Jahre her, und sie glaubt immer noch, alles wäre allein ihre Schuld gewesen.«

»So ist das vielleicht einfach für Eltern. Man fragt sich unweigerlich, was man hätte anders machen können.«

»Das mag ja sein, aber ich glaube schon, dass es einen Punkt gibt, an dem man akzeptieren muss, dass Kinder eigenständige Menschen sind. Man kann ihnen die wichtigsten Werte mitgeben, aber verantwortlich für ihre Entscheidungen ist man nicht.« Sie verstummte. »Lass uns das Thema wechseln. Du weißt, wie ungern ich darüber rede. Ich habe diese Dinge hinter mir gelassen und möchte nicht wieder von ihnen eingeholt werden. Wenn meiner Mutter das doch nur auch gelingen würde.«

»Das ist zu dieser Jahreszeit doch jedes Jahr das Gleiche. Wenn es auf Weihnachten zugeht, kommt bei ihr alles wieder hoch.« Patricks Handy klingelte, aber statt dranzugehen, zog er Sara in seine Arme.

»Willst du nicht nachsehen, wer das ist?«

»Das kann warten.«

Sie schmiegte den Kopf an seine Schulter. »Ich finde es so fürchterlich, dass sie sich die Schuld gibt. Manchmal macht es mich sogar richtig wütend.«

»Ich weiß. Du fühlst dich hilflos und willst sie ändern. Aber das kannst du nicht, Schatz.« Er stützte das Kinn auf ihren Scheitel. »Vergiss nicht all das Gute in ihrem Leben, ja? Angefangen mit dir. Und du bist nicht nur gut, du bist sogar ziemlich klasse.«

»Ziemlich klasse?« Sie hob den Kopf, um Patrick anzusehen. »Ich bin ja wohl nicht einfach nur ziemlich klasse.«

»Stimmt. Du bist die Beste. Vor allem im Toasthäuserschneiden.« Er strich ihr über die Wange. »Aber gibt es sonst noch ein Problem? Komm, ich will alles ganz genau wissen.«

Seufzend legte sie ihm die Hand auf die Brust. Ein Teil von ihr wollte ihn nicht mit ihren Sorgen belasten, andererseits hatte sie seinen Zuspruch aber dringend nötig.

»Sie löst Ängste um die Mädchen in mir aus. Ständig fragt sie mich, wie es ihnen geht, ob sie gut zurechtkommen, ob sie nette

Freunde haben. Ich weiß genau, wieso sie das tut, und trotzdem macht es mich nervös. Und am Ende ertappe ich mich dann dabei, wie ich alles, was die beiden tun und sagen, analysiere.« Leiser Frust kam in ihr auf. »Dann frage ich mich, ob ich vielleicht unangekündigt bei ihren Freundinnen auftauchen sollte, um zu sehen, ob dort alles mit rechten Dingen zugeht. Und ich zweifle daran, dass ich als Mutter aktiv genug bin.«

»Aber wir waren doch schon bei all ihren Freundinnen zu Hause.« Wie immer ging Patrick die Sache ganz ruhig und logisch an. »Wir wohnen hier auf einem Dorf. Es gibt so gut wie niemanden, den wir nicht kennen.«

»Ich weiß doch. Trotzdem …«

»Dass einmal etwas Schlimmes geschehen ist, heißt nicht, dass es noch mal passieren muss.«

»Auch das weiß ich. Und ich habe nie behauptet, dass mein Verhalten rational ist. Ich erzähle dir einfach nur, was für Gefühle das Verhalten meiner Mutter in mir auslöst.«

»Verstanden.« Er strich ihr eine Haarsträhne aus dem Gesicht. »Wir machen es einfach so wie immer und versuchen, unseren Kindern so gute Eltern zu sein, wie wir können. Wir achten auf sie und sorgen dafür, dass sie das Gefühl haben, mit uns über alles reden zu können. Fragen sie regelmäßig, ob sie etwas auf dem Herzen haben, und zeigen ihnen, wie wichtig es ist, dass sie auch aufeinander achten. Alles wird gut, mach dir keine Sorgen.«

Sie wusste, dass er das wirklich glaubte, und sie liebte ihn dafür. Er suchte in allem und jedem nach dem Guten und ging stets vom Besten aus. Sie war dankbar, dass er so war, weil es genau das war, was sie brauchte.

Anders als sie wartete er nicht ständig mit angehaltenem Atem darauf, dass ihr das Leben in den Händen zerbröckelte. Er klopfte nicht auf Holz und trug keinen Glücksbringer und bekam kein ungutes Gefühl, wenn ihm eine schwarze Katze über den Weg lief.

Er zog sie näher an sich. »Ich weiß das alles. Schau uns doch nur an. Allein schon, was für tolle Freunde wir haben. Es gibt nicht viele Menschen, die ihre engsten Freunde schon gefunden haben, als sie sich noch nicht mal selbst die Schuhe zubinden konnten.«

»Stimmt. Und ich wünsche mir so, dass die Mädchen dieses Gefühl ebenfalls kennenlernen. Sie sollen es genauso gut haben wie wir. Gute Menschen in ihrem Leben, die sie lieben, so wie sie sind.«

»Und die haben sie. Die Mädchen haben einen tollen Freundeskreis. Sie hatten Glück.«

Er hatte recht. Zumindest noch. Aber das Glück konnte sich schnell wenden, das wusste sie aus Erfahrung. Und manchmal gab es rein gar nichts, was man dagegen tun konnte.

8. KAPITEL

IMOGEN

Imogen lief die Krankenhausgänge auf und ab. Sie hatte zu viel Zeit ihres Lebens an Orten wie diesem verbracht, allein auf Neuigkeiten über ihre Mutter gewartet und dabei neidisch die kleinen Grüppchen besorgter Verwandter betrachtet, die sich gegenseitig in der Krise eine Stütze waren. Imogen war immer auf sich selbst angewiesen gewesen.

Anfangs war das noch in Ordnung gewesen, was vor allem daran gelegen hatte, dass es damals noch Terry gab, den Mann, den ihre Mutter geheiratet hatte, als Imogen sieben war. Imogen hatte Terry gemocht. Er las ihr vor, half ihr mit den Hausaufgaben und ging mit ihr auf den Spielplatz. Ihre Mutter aber hatte aus Gründen, die sie nicht verstand, ein Problem damit gehabt, dass Terry Zeit mit ihr verbrachte.

Jetzt lass doch das Mädchen. Imogen braucht dich nicht.

Während dieser Jahre war ihre Mutter relativ stabil gewesen und Imogens Familienalltag einigermaßen normal, wenn auch ohne Liebe und Wärme. Manchmal trank ihre Mutter, und dann gab es heftigen Streit mit Terry, aber am Ende versöhnten sie sich immer wieder.

Aber dann, als Imogen elf war, passierten zwei Dinge: Ihrer Mutter wurde der Job gekündigt, und Terry hatte die Nase voll von Tina und verließ sie.

Imogen war am Boden zerstört gewesen. Für sie war es, als hätte sie ihren Vater verloren.

Von da an war es nur noch bergab gegangen. In den darauffolgenden Monaten war ihre Mutter häufiger betrunken als nüchtern gewesen. Einmal hatte sie ihre Mutter ins Krankenhaus bringen müssen, weil sie sich bei einem Sturz eine Platzwunde zugezogen hatte, die genäht werden musste, und jemand hatte das Jugendamt informiert. Eine Frau war gekommen und hatte ihr seltsame neugierige Fragen über ihren Alltag gestellt. Imogen hatte gelächelt und sich eine Geschichte ausgedacht, mit der die Frau offenbar zufrieden war. *Nein, so was ist noch nie passiert. Ja, zu Hause ist alles gut. Meine Tante kommt vorbei und passt auf mich auf, wenn es sein muss, und wenn was ist, kann ich immer zu meiner Großmutter.*

Damals hatte sie gelernt, dass es manchmal besser war, ein erfundenes Leben vorzutäuschen, als die Wahrheit zu sagen. Sie hatte auch damals schon viel gelesen und wusste aus ihren Büchern, dass es Probleme geben würde, wenn jemand erfuhr, wie es bei ihnen zu Hause wirklich zuging. Ihre Mutter war zwar kein bisschen so wie die Mütter aus ihren Geschichten, aber sie war alles, was Imogen an Familie besaß. Und auch, wenn ihre Mutter es niemals zugegeben hätte, wusste Imogen, dass sie sie brauchte. Sie beide gegen den Rest der Welt.

Nach und nach hatte sich ihre Mutter wieder aufgerappelt. Sie fand einen neuen Job, hörte auf zu trinken. Es war zwar ein ewiger Kampf, aber es gelang ihr ein ganzes Jahr lang, trocken zu bleiben, ehe sie den nächsten Rückfall hatte.

Und so ging das immer weiter.

Wenn es schlecht lief, hatte Imogen sich in Erinnerung gerufen, dass ihre Mutter nichts dafür konnte. Sie war selbst von ihrer Familie im Stich gelassen worden, als sie noch ganz jung und verletzlich gewesen war. Imogen fand das unverzeihlich. Kein Wunder, dass ihre Mutter keine Ahnung hatte, was Stabilität bedeutete. Oder wie sich eine Mutter verhalten sollte. Sie hatte ja selbst keine richtige gehabt! Sie verstand nichts von bedingungsloser Liebe, weil sie von ihrer Familie nie welche empfangen hatte. Stattdessen war sie von ihren Eltern auf die Straße gesetzt worden, als sie schwanger war.

Wieder und wieder hatte Imogen sich das alles ins Gedächtnis gerufen. Ihre Mutter glaubte nicht an Familie. Und es war Imogens Aufgabe, sie zu heilen und ihr diesen Glauben zurückzugeben. Es war Imogens Aufgabe, ihr zu beweisen, dass es Familienmitglieder gab, auf die man sich verlassen konnte. Die in guten wie in schlechten Zeiten für einen da waren.

Klang ganz einfach. Doch das war es nicht gewesen.

Als sie zwölf war, stattete ihnen das Jugendamt einen spontanen Besuch ab, vermutlich infolge eines weiteren Krankenhausaufenthalts ihrer Mutter. Zum Glück hatte Imogen zu diesem Zeitpunkt bereits den Haushalt übernommen. Ihre kleine Wohnung war aufgeräumt und blitzblank. Ihre Schulbücher lagen in einem ordentlichen Stapel auf dem kleinen Küchentisch, und auf dem Herd blubberte eine selbst gekochte Suppe. Und ihre Mutter hatte einen ihrer besseren Tage gehabt. Ihre Haare und ihre Kleidung waren gewaschen, und sie arbeitete seit Kurzem wieder im örtlichen Pub. Imogen hatte zwar versucht, sie von einem Job in der Buchhandlung oder im Café zu überzeugen – egal was, Hauptsache, sie hatte nicht den ganzen Tag Alkohol vor der Nase –, aber ihre Mutter liebte das Pub nun mal. Häufig kam sie mit irgendwelchen Männern nach Hause, die sie dort kennengelernt hatte. Dann schloss sich Imogen immer in ihrem Zimmer ein und versuchte, nicht hinzuhören.

Die Dame vom Jugendamt schien zufrieden gewesen zu sein mit dem, was sie gesehen hatte, da nie wieder jemand vorbeikam, und Imogens Leben verlief weitestgehend ereignislos, wenn auch einsam. Sosehr sie sich auch bemühte, die Beziehung zu ihrer Mutter blieb auf das Nötigste beschränkt.

Und so war es bis heute.

Imogen seufzte. Und wieder war ihre Mutter im Krankenhaus gelandet. Das gesamte Szenario war ihr so ermüdend vertraut.

Die Krankenhausangestellten forderten sie immer wieder auf, sich doch zu setzen, aber im Sitzen wurde ihre Unruhe nur noch größer. Sie hatte gedacht, dass die Angelegenheit schnell erledigt sein würde. Dass sie nur kurz nach ihrer Mutter sehen und weiterfahren würde. Aber es war anders gekommen. Man hatte sie gebeten zu warten. Und dann noch ein bisschen länger zu warten. Die Untersuchungen würden noch andauern, gerade befände sich ihre Mutter in irgendeinem Screening, dann bei der Blutabnahme.

Und als wäre das alles nicht schon schlimm genug, explodierte ihr Handy praktisch vor Nachrichten von Sophie, und eine war verzweifelter als die andere. Sie hatte schon auf Vibration umgestellt, aber das bedeutete, dass es jetzt unablässig gegen ihren Oberschenkel summte wie eine aufgebrachte Wespe.

Imogen, wann bist du hier?

Imogen, kannst du bitte anrufen? Es ist dringend.

Imogen, wo steckst du?

Imogen, ruf mich DRINGEND an!

IMOGEN! LEBST DU NOCH?

Eine grimmig dreinschauende Krankenschwester kam auf sie zu. »Sie dürfen Ihr Handy hier drinnen nicht benutzen, das verursacht Störungen bei unseren Geräten.«

»Ich dachte immer, das ist nur ein Mythos.« Imogen hatte mal mit einem Kunden aus der Pharma-Branche zusammengearbeitet und außerdem eine Menge Krankenhausserien geschaut, was sie quasi zur Expertin in derlei Dingen machte.

»Gut, dann dürfen Sie Ihr Handy hier nicht benutzen, weil sich die Patienten gestört fühlen könnten.«

»Ich werde aber anderswo dringend gebraucht. Sie haben mich mitten von der Arbeit weggeholt.« In der Hoffnung, damit ihr Herz zu erweichen, schenkte sie der Krankenschwester ein flehentliches Lächeln. »Wissen Sie vielleicht, wie lange es noch dauert?«

»Sie meinen, wie viel länger als vor drei Minuten, als Sie zuletzt gefragt haben?« Die Krankenschwester erwiderte ihr

Lächeln nicht. »Nein. Sie genießen hier keine Sonderbehandlung. Es mag Ihnen entgangen sein, aber wir haben da draußen eine ganze Notaufnahme voller Leute, die darauf warten, dass sie behandelt werden. Und jetzt setzen Sie sich bitte endlich. Sobald ich Neuigkeiten habe, informiere ich Sie auf der Stelle.«

Und damit ging sie. Imogen sah ihr hinterher und fragte sich, warum sie sich in Krankenhäusern stets so hilflos fühlte.

Dabei war die Antwort ganz einfach. Einige der schlimmsten Momente in ihrem Leben hatten sich in Krankenhäusern ereignet, und in allen hatte ihre Mutter die Hauptrolle gespielt.

Aber sie musste selbst zugeben, dass sie es schlimmer hätte erwischen können. Ihre Mutter war nicht gewalttätig gewesen, es hatte immer genug zu essen gegeben, und manchmal war es ihrer Mutter ziemlich lange am Stück gut gegangen. Zugewandt oder herzlich oder auch nur ansatzweise interessiert an Imogen war sie zwar selbst dann nicht gewesen, aber zumindest war das Leben in relativ ruhigen Bahnen verlaufen.

Ihr Handy vibrierte erneut, und nachdem sie sich kurz versichert hatte, dass die Krankenschwester gerade nicht hinsah, warf sie einen kurzen Blick darauf.

Sie musste dringend antworten, ehe Sophie einen Nervenzusammenbruch erlitt.

Mit dem Rücken zur Krankenschwester tippte sie hastig:

Tut mir leid, muss hier eine kleine
Krise bewältigen. Bin bald da.

Hoffentlich würde Sophie annehmen, dass es sich um eine Arbeitskrise handelte.

Es waren immer noch mehr als drei Stunden bis zum Anfang des Events. Sie hatte jede Menge Zeit. Sie würde das schon schaffen.

Aber warum dauerte das hier so lange? Wie schwer verletzt war ihre Mutter eigentlich?

Offenbar war sie auf die Bahngleise gestürzt. Zu ihrem großen Glück war gerade kein Zug in der Nähe gewesen, und als der nächste in die Station eingefahren war, hatte man ihre betrunkene Mutter bereits aus ihrer misslichen Lage befreit und in einen Krankenwagen bugsiert.

Weitere Informationen hatte sie nicht erhalten – außer natürlich die Tatsache, dass ihre Mutter nach ihrer Schwester verlangt hatte. Sie wusste nicht, ob ihre Mutter einfach das Gleichgewicht verloren oder sich auf die Gleise geworfen hatte. Bei dem Gedanken zog sich alles in ihr zusammen. Hatte ihre Mutter womöglich mit Absicht gehandelt?

Es war dieser Gedanke, der sie bleiben ließ, auch wenn es sie fast zerriss, dass sie einerseits für ihre Mutter da sein und andererseits sich selbst schützen wollte. Und Letzteres musste sie. Denn wenn sie eins aus ihrer Kindheit gelernt hatte, dann, dass es außer ihr niemand tun würde. Es gab niemanden, der sie unterstützte, niemanden, der ihr zur Seite stand. Was allerdings auch bedeutete, dass sie unabhängig geworden war und sich selbst zu helfen wusste, beides Dinge, die sie als durch und durch positiv betrachtete. Sie hatte als Erwachsene nicht erst lernen müssen, sich allein im Leben zurechtzufinden, weil sie schon seit ihrem zwölften Lebensjahr nichts anderes tat.

Das war einer der Gründe, aus denen sie so hart arbeitete: Sie hatte keinerlei Rückhalt.

Unruhig sah sie erneut auf die Uhr.

Vielleicht sollte sie doch einfach gehen. Aber wenn der Arzt recht hatte, dann hatte ihre Mutter wirklich darum gebeten, dass sie kam. Auch wenn sie dabei weiterhin ihr lächerliches Imogen-ist-meine-Schwester-Theater weiterspielte. Das war jedenfalls mal was anderes, als wie üblich um Geld angebettelt zu werden.

Vielleicht hatte der Sturz auf die Gleise ja etwas in ihrer Mutter bewegt und ihr in Erinnerung gerufen, dass sie eine Tochter hatte. Was, wenn sie wirklich versuchte, eine Verbindung zu ihr aufzubauen?

Eine weitere Stunde verstrich, und mit jeder Minute wuchs der Druck, unter dem Imogen stand. Wie lange das wohl noch dauern würde? Sie durfte das Event heute Abend auf keinen Fall verpassen, unmöglich! Am besten, sie ging einfach jetzt und kam später wieder.

Sie machte sich auf die Suche nach der Krankenschwester.

»Ich muss jetzt unbedingt zur Arbeit, aber ich habe mein Handy die ganze Zeit bei mir und komme später wieder, um …«

»Ihre Mutter ist gerade mit dem MRT fertig geworden. In zehn Minuten können Sie zu ihr. Aber wir müssen sie über Nacht hierbehalten.«

Zehn Minuten. Imogen rechnete. Zehn Minuten warten, zwanzig Minuten Gespräch, zwanzig Minuten im Taxi zu dem Event – das war vor Veranstaltungsbeginn zu schaffen. Sie konnte rechtzeitig dort sein, ohne dass irgendjemand je erfahren würde, was hier vorgefallen war.

Sie schrieb Sophie.

Bin in spätestens einer Stunde da.

Sophie rief sie umgehend an.

Sie konnte die Arme nicht länger im Ungewissen lassen. Doch als sie das Handy ans Ohr hob, fing sie sich einen bitterbösen Blick von der Krankenschwester ein.

»Oh, Entschuldigung.« Sie drückte den Anruf weg. »Ich gehe kurz nach draußen und telefoniere dort.«

»Sie können jetzt zu Ihrer Mutter. Aber achten Sie darauf, dass sie sich nicht aufregt, ja?«

Wie bitte? Das sollte ja wohl ein Witz sein! Andererseits konnte die Frau ja nicht wissen, wie Imogens Mutter war. Wie unmöglich es war, sie in Schach zu halten.

Nur ein paar Minuten, länger würde sie nicht bleiben. Dann würde sie wieder zur Arbeit fahren und hoffen, dass ihr niemand zu viele Fragen darüber stellte, was sie in den vergangenen Stunden getan hatte.

Sie folgte der Krankenschwester einen Gang entlang und eine Treppe nach oben. Ihre Knie zitterten, und ihr Instinkt befahl ihr, die Beine in die Hand zu nehmen und wegzulaufen. Aber es ging hier um ihre Mutter. Was für ein Mensch musste man sein, um nicht auf einen Anruf aus dem Krankenhaus zu reagieren? Offenbar handelte es sich hier um einen echten medizinischen Notfall!

Natürlich hätte sie sich auch weigern können zu kommen. Aber was, wenn ihre Mutter gestorben wäre? Hätte sie dann mit ihrer Entscheidung leben können? Sie hatten doch nur einander.

Ihre Mutter lag umgeben von piependen, blinkenden Geräten im Bett und kniff die Augen zu, als wäre sie fest entschlossen, sich nicht mit der Situation zu konfrontieren. Sie trug ein zerknittertes bedrucktes T-Shirt voller Flecken, die vermutlich schon lang vor ihrem Sturz dort gewesen waren. Flecken, die so aussahen, als wäre das Shirt seit geraumer Zeit nicht mehr gewaschen worden. Das Aussehen ihrer Mutter verriet Imogen alles über deren aktuellen Allgemeinzustand, was sie wissen musste.

»Mrs. Thorne?« Die Krankenschwester stellte den Tropf neu ein. »Ihre Tochter ist jetzt da. Wir erlauben ihr einen kurzen Besuch, weil Sie darum gebeten haben. Aber dann müssen Sie sich ausruhen.«

»Meine Tochter? Ich hab doch nicht darum gebeten, dass meine Tochter kommt.« Tina Thorne öffnete nun doch die Augen und drehte langsam den Kopf.

Imogen war wieder elf Jahre alt.

Ich mache bei der Schulaufführung mit. Kommst du, Tina?

Wieso sollte ich?

Terry wäre gekommen. Aber Terry war nicht mehr da.

Ihren Schulfreundinnen hatte sie erzählt, dass ihre Mutter einen wichtigen Job hatte und es nicht schaffen würde. Sie hatte so getan, als wäre es ihr egal, dass sie die Einzige in der gesamten Besetzung war, die niemanden im Publikum sitzen hatte, von dem sie geliebt wurde.

Imogen war allein gewesen, so wie sie bei allem allein war. Sie hatte sich selbst das Kochen beigebracht, weil ihre Mutter es nicht auf die Reihe brachte. Sie machte die Wäsche und erledigte die Einkäufe. Sobald sie alt genug war, fing sie an, samstags zu jobben und zu sparen. Sie liebte es, zu arbeiten und dafür bezahlt zu werden. Und in die Schule ging sie auch gern. Die Schule war ihre Rettung gewesen, insbesondere ihre Englischlehrerin Miss Winston. Miss Winston hatte ihr Potenzial erkannt. Anders als zu Hause bekam Imogen in der Schule Bestärkung. Je härter sie arbeitete und je besser ihre Leistungen waren, desto mehr wurde sie gelobt. Sie glänzte in jeder einzelnen Prüfung und war bei Weitem die beste Schülerin an der gesamten Schule. Je besser sie sich schlug, desto stolzer war die Lehrerschaft auf sie. Nirgendwo war Imogen so glücklich wie in der Schule gewesen. Es machte ihr nichts aus, hart zu arbeiten. Für harte Arbeit wurde man belohnt. Geschätzt. Sie brachte was, hatte Sinn und Zweck. Da war es ihr sogar egal, dass sie ihre Hausaufgaben machen musste, nachdem sie den Haushalt erledigt hatte, wenn sie eigentlich hätte schlafen sollen. Sie war einfach froh, etwas zu haben, das nur ihr gehörte. Etwas, das sie kontrollieren konnte.

Es waren die Lehrer an ihrer Schule gewesen, die sie ermutigten, sich an der Uni zu bewerben, und ihr anschließend halfen, sich dort zurechtzufinden. Sie bekam von allen Unis, bei denen sie sich bewarb, eine Zusage. Aber sie entschied sich für eine weit weg von zu Hause. Dort baute sie sich ein neues Leben auf und ergriff jede Chance am Schopf, die sich ihr bot. Ihre Schulzeit hatte ihr gezeigt, wie anders als das der anderen Kinder ihr Zuhause war, und sie hatte gelernt, diesen Umstand zu verbergen. Wie man sich anpasste, indem man andere Leute beobachtete und kopierte. Wie sie sich kleideten, wie sie redeten. *Worüber* sie redeten. Sie wurde zu jemandem, den man gern um sich hatte, und fand einen kleinen Freundeskreis aus ähnlich fleißigen Mitstudierenden. Sie kostete das Studentenleben voll aus – bis auf einen Punkt: Sie experimentierte nicht mit Alkohol und Drogen. Diesen Weg würde sie niemals beschreiten. Nicht, nachdem sie hautnah miterlebt hatte, wohin er führen konnte. Das Ergebnis sah sie jetzt in diesem Moment vor sich.

Sie vergrub die Fingernägel in den Handflächen und zwang

sich, nicht davonzulaufen. Sie war jetzt eine Erwachsene, hatte einen Job und ein eigenes Zuhause. Es gab nichts, wovor sie Angst haben musste.

Ihre Mutter musterte sie ausdruckslos. »Was willst du hier?«

»Das Krankenhaus hat mich angerufen, nachdem du eingeliefert worden bist.«

»Und wieso?«

»Weil du meine Nummer in der Handtasche hattest. Ich bin deine nächste lebende Verwandte.« Und einen Augenblick lang wünschte sie, das wäre nicht der Fall. Als Kind hatte sie sich manchmal vorgestellt, wie ihre Mutter einfach plötzlich verschwand und als anderer, besserer Mensch wiederauftauchte. Aber dann hatte sie jedes Mal sofort Gewissenbisse, weil sie so etwas dachte, und sich stattdessen gewünscht, Geschwister zu haben. Es wäre alles viel einfacher gewesen, wäre sie nicht allein mit allem gewesen. *Unsere Mutter ist schon wieder im Krankenhaus.*

»Dann lasse ich Sie beide mal kurz allein.« Die Krankenschwester warf einen letzten Blick auf die Monitore, dann sah sie zu Imogen. »Achten Sie darauf, dass sie nicht zu müde wird.«

Sie fragte sich vermutlich, warum Imogen ihre Mutter nicht umarmte, aber Imogen wusste, dass eine Umarmung ungefähr so willkommen gewesen wäre wie ein Mückenstich.

Sie wartete, dass die Krankenschwester ging. »Ich habe gehört, du bist auf die Gleise gestürzt?«

»Weiß ich nix mehr von. Kannst du mir jetzt endlich mal sagen, wieso du hier bist?«

Imogen atmete tief durch. Sie würde nicht zulassen, dass ihre Mutter sie wütend machte. »Weil sie mich angerufen haben. Du wolltest deine Schwester sehen, und ich habe ihnen erklärt, dass du keine hast.« Als ihre Mutter nicht reagierte, gab sie einen tiefen Seufzer von sich. »Hast du getrunken?«

Tina warf ihr einen bösen Blick zu. »Du hast nicht das Recht, über mich zu urteilen. Du hast doch keine Ahnung, wie mein Leben ist. Hast du das Geld dabei, um das ich dich gebeten hab?«

Ihr Herz hämmerte inzwischen so laut, dass sie ihr eigenes Wort kaum mehr verstand. »Nein. Wie ich schon bei unserem letzten Telefonat gesagt habe, gebe ich dir kein Geld mehr. Ich kaufe dir gern Essen und bezahle deine Miete oder deine Rechnungen. Aber du bekommst von mir kein Bargeld mehr, das du am Ende für Alkohol ausgibst.«

»Wofür ich mein Geld ausgebe, geht dich nichts an.«

»Wofür du *mein* Geld ausgibst, aber schon.« Sie zitterte, als sie das sagte. Sie hatte Jahre gebraucht, um zu lernen, Nein zu ihrer Mutter zu sagen, und leicht fiel es ihr bis heute nicht. Innerlich war sie angespannt bis zum Zerreißen.

»Du herablassendes kleines …«

»Mum! In dem Zimmer hier liegen noch andere Leute, die gesund werden wollen.« Sie hatte schon früh im Leben begriffen, dass man nicht vor Scham sterben konnte, was sie aber nicht daran hinderte, sich manchmal zu wünschen, es wäre doch so.

»Hörst du endlich auf, mich Mum zu nennen! Du kapierst es einfach nicht, was?« Ihre Mutter war bleich und hohläugig. In ihrem Haar, das stellenweise verfilzt und verklumpt war, klebte getrocknetes Blut.

Der Anblick wäre zutiefst beunruhigend gewesen, hätte Imogen ihre Mutter nicht schon häufiger so gesehen.

»D…da gibt es nicht viel zu kapieren. Dir geht es schlecht, und du lässt es an mir aus.« Sie versuchte, klar und beherrscht zu klingen, aber in Gegenwart ihrer Mutter fühlte sie sich, als würde alles Selbstvertrauen, alle Freude, alles, was sie je erreicht und geleistet hatte, aus ihr herausgesogen. Dann war sie wieder ein kleines Mädchen, das sich entsetzlich allein fühlte. »Und ich kapiere auch, dass es dir unangenehm ist, wenn die Leute wissen, dass du alt genug bist, um eine Tochter in meinem Alter zu haben. Aber …«

»Darum geht es doch gar nicht. Für ein angeblich so schlaues Mädchen bist du ganz schön blöde. Ich will nicht, dass du mich Mum nennst, weil ich nicht deine Mum sein will.«

Imogen zuckte zusammen. »Ich …«

»Und das wollte ich *nie.* Jetzt, wo du endlich erwachsen bist, brauche ich nicht mehr so zu tun. Also hau ab und träum dir deine Fantasien von der glücklichen Familie irgendwo anders zusammen. Hast du *gehört?*«

»J…ja. Hab ich.« Jeder hier hatte das gehört. Nun war also der Tag gekommen, an dem ihre Mutter öffentlich verkündete, dass sie Imogen nicht wollte. Sie nie gewollt hatte. Es war nicht das erste Mal, dass sie das gesagt hatte. Aber sie war zum ersten Mal nüchtern dabei, und zum ersten Mal gab es Zeugen.

Noch nie in ihrem Leben hatte sich Imogen so verletzlich und bloßgestellt gefühlt. Ihre Mutter hatte das letzte bisschen Selbstschutz, das Imogen noch geblieben war, zerfetzt und in die Tonne getreten. Imogen versuchte, die Stärke und Entschlossenheit in sich zu wecken, die sie früher stets durch schwere Zeiten getragen hatten. Aber da war nichts.

Ihre Mutter starrte sie wütend an. Schien zu warten, dass sie etwas tat oder sagte.

»Mum … Tina …«

»Geh einfach. Keine Ahnung, was du überhaupt hier willst. Was muss ich tun, um dich endlich loszuwerden, du verdammte Klette?«

Imogen suchte nach einer Antwort, fand aber keine. Ja, wieso war sie hier? Im Lauf der Jahre hatte sie sich diese Frage so viele Male gestellt. Es hatte schon vorher verletzende Gespräche zwischen ihnen gegeben. Viele sogar. Aber so schlimm wie dieses war keines gewesen. Nicht so brutal, nicht so öffentlich.

Es war sinnlos, ihre Mutter darauf hinzuweisen, dass an ihrem Verhalten einiges nicht zusammenpasste. Allein schon, dass sie Imogen regelmäßig anrief, wenn sie etwas brauchte oder sich besonders schlecht fühlte. Es mochte stimmen, dass sie Imogen nicht haben wollte – aber was Imogen ihr zu bieten hatte, wollte sie durchaus.

Sie zitterte, und ihr schnürte sich die Brust zusammen. Schmerzhaft deutlich war sie sich der drei anderen Personen in dem Zimmer bewusst, die vermutlich jedes Wort gehört hatten.

Es fühlte sich an, als würde sie ein Neonschild mit der Aufschrift *Ungeliebt* vor sich hertragen. Und ganz gleich, wie sehr sie sich bemühte, dieses Gefühl abzuschütteln – es war einfach zu stark. Füllte sie bis in den hintersten Winkel ihrer Seele aus.

Doch da erwachte etwas in ihr zum Leben. Ein Teil von ihr, der kein verängstigtes Kind mehr war, sondern erwachsen.

»Ich bin hier, weil ich angerufen wurde«, wiederholte sie. »Weil ich alles bin, was du an Familie hast.« Und das war doch immerhin etwas, oder? Sie mochten eine kaputte, verkorkste und durch und durch unvollkommene Familie sein – aber immerhin *waren* sie eine. Sie hatte immer gehofft, ihre Mutter würde eines Tages begreifen, dass es auch Menschen gab, auf die man sich verlassen konnte. Dass sie eine Familie waren und Imogen für sie da sein würde.

»Familie? Nein. Du bist nicht meine Familie«, sagte ihre Mutter langsam. »Du bist das Schlimmste, was mir je passiert ist. Wenn ich irgendetwas in meinem Leben ungeschehen machen könnte, dann wäre das nicht meine Beziehung mit Terry oder der Alkohol. *Du* wärst es. Weil mit dir alles angefangen hat. Du hast alles kaputt gemacht. Deinetwegen habe ich meine Familie verloren. Deinetwegen wollten sie nichts mehr mit mir zu tun haben. Deinetwegen haben sie mich rausgeschmissen. Und jedes Mal, wenn ich dich ansehe, frage ich mich, wie mein Leben wohl aussehen würde, wenn es dich nie gegeben hätte. Wie viel besser es wäre. Ich hätte studieren können. Mir einen guten Job suchen. Aber stattdessen habe ich dich bekommen. Was glaubst du eigentlich, wieso ich nicht noch mehr Kinder habe? Weil man schön blöd sein muss, um den größten Fehler seines Lebens mehr als einmal zu machen.«

Imogen konnte nicht mehr atmen. Es fühlte sich an, als wäre kein Sauerstoff mehr in der Luft. Entweder das oder ihre Lunge versagte ihr den Dienst. Alles drehte sich, und sie sah verschwommen. Waren das Tränen? Sie hatte keine Ahnung.

Rational war ihr klar, dass ihre Mutter Unsinn redete. Natürlich war nichts davon ihre Schuld. Viele Frauen bekamen

Kinder und gingen trotzdem auf die Uni oder bildeten sich auf der Abendschule oder online weiter. Es gab so viele Möglichkeiten, die Welt war voll davon. Man brauchte sie nur zu ergreifen und sein Bestes zu geben. Und das hatte ihre Mutter nie getan. Für Tina war es einfacher, Imogen die Schuld zu geben, als sich einzugestehen, dass es ihr an der nötigen Motivation mangelte. Und ganz gleich, was ihre Familie ihr angetan hatte – ganz gleich, wie sehr sie im Stich gelassen worden war –, sie hätte sich entscheiden können, es selbst besser zu machen. Sie hätte dafür sorgen können, dass Imogen und sie ihre eigene kleine Familie wurden. Hätte ein umso engeres Verhältnis zu ihrer Tochter aufbauen können, anstatt sie von sich zu weisen. Sie hätten eine unzertrennbare Einheit werden können, die sich durch nichts ins Wanken bringen ließ. Aber stattdessen machte Tina mit Imogen am Ende dasselbe wie ihre Eltern mit ihr: Sie verstieß ihre Tochter.

»Das meinst du doch gar nicht so.« Sie hasste sich dafür, wie zittrig ihre Stimme klang. »Das ist der Alkohol, der aus dir spricht.«

»O doch, und wie ich das so meine.« Ihre Mutter sah sie an, als hätte sie eine Fremde vor sich. »Du hast mein Leben ruiniert.«

Wie leicht und selbstverständlich ihrer Mutter diese Worte über die Lippen kamen, schmerzte mehr als alles, was sie je zuvor gesagt hatte. Es spielte keine Rolle, dass es unfair war. Es spielte keine Rolle, dass sie Imogen schlecht einen Vorwurf daraus machen konnte, geboren worden zu sein.

»Weißt du was, Mum?« Die Worte platzten förmlich aus ihr heraus. »*Du* hättest *mein* Leben auch ruinieren können. Nur dass ich das nicht zugelassen habe. Weil ich *beschlossen* habe, es nicht zuzulassen. Weil es so was wie individuelle Verantwortung gibt. Es gibt vieles auf dieser Welt, was wir nicht steuern können. Aber wir können immer noch Entscheidungen treffen. Und du hast entschieden, für alles mir die Schuld zu geben, anstatt selbst die Verantwortung für deine Fehlentscheidungen zu übernehmen.«

Ihre Mutter starrte sie einen Moment lang an, dann drehte sie den Kopf weg.

Imogen stand da wie erstarrt. Sie konnte selbst nicht glauben, was sie da gerade gesagt hatte. Sie hätte nie so explodieren dürfen. Sie fühlte sich deswegen schon grauenvoll genug. Aber noch viel schrecklicher waren die Dinge, die ihre Mutter gesagt hatte.

Ich will nicht deine Mum sein.

Du hast mein Leben ruiniert.

Du bist das Schlimmste, was mir je passiert ist.

Was hätte sie dafür gegeben, sich nichts davon zu Herzen zu nehmen. Wäre ihr Familie so egal gewesen wie ihrer Mutter, hätte sie das alles kaltgelassen. Aber Imogen sehnte sich nach einer Familie. Sie sehnte sich danach, Menschen um sich zu haben, die mit ihrem Leben und ihrer Geschichte verbunden waren. Sie wollte Teil von etwas sein, das größer war als sie. Sie wollte Weihnachtsgeschenke für einen riesigen Haufen Menschen kaufen, wollte Gespräche führen, die mit »Weißt du noch, damals …« begannen.

Natürlich war ihr bewusst, dass es auch in »normalen« Familien Stress und Probleme gab. Aber all das hätte sie liebend gern in Kauf genommen, wenn sie dafür nur ein paar Menschen gehabt hätte, die hinter ihr standen.

Aber da war niemand. Und sie war so entsetzlich erschöpft.

Erschöpft davon, alles selbst machen zu müssen. Mit ihren Sorgen allein zu sein. Einsam ihre Tränen zu vergießen. So lange sie denken konnte, hatte sie sich zu Weihnachten nur eins gewünscht: jemanden, bei dem sie sich anlehnen konnte. Jemanden, der nicht davonlief, wenn es mal schwierig wurde. Jemanden, der niemals behaupten würde, sie sei das Schlimmste, was ihm je passiert war.

Was wollte sie hier eigentlich?

Ihre Mutter interessierte sich nicht für ihre Loyalität. Stattdessen hielt sie sie für eine Klette. Und das hier war vermutlich ein geeigneter Zeitpunkt, um etwas dagegen zu unternehmen.

Sie musste gehen. Musste hier raus und scheute sich gleichzeitig davor, diesen letzten Schritt zu machen.

Sie hörte das Piepen der Geräte, konzentrierte sich auf die weißen Wände und die weißen Kittel der Ärzte, die ein und aus gingen. Die Atmosphäre war so kalt und steril wie ihre Beziehung zu ihrer Mutter.

Eine Frau, die an der Tür gewartet hatte – vermutlich eine Verwandte einer der anderen Patientinnen –, kam auf sie zu und berührte sie am Arm. »Geht es Ihnen gut, Liebes?« Ihr Tonfall war besorgt und freundlich, und sie warf Imogens Mutter einen missbilligenden Blick zu, den diese aber entweder nicht bemerkte oder bewusst ignorierte.

Imogens Gesicht brannte. Wenn es etwas Schlimmeres gab als die Ablehnung ihrer Mutter, dann dass all diese Menschen hier mitbekommen hatten, wie sehr ihre Mutter sie ablehnte. Sie wollte sich verteidigen. Sie wollte in die Welt hinausschreien, dass sie das Leben ihrer Mutter nicht mit Absicht ruiniert hatte. Dass sie ein guter Mensch war und ihr größtes Vergehen darin bestand, einen Hund erfunden zu haben. Und doch schwieg sie. Weil es am Ende ja doch zu nichts geführt hätte. »Danke, mir geht es bestens.«

Was die Wahrheit hätte sein sollen. Sie hätte nicht eine so tiefe Verletztheit empfinden sollen, ein solches Entsetzen. Denn auch, wenn ihre Mutter es noch nie zuvor so klar in Worte gefasst hatte – gewusst hatte Imogen das alles immer schon. In ihrer gesamten Kindheit hatte es nicht einen Augenblick gegeben, in dem Imogen das Gefühl gehabt hatte, Tina wäre gern ihre Mutter.

Sie warf ihrer Mutter einen letzten Blick zu, dann stolperte sie zurück in den Korridor, wo sie erst eine Besucherin, dann eine Krankenschwester mit einem Aktenstapel in den Armen anrempelte.

»Tut mir leid«, murmelte sie gegen ihre Tränen an. »Es tut mir so leid.« Sie war blind für die Welt, alles war verschwommen, ohne Fokus.

Irgendwie gelang es ihr, den Wartebereich zu durchqueren, hinaus auf die belebte Straße. Kalte Luft peitschte ihr unter den Mantel, doch sie spürte es kaum. Erst in dem Park neben dem Krankenhaus hielt sie inne und ließ sich auf eine Bank sinken.

Leute hasteten an ihr vorbei, stemmten sich gegen den schneidenden Winterwind.

Hin und wieder warf ihr jemand einen Blick zu, aber das war wenig verwunderlich. Man musste schon Todessehnsucht haben, um sich bei so einem Wetter draußen auf eine Parkbank zu setzen.

Und dann war da plötzlich jemand neben ihr, und sie spürte eine Hand auf ihrem Arm.

Es war die Frau aus dem Krankenzimmer ihrer Mutter, sie war Imogen bis nach draußen gefolgt. »Ich bin mir sicher, dass sie es nicht so gemeint hat, Liebes. Manche Menschen sagen schreckliche Dinge, wenn es ihnen nicht gut geht und sie verletzt sind.«

Das stimmte zwar, nur wusste Imogen, dass ihre Mutter es sehr wohl so gemeint hatte.

Sie entgegnete nichts. Wartete nur darauf, wieder allein zu sein. Aber die Frau machte keinerlei Anstalten zu gehen.

»Kann ich jemanden für Sie anrufen? Jemanden aus der Familie? Freunde?«

Familie … *Schön wär's.* Ihr einziges Familienmitglied lag dort oben in einem sterilen Krankenzimmer und wünschte sich, Imogen wäre nie geboren worden. Und das war's. Es gab niemanden sonst, den sie anrufen konnte. Niemanden, der die Wahrheit über ihr Leben kannte. Niemanden, der wusste, wer Imogen wirklich war. Woher sie kam.

Sie war mutterseelenallein. Und die Tatsache, dass eine Wildfremde die einzige Person auf dieser Welt war, die sich für sie zu interessieren schien, war berührend und deprimierend gleichermaßen.

»Das wird schon wieder«, sagte sie. »Aber danke, dass Sie sich um mich gesorgt haben.«

Nach kurzem Zögern ging die Frau, und Imogen blieb zitternd allein auf der Bank sitzen. Niemand sonst beachtete sie, und sie war dankbar dafür. Sie wollte nicht mit Fremden reden. Oder mit sonst jemandem.

Manchmal passierten im Leben schlimme Dinge, das war ihr klar. Unfälle, Krankheiten, Fehlentscheidungen, Pech. Das alles gehörte zum Menschsein dazu. Aber was, wenn man von der eigenen Mutter für den größten Fehler ihres Lebens gehalten wurde? Was, wenn man selbst die Katstrophe war, die das Schicksal für jemanden bereitgehalten hatte?

Es war so schwer, damit umzugehen. Hart und schmerzhaft. Mütter sollten ihren Babys bedingungslose Liebe schenken. Egal ob mickrig, kahl, hässlich oder laut – wie sie auch waren, für sie alle sollte es eigentlich eine Garantie im Leben geben: die Liebe ihrer Mutter. War das nicht die Grundvoraussetzung dafür, ein Kind zu bekommen? Die Jobbeschreibung für eine Mutter? Vorlesen, auf Spielplätze gehen, gesundes Essen kochen – das alles war schön, aber nicht wesentlich. Die Liebe dagegen, die war unverzichtbar.

Und wenn man diese Liebe nie erfahren hatte, wenn man eine Mutter hatte, die diese Garantie nicht erfüllte, wie sollte man dann je lernen, auf andere zu vertrauen? Denn wenn man selbst von der eigenen Mutter nicht geliebt wurde, wie sollte es dann jemand anders tun?

In diesem Moment wünschte Imogen, sie hätte wirklich einen Hund gehabt. Keinen imaginären Midas, sondern einen echten Hund, der bei ihrem Anblick mit dem Schwanz wedelte und sich einfach nur freute, dass sie da war.

Bizarrerweise sehnte sie sich durch das Leben, das sie für ihre Kolleginnen erfunden hatte, noch mehr nach einer richtigen Familie als ohnehin schon. Immer wenn sie ein Familientreffen oder ein Familienmitglied beschrieb, wünschte sie sich so sehr, ihre Erzählung wäre wahr.

Neulich war sie morgens sogar aufgewacht und felsenfest überzeugt gewesen, dass Midas bei ihr war. Dass sie gleich die

Augen öffnen und seinen treudoofen Blick und seinen wedelnden Schwanz vor sich sehen würde. Aber natürlich war da kein Midas gewesen, und statt Gebell hatte sie nur einen von den Zügen gehört, die so nah an ihrer Wohnung vorbeiratterten, dass alle paar Minuten das gesamte Gebäude bebte.

Auf ihrem Haar schmolz der Schnee und rann ihr in den Nacken.

Ich muss los, dachte sie. Ihre Finger waren schon ganz steif. Und ihre Zehen spürte sie längst nicht mehr, weil ihre Stiefel zwar modisch waren, dafür aber nicht warm. Ihr Look sollte smart und professionell wirken und nicht arktischen Winden um den Gefrierpunkt trotzen.

Professionell …

Da war doch was. Irgendein Ort, an dem sie sein sollte. Aber wo? Sie hatte es vergessen. War in Gedanken noch immer in dem Krankenzimmer bei ihrer Mutter. Nein, nicht ihrer Mutter. *Tina.*

Wenn sie das Schlimmste war, das ihrer Mutter je passiert war, dann war das Beste, was sie tun konnte, sich für immer aus deren Leben zurückzuziehen. Sie musste aufhören, so zu tun, als wären sie eine Familie.

Sie hatte keine Familie. Sie hatte niemanden.

Es war kurz vor Weihnachten, und sie hatte sich nie einsamer gefühlt.

Das Handy in ihrer Tasche summte, aber sie brachte nicht die Energie auf dranzugehen. Die Begegnung mit ihrer Mutter hatte die Person, als die sie sich entworfen hatte, mit einem Schlag vernichtet. Was blieb, war die Realität. Sie hatte ihre gesamte Energie, ihr Selbstvertrauen verloren. Ihren Antrieb und ihren Glauben an sich. Ihr blieben nur noch die Geschichten, die sie sich erzählte. Und die waren genauso erfunden wie alles andere an ihr auch.

9. KAPITEL

DOROTHY

Während Imogen zitternd allein auf der Bank saß, lud Dorothy ihre kleine Reisetasche in den Wagen.

Dann sah sie sich ein letztes Mal zu ihrem Haus um, das dank Patrick, der Lichterketten an Tür und Dachkante angebracht hatte, einladend durchs Winterdunkel strahlte. Es sah nie so hübsch aus wie jetzt, wo auf dem Dach eine dünne Schneeschicht schimmerte, die im Lauf des Tages gefallen war, und die Bäume weiß glitzerten.

»Musst du unbedingt heute Abend fahren?« Sara kuschelte sich in ihre Jacke. Die vergangene Stunde hatten sie damit verbracht, gemeinsam nach den Tieren zu sehen. Und währenddessen hatte Sara kaum eine Gelegenheit ausgelassen, ihrer Besorgnis Ausdruck zu verleihen. »Ich weiß ja, dass es erst sechs ist, aber findest du es wirklich klug, bei der Dunkelheit und den sinkenden Temperaturen mehrere Stunden am Stück zu fahren? Du könntest doch auch bis morgen warten und bei Tageslicht aufbrechen.«

»Aber so muss ich mich nicht mit dem vielen Verkehr herumschlagen. Jetzt ist die beste Zeit, um nach London zu fahren. Bis ich den Stadtrand erreicht habe, ist der Pendlerverkehr längst durch. Außerdem freue ich mich auf die Fahrt. Ich habe neulich ein sehr gutes Hörbuch aufgestöbert.« Sie überprüfte noch einmal, ob sie ihr Handy und ihren Laptop eingepackt hatte. »Allerdings hab ich ein ziemlich schlechtes Gewissen, weil du dich während meiner Abwesenheit um die Tiere kümmerst. Ich weiß, das ist viel verlangt.«

»Unsinn. Wir sind doch eine Familie. Ganz zu schweigen davon, was *du* alles für *uns* tust. Wir machen es uns richtig schön mit den Tieren, oder, Ava?« Sara wollte sich zu ihrer jüngeren Tochter umdrehen, doch die war verschwunden. »Ava? Ava! Gott, wo steckt sie denn jetzt schon wieder? Mit diesem Kind braucht man wirklich Augen im Hinterkopf. Und seitlich am besten noch dazu. Gerade war sie doch noch da! Hast du sie gesehen?«

»Nein, ich war damit beschäftigt, das Auto zu packen. Aber weit kann sie nicht gekommen sein.« Ein Anflug von Panik überkam Dorothy, aber sie erstickte das Gefühl hastig. Überreaktionen halfen niemandem weiter. »Bailey ist auch weg, bestimmt sind sie zusammen.«

»Ava!«, rief Sara, dann schnappte sie nach Luft, als sie von einem Schneeball mitten auf die Brust getroffen wurde.

Ava tauchte mit Bailey im Schlepptau grinsend hinter einem Busch auf. »Überraschung!«

»M-hm.« Sara klopfte sich den Schnee von der Jacke. »Du sollst doch nicht einfach weglaufen, Ava. Vor allem nicht jetzt, wo es dunkel ist.«

»Bailey und ich waren nur kurz bei Benson, um ihm gute Nacht zu sagen und ihm zu erzählen, dass ich in den nächsten Tagen auf ihn aufpasse. Ich fand, das sollte er wissen.«

»Das hat ihn sicherlich gefreut.«

»Das ist eine sehr große Verantwortung, Ava.« Dorothy strich ihrer Enkelin etwas Schnee aus dem Haar. »Ich verlasse mich auf dich.«

»Keine Sorge.« Ava tätschelte ihr den Arm. »Alles wird gut.«

Dorothy richtete sich auf und sah ihre Tochter an. »Und du bist sicher, dass ihr das alles schafft?«

»Aber ja. Es sind doch nur ein paar Tage. Und jetzt hör auf, dir Gedanken zu machen.« Sara nahm Ava bei der Hand, um zu verhindern, dass sie direkt wieder verschwand. Sie hatte sich ihre Mütze tief über die Ohren gezogen, und die Haarsträhnen, die darunter hervorlugten, lockten sich um ihr Gesicht wie Goldfäden. »Wir bekommen das problemlos hin.«

»Denk dran, auf den Riegel an Thelmas Stall zu achten, ja? Du weißt ja, dass sie gelernt hat, das Gatter zu öffnen.«

»Natürlich.«

»Und falls du dir Sorgen um eins der Tiere machen solltest, ruf Miles an.«

»Versprochen.« Dicke Schneeflocken schwebten vom Himmel, und Sara schauderte. »Es ist eiskalt, Mum. Und die Wettervorhersage ist schauerlich. Bist du sicher, dass du Imogen nicht anrufen und euer Essen verschieben willst?«

»Ja, ich bin sicher. Das ist ein Riesenprojekt, und ich will rechtzeitig mit der Planung beginnen. Außerdem *freue* ich mich darauf, Imogen zu sehen. Es ist unser letztes Treffen vor Weihnachten, und ich möchte mich gern bei ihr für ihre harte Arbeit bedanken. Ich fahre langsam, und sobald ich die Landstraßen verlasse, ist sowieso geräumt.« Dabei sparte sie allerdings die Tatsache aus, dass sie Imogen angerufen hatte, um sich wegen des Wetters zu versichern, dass der Termin auch wirklich stattfand, aber niemanden erreicht hatte. Das war ungewöhnlich, da Imogen sonst immer dranging oder zumindest umgehend zurückrief, wenn sie sich meldete. Inzwischen hatte Dorothy ihr schon drei Nachrichten hinterlassen, ohne dass Imogen in irgendeiner Form reagiert hätte. Sie war kurz davor gewesen, Rosalind zu kontaktieren, ob alles in Ordnung war, aber sie wollte nicht riskieren, dass Imogen ihretwegen in Schwierigkeiten geriet. Vermutlich steckte sie gerade mitten in einer Veranstaltung, schließlich hatte sie erwähnt, dass im Dezember einiges los war.

Dorothy würde nach London fahren, die Nacht in der kleinen Wohnung verbringen, die sie vor vielen Jahren gekauft hatte, und morgen zum vereinbarten Zeitpunkt in dem Restaurant erscheinen. Ganz sicher würde Imogen ebenfalls dort sein.

So wenig sie auch über Imogens Privatleben wusste – dass sie zuverlässig war, stand außer Frage.

»Schreib mir, wenn du heil angekommen bist, ja?«, sagte Sara. »Falls du nicht bis Weihnachten im Stau steckst, versteht sich.«

»Ich finde es schön, nach London zu fahren, und jetzt hör endlich auf, dir Gedanken zu machen. Außerdem muss ich ja auch gar nicht wegen meiner Verabredung mit Imogen in die Stadt. Ich habe auch noch einiges an Weihnachtseinkäufen zu erledigen. Insbesondere in einer gewissen Spielwarenhandlung.« Sie zwinkerte ihrer Enkelin zu, die mit einem Grinsen reagierte.

Dorothy wischte den Schnee von ihrem Wagen.

»Hast du angerufen, um dich noch mal zu versichern, dass euer Treffen auch wirklich stattfindet? Falls nicht, solltest du das unbedingt nachholen.«

»Der Tisch ist reserviert, und Imogen hat sich bisher an jede Verabredung gehalten. Sie ist der zuverlässigste Mensch, mit dem ich je zusammengearbeitet habe.« Sie bückte sich, um Ava ein Küsschen zu geben. »Nicht vergessen, du hast die Verantwortung.«

»Verstanden.« Ava salutierte. »Ich bin die Bossin.«

»Du bist die Bossin.« Dorothy umarmte erst Ava, dann ihre Tochter. »Ehe ihr euch's verseht, bin ich wieder da. Und dann bringe ich Geschenke mit.«

»Los, Nanna!«, drängte Ava. »Du musst jetzt endlich fahren!«

»Ava. Das ist aber nicht sehr höflich«, ermahnte Sara sie mit fester Stimme. Trotzdem hörte man ihr an, dass sie sich alle Mühe gab, nicht zu lachen.

»Aber Nanna hat das doch selbst gesagt, ich musste gar nicht fragen.«

Dorothy lächelte, stieg ein und winkte den beiden im Losfahren zu. Sie wusste, dass Sara sich um sie sorgte, aber das lag nur daran, dass sie einander so nahestanden. Nach Phillips Tod waren nur sie zwei übrig gewesen. Und sie sorgte sich nicht weniger um Sara.

Auf den größeren Straßen ging es viel weniger hektisch zu, als Sara befürchtet hatte, und Dorothy kam zu einer vernünftigen Zeit in London an.

Dort stellte sie den Wagen in der Tiefgarage ab und fuhr nach oben in die oberste Etage.

Die Wohnung hatte sie im Jahr nach Phillips Tod gekauft. Einerseits, weil sie die unpersönliche Atmosphäre in Hotels nie sonderlich gemocht hatte, aber einen regelmäßigen Unterschlupf in London benötigte, aber auch als sichere Investition.

Die Wohnung hatte nur ein Schlafzimmer, dafür aber eine herrliche Dachterrasse mit Blick bis zur Themse. Und etwas Größeres brauchte Dorothy auch gar nicht. Die Wohnung erfüllte ihren Zweck, und wenn Sara einmal mitkam, zogen sie einfach das Sofa aus.

Sie packte die vorgekochte Suppe aus, die sie von zu Hause mitgebracht hatte, und wärmte sie auf dem Herd auf. Währenddessen warf sie einen Blick auf ihr Handy. Imogen hatte sich noch immer nicht gemeldet. Nachdenklich schaltete sie den Herd ab und rief noch einmal an – zum letzten Mal, wie sie sich fest vornahm.

Imogens fröhliche Stimme schallte aus dem Telefon.

Sie sprechen mit Imogens Mailbox. Bitte hinterlassen Sie eine Nachricht, ich melde mich umgehend zurück.

Aber Dorothy hinterließ keine weitere Nachricht. Stattdessen legte sie auf und goss die Suppe in eine Schüssel. Sie zählte nicht zu den Menschen, die von anderen erwarteten, dass sie rund um die Uhr erreichbar waren. Und sie wusste, dass Imogen viel um die Ohren hatte. Dennoch war es seltsam, dass sie so gar nichts von sich hören ließ.

Aber sicher hätte Imogen die Zeit gefunden, sich kurz zu melden, wenn etwas Wichtiges gewesen wäre.

Und selbst wenn Imogen ihre Verabredung abgesagt hätte, wäre Dorothy vermutlich trotzdem nach London gefahren, um ihre Weihnachtseinkäufe zu erledigen und die Lichter und den Festschmuck in der City zu bewundern.

So oder so – alles würde gut werden.

10. KAPITEL

IMOGEN

Imogen atmete tief durch, dann ging sie durch die gläserne Drehtür und betrat das Foyer des Bürogebäudes, in dem sie arbeitete. Sie hatte eine schlaflose Nacht hinter sich, und in ihrem Kopf hämmerte es. Bei dem Gedanken daran, was vor ihr lag, wurde ihr übel. Ein Teil von ihr rechnete fest damit, dass sie vom Sicherheitsdienst wieder nach draußen geleitet werden würde oder dass ihre Keycard nicht mehr funktionierte. Aber sie schaffte es ungehindert durch die Schranke. Niemand würdigte sie auch nur eines Blickes, als sie in den Fahrstuhl stieg. Auf Außenstehende musste es wie der Beginn eines ganz normalen Arbeitstags wirken.

Doch für Imogen war es alles andere als das. Denn es war ihr letzter.

Heute war der Tag, an dem man sie feuern würde. Und es gab nur eine Person, die dafür verantwortlich war: sie selbst. Sie hatte versagt. Hatte alle hängen lassen. Sie liebte diesen Job mehr als alles andere auf der Welt und hatte es trotzdem vergeigt. Er war das einzig Gute in ihrem Leben gewesen, und das hatte sie nun auch noch kaputt gemacht.

Sie an Rosalinds Stelle hätte sich gefeuert. Aus diesem Grund trug sie in einem Umschlag in ihrer Handtasche ihr unterzeichnetes Kündigungsschreiben bei sich. Sie war nicht hier, um Rosalind davon zu überzeugen, es sich noch einmal anders zu überlegen, sondern weil sie zu ihrem Fehler stehen würde. Es lag nicht in ihrer Natur, sich herauszureden. Wenn sie Mist gebaut hatte, dann gab sie es auch zu. Zumindest in diesem Punkt war sie ehrlich, wenn sie schon über so gut wie alles andere in ihrem Leben log. Aber was sollte sie sagen? *Ich wollte dazugehören. Ich wollte normal wirken, damit ihr mich mögt, also habe ich die ein oder andere Kleinigkeit über mein Leben erfunden, und dann wurde alles plötzlich ganz kompliziert.*

Wobei »kompliziert« noch untertrieben war.

Vielleicht war es ohnehin besser zu kündigen. So, wie sie sich gerade fühlte, fehlte ihr sowieso die nötige Energie, um zu arbeiten. Der Eifer und Enthusiasmus, die sie bisher angetrieben hatten, waren verpufft. Sie fühlte sich nackt und angreifbar. Nicht mehr wie das Alter Ego, das sie erfunden hatte, sondern wie ihr wahres Ich. Nicht Imogen, die geniale Eventmanagerin, sondern Imogen, die Ungeliebte. Imogen, das Lügenkonstrukt.

Am liebsten hätte sie sich in ihrem Bett zusammengerollt und wäre dort geblieben, bis sie wusste, wie es jetzt weitergehen sollte. Sie wollte hier gar nicht sein.

Heute ins Büro zu gehen war die größte Herausforderung, der sie sich je gestellt hatte.

Die Fahrstuhltür glitt auseinander, und sie betrat das Büro von RPQ.

Ein paar Leute warfen ihr mitfühlende Blicke zu, aber die meisten hielten den Kopf gesenkt und vermieden bewusst jeglichen Augenkontakt. Damit waren all ihre Fragen beantwortet.

Von Sophie war keine Spur zu entdecken. Als Imogen den leeren Schreibtisch bemerkte, meldete sich ihr schlechtes Gewissen. Das Wissen, dass sie eine Kollegin im Stich gelassen hatte, tat mehr weh als alles andere. Bestimmt war Sophie krank. Doch dann kam ihr ein viel schrecklicherer Gedanke. Was, wenn Sophie ihren Job verloren hatte?

»Imogen?«, rief Rosalind aus ihrem Büro. »Ich muss nur noch schnell mit Evelyn Barker telefonieren, dann würde ich dich gern in meinem Büro sprechen.«

Was nicht anders zu erwarten gewesen war.

Rosalind würde eine Erklärung fordern. Nur dass Imogen keine zu bieten hatte.

Da konnte sie auch gleich ihren Schreibtisch räumen. Wenn sie das Gespräch mit Rosalind hinter sich hatte, wollte sie einfach nur noch so schnell wie möglich weg von hier. Sie würde sich einen neuen Job suchen müssen. Aber wer würde ihr jetzt noch Arbeit geben? Rosalind stellte ihr garantiert ein vernichtendes Zeugnis aus.

Angus Fitzgerald hatte ihr zwar einen Job angeboten, und vermutlich würde er sich freuen, wenn sie sich bei ihm meldete – aber nur, bis er herausfand, wieso sie plötzlich Arbeit suchte.

Als sie an ihrem Schreibtisch ankam, entdeckte sie darauf eine große Pralinenschachtel mit einem Post-it darauf.

Wir sind für dich da, Imogen. Anya und Janie xx

Die Tränen, die sie so sorgfältig unterdrückt hatte, drohten nun doch zu fließen. O Gott, das waren so wunderbare Menschen, und sie hatte ihnen eine Lüge nach der nächsten aufgetischt! Sie hatten etwas Besseres verdient.

Anya telefonierte gerade, warf ihr aber ein Lächeln zu und hob den Daumen in ihre Richtung, als sie sich setzte.

Erst da entdeckte sie den Stapel Poster auf ihrem Tisch.

Sie waren mit einem großen Foto von Midas bedruckt, für das Anya und Janie offenbar das Bild auf ihrem Schreibtisch fotokopiert hatten. Darüber stand in Großbuchstaben:

GESTOHLEN.
HABEN SIE DIESEN HUND GESEHEN?

Was um Himmels willen …

Verwirrt drehte sie sich zu Janie um. »Was ist das?«

»Wir finden ihn für dich, Imogen. Ganz egal, was wir dafür tun müssen.« In Janies Augen glitzerten Tränen des Mitgefühls. »Wir haben sie überall verteilt. An Laternenpfosten, in Hotels und Bürogebäuden. Und auf Social Media verbreiten wir das Bild auch. Das ganze Team hat geholfen.«

Moment. *Was?!*

»Das gesamte Team hat nach meinem Hund gesucht?«

»Ja.«

Auf Social Media?

Schlimmer konnte es nicht mehr werden.

»Janie ...«

»Stopp, ich will nichts hören! Ich weiß, dass du für uns dasselbe tun würdest. Schließlich sind wir ein Team, richtig? Unsere Suchanzeige ist mehr oder weniger viral gegangen, nachdem wir sie gepostet haben. Es besteht also Hoffnung, dass früher oder später jemand Midas erkennen und sich bei mir melden wird. Ich habe meine Nummer auf den Flyer geschrieben, damit du dich nicht auch noch mit nutzlosen Anrufen herumschlagen musst. Falls sich jemand mit einer echten Spur meldet, hörst du natürlich sofort von mir. Also, du kannst dich jetzt entspannt hinsetzen und deine Mails lesen oder was gerade ansteht. Jede einzelne Person in diesem Team steht hinter dir, Imogen. Du musstest gestern durch die Hölle! Keine Ahnung, wie du dich überhaupt auf die Arbeit konzentrieren konntest, nachdem Midas verschwunden ist. Als wir gestern kurz gesprochen haben, hast du furchtbar ausgesehen. Ich hätte da schon eingreifen sollen. Das lässt mich echt nicht los.«

»Janie ...«

»Ich habe heute Morgen mit Rosalind gesprochen und ihr erzählt, dass Midas geklaut wurde. Sie wusste von nichts und hatte großes Mitgefühl. Inzwischen hat sie die Anzeige sogar auf ihren privaten Social-Media-Kanälen geteilt. Wenn wir genug Leute dazu bewegen können, das Foto zu teilen, kann dort niemand mehr dein Baby zum Verkauf bieten, ohne dass es erkannt wird.«

Was für ein Albtraum. Da hatte sie gedacht, ihr Leben könnte nicht mehr schlimmer werden, und jetzt das. *Alles meine Schuld.* Sie konnte nicht glauben, was ihre Kolleginnen da für sie getan hatten. Dass sie ihnen so wichtig war. Und gleichzeitig kam sie sich vor wie die letzte Betrügerin. Denn der Mensch, für den die anderen sie hielten, existierte nicht. Sie war nicht Imogen, die

Hundefreundin. Sie war Imogen, die Betrügerin. Imogen, die Lügnerin.

Ihr einziger Trost bestand darin, dass sich vermutlich niemand wegen Midas melden würde, weil es auch Midas nicht gab. Einen inexistenten Hund konnte man auch nicht finden.

Vielleicht war es wirklich besser, dass sie gleich gefeuert wurde. Denn inzwischen hatte sie keine Ahnung mehr, wie sie sich aus der Sache herausreden sollte.

»Imogen!«, rief Rosalind aus ihrem Büro.

Ganz langsam stand sie auf. Wappnete sich dafür, weitere Lügen erzählen zu müssen. Inzwischen fiel es ihr selbst schwer, Wahrheit und Lüge zu trennen.

»Sag ihr, dass es dir wegen Midas nicht gut geht«, raunte Janie ihr zu. »Dein Hund ist weg. Unter solchen Umständen würde jeder Fehler machen.«

Sie hatte nicht einmal mehr die Energie zu antworten. All ihre Gedanken galten der armen Sophie.

Nachdem sie Rosalinds Büro betreten hatte, bedeutete ihr diese, die Tür hinter sich zu schließen.

Rosalinds Tür stand *immer* offen. Genauso wie die Jalousien an den Glaswänden immer hochgezogen waren. Immer bis auf heute. Anscheinend wollte sie verhindern, dass jemand mitbekam, wie sie Imogen eine verbale Abreibung verpasste.

Gehorsam schloss Imogen die Tür. »Ehe du etwas sagst – kannst du mir verraten, wo Sophie steckt? Geht es ihr gut? Ich mache mir Sorgen um sie.«

Rosalind sah von den Unterlagen auf ihrem Schreibtisch auf. »Setz dich, Imogen.«

»Aber Sophie …«

»… geht es gut. Sie hat nur Migräne, was man ihr nach dem gestrigen Tag wohl kaum verübeln kann. Wir haben abgesprochen, dass sie sich heute ausruht. Morgen sitzt sie bestimmt wieder in alter Frische an ihrem Platz.«

Dann war Sophie also nicht gefeuert worden. Eine Welle der Erleichterung rauschte durch sie hindurch.

Was allerdings auch bedeutete, dass das Thema Sophie vom Tisch war und es jetzt um ihr eigenes Schicksal gehen würde.

Da sie es einfach nur noch hinter sich bringen wollte, holte sie ihre Kündigung aus der Tasche und legte den Brief vor Rosalind auf den Schreibtisch.

Ihre Chefin musterte den Umschlag stirnrunzelnd. »Was ist das?«

»Meine Kündigung. Und bitte gib Sophie nicht die Schuld für das, was gestern passiert ist. Das war einzig und allein meine Verantwortung. Sie hat ihre Sache großartig gemacht. Ich bin diejenige, die Fehler begangen hat. Und nicht nur einen.«

Rosalind rührte den Brief nicht an. »Setz dich, Imogen.«

So schnell würde sie aus der Nummer also doch nicht rauskommen.

Imogen saß mit kerzengeradem Rücken auf der Stuhlkante. »Es tut mir so leid, Rosalind.«

»Ich rede, du hörst zu.«

»Ja, Rosalind.«

Sie hatte früh begriffen, dass man zuzuhören hatte, wenn Rosalind das Wort ergriff. Mit der Chefin legte sich niemand an, nicht mal die Kunden.

Rosalind ließ sich zurücksinken. »Ich habe heute Morgen einen Anruf von The Work Nook erhalten. Es war Alan Marsh persönlich. Wie du dir denken kannst, hätte ich mir einen angenehmeren Start in den Tag vorstellen können. Er war mehr als unglücklich, dass du gestern Abend nicht erschienen bist. The Work Nook ist nicht mehr unser Kunde.«

Sie hatte zwar nichts anderes erwartet, dennoch hätte sie im Boden versinken können vor Scham, und ihr wurde speiübel. Dann machte sie den Fehler, kurz nachzurechnen, und als sie begriff, was dieser Verlust für die Jahresbilanz bedeutete, drehte sich ihr endgültig der Magen um. The Work Nook war nicht ihr wichtigster, aber durchaus einer der größeren Kunden. Die Geschichte würde sich herumsprechen. Was, wenn der Ruf von RPQ darunter litt? Und Imogens gleich mit? In Zukunft würde sie von Glück reden können, wenn sie jemals wieder eine Anstellung im Bereich Eventmanagement fand.

Aber noch war es nicht so weit. Und ihr wichtigstes Problem war die Gegenwart.

»Es tut mir sehr leid.«

»Das sagtest du bereits. Was du nicht sagtest, ist, weshalb du mitten während deines Arbeitstags von jetzt auf gleich verschwunden bist und nicht mehr erreichbar warst.«

»Das war unentschuldbar.«

»Ich will ja auch keine Entschuldigung hören, sondern eine Erklärung. Und ich gehe davon aus, dass es eine gibt, weil Menschen wie du nicht einfach beschließen, ohne jeden Grund ihre Arbeit im Stich zu lassen.« Nach kurzem Schweigen fügte Rosalind hinzu: »Mir ist zu Ohren gekommen, dass Midas verschwunden ist …«

»Das war nicht der Grund.«

»Und was dann?« Rosalind nahm ihre Brille ab und rieb sich den Nasenrücken. »Ich weiß, ich kann dich nicht zwingen, mir deine Gründe zu nennen. Aber ich glaube schon, dass ich es verdient hätte, sie zu erfahren.«

Imogen musterte sie unglücklich. Rosalind hatte recht. Sie hatte die Wahrheit verdient.

Sie hatte so hart dafür gearbeitet, eine klare Grenze zwischen Arbeit und Privatleben zu ziehen. Doch jetzt war diese Grenze schlagartig pulverisiert worden. Und da sie sowieso keinen Job mehr hatte, gab es auch nicht den geringsten Grund, Rosalind zu verschweigen, was passiert war. Außer dass es Imogen als die Hochstaplerin entlarvt hätte, die sie ja nun mal war.

Und doch brachte sie es nicht über sich. Sie konnte einfach nicht.

Sie dachte an ihre Kolleginnen, die alles dafür gaben, ihren Hund zu finden. Ihren *imaginären* Hund. Die ihr den Rücken deckten, wenn sie einen Fehler machte. Ihr Pralinen auf den Schreibtisch stellten. Tränen stiegen ihr in die Augen. Wie sollte sie sich hier jemals wieder blicken lassen, nachdem ihre Kolleginnen herausgefunden hatten, dass alles, was sie ihnen je über ihr Privatleben erzählt hatte, gelogen war?

Doch obwohl die Unterstützung ihres Teams einzig und allein auf Unwahrheiten beruhte, spendete sie ihr Trost.

Sie blinzelte. Bemühte sich, nicht loszuheulen.

»Imogen?«

Sie zuckte zusammen. Rosalind wartete immer noch auf eine Erklärung.

Irgendwas musste sie ihr erzählen, damit sie endlich einen Schlussstrich unter die Sache ziehen konnte. Sie würde es mit einer Teilwahrheit versuchen. Vielleicht hatte sie Glück, und Rosalind stellte nicht allzu viele Fragen.

»Als ich auf dem Weg zu dem Work-Nook-Event war, habe ich einen Anruf aus der Notaufnahme bekommen.«

Rosalind runzelte die Stirn. »Aus dem Krankenhaus? Hatte jemand einen Unfall?«

Sie fuhr sich mit der Zunge über die Lippen. »Ja, meine Mutter.«

»Aber lebt die nicht in Dorset?«

»Sie ist gerade in London.« Imogen improvisierte, diesmal allerdings weniger enthusiastisch und spontan als bei Midas, weil sie sich damit nur noch tiefer in dieses Schlamassel katapultiert hätte. »Wegen der Weihnachtseinkäufe. Dabei ist sie gestürzt.«

Rosalind musterte sie kurz. »Das ist ja schrecklich! Kein Wunder, dass du durcheinander warst. Ich weiß ja, wie nahe ihr euch steht. Aber warum hast du nicht einfach angerufen und Bescheid gegeben, dass du dich für eine Weile ausklinken musst?«

»Weil ich die ganze Zeit dachte, dass ich gleich wieder gehen kann. Ich hatte mehrfach Kontakt mit Sophie und ihr versprochen, so schnell wie möglich zu ihr zu fahren, um Alan Marsh zu beruhigen. Als der Anruf aus dem Krankenhaus kam, saß ich gerade im Taxi und dachte, ich könnte nach meiner Mutter sehen und es trotzdem rechtzeitig zu dem Event schaffen.«

»Nur dass es am Ende anders kam. So weit, so gut. Allerdings verstehe ich immer noch nicht, wieso du nicht einfach gesagt hast, dass es einen Notfall mit deiner Familie gibt. Dann hätten wir ganz anders handeln können. Und hätte denn sonst niemand aus deiner Familie einspringen können?«

Imogen betrachtete die Bilder auf Rosalinds Schreibtisch. Sie zeigten Rosalind mit ihren beiden Töchtern, als diese noch klein waren. Rosalind hatte Eltern, Geschwister, ein ganzes Netzwerk an Menschen, mit denen sie verbunden war. Auf ihrem Schreibtisch lag ein dicker Stapel Weihnachtskarten, die sie verschicken wollte. Eine lange Liste mit Geschenken, die sie besorgen musste.

Imogen schickte niemandem Weihnachtskarten. Und sie kaufte auch niemandem Geschenke, bis auf das eine für das Wichteln bei der Arbeit.

Rosalind war vermutlich gar nicht dazu in der Lage, Imogens verkorkste Lebensumstände auch nur im Ansatz zu begreifen.

»Es war alles ... deutlich komplizierter, als ich gedacht hatte. Ich war durcheinander.«

Rosalinds Gesichtsausdruck wurde weicher. »Es *ist* aber auch beunruhigend, wenn Menschen, die einem nahestehen, im Krankenhaus liegen.«

Ja? War das so? Imogens Verhältnis zu ihrer Mutter war so kaputt, dass sie keine Ahnung hatte, was normale Menschen in solchen Situationen empfanden.

»Wenn du derart durcheinander warst, hättest du dich umso mehr bei uns melden sollen«, ergriff Rosalind wieder das Wort. »Wir sind doch ein Team, Imogen. Wir helfen einander.«

»Ich war nicht ganz bei mir. Ich konnte kaum einen klaren Gedanken fassen.«

Nach einer kurzen Pause bemerkte Rosalind: »Deine Mutter kann von Glück reden, eine so liebevolle und bemühte Tochter zu haben.«

Das hatte sie in der Tat. Was für eine Schande, dass sie das nicht zu schätzen wusste.

Ich will nicht deine Mum sein.

Du hast mein Leben ruiniert.

Du bist das Schlimmste, was mir je passiert ist.

Ihre Mutter hatte mit ihren Worten den Schutzpanzer zertrümmert, den Imogen im Lauf der Jahre um sich errichtet hatte. Und jetzt würde sie zusätzlich zu ihren emotionalen Wunden auch noch ihren Job verlieren. Als Belohnung für ihre Loyalität ihrer Mutter gegenüber wurde sie bestraft. Sie hätte nie in dieses Krankenhaus fahren dürfen. Als der Arzt sie aufgefordert hatte zu kommen, hätte sie einfach ablehnen müssen.

Frust und Wut darüber, wie unfair ihre Lage war, flackerten in ihr auf. Aber vor allem war sie wütend auf sich selbst. Sie wusste doch, dass das Leben unfair war. Hatte es immer schon gewusst! Auch guten Menschen geschahen schlimme Dinge, und nicht jeder bekam das, was er verdiente, daran konnte sie nichts ändern. Aber sie konnte sich dafür entscheiden, nicht zuzulassen, dass ihre Mutter sie weiter so behandelte. Was hatte ihre Mutter noch gesagt? *Hau ab und träum dir deine Fantasien von der glücklichen Familie irgendwo anders zusammen.*

Tja, mit den Fantasien war es jetzt vorbei. Von jetzt an würde sie der Realität ins Auge sehen, ganz gleich, wie hässlich sie auch sein mochte.

Rosalind ließ sich wieder in ihrem Stuhl zurücksinken. »Und wie geht es deiner Mutter jetzt?«

Imogen wählte ihre Worte mit Bedacht. »Sie ist wieder sie selbst.«

Was so viel bedeutete wie: so unvollkommen und verletzend wie eh und je.

Rosalind nickte. »Gut. Jetzt freust du dich vermutlich umso mehr darauf, an Weihnachten richtig Zeit mit ihr verbringen zu können.«

Nach gestern Abend bezweifelte Imogen, dass sie ihre Mutter überhaupt jemals wiedersehen würde. Was auch in Ordnung war. Es gab für sie nur eine Vorstellung, die noch schlimmer war, als Weihnachten allein zu verbringen: Weihnachten mit ihrer Mutter.

Aber das war nicht die Antwort, mit der Rosalind rechnete, also rang sich Imogen ein Lächeln ab.

»Ja«, antwortete sie. »Ich freue mich auf Weihnachten.«

Rosalind beobachtete sie weiter genau. »Ich kann nachvollziehen, dass du vor lauter Sorge um deine Mutter an nichts anderes mehr denken konntest. Aber wir wissen beide, dass noch mehr dahintersteckt.«

Imogen erstarrte. Das konnte Rosalind doch unmöglich wissen!

»Aber da ist sonst nichts, Rosalind.«

»O doch. Und wenn du nicht bereit bist, es offen anzusprechen, dann werde ich das eben tun.« Rosalind beugte sich vor. »Du stehst kurz vor dem Burn-out, Imogen.«

»Wie bitte? Ich … Was?«

»Burn-out. Ich glaube, du bist nicht mehr weit davon entfernt, und es ist meine Aufgabe, dich aufzufangen, ehe es zu spät ist. Das Thema beschäftigt mich schon länger. Du bist eine hervorragende Fachfrau mit einem enormen Talent. Aber jeder hat Grenzen, und in den vergangenen Wochen hast du deine überschritten. All die Überstunden, das Arbeitspensum – das ist doch nicht mehr menschlich. Und das muss ich mir auf die Fahnen schreiben, denn ich bin mitverantwortlich dafür, dass du dieses Pensum überhaupt auf dich nehmen konntest.« Sie musterte Imogen weiter aufmerksam. »Doch du bist es auch. Man muss seine Grenzen kennen.«

Burn-out.

Imogen starrte sie fassungslos an. Sie hatte doch kein Burn-out! Jedenfalls nicht, was die Arbeit betraf! Bezüglich ihrer Mutter vielleicht. Was ihre Mutter betraf, war sie so ausgebrannt wie ein Aschehäuflein.

Sie wollte gerade widersprechen, da wurde ihr klar, dass Rosalind aufhören würde, nach anderen Gründen für ihr Versagen zu suchen, solange sie überzeugt war, dass sie Burn-out hatte. Imogen konnte das für sich spielen lassen, und dass sie extrem gestresst war, entsprach sogar der Wahrheit. Richtig gelogen war das mit dem Burn-out also nicht.

»Könnte sein«, gestand sie widerwillig ein. »In letzter Zeit war wirklich viel los. Vielleicht sogar zu viel.«

Rosalind nickte zustimmend. »Du hast dich für die Arbeit aufgeopfert, und durch die zusätzlichen privaten Herausforderungen war irgendwann der eine Tropfen erreicht, der das Fass zum Überlaufen brachte.«

Da hatte sie recht. »Das stimmt.«

»Wir alle durchleben manchmal schwierige Zeiten, Imogen. Du hättest nur früher mit mir reden sollen, dann hätten wir gemeinsam eine Lösung gefunden. Aber mir ist natürlich auch bewusst, dass die Sorge um deine Mutter dich voll und ganz vereinnahmt hat. Und dann auch noch die Angst um Midas … Das war einfach zu viel. Kein Wunder, dass du es am Ende einfach nicht mehr konntest.«

Da Imogen nicht sicher war, was sie darauf erwidern sollte, nickte sie nur.

Rosalind beobachtete sie wieder auf diese leicht beunruhigende Weise. »Wie lange arbeitest du jetzt schon hier, Imogen?«

»Fast genau ein Jahr.« Wären doch nur alle Fragen so leicht zu beantworten gewesen.

Rosalinds Mundwinkel zuckte wieder. »Und wie oft hast du deiner Einschätzung nach in diesem Jahr einen Auftrag vermasselt?«

Imogen starrte sie an. War das eine Fangfrage? »Ich … Ich würde sagen, das hier war das erste Mal.«

»Genau. Es war das erste Mal.« Rosalind rutschte auf ihrem Stuhl nach vorn. »Und jetzt verrate mir mal, wie es sein kann, dass du nicht um deinen Job kämpfst! Dass du hier nicht reinmarschierst und mir vorbetest, was für ein Gewinn für die Agentur du bist! Stattdessen legst du mir deine Kündigung auf den Tisch. Wieso?«

»Weil ich davon ausgegangen bin, dass du mich feuerst.«

»Und wie kommst du darauf?«

Weil meine Mutter meine Selbstachtung zerstört hat.

Als Imogen nicht antwortete, runzelte Rosalind die Stirn.

»Ich verstehe das einfach nicht, Imogen. Was ist hier los? Ich sehe doch, wie du dich für deine Kunden einsetzt. Wie du

Hindernisse aus dem Weg räumst, vor denen die meisten Leute kapitulieren würden. Du bist die geborene Problemlöserin. Nur für dich selbst scheinst du nicht kämpfen zu wollen.«

Imogen schluckte. »Ich habe einen Kunden verloren.«

»Selbst wenn das stimmen würde, solltest du eigentlich hier sitzen und mir erklären, wie viele Kunden du allein in diesem Jahr für uns *gewonnen* hast. Warum klatschst du mir nicht die Zahlen auf den Tisch und zwingst mich anzuerkennen, dass du weitaus mehr für uns gewonnen als verloren hast? Denn genau das ist es, was du tun solltest. Was jeder sonst an deiner Stelle tun würde.«

Jetzt, wo Rosalind es sagte, fand Imogen selbst, dass das eine geeignete Taktik gewesen wäre. Nur wäre sie nie darauf gekommen. Was vielleicht anders ausgesehen hätte, wenn die Begegnung mit ihrer Mutter ihr nicht das Gefühl gegeben hätte, durch und durch wertlos zu sein. Sie hatte das alles ganz falsch angepackt. Hatte nicht einmal versucht, sich zu retten. Weil sie nicht das Gefühl gehabt hatte, Rettung verdient zu haben. Aber Rosalind schien daran zu glauben. Rosalind reichte ihr die Werkzeuge, die sie selbst hätte mitbringen sollen.

Auf einmal war ihr Mund ganz trocken. »In den ersten beiden Quartalen habe ich vier große Kunden an Land gezogen.«

»Ganz genau.« Die Gesichtszüge ihrer Chefin entspannten sich ein wenig. »Und alle vier haben weitere Aufträge generiert.«

»Und im September weitere zwei.«

»Genau. Du bist ein Gewinn für uns, Imogen. Und deswegen wirst du deinen Job nicht verlieren. Den hier«, Rosalind schob ihr den Umschlag mit der Kündigung wieder hin, »kannst du wieder mitnehmen.«

Imogen war schwindelig vor Erleichterung. Sie würde ihren Job behalten! Es kostete sie einige Selbstbeherrschung, sich nicht über den Schreibtisch auf Rosalind zu stürzen und sie stürmisch zu umarmen.

»Und was ist mit The Work Nook? Sie haben uns gefeuert.«

»Haben sie nicht.«

»Aber sagtest du nicht, dass sie nicht mehr unser Kunde sind?«

»Richtig. Aber nicht, weil sie uns gefeuert haben. Sophie hat mir in allen Einzelheiten erzählt, was passiert ist. Auch, wie heftig der Kunde sie gestern bedrängt hat, was wiederum dazu geführt hat, dass sie dich bedrängt hat. Wobei du übrigens auch aus der Ferne hervorragende Arbeit geleistet und ihr den richtigen Ansatz mit auf den Weg gegeben hast. Die Rednerin ist rechtzeitig eingetroffen, und das Event konnte ohne irgendwelche Einschränkungen stattfinden. Sophie hat ihre Sache gut gemacht.«

Imogen atmete auf. Zumindest konnte niemand behaupten, die Veranstaltung wäre ein Flop gewesen.

»Und warum haben wir dann den Kunden nicht mehr?«

»Weil ich Alan mitgeteilt habe, dass wir nicht mehr für sie arbeiten«, erklärte Rosalind kühl. »Ganz egal, wie groß die Krise ist – ich lasse nicht zu, dass meine Mitarbeitenden so behandelt werden wie Sophie gestern. So ein Verhalten ist unentschuldbar, und das habe ich Alan Marsh auch gesagt, als er anrief, um sich zu beschweren. Wir sind kein Boxsack, sondern der verlängerte Arm des Teams unserer Kunden. Ich erwarte ein höfliches, respektvolles Miteinander. Und wer sich nicht professionell verhalten kann, der muss sich eine andere Agentur suchen.«

Imogen klappte die Kinnlade herunter. Rosalind hatte die Zusammenarbeit mit The Work Nook gekündigt? Das war entweder sehr mutig oder sehr dumm von ihr gewesen. Nein, mutig, entschied sie bei dem Gedanken daran, wie Sophie geklungen hatte, als sie berichtete, in was für einem Ton Alan Marsh mit ihr geredet hatte. Aber die meisten Chefs hätten so einen Vorfall auf sich beruhen lassen, um den Kunden zu behalten.

Nur war Rosalind offenbar nicht wie die meisten Chefs.

Imogens Respekt wurde noch eine Spur größer. »Das … ähm, das überrascht mich jetzt doch ein wenig.«

»Dann kennst du mich nicht halb so gut, wie du solltest. Missbräuchliches Verhalten toleriere ich weder in meinem Privatleben noch beruflich. Was für ein Team wären wir denn, wenn wir uns gegenseitig nicht verteidigen und beschützen würden?

Diese Agentur läuft deswegen so gut, weil sie auf echter Teamwork basiert. Meine Aufgabe besteht darin, dafür zu sorgen, dass das auch so bleibt. Und nebenbei bemerkt war die Zusammenarbeit mit Alan Marshs Team so zeitaufwendig, dass sich The Work Nook für uns als Kunde kaum rentiert hat. Ich bin mir sicher, dass dir schnell eine Idee kommen wird, wie wir die Lücke füllen können, die sie hinterlassen.«

Imogens Gedanken rasten. »Klar, das mache ich. Unbedingt! Ich setze mich auf der Stelle dran, Rosalind.«

»Nein.«

»Wie bitte?«

»Nein. Weil du den kommenden Monat lang nicht arbeiten wirst. Du betreust keine Events, liest keine Mails, nimmst keine Anrufe entgegen.«

Ihre Erleichterung verpuffte schlagartig. »Aber … ich dachte, du feuerst mich nicht.«

Rosalind seufzte. »Das tue ich doch auch nicht. Aber so unbezahlbar dein Einsatz für diese Agentur sein mag – wir haben immer noch das Problem, dass du überlastet bist. Und ehrlich gesagt bezweifle ich, dass du derzeit in der Verfassung bist, dein Pensum zu reduzieren. Wenn wir so weitermachen wie bisher, wird es früher oder später zum großen Knall kommen. Und ich will nicht, dass du es bist, die dabei kaputtgeht. Also habe ich beschlossen, dir einen Gefallen zu tun, auch wenn ich mich vermutlich noch dafür verfluchen werde. Du nimmst dir einen Monat frei.«

»Einen Monat?« Sie musste sich verhört haben. Rosalind konnte sie unmöglich einen ganzen Monat lang freistellen!

»Ja. Du hast Urlaubstage noch und nöcher. Und ich verlange, dass du sie nimmst.«

»Aber wir dürfen doch gar nicht mehr als zwei Wochen am Stück fehlen.« Das wusste sie genau, weil sich Rosalind erst diesen Sommer geweigert hatte, Janie einen Monat freizugeben, als diese eine Neuseelandreise machen wollte. »Das sind die Agenturregeln!«

Rosalind trommelte mit einem Stift auf dem Schreibtisch herum. »*Ich* mache hier die Regeln, Imogen. Das ist einer der Vorteile, wenn man Chefin ist. Und ich erteile dir hiermit die Sondererlaubnis, deinen gesamten Resturlaub inklusive Überstunden am Stück zu nehmen.«

»Oh, aber das ist doch nicht nötig, Rosalind. Ich will nicht …«

»Ein Monat, Imogen. Ich habe mit der Personalabteilung gesprochen. Dieses Jahr hast du bisher erst zwei Tage genommen. Das ist nicht gesund. Du nimmst dir jetzt deinen restlichen Urlaub. So hast du Zeit, dich auf dich und deine Familie zu konzentrieren, kannst dich ausruhen und frisch und munter ins neue Jahr starten. Ich wünsche dir ein wunderschönes Weihnachtsfest mit deiner Familie. Viel Zeit an der frischen Luft, lange Spaziergänge, Plätzchen backen … Was man eben so macht, um zu entspannen.« Sie wedelte vage mit der Hand, da sie offenbar keine konkrete Vorstellung davon hatte, wie andere Menschen üblicherweise entspannten. »Und dann kehrst du in der zweiten Januarwoche ausgeruht wieder in die Agentur zurück. An deinem ersten Tag setzen wir uns zusammen und überlegen, wie wir dein Arbeitspensum etwas entspannter gestalten können.«

Imogen war fassungslos. »In der zweiten … Januarwoche?«

»Genau. Und vorher will ich nicht eine einzige Mail von dir in meinem Postfach sehen.«

Was für ein Albtraum. Weihnachten war sowieso schon eine schwere Zeit für sie. Und normalerweise brauchte sie nur ein paar Tage lang durchzuhalten. Aber einen ganzen Monat? Ein ganzer Monat, in dem sie anderen Leuten dabei zusehen musste, wie sie sich freuten, ihre Häuser schmückten, Weihnachtseinkäufe erledigten und sich auf den großen Tag vorbereiteten? Ein ganzer Monat, in dem sie allein in ihrer winzigen Wohnung sitzen und auf dieselben nackten Wände starren würde wie das ganze Jahr über. Ein ganzer Monat voller quälender Gedanken an das Gespräch mit ihrer Mutter.

»Das ist wirklich ein überaus großzügiges Angebot, Rosalind. Aber ich würde lieber arbeiten.«

»Dein Urlaub ist nicht verhandelbar. Befehl von ganz oben, ich wünsche keine weitere Diskussion.« Rosalind stand auf, um zu signalisieren, dass das Gespräch für sie beendet war. »Wenn ich mich nicht irre, hast du heute eine Verabredung zum Mittagessen mit Dorothy. Die kannst du noch wahrnehmen, weil ihr zwei euch so gut versteht. Aber danach fährst du nach Hause. Erklär Dorothy, dass du dir den Urlaub nimmst, der dir noch zusteht, und dass sie sich bei Fragen solange direkt an mich wenden kann.«

Imogen wollte aber nicht gehen. Sie wollte sich nicht auf sich konzentrieren. Und vor allem wollte sie keine Zeit mit der Familie verbringen, die sie nicht hatte. Dieser Monat würde sie umbringen. Was Rosalind hier von ihr forderte, war schlimmer, als gefeuert zu werden. Denn dann hätte sie die plötzliche Freizeit wenigstens damit füllen können, etwas Sinnvolles zu tun und sich einen neuen Job zu suchen.

Das kleine Mädchen in ihr wollte seiner Mutter die Schuld an allem geben, aber die erwachsene Imogen wusste genau, wie wenig sie damit erreichen würde. Rosalind würde nicht nachgeben. Also blieb ihr nichts anderes übrig, als ihre Lage zu akzeptieren und sich zu überlegen, wie sie einen ganzen Monat lang die Zeit totschlagen sollte.

Schlimmer konnte ihr Leben nicht werden.

Es klopfte, und Imogen sah auf. Die Tür ging auf, und Janie schob zögerlich den Kopf durch die Öffnung.

Ihr Gesichtsausdruck weckte in Imogen das ungute Gefühl, dass ihr Leben gleich doch noch komplizierter werden würde.

»Tut mir leid, dass ich störe, aber es hat sich etwas wegen Midas getan. Du weißt ja, dass wir alles versuchen, um ihn zu finden.«

Imogen entspannte sich kaum merklich. Das konnte unmöglich zum Problem werden. Einen Hund, den es nicht gab, konnte man schließlich auch nicht finden.

»Tja, und ich glaube, wir haben ihn.«

Rosalind hob die Brauen. »Ihr habt Midas gefunden? Aber Janie, das ist ja fantastisch!«

Imogen erstarrte. Das war nicht fantastisch, das war … unmöglich! Sie wusste zwar nicht, was Janie ihr als Nächstes eröffnen würde, aber dass es nichts Gutes war, schien unausweichlich.

»Ja.« Janie zuckte hilflos mit den Achseln. »Aber die ganze Angelegenheit ist irgendwie merkwürdig. Eine Frau hat angerufen. Sie wohnt irgendwo in Suffolk. Keine Ahnung, wie Midas dorthin gelangt sein könnte. Aber du meintest ja, dass er intelligent ist, Imogen. Vielleicht hat er sich in einen Zug geschlichen oder so. Jedenfalls sagt die Frau, Midas sei bei ihr.«

»Gute Arbeit, Janie«, warf Rosalind ein. »Wobei sich mir nicht ganz erschließt, was daran merkwürdig sein soll.«

Janies Blick zuckte zu Imogen. »Das Merkwürdige ist, dass sie behauptet, Midas würde ihr gehören. Und dass er gar nicht Midas heißt, sondern Hunter. Sie hat das Foto wiedererkannt, das wir gepostet haben, und behauptet, wir hätten es von ihrer Facebook-Seite geklaut. Was natürlich vollkommener Unsinn ist. Ich habe ihr versichert, dass wir das Foto von Imogens Schreibtisch verwendet haben, aber sie beharrt darauf, dass Midas … also Hunter *ihr* Hund ist. Furchtbar, was manche Menschen sich einfallen lassen, um zu bekommen, was sie wollen. Jedenfalls habe ich mir ihre Nummer geben lassen und gesagt, dass Imogen zurückruft. Bestimmt ist das alles ein großes Missverständnis. Oder willst du die Angelegenheit lieber von der Polizei regeln lassen?«

Imogen war sprachlos. Sie hatte das Foto auf irgendeinem Social-Media-Kanal gefunden, ohne einen Gedanken daran zu verschwenden, dass sie deswegen eines Tages vielleicht in Schwierigkeiten geraten könnte. Sie hätte nie behaupten dürfen, dass Midas weggelaufen war. Es wäre viel besser gewesen, ihn einschläfern zu lassen. *Aber dann hätte ich jetzt als Hundemörderin dagestanden.*

Rosalind erlöste sie aus ihrer Starre. »Ich bin sicher, dass es eine einfache Erklärung gibt.«

Stimmt, die gab es. Imogen war eine Hochstaplerin. Ihr gesamtes Leben war seziert und bloßgestellt worden. Ihre Lügen waren aufgeflogen. Es war so bizarr … Eigentlich hatte sie die ganzen Geschichten doch nur erzählt, um von ihren Kolleginnen akzeptiert zu werden. Und jetzt würden ausgerechnet diese Geschichten der Grund dafür sein, dass sie sich hier niemals wieder würde blicken lassen können.

Doch auch das war ein zukünftiges Problem. Jetzt galt es zunächst einmal, die aktuelle Krise zu bewältigen.

»Ich regle das selbst, wenn du mir die Nummer gibst. Danke, Janie.« Sie nahm den Zettel, den Janie ihr hinhielt, aber die Nummer darauf verschwamm vor ihren Augen. Was sollte sie nur zu der Frau sagen?

»In Ordnung. Dann gehst du jetzt zu dem Meeting mit Dorothy, erledigst danach den Anruf wegen Midas, und dann beginnt dein freier Monat«, sagte Rosalind sanft. »Du hast ihn dringend nötig.«

Die anderen dachten, dass sie kurz vor dem Zusammenbruch stand. Und vielleicht hatten sie damit gar nicht so unrecht.

Diesmal sparte sich Imogen die Mühe, ihrer Chefin zu widersprechen.

Weil sie den freien Monat brauchte, um einen Weg zu finden, das Chaos zu beseitigen, das sie angerichtet hatte.

11. KAPITEL

DOROTHY

Dorothy traf etwas zu früh im Restaurant ein und nahm an dem Fenstertisch Platz, den Imogen für sie reserviert hatte. Der Tag hatte herrlich begonnen, und sämtliche Weihnachtseinkäufe waren bereits erledigt. Wie immer hatte sie viel mehr für die Mädchen besorgt als geplant, aber sie konnte einfach nicht anders. Sie wollte den beiden das schönste Weihnachtsfest aller Zeiten bescheren, und schon der bloße Gedanke machte sie glücklich.

Am Wochenende würde sie anfangen, das Haus zu schmücken. Ilex und Tannengrün hatte sie bereits im Garten geschnitten, nun musste sie nur noch die Kartons mit dem Schmuck vom Dachboden holen.

Sie warf einen Blick auf die Uhr. Imogen hatte sich zwar noch immer nicht gemeldet, aber es gab keinen Grund, daran zu zweifeln, dass sie kommen würde. Und nach dem hektischen Vormittag war es schön, einen Augenblick lang einfach dazusitzen und die Umgebung auf sich wirken zu lassen.

Das Restaurant funkelte bis in die hinterste Ecke, und überall um sie herum schienen die Leute das Leben zu genießen. Stimmengewirr und Gelächter schwebten durch die Luft. Eine kleine Kollegengruppe hatte sich zu einer frühen Weihnachtsfeier versammelt, daneben saß sich ein Pärchen gegenüber, das Tüten über Tüten voller Weihnachtsgeschenke neben dem Tisch abgestellt hatte. Offenbar waren sie nicht bereit gewesen, ihre Einkäufe am Empfang zu lassen, und Dorothy fragte sich, was sie wohl so Wertvolles enthielten.

Weihnachten sollte eine Zeit des Gebens sein. Doch für Dorothy war es auch die Zeit, in der ihr alles genommen worden war.

Sie atmete tief durch und trank einen Schluck von dem Wasser, das ihr die Kellnerin bereits eingeschenkt hatte.

Es war nicht der richtige Moment, um darüber nachzudenken. Sie würde es genauso machen wie Sara und diese Phase in ihrem Leben ausblenden. Sich aufs Hier und Jetzt konzentrieren. Weihnachten würde dieses Jahr herrlich werden, und nun durfte sie sich erst einmal auf ihr gemeinsames Mittagessen mit Imogen freuen.

Sie warf einen kurzen Blick auf die Speisekarte, und als sie wieder aufsah, stand Imogen im Eingang.

Gerade reichte sie der Frau am Empfang ihren dunkelroten Mantel. Darunter kamen hohe schwarze Stiefel und ein gut geschnittenes Strickkleid zum Vorschein, das knapp überm Knie endete und ihre Figur umschmeichelte. Sie strahlte Erfolg und Klasse aus. Aber dann drehte sie sich um, und ganz kurz bekam Dorothy einen kleinen Schreck. Denn selbst auf die Entfernung war Imogen anzusehen, dass sie gestresst war. Aufgewühlt.

Sie beobachtete, wie Imogen ihr Kleid glatt strich, sich sammelte und das Restaurant nach ihr absuchte. Als sie sie entdeckt hatte, kam sie mit großen Schritten und einem strahlenden Lächeln auf sie zu.

»Bin ich zu spät?«

»Nein, ich war zu früh.«

Gott, sah das Mädchen erschöpft aus. Als hätte sie die ganze Nacht kein Auge zugetan. Als wäre ihre ganze Welt aus den Fugen geraten, seit Dorothy sie zuletzt gesehen hatte.

Was wohl passiert war?

Besorgt stand Dorothy auf und umarmte Imogen, auch wenn das vermutlich nicht sonderlich professionell wirkte. Sie konnte Saras missbilligenden Blick förmlich vor sich sehen. Eigentlich hatte sie damit gerechnet, dass Imogen sich sofort wieder von ihr lösen würde, doch sie hielt sich an Dorothy fest, als wäre sie der letzte Mensch auf Erden.

Plötzlich hatte sie einen Kloß im Hals. Sie rieb Imogen den Rücken.

»Wie schön, Sie zu sehen. Ist alles in Ordnung?«

»Oh, ähm, ja, alles bestens. Tut mir leid. Weihnachtsumarmung.« Imogen räusperte sich und zuckte zurück, als wäre ihr erst jetzt bewusst geworden, was sie tat. Mit rotem Gesicht setzte sie sich. »Die Woche war ziemlich heftig, das ist alles. Sie wissen ja, wie das kurz vor den Feiertagen ist. Chaos, wohin man auch sieht. Aber ich habe mich sehr auf unser Treffen gefreut.« Sie blinzelte mehrfach und blickte konzentriert in die Karte.

Sie kämpfte so offensichtlich mit den Tränen, dass der Anblick Dorothy einen Stich ins Herz versetzte.

»War in der Arbeit so viel los, oder geht es eher um die Weihnachtsvorbereitungen?«

»Vor allem die Arbeit, aber Weihnachten trägt natürlich auch seinen Teil bei. Gestern hatte ich ein Event nach dem anderen«, erzählte Imogen in übertrieben fröhlichem Ton. »Aber das war schon in Ordnung.«

Etwas an der Art, wie sie das sagte, verriet Dorothy, dass rein gar nichts in Ordnung war. Aber sie wusste, dass Imogen nicht mit der Wahrheit herausrücken würde. Sie war durch und durch professionell. Redete nicht über ihr Privatleben, tratschte nicht. Was ja auch angemessen war, da es sich bei Dorothy um eine Kundin handelte. Trotzdem hätte sie sich manchmal gewünscht, diese unsichtbare Mauer zwischen ihnen niederreißen zu können. Es gab so vieles, was sie gern wissen wollte. So viele Fragen, die sie gern gestellt hätte.

Imogen legte die Speisekarte weg. »Haben Sie schon etwas gefunden, Dorothy?«

»Ich nehme die Suppe und danach die Ente. Und Sie?«

»Das Gleiche.«

Nachdem sie bestellt hatten, erregte eine Lachsalve von einem benachbarten Tisch Imogens Aufmerksamkeit.

Eine Zehnergruppe mit Partyhütchen tauschte Geschenke aus.

Imogen beobachtete sie kurz, dann sah sie weg und konzentrierte sich wieder auf Dorothy. »Und, wie war Ihr Aufenthalt in der Stadt bisher? Hatten Sie Erfolg?«

»Absolut. Heute Vormittag war ich Geschenke kaufen, vor allem für meine Enkelinnen. Es war unbeschreiblich voll, aber ich habe alles besorgen können, was ich noch brauchte. Nächstes Jahr nehme ich die beiden vielleicht mit in die Stadt, damit sie die Festbeleuchtung sehen. Das wird ihnen bestimmt gefallen.«

Es war nur Small Talk, aber sie hatte das Gefühl, dass Imogen das gerade brauchte.

»Wie geht es Ava und Iris?« Imogen speicherte jedes Detail ihrer Unterhaltungen ab. Das war eine ihrer größten Stärken.

»Sie freuen sich schon sehr auf Weihnachten. Noch sind sie in dem Alter, in dem die Vorfreude fast genauso schön ist wie Weihnachten selbst.«

Ihre Vorspeisen wurden serviert, und das Gespräch geriet kurz ins Stocken.

Imogen starrte in ihre Suppe, als könnte sie sich nicht mehr erinnern, sie bestellt zu haben. Dann griff sie nach ihrem Löffel. »Verbringen Sie Weihnachten mit ihnen?«

»Ja, sie kommen alle zu mir. Das wird zwar bestimmt chaotisch, aber auch schön. Letztes Jahr haben sie mit Patricks Familie gefeiert. Patrick ist mein Schwiegersohn, aber das wissen Sie ja vermutlich. Um ehrlich zu sein, habe ich allein gefeiert, aber das hat mir nichts ausgemacht. Ich hatte einen Baum, weil ich dachte, die Kinder freuen sich, wenn sie zu Besuch kommen. Aber das war's dann auch schon mit Dekorationen. Dieses Jahr dagegen feiern wir Familienweihnachten, da werde ich mir deutlich mehr Mühe geben, das Haus zu schmücken. Und ich koche für mein Leben gern, es wird also jede Menge zu essen geben.«

Imogen legte den Löffel wieder weg, ohne die Suppe auch nur probiert zu haben. »Das klingt toll. Weihnachten ist so eine schöne Zeit im Jahr.« Ihr Tonfall war warmherzig, und ihre

Worte waren absolut passend. Und doch war da etwas an ihrem Blick – etwas Einsames, Verlorenes –, das dazu führte, dass auch Dorothy den Löffel sinken ließ.

Sie hatte noch nie zuvor erlebt, wie eine Person so hart darum kämpfte, stark zu wirken, obwohl sie offensichtlich kurz vor dem Zusammenbruch stand.

Sie fühlte sich genauso, wie wenn Miles anrief, um ihr mitzuteilen, dass er wieder mal ein neues Zuhause für ein ungeliebtes Tier suchte. Was natürlich albern war. Schließlich handelte es sich bei Imogen um eine unabhängige, erfolgreiche erwachsene Frau.

Und trotzdem …

»Sind Sie wirklich ganz sicher, dass es Ihnen gut geht, Imogen?«

»Absolut! Erzählen Sie mir mehr von Ihren Enkeltöchtern.«

Dorothy hielt kurz inne, dann griff sie wieder nach dem Löffel. Wenn es das war, was Imogen wollte, würde sie mitspielen. »Sie lieben es, Weihnachtsschmuck und Karten zu basteln. Meine Tochter Sara versinkt schon in einem Meer aus Papierketten und Schneemannkarten. Und Sie?« Sie versuchte, die Frage ganz beiläufig wirken zu lassen. »Wie sehen Ihre Weihnachtspläne aus? Ich gehe mal davon aus, dass Sie nicht arbeiten werden?«

»Zwischen Weihnachten und Neujahr bleibt die Agentur immer eine Woche lang geschlossen.«

Die Vorspeisen wurden abgeräumt. Imogen hatte ihre Suppe kaum angerührt.

Dorothy beschloss, Imogens mangelnden Appetit unkommentiert zu lassen. »Ich kann mir vorstellen, dass Sie die Atempause dringend nötig haben.«

»Oh, ich hatte sogar richtig Glück.« Imogens Stimme klang merkwürdig schrill. »Rosalind hat mir den gesamten Monat freigegeben. Ich hatte noch so viel Resturlaub übrig, dass sie mich gebeten hat, ihn noch dieses Jahr zu nehmen. Aber Sie haben ja meine Handynummer, falls etwas ansteht, bin ich immer zu erreichen. Oder Sie melden sich bei Rosalind direkt.«

»Einen ganzen Monat? Das ist ja herrlich!« Allerdings war an Imogens Gesichtsausdruck abzulesen, dass sie die Aussicht auf die lange Pause alles andere als erfreulich fand. »Und wo fahren Sie hin? Verbringen Sie Zeit mit der Familie?« Noch während sie redete, hätte sie die Frage am liebsten wieder zurückgenommen. Das Thema war viel zu persönlich.

»Nein, dieses Jahr nicht. Ich feiere dieses Jahr allein.«

Allein.

In diesem einen Wort steckte eine solche Vielzahl an Emotionen, dass Dorothy das überwältigende Bedürfnis überkam, Imogen über Weihnachten zu sich einzuladen. Doch im letzten Moment gelang es ihr, den Drang zu unterdrücken. Das hatte hier nichts zu suchen.

Der Hauptgang wurde serviert, glasierte Ente mit Pommes Fondantes.

»Und wie wollen Sie Weihnachten dann verbringen?«

»Ich habe noch nicht alles durchgeplant.« Imogen hielt den Blick auf ihren Teller gerichtet. »Aber wahrscheinlich bleibe ich einfach zu Hause. Ruhe mich aus, lese, schaue fern und hole Schlaf nach. Alles eben, wozu mir normalerweise die Zeit fehlt. Das wird toll! Wenn man Weihnachten allein feiert, braucht man nur an sich selbst zu denken, das ist das Schöne daran. Keine Streiterei um die Fernbedienung oder Diskussionen, was es zu essen gibt. Wenn ich keine Lust habe, brauche ich nicht mal zu kochen und kann mich mit Käsetoast begnügen, und keinen kümmert's. Genial, oder?«

Käsetoast. *Und keinen kümmert's.*

Doch, Dorothy kümmerte es. Und sie hatte den Eindruck, dass es auch Imogen nicht egal war.

Das Ziehen in ihrer Brust wurde so stark, dass sie Messer und Gabel beiseitelegte.

Sie ertrug das einfach nicht.

»Imogen …«

Imogen legte ebenfalls ihr Besteck ab und sah auf. »Es tut mir wirklich leid, Dorothy, aber mir geht es heute nicht so gut.

Kopfschmerzen. Ich habe nicht gut geschlafen. Vermutlich hätte ich unsere Verabredung besser absagen sollen, aber …«

»Ich bin froh, dass Sie nicht abgesagt haben. Weil ich mich sehr darauf gefreut habe, Sie zu sehen.« Dorothy verstummte, war unsicher, wie es weitergehen sollte. »Wir kennen uns jetzt schon eine ganze Weile, Imogen. Ich weiß, streng genommen bin ich eine Kundin, aber ich hoffe, ein Stück weit betrachten Sie mich inzwischen auch als Freundin. Sie können mir trauen.«

»Oh, aber ich traue Ihnen doch. Sie waren immer so freundlich zu mir.« Imogen trank einen Schluck Wasser. »Sie sind meine Lieblingskundin, allerdings erzähle ich das natürlich niemandem. Ach, tut mir leid. Ich verhalte mich heute so unprofessionell.«

»Aber nicht doch.« Dorothy achtete nicht auf die Leute um sie herum. »Und warum haben Sie schlecht geschlafen? Liegt Ihnen etwas auf dem Herzen?«

»Nein. Also, das ein oder andere natürlich schon. Aber nichts Wichtiges. Nur ein paar persönliche Probleme.« Sie zögerte, dann stellte sie ihr Glas weg und warf Dorothy ein müdes Lächeln zu. »Um ehrlich zu sein, will ich keinen ganzen Monat freihaben. Ich würde viel lieber arbeiten. Es gefällt mir, viel zu tun zu haben. Dann fällt mir das Leben leichter, verstehen Sie?«

Das verstand Dorothy in der Tat. »Ja, wenn man gerade eine schwierige Phase durchlebt, ist es manchmal besser, keine Zeit zum Nachdenken zu haben. Das kenne ich auch. Allerdings verstehe ich nicht, wieso Sie sich dann einen Monat freinehmen. Abgesehen davon, wie überraschend ich es finde, dass Rosalind dem überhaupt zugestimmt hat.«

»Oh, der Vorschlag kam sogar von ihr.« Imogen knüllte ihre Serviette so fest zusammen, dass ihre Knöchel weiß hervortraten. »Nein, eigentlich war es gar kein Vorschlag. Sie findet, ich brauche eine Auszeit. Ich bin da anderer Meinung. Nicht, dass ich Rosalind nicht großartig finden würde«, versicherte sie hastig. »Sie ist genial! Die beste Chefin, die ich je hatte. Und sie hat recht, ich habe im vergangenen Jahr sehr viel gearbeitet. Wir haben ein paar neue Kunden gewonnen, da kann es schon sein, dass ich mich etwas übernommen habe. Aber ich liebe meine Arbeit, deswegen fand ich das immer unproblematisch.«

Rosalind dagegen schien ein Problem gesehen zu haben. Und Dorothy respektierte Rosalinds Meinung. Wenn sie sich Sorgen machte, dann nicht ohne Grund.

»Was machen Sie eigentlich in Ihrer Freizeit, Imogen?«

»Freizeit?« Imogens Blick wirkte so leer, als wäre ihr entfallen, was das überhaupt war. »Ach, vieles. Ich habe einen schwarzen Gürtel in Jiu Jitsu – der japanischen Variante, nicht der brasilianischen. Das mache ich schon seit dem Abschlussjahr in der Schule. Ich trainiere eigentlich ein paarmal die Woche in einem Verein hier in London, aber seit ich für Rosalind arbeite, schaffe ich es nur noch einmal die Woche. Manchmal nicht mal das.« Sie verstummte, schien nachzudenken. »Jetzt, wo ich es sage … Ich war seit April nicht mehr dort, weil ich so viel zu tun hatte. Aber die Absicht zählt. Jiu Jitsu ist ein toller Sport, er hält nicht nur fit, sondern ist auch nützlich zur Selbstverteidigung. Das ist mir deutlich lieber als Fitnessstudio.«

Und doch war sie seit April nicht mehr dort gewesen. Und jetzt hatten sie Dezember.

»Klingt nach einem schönen Hobby. Und hier in London gibt es so viel Kultur zu entdecken! Gehen Sie gern ins Theater?«

»Sehr sogar. Das Letzte, was ich gesehen habe, war eine kontroverse Inszenierung von *Hamlet.*« Die Serviette war inzwischen so zerknüllt, dass sie selbst mit dem Bügeleisen nicht mehr zu retten gewesen wäre.

»Die im vergangenen Jahr?«

»Nein, das war dieses Jahr.« Imogen runzelte die Stirn. »Oder doch vielleicht letztes? Ach, wie die Zeit verfliegt.«

Als sie mit der Ente fertig waren, hatte Dorothy nicht nur herausgefunden, dass Imogen den Kampfsport aufgegeben hatte, sondern dass sie auch seit über einem Jahr nicht mehr im Theater oder Kino gewesen war und seit dem Sommer nur ein einziges Buch gelesen hatte.

Langsam begriff sie, weshalb Rosalind darauf bestanden hatte, dass sich Imogen einen Monat freinahm.

»Und was machen Sie mit der ganzen freien Zeit? Ein Monat … Das reicht, um sich richtig zu erholen. Bleiben Sie zu Hause oder wollen Sie verreisen?«

Imogen schien sich wieder halbwegs im Griff zu haben. »Ich bin noch unentschieden. Von dem Urlaub weiß ich erst seit heute Morgen, deswegen hatte ich keine Zeit, mir Gedanken darüber zu machen. Aber vermutlich bleibe ich einfach in London. Vielleicht schaffe ich es ja endlich mal wieder, ins Theater oder zum Jiu Jitsu zu gehen.« Sie legte ihr Besteck weg. »Die Ente war absolut hervorragend.«

Dabei hatte sie höchstens zwei Bissen gegessen, aber Dorothy beschloss, auch das unkommentiert zu lassen.

Die Vorstellung, dass Imogen an Weihnachten allein in ihrer Wohnung saß und Käsetoast aß, brach ihr fast das Herz.

»Haben Sie schon mal überlegt, die Zeit außerhalb der Stadt zu verbringen? Auf dem Weingut gibt es ein Ferienhäuschen.« Die Worte waren heraus, ehe sie es verhindern konnte. »Wenn Sie möchten, sind Sie herzlich eingeladen.«

»Ich … Eingeladen wozu?«

»Den Monat in dem Haus zu verbringen. Es heißt Holly Cottage. Und es ist wirklich entzückend. Aus Cotswold-Stein. Inklusive offenem Kamin und Reetdach.« Sie musste an die Monate denken, die sie selbst dort gewohnt hatte. Nachdem Sara aufs College gegangen und sie plötzlich ganz allein auf dem gewaltigen Anwesen gewesen war, hatte sie in dem kleinen Häuschen Trost gefunden. Vielleicht war es genau das, was Imogen gerade brauchte. »Es ist wirklich idyllisch. Viele unserer Feriengäste verbringen ihre Flitterwochen dort, und die Social-Media-Generation macht dort gern Selfies, weil es so einladend und gemütlich ist. Normalerweise ist es das ganze Jahr über ausgebucht, aber ich habe es gerade sanieren lassen, deswegen war es seit Sommer nicht mehr vermietet. Also, falls Sie London gern für ein paar Wochen den Rücken kehren wollen, sind Sie herzlich eingeladen. Sie bräuchten auch keine Miete zu zahlen.«

Imogen musterte sie verblüfft. »Sie bieten mir Ihr Cottage an?«

»Warum nicht? Es steht leer. Und falls Sie frische Luft und Entspannung suchen, sind Sie in Holly Cottage genau richtig. Und das Dorf ist nur einen zehnminütigen Spaziergang durch Wiesen und Felder weit entfernt. Dort bekommen Sie alles, was das Herz begehrt. Im Sommer ist es hoffnungslos überfüllt, wo man nur hinsieht Touristen, die jeden Winkel fotografieren. Aber jetzt im Winter ist es wirklich entzückend. Es gibt einen hervorragenden Hofladen, ein paar kleine Souvenirläden, einen Secondhandshop, eine Wollhandlung … Stricken Sie zufällig?«

»Ich … Nein, ich stricke nicht.«

»Dann eine Leihbücherei, eine kleine Buchhandlung und ein Café mit dem besten Lebkuchen, den Sie je gegessen haben. Letzte Woche wurde die Weihnachtsbeleuchtung installiert, Sie können sich gar nicht vorstellen, wie hübsch das Dorf gerade aussieht. Aber falls Ihnen gar nicht danach wäre, das Cottage zu verlassen, könnten Sie sich dort auch einen ganzen Monat lang auf dem Sofa einrollen und lesen oder fernschauen.«

Imogen trank einen Schluck Wasser. »Und dort würden Sie mich einfach so wohnen lassen?«

»Es würde mich sogar freuen. Um ehrlich zu sein, würden Sie mir damit einen Gefallen tun, weil es dem Cottage nicht guttut, bei dieser Kälte leer zu stehen.«

Imogen stellte ihr Glas weg. »Und an welchen Zeitraum dachten Sie?«

»Wenn Sie möchten, den ganzen Monat. Aber das brauchen Sie nicht jetzt zu entscheiden. Wir könnten einfach abwarten, wie es Ihnen gefällt.«

Imogen atmete tief durch. »Und wann würde es Ihnen passen?«

»Wann immer es Ihnen recht ist. Im Cottage ist alles für den täglichen Bedarf vorhanden, Sie bräuchten also nur warme Kleidung mitzubringen.«

»Könnte ich am Freitag schon kommen?«

»Perfekt.«

»Dann sehen wir uns am Freitag«, sagte Imogen. »Aber nur, wenn es Ihnen wirklich recht ist. Ich weiß gar nicht, wie ich mich bedanken soll. Die Aussicht, aus London rauszukommen, ist großartig.« Sie warf Dorothy ein Lächeln zu. Und diesmal war es echt, nicht das aufgesetzte, übermäßig fröhliche Grinsen, das am Anfang des Treffens auf ihren Lippen gelegen hatte.

»Ich hole Sie vom Bahnhof ab, ja?«

»Danke, aber das wird nicht nötig sein. Ich nehme mir einen Mietwagen«, sagte Imogen. »Den brauche ich während meines Aufenthalts doch sowieso, und so mache ich Ihnen weniger Arbeit.«

»Sie machen mir keine Arbeit, Imogen. Ich finde es schön, Sie im Cottage zu haben.«

Damit war es abgemacht. Und im selben Augenblick wurde ihr klar, dass Sara sie umbringen würde.

Sie empfand einen Anflug von Beklommenheit, gepaart mit Schuldgefühlen. Sie hätte früher darüber nachdenken sollen. Und normalerweise hätte sie das auch, wäre da nicht dieses unerträgliche Bild von Imogen in ihrem Kopf gewesen, die an Weihnachten vor einem Käsetoast in ihrer Wohnung saß.

Dorothy war doch gar keine Wahl geblieben. Sie hätte Weihnachten in dem Wissen, dass Imogen die Festtage ganz allein verbrachte, nie genießen können. Und es war ja nicht so, dass sie Imogen eingeladen hatte, mit ihnen zu feiern. Sie erlaubte ihr nur, im Cottage zu wohnen. Am Ende war das nichts anderes, als an Fremde zu vermieten.

Da konnte doch eigentlich gar nichts schiefgehen.

12. KAPITEL

IMOGEN

Imogen manövrierte den Wagen vorsichtig über die vereiste Straße nach Winterbury. Sie war schon früh in London aufgebrochen, und bisher war die Fahrt angenehm verlaufen. Doch je näher sie der Adresse kam, die ihr Dorothy gegeben hatte, desto deutlicher merkte man, dass es in der vergangenen Nacht geschneit hatte.

In der blassen Wintersonne wirkte es so, als wären die Straßen von Milchglas überzogen, und Hecken und Felder waren weiß verschneit. Sie durchquerte malerische Dörfer voller hübscher Cottages und kleiner Geschäfte mit beleuchteten, weihnachtlich dekorierten Schaufenstern. Der Weg führte vorbei an einer alten Kirche mit schneebedecktem Dach und über eine Brücke mit einem stellenweise eingefrorenen Flüsschen darunter.

Sie hatte gedacht, dass sie Weihnachten entkommen würde, wenn sie London verließ. Aber die gesamte Gegend hier schien das reinste Festtagsidyll zu sein. Und als wäre das allein nicht genug, hatte die Natur auch noch beschlossen, ein wenig Glitzer über die Landschaft zu streuen. Mit der winterlichen Schönheit war allerdings auch die Kälte übers Land hereingebrochen.

Glücklicherweise hatte sie so viele Jahre an der Heizrechnung gespart, dass ihr Kleiderschrank wohlgefüllt mit warmen Sachen war. Entsprechend enthielt ihr Koffer jede Menge Wollpullis und kuschelige Jacken. Außerdem hatte sie feste Schuhe eingepackt, in der Hoffnung, öfter den kleinen Fußmarsch ins Dorf machen zu können, von dem Dorothy gesprochen hatte.

Frische Luft, Spaziergänge auf dem Land, vielleicht ein paar Stündchen mit einem guten Buch im Dorfcafé – das klang einfach herrlich. Nicht perfekt – denn dazu hätte aus ihrer Sicht noch Zeit mit der Familie gehört. Aber für jemanden, der Weihnachten allein verbrachte, war es ideal. Besser jedenfalls als einsam in ihrer Souterrainwohnung in London zu hocken.

Allein. Allein, allein, allein.

Das Wort schien derzeit an ihr zu haften wie eine Schneeflocke, die sich im Haar verfangen hatte.

Vielleicht lag es an der Sache mit ihrer Mutter, dass sie sich ihrer Einsamkeit bewusster war als sonst. Doch egal, wo sie hinsah, überall schienen die Menschen in Gruppen unterwegs zu sein. Da war eine Frau, die zusammen mit zwei quirligen Kindern versuchte, ein paar Enten zu füttern, die irritiert auf dem zugefrorenen Teich herumstanden. Eine Familie, die lachend einen riesigen Weihnachtsbaum einen verschneiten Weg entlangzerrte, und ein Paar, das Hand in Hand an der Straße entlangschlenderte und dabei aussah wie aus einer Werbung für Vitaminkapseln oder Wintermode.

Imogen beobachtete, wie die Frau lachend zu dem Mann hochschaute und er sich zu ihr herabbeugte, um sie ausgiebig zu küssen.

»Würg«, murmelte sie. »Sucht euch ein Zimmer.« Das sie vermutlich allerdings schon hatten, wahlweise in einem Fünf-Sterne-Hotel, in dem sie den Zimmerservice rufen und Champagner schlürfen und sich darüber unterhalten würden, wie wunderbar sie Weihnachten fanden. Vielleicht würde er ihr einen Antrag machen, sodass sie dieses ganz besondere Weihnachten niemals vergessen würde.

Alle wirkten zufrieden.

Niemand hier war allein.

Neid kam in Imogen auf, und sie musste sich zwingen, ihre Aufmerksamkeit wieder auf die Straße zu richten. Natürlich war ihr klar, dass auch bei den anderen Menschen da draußen nicht alles eitel Sonnenschein war. Aber gerade fühlte es sich so an.

Ein Teil von ihr hoffte darauf, an einem Pärchen vorbeizukommen, das gerade stritt. Oder an einem Kind, das einen Wutanfall hatte. Oder überhaupt an irgendetwas, das sie daran erinnerte, dass nicht nur ihr Leben alles andere als perfekt war. Sie wusste, dass viele Menschen ein Problem mit Weihnachten hatten. Aber bei all dem funkelnden Schnee und den schimmernden Lichtern war es schwer, das nicht zu vergessen.

Nachdem sie das Dorf durchquert hatte, wurden die Straßen noch schlechter. Sie hielt das Lenkrad fest gepackt und betete, dass sie den Mietwagen nicht im nächsten Graben versenkte. Zu beiden Seiten der schmalen Straße standen Bäume, deren schneebedeckte Zweige einen winterlichen Bogengang bildeten. Es sah hübsch aus, war aber auch tückisch, weil immer wieder größere Schneemassen herabfielen und ihr die Sicht nahmen. Vielleicht war es doch keine so gute Idee gewesen, selbst zu fahren. Sie war das Leben in der Stadt gewohnt, wo der Schnee immer rasch schmolz und selten echte Auswirkungen auf den Alltag hatte.

»Sie haben Ihr Ziel erreicht«, sagte ihr Handy.

Erleichtert atmete sie auf. »Danke!«

Sie schüttelte den Kopf. Jetzt redete sie schon mit ihrem Handy. Offenbar stand sie tatsächlich kurz vor dem Zusammenbruch.

An dem eleganten Schild mit der Aufschrift *Winterbury Estate and Vineyard* bog sie ab, dann hielt sie an. Vor ihr ragte ein offen stehendes, riesiges schmiedeeisernes Tor in den Himmel. Dahinter war eine lange Auffahrt zu sehen, die sich zwischen schneebedeckten Bäumen hindurchwand.

Hier lebte Dorothy?

Es war ein Glück, dass sie allein im Auto saß, weil sie einigermaßen sicher war, dass ihr gerade die Kinnlade heruntergeklappt war. Natürlich hatte sie Bilder gesehen, als Dorothy und sie besprochen hatten, dass das Sommerfest auf dem Weingut stattfinden sollte. Aber kein Bild der Welt konnte die magische Stimmung und die beeindruckende Größe dieses Ortes wiedergeben.

Sie durchquerte das Tor, hinter dem sich zur Rechten, geschützt von einer Trockenmauer und alten Bäumen, Holly Cottage befand. Seinen Namen hatte es zweifellos dem riesigen Stechpalmenbusch zu verdanken, der vor dem Haus wuchs. Er war schwer vor feuerroten Beeren, aber so kalt, wie es war, würden sich bestimmt bald die Vögel darüber hermachen, bis nichts mehr übrig war.

Auf dem Parkplatz stellte sie den Motor ab und blieb noch einen Moment sitzen, um den Ort zu betrachten, der in den kommenden Wochen ihr Zuhause sein würde.

Das Cottage hatte alles, was die Cotswolds so besonders machte. Schnee klammerte sich an das Reetdach und bedeckte die Rose, die an den hellen Natursteinwänden emporkletterte. Alles, was Dorothy erzählt hatte, entsprach der Wahrheit.

Es war das perfekte Weihnachtscottage. Das ideale Versteck für romantische Auszeiten. Ein traumhaftes Ziel für die Flitterwochen. Ein Paradies für Selfie-Süchtige. Aber Imogen passte in keine dieser Kategorien, und etwas an diesem idyllischen kleinen Häuschen im Schnee ließ sie ihre Einsamkeit noch deutlicher spüren als zuvor.

Vielleicht war ihr Aufenthalt hier doch keine so gute Idee gewesen.

Denn was hatte sie damit schon erreicht? Eine Veränderung ihrer Umgebung. Aber sonst hatte sie allen Ballast mitgenommen. All die vorweihnachtliche Trauer und Einsamkeit. Die Schuldgefühle, weil sie ihre Kolleginnen belogen hatte. Den Schmerz, den ihr ihre Mutter zugefügt hatte. Den Scherbenhaufen, der sich ihr Leben nannte. Hatte sie sich wirklich eingebildet, wenn sie nur für eine Weile die Stadt verließ, würde sie auch ihre Probleme hinter sich lassen?

Sie gönnte sich einen winzigen Anfall von Selbstmitleid, dann sagte sie sich wie so oft, dass ihr das auch nicht weiterhelfen würde, und atmete tief durch.

Sie hatte schon weitaus schlimmere Weihnachtsfeiertage überlebt als diese. Na gut, dann liebte ihre Mutter sie eben nicht! Niemand konnte behaupten, dass sie diese Erkenntnis vollkommen unvorbereitet getroffen hätte. Tief in ihrem Inneren hatte sie es sowieso immer schon gewusst. Ja, ihre Mutter hatte ihr die Wahrheit brutal und in aller Öffentlichkeit ins Gesicht gesagt. Aber dass Imogen sich davon derart aus dem Gleichgewicht hatte bringen lassen? Dann gab es da draußen eben ein paar Leute, die ihre traurige Geschichte kannten. Hoffentlich wussten sie ihre eigenen Familien jetzt umso mehr zu schätzen.

Letztlich hatte ihre Mutter ihr einen Gefallen getan. Denn von jetzt an würde sie keine Zeit mehr damit verschwenden, sich einzureden, sie hätte irgendwo ja auch eine »kleine Familie«. Denn die hatte immer nur in ihrem Kopf existiert, als Hirngespinst, genährt von Sehnsucht und Hoffnung. Ihre Mutter war durch die Ablehnung ihrer eigenen Familie derart verletzt worden, dass sie niemandem mehr traute.

Imogen war nun ganz allein auf der Welt, und je eher sie dieser Realität in die Augen sah, desto schneller würde der Schmerz enden.

Und es gab so vieles, wofür sie dankbar sein konnte. Sie hatte immer noch einen Job, den sie liebte (darüber, wie sie das Lügengewirr aufdröseln sollte, das sie ihren Kolleginnen erzählt hatte, würde sie später nachdenken). Sie hatte ein Dach überm Kopf und genug Geld, um niemals hungern zu müssen.

Und die kommenden Wochen durfte sie hier an diesem wunderbaren Ort verbringen.

Der änderte zwar nichts daran, dass sie allein war, aber er war besser als London. Die winterliche Leere hier war so viel schöner als die von Passanten im Vorweihnachtsstress überfluteten Straßen von London. Und sie hatte das Cottage ganz für sich.

Nachdem sie sich selbst einen gehörigen Einlauf verpasst hatte, stieg sie aus dem Wagen. Unter ihren Füßen knirschte weicher, frischer Schnee, aus dem hier und da Tannenzapfen ragten, die von den umliegenden Bäumen gefallen waren.

Meilenweit war nichts zu sehen außer schneebedeckten Bäumen, Wiesen und Feldern. Die Stimmung war herrlich friedlich und die Luft kalt, aber frisch und sauber.

Ihre Laune stieg, und mit ganz neuer Energie schleppte sie ihren Koffer zum Cottage. Dorothy hatte die Tür nicht abgeschlossen. Imogen stieß sie auf, streifte die Stiefel ab und setzte einen Fuß auf den Steinfliesenboden. Wärme durchdrang ihre Socken, und einen Augenblick lang blieb sie einfach stehen, um das angenehme Gefühl zu genießen. Frieren müssen würde sie auf jeden Fall schon mal nicht.

Nachdem sie den Koffer neben der Tür abgestellt hatte, erkundete sie das Cottage. Im Gegensatz zu ihrer Wohnung in London war es durchflutet von natürlichem Licht.

Es gab ein elegant eingerichtetes Wohnzimmer mit Eichenholzbalken und zwei bequemen Sofas, die einander, getrennt von einem Couchtisch voller Bücherstapel, gegenüberstanden. Die Fenster gingen auf einen ummauerten, schneebedeckten Garten hinaus. Doch der Star des Wohnzimmers war ein riesiger gemauerter Kamin. Sie stellte sich vor, wie sie sich abends mit einem Buch bewaffnet vor dem Feuer unter eine warme Wolldecke kuscheln würde.

Vom Wohnzimmer ging eine hübsche Küche mit cremefarben lackierten Schränken und einer Kücheninsel ab, alles versehen mit kleinen Dekogegenständen im Landhausstil. In einer Sitzecke am Fenster stand ein Esstisch mit Blick auf die Felder vor dem Cottage.

Am anderen Ende der Küche befand sich eine weitere Tür, die sicherlich in die Speisekammer führte.

Doch als sie sie öffnete, fand sie dahinter zu ihrer Überraschung ein gemütliches Wohnzimmer mit einem großen Flachbildfernseher und einem riesigen Modulsofa, auf dem man es sich auch zu mehreren bequem machen konnte. An zwei Wänden war die Natursteinmauer freigelegt worden, die dritte war mit überquellenden Bücherregalen versehen.

Sie hätte nichts dagegen gehabt, ihren gesamten Urlaub allein in diesem Raum zu verbringen, aber sie musste noch das

Obergeschoss erkunden. Also kehrte sie zum Eingangsbereich zurück, wo eine Treppe nach oben führte. Ihre Laune hob sich mit jeder Sekunde.

Was für ein Glück sie nur hatte, hier wohnen zu dürfen! Das Cottage war wirklich perfekt.

Sie öffnete die Tür zum großen Schlafzimmer. Es hatte eine Gewölbedecke und so wie die Küche Ausblick über die Felder. In der Ferne konnte sie einen Kirchturm ausmachen. Vermutlich befand sich dort das Dorf, von dem Dorothy gesprochen hatte.

Das Bett war groß und in zarten Blautönen bezogen. Sie hatte inzwischen mehrere schlaflose Nächte hinter sich und war so müde, dass sie sich nur mit Mühe davon abhalten konnte, einfach unter die Decke zu schlüpfen und die Augen zu schließen. Vom Flur gingen ein Badezimmer und ein weiteres, kleineres Schlafzimmer ab, in dem ein Schreibtisch mit Blick auf den Garten stand.

Das Cottage war klein, aber luxuriös eingerichtet und unendlich einladend. Sie verstand sofort, wieso es bei der Influencer-Generation so beliebt war.

»Imogen?«, schwebte auf einmal Dorothys Stimme die Treppe herauf.

Sie warf einen letzten wehmütigen Blick in Richtung Bett, dann ging sie nach unten.

Dorothy stand in Wintermantel und Schal gehüllt mit einer Kuchenform in den Händen in der Tür. Neben ihr hechelte ein Cockerspaniel, der nun schwanzwedelnd auf Imogen zugeschossen kam.

Imogen bückte sich, um ihn zu kraulen. Es tat gut, wie begeistert er sie begrüßte. »Hallo, mein Hübscher.«

Dorothy beobachtete sie interessiert. »Das ist Bailey. Sie mögen Hunde? Haben Sie selbst einen?«

Imogen richtete sich auf. »Ja, ich mag Hunde. Aber ich habe keinen.« Diesen Fehler würde sie kein zweites Mal machen. Von nun an würde sie nur noch die Wahrheit sagen.

Sie hatte die Frau mit dem Facebook-Foto angerufen und ihr erklärt, dass es eine ziemlich unangenehme Verwechslung gegeben habe, und zu ihrem Glück hatte die Frau nicht weiter nachgefragt, wie das Bild von ihrem Hund in die Vermisstenanzeige gelangt war. Janie hatte ihr geschrieben, und Imogen hatte geantwortet, dass alles ein Missverständnis gewesen sei und sie ihnen bei ihrem nächsten Treffen die Einzelheiten erklären werde.

Was genau sie dann sagen würde, musste sie sich noch überlegen.

Bailey stupste ihr mit der Schnauze gegen das Bein, und einen Moment lang wünschte sie, er würde ihr gehören.

Dorothy schlüpfte aus ihren Stiefeln und ließ sie auf dem Vorleger stehen. »Wie war die Fahrt? Die Straßen hier draußen sind ziemlich vereist. Wenn es schneit, werden als Erstes die Hauptstraßen geräumt. Wir kommen oft erst ganz zum Schluss.«

»Alles bestens, danke. Ich bin erst vor zehn Minuten eingetroffen.«

»Und haben Sie sich schon umsehen können? Haben Sie alles, was Sie brauchen?«

»Das Haus ist hinreißend, Dorothy. Ich kann kaum glauben, dass Sie mich wirklich hier wohnen lassen.« In den vergangenen Tagen hatte sie sich über dieses Thema das Hirn zermartert. Ja, sie verstand sich gut mit Dorothy. Aber dass sie deswegen gleich eine Einladung in ihr Ferienhaus bekam …

Wieso?

Dorothy war offenbar sogar noch großzügiger, als Imogen sowieso schon gedacht hatte. Wobei sie natürlich vorhatte, trotzdem für ihren Aufenthalt zu bezahlen.

»Es ist mir ein Vergnügen, Imogen. Ich habe Ihnen vorhin noch einen Kuchen gebacken, hier.« Sie hielt ihr die Form hin. »Wollen wir ein Tässchen Tee trinken, und ich erzähle Ihnen etwas mehr über die Gegend? In dem Ordner im Wohnzimmer finden Sie eine Landkarte von der Umgebung, aber vermutlich ist es unkomplizierter, wenn ich einfach aus dem Fenster zeige.«

Imogen setzte Teewasser auf, wobei Dorothy ihr die Küche erklärte. Dann ließen sie sich gemeinsam am Tisch nieder.

»Das Dorf ist unbedingt einen Besuch wert.« Dorothy rührte

Zucker in ihren Tee. »Es geht zurück auf die Römerzeit und ist wirklich hübsch. Ein paar interessante Läden gibt es auch. Von hier aus ist es nur ein kleiner Spaziergang, den man selbst bei Schnee leicht bewältigen kann. Der Weg führt quer über die Felder. Vielleicht ist Ihnen ja schon der Kirchturm in der Ferne aufgefallen. Man kann ihn von überall aus sehen. An ihm können Sie sich orientieren.«

»Hier drinnen ist es so gemütlich, dass ich am liebsten bis zu meiner Abreise keinen Fuß mehr vor die Tür setzen würde«, antwortete Imogen, während sie wieder Bailey kraulte.

»Ich hatte ganz vergessen zu sagen, dass Sie natürlich gern auch jederzeit jemanden einladen können. Fühlen Sie sich einfach ganz wie zu Hause.«

Aber wen hätte sie schon einladen sollen?

Ihr Leben spielte sich fast ausnahmslos in der Arbeit ab, und die Menschen, die ihr am nächsten standen, waren ihre Kolleginnen. Doch sosehr sie Anya und Janie auch mochte, sie konnte sich beim besten Willen nicht vorstellen, sich hier mit ihnen zu treffen. Allein schon, weil die beiden letztlich rein gar nichts über sie wussten.

Abgesehen davon, dass sie beide eine Familie und an Weihnachten schon etwas vorhatten.

»Danke, mir fällt niemand ein. Aber das macht mir nichts.«

Dorothy umfasste ihre Tasse mit beiden Händen. »Es gefällt mir nicht, dass Sie an Weihnachten ganz allein hier im Cottage sitzen.«

Ganz allein. Warum formulierten die Leute das immer wieder so? Wieso sagten sie nicht einfach *allein*? Musste das wirklich zusätzlich betont werden?

»Sie brauchen sich wirklich keine Gedanken um mich zu machen. Ich bin gern allein. Und ich werde es genießen, mal so richtig zu entspannen.«

Dorothy stellte die Tasse weg. »Kommen Sie doch morgen zum Mittagessen vorbei«, schlug sie plötzlich vor. »Oben im Haupthaus.«

»Zum Mittagessen?«

»Ja, bitte, kommen Sie. Das wird nett!«

Sie hatte den Eindruck, dass Dorothy die Einladung aus einem Impuls heraus ausgesprochen hatte, weil Imogen gesagt hatte, dass sie allein sein würde. Dorothy wusste ja nicht, dass sie praktisch immer allein war. Sie war schon so daran gewöhnt, dass sie es meistens sogar als angenehm empfand. Schwierigkeiten hatte sie eigentlich nur an Weihnachten damit.

»Ehrlich, ich …«

»Das wird schön. Ich zeige Ihnen die Tiere. Hatten Sie schon mal mit einem Alpaka zu tun?«

»Sie haben ein Alpaka?«

»Fünf sogar. Sowie zwei Ziegen, ein paar Schafe und das heißgeliebte Shetlandpony meiner Enkelinnen. Sara meint, dass ich bald einen Streichelzoo eröffnen kann.«

Imogen stieg sofort auf das Thema ein. »Wie schön, dass ich Sara endlich kennenlerne! Sie haben so viel von ihr erzählt. Wirklich schade, dass sie die Veranstaltung letztes Jahr nicht besuchen konnte.«

»M-hm … Es war … etwas dazwischengekommen.«

»Ach ja, genau, das erwähnten Sie damals.« Und trotzdem kam es ihr merkwürdig vor, dass sie Sara bis heute noch nicht begegnet war. Andererseits war die Winzerei ein kleiner Familienbetrieb, und sie wusste, dass Dorothy nicht gern unnötig die Zeit ihres Teams verschwendete. »Dann kümmern Sie sich selbst um die Tiere?«

»Größtenteils ja. Aber die Familie greift mir immer wieder unter die Arme, und auch mein Tierarzt Miles ist eine unbezahlbare Hilfe. Mögen Sie Tiere?«

»Ehrlich gesagt habe ich wenig Erfahrung mit Tieren.« Außer imaginären, was wohl eher nicht zählte. »Ich bin eine Stadtpflanze.«

»Dann kommen Sie morgen doch etwas früher vorbei, und ich zeige Ihnen vor dem Mittagessen den Hof. Das Haupthaus ist leicht zu finden. Einfach weiter die Allee entlang, dann kommen Sie direkt darauf zu. Zu Fuß sind es ungefähr zehn Minuten, aber Sie können natürlich auch mit dem Auto fahren.« Dorothy trank ihren Tee aus. »Die Alpakas werden Ihnen bestimmt gefallen. Jeder mag sie. Das sind Tiere mit Charakter, insbesondere Benson.«

»Sie geben ihnen Namen?«

»Eigentlich meine Enkelinnen, aber ja, sie haben alle einen Namen.«

Mittagessen bei Dorothy und eine Verabredung mit einer süßen Alpakaherde? Das klang zu schön, um Nein zu sagen.

»Danke, ich komme gern.«

13. KAPITEL

DOROTHY

»Imogen kommt zum Mittagessen?« Sara knallte die Einkaufstüten auf den Küchentisch und warf ihrer Mutter einen fassungslosen Blick zu. An ihrer Jacke hing Schnee, und über der Schulter trug sie eine ausgebeulte kleine Sporttasche. »Warum? Was hast du dir denn nur dabei gedacht?«

»Eigentlich gar nichts. Das ist alles ganz spontan zustande gekommen.« Und jetzt plagten sie entsetzliche Schuldgefühle. »Als ich gestern bei ihr vorbeigeschaut habe, sah sie so schrecklich einsam aus. Da habe ich gefragt, ob es vielleicht jemanden gibt, den sie gern zu sich ins Cottage einladen würde, aber sie meinte, sie hätte niemanden. Niemanden! Kannst du dir vorstellen, niemanden zu haben, den du einladen willst? Da konnte ich doch nicht einfach tatenlos zusehen, Sara. Das bringe ich nicht übers Herz. Du hättest das Gleiche getan, wenn du sie gesehen hättest.«

»Hätte ich nicht.« Mit hängenden Schultern stellte Sara ihre Tasche in einer Ecke der Küche ab. »Vielleicht bin ich ja auch einfach ein schrecklicher Mensch, aber ich hätte nicht das geringste Problem damit gehabt, sie nicht zum Mittagessen einzuladen. Ich fand es sowieso schon mehr als großzügig von dir, ihr das Cottage anzubieten.«

Dorothy wusste, dass Sara auch damit ein Problem hatte. »Ich fand die Vorstellung, dass sie einen ganzen Monat lang allein in London sitzt, einfach unerträglich«, gestand sie unglücklich. »Wenn du sie gesehen hättest …«

»… dann hätte ich ihr vorgeschlagen, die Gelegenheit zu

nutzen, eine Fernreise zu machen. In der Karibik soll es um diese Jahreszeit besonders schön sein.«

»Ja, vielleicht hätte ich das sagen sollen. Aber irgendwas war da. Sie wirkte so …« Dorothy rieb sich die Stirn. »Warum feiert sie nicht mit ihrer Familie Weihnachten, Sara?«

Sie sahen einander in die Augen, bis Sara den Blickkontakt unterbrach, als könnte sie den fragenden Ausdruck auf Dorothys Gesicht nicht mehr ertragen. »Keine Ahnung. Aber das geht uns auch nichts an. Sie ist eine Fremde, Mum. Eine *Fremde.*« Sie betonte das Wort mit großer Sorgfalt. »Du bist nicht für sie verantwortlich.«

»Das weiß ich doch. Aber …«

»Mum!«

»Es tut mir leid.« Dorothy war ganz flau im Magen. »Dass sie im Cottage wohnt, ändert für euch ja nichts. Aber ich hätte sie nicht zum Essen einladen sollen, das ist mir inzwischen auch klar. Ich habe nicht richtig darüber nachgedacht. Entschuldige bitte, ich wollte dir damit nicht wehtun.«

Saras Gesichtsausdruck wurde weicher. »Das weiß ich doch.« Sie kam auf Dorothy zu und umarmte sie fest.

»Verzeih mir bitte.«

»Was denn? Dass du freundlich und großzügig bist?« Sara löste sich von ihr. »So bist du nun mal, und ich glaube nicht, dass sich daran jemals etwas ändern wird. Allerdings muss ich schon zugeben, dass ich manchmal wünschte, du wärst ein bisschen weniger großzügig.«

»Ich versuche, daran zu arbeiten. Und ich will lernen, Nein zu sagen. Wenn ich mich nicht täusche, bin ich schon besser darin geworden. Erst neulich habe ich Nein zu Miles gesagt, als er mir ein Katzenbaby aufschwatzen wollte.«

Sara schüttelte verzweifelt den Kopf, aber diesmal mit einem Lächeln im Blick. »*Darauf* bist du stolz? Ach, Mum, du bist wirklich ein hoffnungsloser Fall.«

»Möglich.« Dorothy spähte in die Ecke. »Was ist das da für eine Tasche?«

»Die Sachen, die die Mädchen später für ihre Party brauchen. Ava überlebt keine fünf Minuten, ohne sich vollzukleckern. Wenn ich ihr jetzt schon ihr Kleid anziehe, sieht sie aus, als hätte sie in der Mülltonne gebadet, wenn die Party losgeht. Da ziehe ich sie lieber um, kurz bevor wir fahren.«

Im Dorf wurde heute die jährliche Weihnachtsfeier für die Kinder veranstaltet, das hatte sie ganz vergessen. Vermutlich, weil in ihrem Kopf neben Imogen für nichts anderes Platz gewesen war. »Das wird ein Spaß für die beiden. Und zum Mittag gibt es Ofenhühnchen.« Dorothy öffnete die Ofenklappe, um nach dem Essen zu sehen. »Riecht das nicht toll? Ein Biohuhn vom Bauernhof. Valerie hat es mir geschenkt, als Dankeschön für den Auflauf, den ich ihr gemacht habe. Und einen Apfelkuchen habe ich für hinterher auch gebacken.«

»O ja, das riecht wirklich toll. Ach so, ich hab die Karotten und Pastinaken dabei, um die du gebeten hast.« Sara stellte die Tasche auf dem Tisch ab und öffnete sie, dann hielt sie plötzlich inne. »Worüber sollen wir überhaupt reden? Das ist alles so merkwürdig, ich bin richtig nervös.«

»Imogen ist ganz unkompliziert. Es wird dir guttun, sie endlich persönlich kennenzulernen.«

»Ich will sie aber gar nicht persönlich kennenlernen.« In Saras Stimme schwang ein Anflug von Panik mit. »Wie soll ich mich verhalten? Was soll ich sagen?«

»Sei einfach so nett und herzlich wie immer und überlass den Rest mir.« Allerdings befürchtete sie inzwischen selbst, dass das Mittagessen eher unangenehm verlaufen würde.

Sara ließ sich kraftlos auf einen Küchenstuhl sinken. »Um wie viel Uhr kommt sie?«

»Sie müsste jeden Moment hier sein.« Was gut so war, denn inzwischen wollte Dorothy es einfach nur noch hinter sich bringen. Sie verteilte ein paar Thymianzweige auf dem Hühnchen und schob es vorsichtig wieder in den Ofen. »Wann musst du mit den Mädchen los ins Dorf?«

»Um vier.« Sara sah sie an. »Ich glaube, ich packe das nicht.«

Dorothy klappte die Ofentür zu und richtete sich auf. »Aber du brauchst doch gar nichts weiter zu tun. Genieß einfach das Mittagessen.«

»Das ist es doch gerade. Wie soll ich den Tag genießen, wenn ich so angespannt und gestresst bin? Es fühlt sich an, als würde ich jeden Augenblick explodieren.« Saras Stimme bebte. »Ich glaube, ich fahre besser wieder nach Hause, Mum. Sag ihr, ich bin krank. Oder eins der Mädchen. Ach, erzähl ihr, was du willst. Aber ich gehe jetzt. Tut mir leid, aber ich kann das einfach nicht.«

Doch als sie gerade aufgestanden war, kam Ava mit Bailey im Schlepptau in die Küche. »Was kannst du nicht, Mummy?« Ava wirbelte einmal im Kreis und wäre dabei fast über den Hund gestolpert. »Du kannst alles schaffen, was du willst, wenn du dich nur wirklich bemühst. Das sagst du doch immer zu mir. Ich übe Ballett, Nanna. Schau mal.«

»Toll, Spätzchen. Aber mach deine Pirouetten doch besser etwas weiter weg von Bailey.«

Doch Dorothy beobachtete nicht nur Ava, sondern auch ihre Tochter, die sich mühsam zusammennahm und ihre Gefühle hinter einem angestrengten Lächeln verbarg.

»Wir bleiben heute doch nicht zum Mittagessen, Ava. Ich habe Kopfschmerzen.« Sara wirkte so blass und müde, dass niemand an ihren Worten gezweifelt hätte. »Wo ist Iris?«

Ava hörte auf, sich zu drehen, und runzelte die Stirn. »Aber Nanna hat Hühnchen mit meinen Lieblingskartoffeln gemacht. Du hast gesagt, dass ich was Richtiges zu Mittag essen muss, damit mir von dem ganzen Süßkram auf dem Fest nicht schlecht wird.«

»Ich koche euch zu Hause was. Iris!«

»Aber ich will Hühnchen essen.«

Iris erschien in der Tür. »Was denn?«

»Mummy hat Kopfweh, und jetzt dürfen wir das Hühnchen nicht essen«, jammerte Ava verzweifelt, und Dorothy fühlte sich schrecklich, weil sie so ein Chaos gestiftet hatte. Sara und sie standen sich nah. Ihr hätte klar sein müssen, wie schwer Imogens Besuch ihrer Tochter fallen würde.

»Oh, Mummy.« Iris schlang die Arme um Sara. »Soll ich dir eine Kopfschmerztablette und ein Glas Wasser holen?«

Sara stiegen die Tränen in die Augen.

»Nein, Süße, es geht schon. Aber ich möchte jetzt gern nach Hause, wenn das für euch in Ordnung ist.«

»Klar ist das in Ordnung.« Iris streichelte Sara den Kopf. »Wir fahren jetzt gleich, ja? Soll ich Daddy anrufen?«

»Nein, das ist nicht nötig. Aber danke, dass du fragst.«

»Ich finde das *nicht* in Ordnung!«, beschwerte sich Ava. »Ich finde das sogar überhaupt *gar* nicht in Ordnung! Ich will hier bei Nanna und Bailey bleiben und Hühnchen essen.«

»Du benimmst dich ganz schlecht, Ava«, sagte Iris fest. »Wir sind doch eine Familie. Und das bedeutet, dass wir immer zusammenhalten und uns gegenseitig helfen. Wenn Mummy nach Hause muss, fahren wir.«

Dorothy suchte Saras Blick. *Wir sind doch eine Familie. Und das bedeutet, dass wir immer zusammenhalten und uns gegenseitig helfen.*

Ava schien sich geschlagen zu geben. »Aber gehen wir nachher denn trotzdem zum Fest?«

Iris warf ihr einen strengen Blick zu. »Das ist jetzt nicht wichtig.«

»Aber …«

Sara versuchte sich an einem matten Lächeln. »Später geht es mir sicher besser.«

Dorothy wollte gerade ein letztes Mal versuchen, sie zum Bleiben zu überreden, da klingelte es.

»Ich geh schon!« Ehe jemand Ava aufhalten konnte, war sie aus der Küche gerannt und kam Sekunden später in Begleitung einer nervösen Imogen wieder.

»Hi. Ich hoffe, ich bin nicht zu früh.« Imogen trug eine Schachtel Pralinen vor sich her. Wie Sara hatte sie Schnee auf Haaren und Jacke. »Ich dachte, der Spaziergang würde länger dauern.«

Unter ihrer warmen Jacke trug sie einen cremefarbenen Strickpulli, schwarze Jeans und Stiefel mit Fellfutter. Die Kälte hatte ihre Wangen rosa gefärbt.

Ava nahm die Pralinen an sich. »Danke. Woher kennst du meine Nanna?«

»Imogen und ich arbeiten zusammen, und sie wohnt jetzt für ein paar Wochen in Holly Cottage«, beantwortete Dorothy die Frage. »Danke für die Pralinen, das war sehr nett von Ihnen, Imogen. Ava kennen Sie ja schon, und das hier sind meine Tochter Sara und meine andere Enkelin Iris.«

»Freut mich, Sie kennenzulernen.« Iris schüttelte Imogen artig die Hand und warf dabei einen nervösen Blick zu ihrer Mutter.

Sara musterte Imogen mit einem Ausdruck in den Augen, der Dorothy fast das Herz brach.

Sara hatte recht. Sie hätte Imogen niemals einladen dürfen. Aber jetzt war es zu spät. Nun hieß es Augen zu und durch.

»Ich habe schon so viel von Ihnen gehört.« Imogen reichte Sara die Hand, und irgendwie gelang es Sara, die Geste zu erwidern.

»Ich hoffe, Sie fühlen sich wohl in Holly Cottage?«

»Es ist wunderschön.«

»Hast du schon einen Baum?«, fragte Ava, an der die angespannte Stimmung komplett vorbeizugehen schien.

»Einen … Baum?«

»Ja, einen Weihnachtsbaum.«

»Ach so! Nein.« Imogen wirkte peinlich berührt. »Ehrlich gesagt habe ich eigentlich nie einen.«

»Was? Aber wieso?« Unter anderen Umständen hätte Avas fassungslose Miene Dorothy zum Lachen gebracht. Aber gerade war ihr kein bisschen zum Lachen zumute.

Dafür nahm sie zu deutlich wahr, wie leichenblass und angespannt Sara war und wie verlegen und unsicher Imogen.

»Ich lebe allein.« Sie warf Ava einen entschuldigenden Blick zu. »Deswegen dachte ich, es ist die Mühe nicht wert.«

Ava runzelte die Stirn. »Aber wenn du allein lebst, kannst du doch alles machen, was du willst, und musst nie irgendwen fragen!« Ihr Blick zuckte kurz zu ihrer Schwester. »Wenn ich machen könnte, was ich will, hätte ich zehn Bäume!«

»Zehn gleich?« Imogen lachte auf. »Findest du nicht, das ist ein bisschen viel?«

»Nein!« Ava wirkte plötzlich ganz aufgeregt. »Wir können dir doch auch einen Baum aussuchen, wenn wir unseren holen. Wir gehen morgen, oder, Mummy? Du kannst mitkommen!«

Saras Gesichtsausdruck wäre zum Totlachen gewesen, hätte er Dorothy nicht einen solchen Stich versetzt. »Mal sehen, wie es morgen früh mit unseren Plänen aussieht.«

Nun war Ava verwirrt. »Aber …«

»Hör auf jetzt.« Iris umarmte sie. »Mummy hat Kopfweh. Fünf Minuten Redepause.« Sie warf Imogen einen entschuldigenden Blick zu. »Ava ist ganz aufgeregt, weil heute Nachmittag Weihnachtsfeier im Dorf ist.«

»Eine Feier? Das klingt aber schön.« Imogen lächelte, dann wandte sie sich an Dorothy. »Es ist wirklich nett, dass Sie mich zu Ihrem Familienessen eingeladen haben. Ich hoffe, ich störe auch wirklich nicht?«

»Ach was, wir freuen uns, dass Sie hier sind. Sara wollte nur gerade …«

»… die Karotten schälen«, unterbrach Sara sie und langte in eine der Tüten, die sie mitgebracht hatte. »Kann ich sonst noch irgendwie helfen, Mum?«

Ihre Bereitschaft, sich zusammenzureißen, machte Dorothy dankbar und stolz. Offenbar hatte Sara also doch entschieden zu bleiben.

Sie war selbst überrascht, wie groß ihre Erleichterung war.

»Nein, alles andere ist schon erledigt.« Vielleicht würde es ja doch kein so unangenehmes Erlebnis werden, sondern ein ganz normales Mittagessen. Sie würden Imogen das Gefühl geben, willkommen zu sein, und danach würden sie wieder getrennter Wege gehen.

Iris musterte Sara irritiert. »Aber du hast doch Kopfweh.«

»Mir geht es schon besser, danke.« Sara drückte ihr einen Kuss auf den Scheitel. »Wir bleiben noch eine Weile.«

»Aber ich bringe dir ein großes Glas Wasser.« Iris lief los und überwachte anschließend, dass ihre Mutter auch wirklich alles austrank.

»Ich will mal nach Benson schauen«, sagte Ava. »Ich hab ihm ein Bild gemalt. Und ich will ihm erzählen, dass wir auf die Feier gehen. Vielleicht kommt der Weihnachtsmann, aber bestimmt ist es nicht der echte, weil der gerade so viel zu tun hat. Ich darf mein neues Kleid anziehen, aber erst später, damit ich es nicht dreckig mache.«

»Wir können jetzt nicht nach Benson sehen. Ich muss Nanna noch beim Kochen helfen.« Nachdem Sara pflichtschuldig ihr Wasserglas geleert hatte, machte sie sich daran, im Akkord Karotten zu schälen und zu hacken.

»Ich könnte doch mit ihr gehen«, bot Iris an. »Dann kann sie Benson ihre Ballettübungen zeigen.«

Ava strahlte Imogen an. »Und du kannst auch mitkommen. Du wirst Benson mögen. Er ist ganz lieb.«

»Ich freue mich schon drauf, ihn kennenzulernen«, antwortete Imogen.

»Wir könnten jetzt gleich gehen!« Ava machte große Augen. »Dürfen wir, Nanna? Bitte, bitte?« Sie schnappte sich ein paar Karottenstücke und steckte sie ein. »Er liebt Karotten, aber man muss sie klein schneiden, sonst verschluckt er sich. Du kannst auch welche haben.« Sie hielt Imogen ebenfalls eine Handvoll hin.

Imogen wirkte etwas überfordert, doch dann lächelte sie und nahm die Karottenstücke entgegen. »Danke. Auch für den Hinweis.«

»Am Ende bekommt Benson noch mehr Karotten ab als wir«, bemerkte Sara, schob ihrer Tochter mit einem Zwinkern aber noch mehr Stücke hin. Den Rest gab sie zusammen mit den Pastinaken, die Dorothy geschnitten hatte, auf ein Backblech.

»Wie wäre es, wenn wir vor dem Mittagessen alle zusammen einen kleinen Spaziergang machen? Das Essen muss sowieso noch im Ofen bleiben.« Dorothy war sicher, dass ihnen etwas Ablenkung guttun würde. »Hat es aufgehört zu schneien?«

Iris sah aus dem Fenster. »Es schneit nicht, aber es sieht kalt aus. Wird dein Kopfweh dann nicht schlimmer, Mummy?«

»Ich glaube nicht.« Sara wischte sich die Hände trocken. »Und ich finde, das ist eine sehr gute Idee.«

»Dann packen wir uns alle dick ein«, zwitscherte Dorothy fröhlich. »So können wir Imogen auch gleich den Hof und den Weg ins Dorf zeigen.«

Der Besuch bei den Tieren würde außerdem vielleicht ein wenig gegen Imogens Nervosität helfen. Dorothy jedenfalls fand, dass sie das beste Heilmittel überhaupt waren. Und selbst wenn es Imogen nicht so ging, würden sie zumindest ein Gesprächsthema für Sara liefern.

Und dann war da natürlich noch Ava, der es mit ihrer sprudeligen offenen Art gelang, ihre gesamte Umgebung aus der Reserve zu locken.

Sie prüfte noch einmal, ob der Ofen richtig eingestellt war, dann zogen sie Stiefel und Jacken an und gingen nach draußen.

Schnee bedeckte die Landschaft und ruhte schwer auf Bäumen und Hecken. Schon bald würden überall Fußabdrücke prangen, aber gerade war die Welt noch in unberührten Glitzer gehüllt.

Nach dem neuerlichen Schneefall war die Luft kalt und klar und so schneidend, dass ihnen die Augen tränten und rosa Flecken auf ihren Wangen sprossen. Aber Ava schien das nicht zu kümmern. Sie stapfte gut gelaunt zur Alpaka-Koppel und zog Imogen dabei an der Hand hinter sich her, als würden sie einander schon ihr Leben lang kennen und nicht erst seit fünf Minuten.

»Sie haben einen Stall, für wenn es richtig, richtig kalt ist. Aber sie sind lieber draußen, und weil sie ein Fell haben, ist das so, als würden sie die ganze Zeit einen Mantel tragen.« Ava kletterte auf die unterste Sprosse des Gatters und rief laut: »Benson!« Ihre helle Stimme wurde durch die Winterluft getragen, und die gesamte Alpaka-Herde machte sich auf den Weg zum Zaun.

»Der große Braune da ist Benson. Ist er nicht süß?« Als Ava ihren kleinen Arm durchs Gatter streckte, kam auch Iris dazu.

»Sei vorsichtig, ja?«

»Bin ich doch. Er ist auch total lieb«, sagte Ava zu Imogen. »Und im Sommer machen wir mit ihm Spaziergänge. Wenn ich groß bin, will ich hundert Alpakas haben.«

»Hundert Alpakas und zehn Weihnachtsbäume?« Nachdem sie sich in der Küche über den Karottenstücken verbündet hatten, schien Imogen hin und weg von Ava zu sein. »Da brauchst du aber einen großen Garten.«

»Ich will auf dem Land wohnen, wie Nanna.« Sie kletterte noch ein paar Sprossen höher und streckte Benson die Hand hin, der sie mit der Schnauze anstupste.

»Er scheint dich ja sehr zu mögen.« Imogen legte Ava eine stützende Hand auf den Rücken, als sie auf dem Gatter ins Wanken geriet.

Beim Anblick der schützenden Geste bekam Dorothy einen Kloß im Hals. Ihre Gefühle drohten sie zu überwältigen, und sie suchte Saras Blick. Sie wusste zwar nicht, was ihre Tochter gerade dachte, aber sie hatte so eine Ahnung.

Ava hielt Imogen an der Hand, und als Dorothy das Gespräch zwischen den beiden hörte, wurde ihr ganz warm ums Herz.

»Hast du denn ein Lieblingsalpaka?«

Ava schüttelte heftig den Kopf. »Ich hab sie alle gleich lieb. Wenn ich eins lieber mag als die anderen, werden die doch traurig!«

»Und sind sie denn miteinander verwandt?«

»Basil und Sage sind Brüder. Basil ist der da.« Ava deutete auf ein cremefarbenes Alpaka ganz hinten in der Herde. »Und der zweite Braune ist Sage. Dann gibt's noch Dill und Pepper. Pepper ist kurz für Peppermint. Sie heißen alle nach Kräutern, bis auf Benson.«

Imogen musterte die Alpakas. »Können sie nicht rausspringen?«

Dorothy gesellte sich zu ihnen. »Sie haben es noch nie versucht. Unser Tierarzt Miles meinte, Alpakas springen nicht gern. Überhaupt scheinen sie sich hinter dem Zaun ganz wohlzufühlen.«

»Und was ist, wenn der Fuchs kommt?«

»Oh, den vertreiben sie in Gemeinschaftsarbeit. Zusammen können sie einen ganz schönen Radau machen. Aber wir bemühen uns, Tiere wie Dachse fernzuhalten, die Rindertuberkulose übertragen könnten.«

Imogen streichelte Benson vorsichtig. »Das Fell ist ja dick!«

»Ja, manchmal vielleicht sogar zu dick, weil man dadurch schnell Probleme übersieht. Als sie zu mir gekommen sind, waren sie in einem grauenvollen Zustand. Bis auf Benson, dem ging es prächtig.«

»Was war denn mit Benson?«

»Er war einer von dreien, aber die anderen beiden sind leider gestorben. Alpakas sind Herdentiere, allein werden sie unglücklich«, berichtete Dorothy. »Miles meint, dass die Herde immer mindestens drei Tiere umfassen sollte. Deswegen hat er mich gebeten, Benson bei mir aufzunehmen.«

»Ich bin auch ein Herdentier«, sagte Ava. »Weil ich eine Schwester habe. Aber mir reicht die eine, wir müssen nicht zu dritt sein. Hast du auch eine Schwester, Imogen?«

»Nein, leider nicht«, antwortete sie. »Ich bin Einzelkind.«

»Was ist das?«

»Das bedeutet, dass meine Mutter nur ein einzelnes Kind bekommen hat. Ich habe keine Geschwister.«

Ava rümpfte die Nase. »Dann musst du dir wohl auch eine Herde suchen. Wie die Alpakas.« Sie hielt Benson eine Karotte hin. »Meine Mummy hatte eine Schwester, aber sie ist weggegangen, deswegen ist sie jetzt auch ein Einzelkind.«

»Ava!« Saras Gesicht war so weiß geworden wie der Schnee. »Das reicht jetzt!«

»Ich wollte doch nur …«

»Stopp, Ava«, sagte Iris hastig. »Du weißt doch, dass Mummy darüber nicht reden will.«

»Ja, weiß ich. Weil sie dann immer traurig wird. Aber sie hat doch jetzt uns und Daddy, also muss sie nicht mehr traurig sein. Wir sind jetzt ihre Herde.« Ava sprang vom Gatter und zog Imogen an der Hand mit. »Komm, wir schauen zu Thelma. Das ist unser Pony.« Ohne zu bemerken, dass die Stimmung gekippt war, hopste sie durch den Schnee in Richtung Pferdestall.

Dorothy legte Sara eine Hand auf den Arm, aber ihre Tochter schüttelte sie ab und ging mit schnellen Schritten Ava hinterher.

Dorothy sah ihr verzweifelt nach. Ava war noch zu klein, um zu wissen, was sie sagen durfte und was besser nicht. Sie traf keine Schuld. Sie selbst war es, die einen Fehler gemacht hatte. Sara hatte recht. Sie hätte Imogen nicht einladen dürfen. Sie hatte damit in ein Wespennest gestochen, und das war nie eine gute Idee.

Iris, die einen sechsten Sinn für die Stimmung ihrer Mitmenschen hatte, schaute unglücklich zu ihr hoch. »Wollen wir jetzt Mittag essen, Nanna?«

Dorothy zwang sich, den Blick von Saras angespannten Schultern zu lösen. »Gute Idee, Iris. Das machen wir.«

Iris folgte ihrer Mutter und ihrer Schwester vorsichtig, um nicht auszurutschen.

Ava streichelte Thelma und schien das Gespräch über Geschwister längst wieder vergessen zu haben.

»Zeit fürs Mittagessen«, sagte Dorothy. »Und du musst dir drinnen bitte die Hände waschen, Ava.«

»Iris aber auch.« Ava tätschelte Thelma ein letztes Mal, dann machten sie sich alle gemeinsam auf den Rückweg zum Haus.

»Ich hatte ja keine Ahnung, dass Sie so viele Tiere haben.« Imogen sah sich noch einmal nach dem Pony um. Sie wirkte glücklich mit ihren roten Bäckchen. »Es ist wirklich schön hier.«

»Irgendwann zeige ich Ihnen noch den Weingarten«, bot Dorothy an. Aber diesmal würde sie darauf achten, dass alles rein professionell blieb. »Das dürfte interessant für Sie sein, wo Sie doch schon so lange für unsere Produkte arbeiten.«

»Das klingt toll.«

Zurück in der Küche genossen sie die Wärme und die köstlichen Essensdüfte.

»Fünf-Minuten-Warnung! Hände waschen, Mädchen. Imogen, am anderen Ende des Flurs finden Sie eine Toilette, falls sie eine brauchen. Das Handtuch ist sauber.«

Gebändigt und unter dem strengen Blick von Sara gingen die Mädchen Hände waschen, während Dorothy letzte Vorbereitungen traf.

Imogen verschwand ebenfalls in Richtung Gästetoilette, und Dorothy stellte das Hühnchen in die Tischmitte, gefolgt von Schüsseln voll Ofengemüse und Kartoffeln.

Sara wirkte erschöpft, und Dorothy fühlte sich schuldig, weil sie genau wusste, dass sie dafür verantwortlich war.

Sobald sie gegessen hatten, würde sie Imogen zurück zum Cottage bringen, und damit war das Thema erledigt. Sie würde ihr mitteilen, dass sie im Notfall anrufen könne, aber abgesehen davon würde es keinen Kontakt mehr geben.

»Hmmm, das sieht lecker aus.« Ava kniete sich auf den Stuhl, und Sara bedeutete ihr, sich richtig hinzusetzen.

Dorothy holte die warmen Teller aus dem Ofen, während Iris und Sara den Tisch deckten.

Imogen war noch immer nicht zurück.

Dorothy sah zur Tür. Ob alles in Ordnung war? Sie wollte gerade das Hühnchen zerteilen, als sich die Tür zur Gästetoilette endlich öffnete und Imogen herauskam.

Sie war kreidebleich.

Besorgt legte Dorothy das Messer beiseite.

»Was ist denn nur los, Liebes? Fühlen Sie sich nicht gut?«

»Die Bilder an der Toilettenwand …«

Welche Bilder? »Meinen Sie die Familienfotos?«

»Hast du auch das von Benson und mir gesehen?« Ava ließ sich eine Ofenkartoffel auf den Teller plumpsen. »Das mag ich am liebsten, und auch das von Bailey im Schnee. Er sieht so witzig aus, wenn er ganz weiß ist. Wie ein Schneemonster!«

Und auf einmal begriff Dorothy. Sie begriff, weshalb Imogen so schockiert wirkte.

Ihr Magen krampfte sich zusammen.

»Imogen …«

»Ich sehe selbst, dass es sich um Familienfotos handelt«, sagte sie. »Nur verstehe ich nicht, warum Sie ein Bild von meiner Mutter an der Wand haben.«

Dorothys Herz setzte einen Schlag lang aus.

Wie hatte sie das vergessen können? Fotos. Sie waren überall und ein so selbstverständlicher Bestandteil ihres Lebens, dass sie sie gar nicht mehr richtig wahrnahm.

Sara stand hastig auf, und kurz befürchtete Dorothy, dass sie aus der Küche stürmen und sie mit der Angelegenheit allein lassen würde. Nicht, dass sie ihr einen Vorwurf daraus gemacht hätte. Sara hatte sie gewarnt. Sara hatte es von Anfang an für eine Schnapsidee gehalten. Und sie hatte recht gehabt.

Aber Sara ging nicht, sondern winkte die Kinder zu sich. »Kommt, ihr beiden, ihr dürft ein paar Minuten fernschauen.«

Ava hielt ihren Teller fest. »Aber wir essen jetzt Hühnchen!«

»Heute gibt es etwas später Essen als sonst.«

»Aber …«

»Iris, kannst du dich bitte kurz für mich um deine Schwester kümmern, bitte?«

Iris wirkte zwar leicht verwirrt, nickte aber und nahm Ava bei der Hand. »Komm, wir schauen Trickfilme.«

»Aber ich habe Hunger! Und wir dürfen tagsüber gar keine Trickfilme schauen.«

»Heute schon. Wir machen eine Ausnahme. Und es gibt auch gleich Essen, versprochen.«

Iris lockte ihre Schwester aus der Küche, und sobald die Tür hinter ihnen zugefallen war, zog Dorothy einen Stuhl unter dem Tisch hervor.

»Kommen Sie, Imogen. Setzen Sie sich.«

»Danke, ich stehe lieber.« Sie verharrte reglos, wo sie war. »Auf dem Foto sind vier Leute. Meine Mutter, ein jüngeres Mädchen und ein älteres Paar. Die Frau sind Sie.«

Dorothy wünschte, sie hätte die Uhr zurückdrehen und die Sache vollkommen anders angehen können. Und leider empfand sie nicht zum ersten Mal in ihrem Leben so. »Ja, die bin ich. Und das alles hier ist meine Schuld. Ich hätte viel früher etwas sagen sollen. Aber die Sache ist kompliziert.«

»Sie sind das jüngere Mädchen.« Imogen drehte sich zu Sara.

»Stimmt.« Sara sah ihr unverwandt in die Augen. »Tina war meine ältere Schwester.«

»Ihre … Ihre Schwester.« Imogen rieb sich die Stirn. Ihre Hand zitterte. »Sie hat nach ihrer Schwester gefragt, aber ich habe allen gesagt, sie hätte keine.« Es wirkte eher so, als würde sie mit sich selbst reden.

Dorothy atmete tief durch. »Tina ist meine Tochter«, zwang sie sich zu sagen. »Die Ältere von beiden.«

Imogens Atem ging schnell und flach. »Dann … Dann sind Sie meine Großmutter?«

Ihr fehlten die Worte dafür, wie unangenehm die Situation war.

»Ja.« Dorothy fühlte sich, als würde sich eine Eisenklammer um ihre Brust zusammenziehen. In ihr rangen Panik und Aufregung mit der Erleichterung darüber, dass der Augenblick, den sie so lange gefürchtet hatte, nun endlich gekommen war. »Ich bin Ihre … Nein. Schluss damit. Imogen, ich bin deine Großmutter. Natürlich hatte ich nie vor, dass du das auf diesem Weg erfährst, aber … Na ja, vielleicht ist es gar nicht verkehrt so. Eine sanfte Methode gibt es in Fällen wie diesem wohl nicht. Und jetzt, wo du es weißt, kann ich nur hoffen, dass wir einander endlich richtig kennenlernen werden.« Die Worte kamen ihr so unangemessen vor. Viel zu klein für die Riesenhaftigkeit des Augenblicks.

»Meine Großmutter …«, murmelte Imogen ausdruckslos. »Wir arbeiten jetzt schon seit fast zwei Jahren zusammen. Haben in Meetings gesessen, ein Event geplant und durchgeführt, waren Mittagessen – und Sie haben es nie für nötig gehalten, etwas zu sagen? Warum? Offenbar wussten Sie ja von Anfang an, wer ich bin.«

»Imogen. Nun sag doch bitte wenigstens du zu mir.« Als Imogen nicht reagierte, fuhr Dorothy unglücklich fort: »Nein, als wir uns kennengelernt haben, wusste ich nicht, wer du bist. Aber es hat nicht lang gedauert.« Und es gab so vieles, was sie bereute. Wie sollten sie dieses Chaos nur jemals wieder entwirren? Im Moment wusste sie nur eins: Wenn sie eine Chance haben wollten, eine echte Beziehung zueinander aufzubauen, dann brauchten sie dafür ein Fundament aus Wahrheit.

»Deswegen haben Sie … hast du uns den Auftrag gegeben.«

»Nein!« Es war ihr überhaupt nicht in den Sinn gekommen, dass Imogen so denken könnte. »Ich habe dir den Auftrag gegeben, weil du die Beste in deinem Bereich bist. Und deshalb wollte ich auch weiter mit dir zusammenarbeiten, als du zu RPQ gewechselt hast. Ich bin stolz auf dich, Imogen.«

Verwirrung und Schmerz zuckten durch Imogens Blick. »Stolz? Aber wieso denn? Wir haben doch gar nichts miteinander zu schaffen! Du wolltest nicht, dass ich Teil deines Lebens bin. Wer ich heute bin, bin ich nicht deinetwegen. Sondern trotz dir.« Sie wirkte tief verletzt, aber auch entschlossen. Dass Imogen so verletzlich war, das erkannte Dorothy in diesem Moment ganz deutlich, hatte auch dazu geführt, dass sie ein Rückgrat aus Stahl besaß. Wäre sie nicht so tief betroffen gewesen, hätte sie vermutlich Bewunderung empfunden.

»Ich verstehe ja, dass du durcheinander bist …«

»*Durcheinander*? O ja, das bin ich. Vor allem aber bin ich wütend. Weil du mich angelogen hast!«

»Streng genommen habe ich zwar nicht gelogen, aber es stimmt, dass ich dir vieles verheimlicht habe. Doch dafür gab es gute Gründe.« Dorothy war übel, und sie fühlte sich ganz zittrig. Sie zog einen Stuhl hervor und setzte sich, ohne auf den besorgten Blick zu achten, den Sara ihr zuwarf. »Die gesamte

Angelegenheit ist so kompliziert, Imogen. Bitte setz dich doch. Dann erkläre ich dir alles in Ruhe und beantworte deine Fragen.«

»Und was für Fragen sollten das sein? Ich weiß, was ich wissen muss. Du hast meine Mutter im Stich gelassen.« Imogen versagte die Stimme. »Ihr wart alles, was sie an Familie hatte, und als sie euch am meisten gebraucht hätte, habt ihr sie vor die Tür gesetzt. Familien sollten zusammenhalten, vor allem in den schweren Zeiten. Aber du hast uns einfach unserem Schicksal überlassen. Ich kann mir vorstellen, wie schwer es für dich war, dass deine Tochter so jung schwanger geworden ist. Aber selbst wenn dir ihr Verhalten nicht gepasst hat, hättest du sie weiterlieben und ihr diese Liebe auch zeigen müssen. Deinetwegen ist sie so, wie sie ist. Du bist der Grund dafür, dass sie nie wieder eine richtige Bindung zu jemandem aufbauen konnte. Auch zu mir nicht!«

Dorothy kam es vor, als hätte Imogen ihr mit ihren Worten einen Schlag in die Magengrube verpasst. Ihr stockte der Atem. Sie hatte mit allem Möglichen gerechnet – aber doch nicht mit so einer Reaktion! Wie es aussah, war sie hoffnungslos naiv an die Sache herangegangen. »Imogen, Liebes …«

»Ich bin nicht dein Liebes. Diese Entscheidung hast du vor langer, langer Zeit selbst getroffen.« Sie wandte sich an Sara. »Jetzt verstehe ich auch, wieso ich dich nie kennengelernt habe. Du bist mir bewusst aus dem Weg gegangen! Weil du nichts mit mir zu tun haben wolltest, richtig?«

Sara war kreidebleich. »Imogen …«

»Ich habe keine Ahnung, was hier los ist oder was ich hier soll. Warum ihr plötzlich den Kontakt zu mir sucht. Aber ich habe kein Interesse daran, an eurem bizarren kleinen Sozialexperiment teilzunehmen. Es ist zu spät. Ihr wart nicht da, als meine Mutter euch gebraucht hat. Als *ich* euch gebraucht habe. Und jetzt brauche ich euch nicht mehr. Ich gehe zurück ins Cottage und packe meine Sachen. Was das Geschäftliche betrifft, kannst du dich mit Rosalind in Kontakt setzen. Falls das für dich überhaupt je wirklich von Bedeutung war.«

Und damit stürzte Imogen Hals über Kopf zur Haustür, wobei sie fast Bailey umgerannt hätte, der auf Futtersuche in die Küche getrottet kam.

Dorothy wollte etwas sagen, sie davon abhalten zu gehen. Aber sie brachte nur ein leises Krächzen heraus.

Imogens schreckliche Anschuldigungen hatten ihr die Sprache verschlagen.

Wo sollte sie nur ansetzen? Was sagen, was tun, um die Situation zu retten?

Als sie endlich ihre Stimme wiedergefunden hatte, war es zu spät. Die Haustür knallte so laut zu, dass es durchs gesamte Haus hallte.

Imogen war fort.

14. KAPITEL

SARA

Das konnte doch unmöglich sein! Nicht jetzt! Nicht nach all den Jahren!

Sie hatte all die erschütternden Dinge, die damals geschehen waren, so lange erfolgreich ausgeblendet. Hatte eine Familie gegründet, ihre Freundschaften gepflegt. Sich ein Leben aufgebaut.

Wann immer Gedanken an früher in ihr hochkamen, verbannte sie diese rigoros aus ihrem Kopf. Sie sprach nicht darüber, war stolz darauf, wie diszipliniert sie die Vergangenheit ignorierte. Ihr Verhalten war eine Art Selbstschutz, und meistens funktionierte er wunderbar. Wenn ihre Mutter doch einmal versuchte, darüber zu sprechen, reagierte Sara mit heftigem körperlichen Unwohlsein darauf. Dann war es, als würde sie in der Zeit zurückkatapultiert und müsste diese grauenvollen Momente erneut durchleben. Jedes Mal wieder bekam sie das Gefühl, die Kontrolle zu verlieren. Fing an zu zittern, hatte Herzrasen und schweißnasse Hände. Wurde kurzatmig und wollte sich einfach nur an einem sicheren Ort verstecken, bis es ihr gelungen war, die Erinnerungen wieder in die dunkle Kammer zu sperren, in die sie gehörten. Es war jedes Mal wieder eine verstörende Erfahrung, und sie gab sich alle Mühe, es gar nicht erst so weit kommen zu lassen. Sie hatte Mitgefühl mit ihrer Mutter, aber sie blieb auch fest in ihren Überzeugungen. Vermittelte ein ums andere Mal dieselbe Botschaft: *Es war nicht deine Schuld. Und jetzt lass uns das Thema wechseln.* Denn sie selbst konnte nur weiterfunktionieren, indem sie sich nicht allzu intensiv mit der Vergangenheit beschäftigte.

Mit dieser Taktik war sie gut gefahren – bis ihre Mutter auf einmal eine Beziehung zu Imogen aufgebaut hatte.

Wie lange hatte sie jetzt schon befürchtet, dass es genau so kommen würde, wie es gerade passiert war? Seit dem Tag, an dem ihre Mutter von einem Meeting mit der Eventagentur, die damals ihre Veranstaltungen organisierte, zurückgekehrt war und ihr eröffnet hatte, dass ausgerechnet Imogen ihre Kundenbetreuerin war, hatte sie geahnt, dass die Angelegenheit kein gutes Ende nehmen würde. Tief in sich drinnen hatte sie gewusst, dass es nur eine Frage der Zeit war, bis ihnen die Vergangenheit um die Ohren flog.

Und nun war es so weit.

Aber sie wollte nicht daran denken, wollte sich nicht erinnern!

Durch ihre Entscheidungen hatte ihre Mutter die Tür zu der dunklen Kammer geöffnet, und nun strömten all die Geschehnisse von damals unaufhaltsam zurück in Saras Leben. Wunden, die sie für verheilt gehalten hatte, rissen wieder auf, und sie musste einsehen, dass sie wohl niemals richtig zugewachsen waren. Stattdessen hatte sie nur sorgfältig Pflaster daraufgeklebt, um weiterleben zu können.

Sie wurde panisch, hatte das Gefühl zu ersticken. Wollte Patrick anrufen, sich von ihm festhalten und versichern lassen, dass er sie vor allen Gefahren beschützen würde. Sie wusste, er würde sofort alles stehen und liegen lassen, wenn sie sich bei ihm meldete.

Gerade wollte sie zu ihrem Handy greifen, da sah sie ihre Mutter auf einen Stuhl sinken, und schlagartig waren alle Gedanken an Patrick wie weggewischt.

Ganz egal, wie schlecht es ihr selbst gerade ging – ihre Mutter fühlte sich noch viel elender, das war ihr deutlich anzusehen.

Sie musste sich zusammenreißen, wenn schon nicht für sich selbst, dann zumindest ihrer Mutter zuliebe. Sie würde nicht zerbrechen. Würde nicht zulassen, dass Tina das ihr oder ihrer Mutter jemals wieder antat.

Als ihre Mutter ihr erzählt hatte, dass sie Imogen ins Cottage eingeladen hatte, war sie entsetzt und mehr als nur ein bisschen wütend gewesen. Aber selbst in ihren pessimistischsten Momenten hätte sie nicht gedacht, dass die Auseinandersetzung so gnadenlos verlaufen würde.

Sara atmete ein paarmal tief durch. Um sich zu beruhigen, dachte sie an Patrick und die Kinder. An Weihnachten und daran, wie viel Spaß sie haben würden.

»Mum …«

»Bist du sauer auf mich? Ach, natürlich bist du sauer auf mich.«

»Unsinn, natürlich nicht.« Ihre Wut war längst wieder verpufft. Denn was wollte sie ihrer Mutter schon groß vorwerfen? Dass sie warmherzig und großzügig gehandelt hatte? Dass sie keine Gelegenheit ausließ, Menschen in Schwierigkeiten zu helfen? Das war doch eine der Eigenschaften, die sie am meisten an ihrer Mutter liebte! Und nun war ihre Hilfsbereitschaft eben auch einmal ganz fürchterlich nach hinten losgegangen. Aber dafür konnte sie doch nichts! »Du wolltest nur helfen, es ist nicht deine Schuld. Genauso wenig wie beim letzten Mal.«

»O doch, das war es. Zumindest teilweise. Ich habe damals so schreckliche Dinge gesagt.«

Die Saras Meinung nach allesamt gerechtfertigt gewesen waren. Aber das behielt sie besser für sich.

»Wir haben doch alle schon Dinge gesagt, die wir später bereut haben. Kein Mensch schafft es, sein Leben lang immer das Richtige zu sagen. Und Tina hatte ihre Entscheidung getroffen. Du hättest nichts daran ändern können, Mum. Und es wäre vermessen anzunehmen, dass du allein das Verhalten deiner Mitmenschen steuern und kontrollieren kannst. Du solltest dir endlich verzeihen und die Vergangenheit hinter dir lassen. Das Geschehene akzeptieren, anstatt dir Vorwürfe zu machen. Es ist passiert, es war nicht schön, aber Tina ist selbst verantwortlich für ihre Lebensentscheidungen.«

»Da hast du zwar recht, aber leider haben ihre Entscheidungen eben auch einen großen Einfluss auf das Leben der armen Imogen gehabt. Und das hat für mich gerade Priorität. Ich gehe ihr jetzt hinterher.« Ihre Mutter sprang so plötzlich auf, dass sie dabei den Stuhl umstieß.

Sara konnte ihn gerade noch rechtzeitig auffangen, ehe er auf den Boden knallte. »Jetzt warte doch mal, Mum. Lass uns in Ruhe darüber reden. Überlegen, wie wir am besten an die Sache herangehen.«

Ihre Mutter so zu sehen, machte ihr Angst. Sie musste wieder an jene grauenvolle Nacht denken. Ihre Erinnerungen waren ein einziger Wust. Tina, wie sie herumschrie. Die kleine Imogen, die sich die Seele aus dem Leib brüllte und ihren kleinen Stoffhasen an die Brust drückte. Dann der Zusammenbruch ihres Vaters. Das Schrillen der Krankenwagensirene, die flackernden blauen Lichter. Später die kahlen Krankenhausgänge und das leichenblasse Gesicht ihrer Mutter, die versuchte zu retten, was zu retten war.

Dass ihre Mutter nun ähnlich aufgewühlt wirkte wie damals, erschreckte sie. So etwas durfte nicht noch einmal passieren, das würde sie nicht zulassen!

»Durchatmen, Mum. Bitte bleib ganz ruhig. Alles wird gut.« Eigentlich redete sie eher mit sich selbst als mit ihrer Mutter. »Das bekommen wir schon hin.«

»Aber wie? Was sie da gesagt hat ...« Ihre Mutter klammerte sich an ihrem Arm fest. »Ich muss zu ihr und ihr alles erklären. Sie weiß doch gar nicht, was passiert ist. Sie muss verstehen, wie es wirklich war.«

Sara verschwieg ihre Befürchtungen. Dass Imogen vielleicht gar nicht in der Lage war, die Zusammenhänge zu begreifen, weil das einzige Familienmitglied, das sie je bewusst wahrgenommen hatte, Tina war. Und anders als ihre Mutter gab sich Sara keinerlei Illusionen über ihre Schwester hin.

Doch auch das behielt sie besser für sich.

»Wir reden mit ihr. Aber vorher solltest du versuchen, dich

zu beruhigen.« Das Gespräch mit Imogen würde nicht einfach werden, schließlich war sie gerade schon einmal davongestürmt, ohne ihnen die Möglichkeit zu lassen, sich zu erklären.

Andererseits hatte sie sicherlich auch unter Schock gestanden, rief sich Sara in Erinnerung. So wie sie alle.

Auch sie selbst hatte einiges zu verarbeiten, aber gerade war vor allem wichtig, dass sie sich um ihre Mutter kümmerte.

»Ich *kann* mich nicht beruhigen, solange ich nicht mit ihr geredet habe. Nicht mal ihre Jacke hat sie mitgenommen. Wir müssen ihr doch ihre Jacke bringen, sonst erfriert sie noch! Und ihre Tasche mit ihrem Handy liegt hier auch noch.« Ihre Mutter sah sich panisch um. »Wo hab ich nur meinen Autoschlüssel?«

Einen Moment lang verließ Sara der Mut, weil sie begriff, dass sie sich der Sache würde annehmen müssen, obwohl sie doch am liebsten den Kopf in den Sand gesteckt hätte.

»Du fährst gerade nirgendwohin.«

»Aber ich muss ihr hinterher!«

»Ich mache das.« Es gelang ihr kaum, die Worte herauszubringen. Das Letzte, was sie wollte, war ein erneutes Aufeinandertreffen mit Imogen, bei dem über die Vergangenheit gesprochen wurde. Sie wollte nicht mal an Tina denken, geschweige denn über sie reden. Aber wenn die Alternative darin bestand, dass ihre Mutter es tat, würde sie sich ihren Ängsten wohl stellen müssen.

Ihre Mutter fügte sich widerstandslos. »Ja, du bist bestimmt schneller als ich. Fahr ihr hinterher, Sara. Sag ihr, wie sehr wir uns um sie sorgen. Und dass es mir leidtut. Und bei dir muss ich mich auch entschuldigen. Du hast von Anfang an gesagt, dass ich einen Fehler begehe, und du hattest recht. Ich hätte ihr das Cottage nie anbieten sollen. Aber sie meinte, dass sie Weihnachten ohne Familie verbringt, und da …« Die Hände ihrer Mutter zitterten, und sie atmete viel zu schnell.

»Du hast in der Klemme gesteckt. Und ich weiß, dass du dich immer noch verantwortlich fühlst.«

»Das stimmt, vor allem, weil sie so einsam wirkt. Warum verbringt sie Weihnachten nicht mit ihrer Familie? Wo ist Tina? Stehen Sie einander denn gar nicht nah?«

»Das weiß ich auch nicht, Mum. Ich habe keine Antworten für dich.« Und wenn sie ehrlich war, wollte sie auch keine. Wollte noch nicht mal darüber nachdenken. Aber wie es aussah, blieb ihr keine andere Wahl.

»Ich dachte immer, es geht ihr gut. Dass sie sich ein schönes Leben aufgebaut hat.« Tränen rannen ihrer Mutter über die Wangen, und sie schlug sich die Hand vor den Mund, um ihr Schluchzen zu unterdrücken.

»Oh, Mum, bitte nicht …« Sara nahm sie in den Arm, versuchte, sie zu trösten. »Bitte nicht weinen, das ertrage ich nicht. Das alles ist doch nicht deine Schuld.«

»Doch, ist es.« Dorothy tastete schniefend nach einem Taschentuch. »Und das weißt du ganz genau. Und dass Tina weggegangen ist, war ebenfalls meine Schuld. All die Dinge, die ich gesagt habe …«

»… waren nichts als die Wahrheit. Und es war dringend fällig, dass sie ihr jemand sagt.«

Sie *wollte* nicht darüber reden. Nicht daran denken.

»Und was habe ich damit bewirkt? Wenn ich irgendetwas von alldem, was damals passiert ist, ändern könnte, dann wären es die Worte, die ich in jener Nacht zu ihr gesagt habe.«

Sara merkte, wie ihre Mutter Halt bei ihr suchte, und umarmte sie noch ein wenig fester. Sie wusste nicht, was sie sagen sollte, fühlte sich hilflos und wie ein Kind, nicht wie eine erwachsene Frau mit eigener Familie.

Sie gab sich solche Mühe, nicht mehr an ihre Schwester zu denken. Aber wenn sie es tat, dann fast immer voller Wut darüber, wie tief die Wunden waren, die Tina mit ihrem Verhalten in der Familie hinterlassen hatte.

Nach einer Weile atmete Dorothy tief durch und löste sich von ihr. »Es tut mir leid. Hier sollte es nicht um mich gehen, sondern um die arme Imogen. Fahr ihr hinterher, Sara. Bitte.«

»Gleich, Mum. So kann ich dich hier doch nicht allein lassen.« *Weil ich Angst habe, dass du genauso plötzlich umkippen könntest wie Dad.* »Ich kann einfach nicht fassen, wie sie mit dir geredet hat.« Sie war immer noch ein wenig schockiert über Imogens Tonfall.

»Aber sie trifft doch keine Schuld, das arme Ding. Sie war verletzt und fassungslos, und wenn wir ehrlich sind, hatte sie im Kern durchaus recht mit dem, was sie gesagt hat.«

»Hatte sie nicht.« Sara wählte ihre Worte mit Bedacht. »Du hast Tina nicht im Stich gelassen. Das ist doch lächerlich.« Es fiel ihr unendlich schwer, ihre Wut und Empörung nicht nach außen dringen zu lassen. Ihren Dampf würde sie später bei dem armen Patrick ablassen müssen.

»Aber Imogen war sich in diesem Punkt so sicher!« Ihre Mutter holte ein Taschentuch hervor. »Du hast sie doch selbst gesehen. Sie war so wütend auf uns!«

»Vielleicht sollten wir ihr erst Zeit geben, sich ein wenig zu beruhigen und über die Dinge nachzudenken, die sie heute erfahren hat, und dann setzen wir uns alle zusammen und reden.«

»Das geht nicht.« Dorothy schnäuzte sich. »Du hast sie ja gehört. Sie will abreisen. Sie ist bestimmt schon dabei zu packen. Du musst sie aufhalten!«

An der Tür raschelte es, und Dorothy wandte sich hastig ab, um ihre Tränen zu verbergen.

»Mummy? Wann essen wir denn endlich? Ava hat richtig doll Hunger«, fragte Iris, die ihre kleine Schwester an der Hand hielt.

Der Anblick brachte Sara kurz aus dem Konzept.

Sie hatte die Kinder vergessen. Zum ersten Mal in ihrem Leben hatte sie die Kinder vergessen!

Hastig riss sie sich zusammen. »Nanna isst jetzt mit euch, und ich fahre kurz zum Cottage.«

Iris musterte sie entsetzt. »Weint Nanna etwa? Was ist denn los?«

»Bestimmt ist sie hungrig«, schlug Ava eifrig vor. »Ich heule auch gleich. Hühnchen würde helfen.«

»Ach, ihr Armen! Kommt, wir setzen uns und essen.« Mit einem strahlenden Lächeln und dem Einsatz bemerkenswerter Willenskraft verteilte Dorothy Hühnchen und Gemüse auf den Tellern.

Sara wärmte rasch die Bratensauce auf und füllte sie in einen Krug. »Hier, bedient euch. Ich bin gleich wieder da.«

»Wo willst du denn hin?« Iris goss Bratensauce erst über Avas, dann über ihr eigenes Hühnchen. »Isst du gar nicht mit?«

»Doch, ich komme gleich wieder. Ich muss nur noch schnell was erledigen.«

»Wo ist Imogen? Sie hat bestimmt auch Hunger.« Ava spießte einen Bissen Fleisch auf. »Ich mag Imogen. Und Benson mochte sie auch. Sie ist so hübsch. Ihre Haare sind genauso golden wie deine, Mummy.«

Iris schien an Saras Gesicht ablesen zu können, wie sehr Avas Worte sie trafen, denn sie schob ihrer Schwester resolut den Teller hin. »Iss jetzt. Du meckerst doch die ganze Zeit, dass du Hunger hast.«

Sara nutzte die Gelegenheit, um aus der Küche zu verschwinden und ihre Schlüssel zu holen. Ihrer Mutter zuliebe würde sie zu verhindern versuchen, dass Imogen abreiste, ohne noch einmal mit ihnen gesprochen zu haben.

Aber was sollte sie sagen?

Sara schloss kurz die Augen. Sie hatte Angst vor dieser Begegnung. Imogen war ihre Nichte. Die Tochter ihrer Schwester. Sie konnte sich noch genau an die Nacht erinnern, in der Imogen zur Welt gekommen war. Wie sie das kleine Bündel im Krankenhaus auf dem Arm gehalten hatte. Wusste noch ganz genau, wie es sich angefühlt hatte, als die Hebamme ihr das Baby überreichte. Sie war in ein Tuch gepuckt gewesen, ein unschuldiges, winziges Ding, das keine Ahnung hatte, wie viel Aufruhr durch seine Existenz entstanden war.

Und dann hatte sie die Augen geöffnet. Nichts auf dieser Welt hätte Sara vorbereiten können auf die Flut an Gefühlen, die in diesem Moment über sie hinweggerauscht war.

Sie hatte in Imogens blaue Augen gesehen und begriffen, dass Liebe auf den ersten Blick tatsächlich existierte. Denn sie hatte gerade von einer Sekunde auf die andere ihr ganzes Herz an die Tochter ihrer Schwester verschenkt.

Vier Jahre später war ihr dieses Herz gebrochen worden.

Und vermutlich würde das gleich noch einmal geschehen. Weil Verletzungen nun mal unvermeidlich waren, sobald Tina ins Spiel kam.

Sie wappnete sich für das bevorstehende Gespräch, dann trat sie schaudernd nach draußen in die Kälte. Seit sie bei den Alpakas gewesen waren, schien es noch eisiger geworden zu sein. Nun schneite es wieder. Sie war froh, dass sie beschlossen hatte, nicht zu laufen, sondern die kurze Strecke mit dem Auto zu fahren.

Aber Imogen war gelaufen, und sie hatte ihre Jacke in der Küche liegen lassen.

Mit leiser Sorge wendete Sara den Wagen und fuhr die Auffahrt entlang zum Cottage. Imogen hatte für den Weg zwar sicher nicht lange gebraucht – doch so kalt, wie es jetzt war, musste sie bei ihrer Ankunft trotzdem vollkommen durchgefroren gewesen sein. Wenn sie vernünftig war, würde sie heiß duschen, ehe sie ihre Sachen packte. Und das verschaffte Sara noch ein wenig Zeit.

Wenn nötig, würde sie sie auf Knien anflehen, ihrer Mutter die Chance zu geben, wenigstens kurz in Ruhe mit ihr zu reden. Sie würde ihr erklären, dass sie in einigen Punkten falsch informiert war (wobei es wohl eher *alle* Punkte waren, aber das würde sie aussparen), und wie wichtig es war, dass sie sich Dorothys Version der Geschichte zumindest anhörte.

Und was, wenn sie nicht will?

Die Bäume, die die Auffahrt säumten, waren mit frischem Schnee bedeckt, und normalerweise hätte Sara kurz innegehalten, um den Anblick zu genießen. Schnee hatte etwas Magisches an sich. Er machte ihre Mädchen glücklich, und alles, was die Mädchen glücklich machte, machte wiederum Sara glücklich.

Aber heute war in ihrem Kopf kein Platz für Schneemänner, Schnee-Engel, Schneebälle. Nicht einmal für Weihnachten.

All ihre Gedanken galten ihrer Mutter. Wie leichenblass sie gewesen war. Wie aufgewühlt.

Und sie dachte an Imogen und den Schrecken, den sie vorhin alle drei erlebt hatten. Sie hatte alles in ihrer Macht Stehende getan, um Imogen niemals persönlich begegnen zu müssen. Weil es ihr einfach zu schmerzhaft vorgekommen war. Bei dem Event im vergangenen Jahr hatte sie eine Krankheit von Ava vorgeschoben, weil sie sich nicht zugetraut hatte, Imogen kennenzulernen, ohne sich ihre Gefühle anmerken zu lassen. Und ihre Mutter hatte genau gewusst, dass es nur eine faule Ausrede war.

Bei dem Gedanken zog sich ihr Herz zusammen.

Ein Teil von ihr wollte anhalten und den Tränen freien Lauf lassen, so wie ihre Mutter es gerade getan hatte. Aber dazu blieb ihr keine Zeit. Sie musste so schnell wie möglich mit Imogen reden.

Sara umfasste das Lenkrad fester und sagte sich, dass die Situation ganz anders war als damals mit ihrem Vater. Ihre Mutter hatte keinen zu hohen Blutdruck und auch keines der anderen gesundheitlichen Probleme, mit denen ihr Vater zu kämpfen gehabt hatte.

Ihrer Mutter würde nichts passieren. Aber je schneller sie das Gespräch mit Imogen hinter sich bringen und einige Irrtümer aufklären konnten, desto besser würde Sara sich fühlen.

Ihr wart alles, was sie an Familie hatte, und als sie euch am meisten gebraucht hätte, habt ihr sie vor die Tür gesetzt.

Die Frage, weshalb Imogen diese fürchterlichen Dinge glaubte, stellte sich ihr nicht. Denn sie kannte die Antwort bereits.

Sie biss die Zähne zusammen. Es war Jahrzehnte her, dass sie Tina zuletzt gesehen hatte, und sie hatte nicht vor, auch nur an sie zu denken, weil sonst sie diejenige mit dem zu hohen Blutdruck wurde. Was im Augenblick zählte, war Imogen. Sie war das unschuldige Opfer ausgesprochen ungünstiger Umstände. Sie hatte es verdient, die Wahrheit zu erfahren. Ob sie sie am Ende auch glaubte, konnte Sara nicht beeinflussen.

Als sie Holly Cottage erreichte, sah sie voller Erleichterung, dass Imogens Auto davorstand.

Wenigstens war sie noch nicht abgereist. Das war gut.

Sie parkte, lief den verschneiten Weg entlang und stieß die Tür zum Cottage auf. »Imogen?«

Da keine Antwort kam, streifte Sara ihre Schuhe ab und ging in die Küche. Sie war leer, und es waren auch keine Anzeichen dafür zu erkennen, dass in den vergangenen Stunden jemand hier gewesen war.

Vielleicht war Imogen ja oben im Bad.

Vom unteren Treppenabsatz aus rief Sara nach oben: »Imogen?«

Sie ging von Raum zu Raum, was allerdings nicht lang dauerte, so klein, wie das Cottage war.

Ein kurzer Blick verriet ihr, dass Imogens Koffer noch im Schlafzimmer stand und ihre Kleidung ordentlich gefaltet in den Schubladen der Kommode lag.

Verwirrt kehrte Sara wieder nach unten zurück.

Imogens Sachen waren noch da, aber von Imogen selbst gab es keine Spur. Wo war sie hin?

15. KAPITEL

IMOGEN

Imogen stolperte durch den Schnee. Ihre Augen brannten. Ob vor Tränen oder vor Kälte, wusste sie zwar nicht genau, aber sie tippte auf die Kälte. Weil sie grundsätzlich nicht weinte. Nicht einmal, wenn ihre Mutter öffentlich verkündete, sie sei das Schlimmste, was ihr je passiert war. Jetzt gerade wäre es allerdings selbst nach ihren eigenen strengen Maßstäben nachvollziehbar gewesen, wenn sie in Tränen ausgebrochen wäre.

Dorothy war ihre Großmutter. Dorothy!

Das ergab doch keinen Sinn! Nichts davon ergab Sinn!

Dorothy, mit der sie seit über zwei Jahren zusammenarbeitete – der sie vertraut hatte! –, hatte sie die gesamte Zeit über belogen. Nicht eine Sekunde lang war Imogen der Verdacht gekommen, sie könnte ein derart großes Geheimnis hüten.

Aber wie hätte sie auch darauf kommen sollen?

Wieso sollte man überhaupt auf die Idee kommen, dass jemand etwas Derartiges verbergen könnte?

Es fühlte sich umso schlimmer an, weil sie normalerweise niemanden so nah an sich heranließ. Sie war vorsichtig, versteckte ihr wahres Ich hinter dem Image, das sie um sich erschaffen hatte. Sie betrachtete sich als weitestgehend unverletzlich. Hatte ihre Gefühle in eine dicke Watteschicht gehüllt und dann hinter einer Wand aus Stahl versteckt, damit niemand an sie herankam. Normalerweise gab sie anderen Menschen gar nicht erst die Möglichkeit, sie zu verletzen. Und doch war es Dorothy gelungen.

Sie hatte Dorothy vertraut, nur um jetzt zu erfahren, dass sie die ganze Zeit über ein großes Geheimnis gehütet hatte. War das gleichbedeutend mit Lügen? Vielleicht nicht ganz, aber am Ende kam es aufs Gleiche hinaus.

All die gemeinsamen Meetings, das Lachen miteinander … und die ganze Zeit über war diese Frau, die Imogen mehr als irgendjemanden sonst gemocht und bewundert hatte, nicht die gewesen, die zu sein sie vorgegeben hatte.

Sie hatte sich einen Weg in Imogens Herz erschlichen, indem sie verschwiegen hatte, wer sie war. Weil ihr offenbar bewusst gewesen war, dass Imogen sie ansonsten gemieden hätte. Ein anderer Grund fiel Imogen nicht ein.

Sie hatte geglaubt, Dorothy würde ihre Arbeit respektieren, aber darum war es vermutlich nie gegangen. Hätte sie den Agenturwechsel zu RPQ auch dann mitgemacht, wenn Imogen nicht ihre Enkelin gewesen wäre?

Sie fühlte sich betrogen und zutiefst verunsichert. Was war echt, was war wahr?

Und hatte Dorothy noch Kontakt zu Tina?

Auf einmal verlor sie den festen Boden unter den Füßen, diesmal allerdings wortwörtlich. Mit einem schockierten Aufschrei schlidderte sie eine niedrige Böschung herunter und landete in einem Graben. Ihre Füße durchbrachen eine dünne Schicht aus Schnee und Eis, sie verlor das Gleichgewicht und plumpste in das eiskalte Wasser eines Bachs, von dessen Existenz sie bis eben gar nichts gewusst hatte.

Einen Augenblick lang blieb sie verdattert sitzen, dann spürte sie, wie das Wasser in ihre Stiefel und Kleidung drang.

Toll. Echt toll.

Sie rappelte sich auf und trottete mit quatschenden Schuhen die Böschung auf der anderen Seite hinauf. Sie war so durcheinander und gedankenversunken gewesen, dass ihr gar nicht aufgefallen war, wie nah sie dem Feldrand gekommen war.

Und jetzt war sie nicht nur todtraurig, sondern auch noch patschnass. Was am Ende vor allem eins bewies: dass das Leben einen äußerst merkwürdigen Sinn für Humor hatte.

Zitternd sah sie sich um und versuchte herauszufinden, wo sie war, aber es schneite inzwischen so heftig, dass von der Umgebung kaum mehr etwas zu erkennen war außer Bäumen, Feldern und Schnee. Sie war viel weiter gelaufen, als sie gedacht hatte, das Cottage konnte sie nirgendwo ausmachen.

An dem Kirchturm könne man sich orientieren, hatte Dorothy gesagt. Aber wo war der Kirchturm?

Man kann ihn von überall aus sehen.

Außer es schneite, wie es schien.

Nicht einmal ihr Handy hatte sie dabei, weil sie einfach kopflos aus dem Haus gerannt war, ohne an ihre Jacke und ihre Tasche zu denken.

Einen Moment lang überlagerte die Angst ihr Elend. Sie war komplett durchgefroren und hatte keine Ahnung, wo sie sich befand. Einfach über die Felder davonzustürmen, war eindeutig eine ihrer schlechteren Ideen gewesen. Nicht ganz so schlecht wie der imaginäre Midas, aber ziemlich nah dran.

Ihr Kopf war vollkommen leer gefegt gewesen, bis auf die Tatsache, dass Dorothy ihre Großmutter war und ihr diesen Umstand verheimlicht hatte.

Es gab so vieles, was sie erst einmal sacken lassen musste. Rosalind hatte ihr zwar nicht gekündigt – aber Imogen würde niemals wieder mit Dorothy zusammenarbeiten können. Wie sollte das weitergehen?

Es war alles zu viel, zu überwältigend.

Inzwischen zitterte sie so heftig, dass ihr Überlebensinstinkt wieder einsetzte und sie zwang, sich aufs Hier und Jetzt zu konzentrieren. Wenn sie nicht schnell an einen warmen, trockenen Ort gelangte, würde sie sich mindestens eine Lungenentzündung holen.

Sie hätte nach ihrer Flucht aus dem Haus auf direktem Weg zum Cottage gehen sollen. Aber sie hatte befürchtet, dass Dorothy oder Sara ihr folgen könnten, und deshalb beschlossen, einen Umweg über die Felder zu machen und so zu versuchen, all die neuen Informationen zu verarbeiten. Was in der Theorie nach einer guten Idee geklungen hatte, erwies sich in der Praxis allerdings als eiskaltes, nasses Debakel.

Ehe sie in den Graben gefallen war, hatte sie überlegt, in das Dorf zu laufen, das Dorothy ihr beschrieben hatte, und sich ein paar Stunden lang in einem gemütlichen Café zu verstecken und nachzudenken. Aber so pitschnass und schmutzig, wie sie jetzt war, kam das nicht mehr infrage.

Es führte kein Weg daran vorbei: Sie musste zurück zum Cottage. Voraussetzung dafür war allerdings, dass sie erst mal herausfand, wo sie überhaupt war.

Mit zusammengekniffenen Augen spähte sie in den immer dichter fallenden Schnee hinaus. In der Ferne erkannte sie etwas, bei dem es sich mit Glück um eine schmale, gewundene Straße handelte, die zwischen den Bäumen am Ende des angrenzenden Feldes verlief. Vermutlich führte sie in die richtige Richtung. Wenn es ihr gelang, das Feld zu überqueren, ohne sich dabei das Genick zu brechen, konnte sie der Straße nach Winterbury folgen.

Sie stapfte über den Acker und die schneebedeckte Hecke entlang, bis sie auf ein Tor stieß. Inzwischen schlotterte sie am ganzen Leib, und ihre Füße waren so kalt, dass sie ihre Zehen nicht mehr spürte. Trotzdem gelang es ihr, ohne weitere Unfälle über das Tor zu klettern. Dahinter war die Straße noch schmaler und von einer dicken Schneeschicht bedeckt. Da es keine Reifenspuren gab, war hier wohl schon lange niemand mehr entlanggefahren.

War sie nach links oder nach rechts abgebogen? Nach rechts, oder? Doch, ja, sie war sich fast sicher.

Sie machte kehrt und lief die Straße zurück, der sie bestimmt fünf Minuten lang gefolgt war, als sie plötzlich ein Fahrzeug näher kommen hörte. Sie drängte sich an die Hecke, um es vorbeizulassen, aber der Fahrer hielt neben ihr und ließ das Fenster herunter. »Hallo! Kann ich Ihnen helfen?«

»Nein, danke, alles bestens. Aber nett, dass Sie fragen.« Sie hielt den Kopf gesenkt, weil sie sich nicht anmerken lassen wollte, dass sie geweint hatte. Sie war nicht in Stimmung für Small Talk.

»Sind Sie sicher?« Seine Stimme war tief. »Denn so, wie Sie gekleidet sind, holen Sie sich bei dem Wetter den Tod. Und Sie sind ja klitschnass! Sind Sie gestürzt? Haben Sie sich verirrt?«

So besorgt, wie er klang, würde es gar nicht so leicht werden, ihn abzuschütteln. Aber sie wollte jetzt nun mal keine Gesellschaft, auch nicht die von jemandem, der sich offenbar aufrichtig um sie sorgte. »Mir ist ein kleines Malheur passiert, aber es geht mir gut.«

»Wo wollen Sie denn hin?«

Kannst du nicht bitte einfach verschwinden? Sie hatte nicht die nötige Energie für dieses Gespräch.

Nun blickte sie doch zu ihm auf, um ihn freundlich in seine Schranken zu verweisen. Doch sein Anblick traf sie wie ein Stromschlag. Er war viel jünger als erwartet, höchstens ein paar Jahre älter als sie, und seine Augen waren vom blausten Blau, das sie je gesehen hatte. Und sie wirkten unendlich müde. Er hatte einen dunklen Bartschatten, und er sah aus, als wäre er die ganze Nacht lang auf den Beinen gewesen.

Sie war selbst überrascht, was für eine Anziehungskraft er auf sie ausübte. Normalerweise reagierte sie nicht so spontan auf Männer. Kein Feuerwerk, keine Leidenschaft auf den ersten Blick. Dafür war sie viel zu vorsichtig und kontrolliert. Umso irritierter war sie über die Gefühle, die er in ihr auslöste. Aber vielleicht war sie auch einfach nur irritiert, weil sie jemandem wie ihm ausgerechnet am absoluten Tiefpunkt ihres Lebens begegnen musste.

Sie konnte sich in leuchtenden Farben ausmalen, wie Janie reagiert hätte, wäre sie gerade hier gewesen. Sie hätte ihr Haar zurückgeworfen, ihn strahlend angelächelt und darum gebeten, dass er sie rettete. Allerdings war es gar nicht so leicht, attraktiv zu wirken, wenn man gerade klitschnass aus einem Graben geklettert war.

Außerdem war Imogen daran gewöhnt, sich selbst zu retten. Sie hatte es zu ihrer Lebensaufgabe gemacht, so unabhängig wie möglich zu werden. Selbst jetzt, wo sie in echten, realen Schwierigkeiten steckte, hatte sie keine Ahnung, wie man sich einem Ritter auf dem weißen Ross angemessen an den Hals warf. Und sie wollte sich auch gar nicht bei ihm anlehnen, so breit seine Brust auch sein mochte. Einer der wenigen Vorteile ihrer einsamen Kindheit war, dass sie gelernt hatte, sich selbst aus dem Sumpf zu ziehen.

Außerdem ließ sein leicht angeschlagener Ich-hab-heute-Nacht-kein-Auge-zugetan-Look darauf schließen, dass er bereits der Ritter auf dem weißen Ross für mindestens eine andere Jungfer in Nöten gewesen war.

Ihr Bedürfnis nach Unabhängigkeit wehrte sich nach Kräften dagegen, ihn nach dem Weg zu fragen. Aber ihre Vernunft wandte ein, dass es durchaus hilfreich wäre, zumindest zu wissen, ob sie in die richtige Richtung unterwegs war. »Zu Holly Cottage. Ist es …«

»Holly Cottage?« Er runzelte die Stirn. »Das liegt in der anderen Richtung. Wie sind Sie denn hier gelandet?«

»Indem ich übers Feld gegangen bin.«

»Bei diesem Wetter?«

»Mir war nach einem kleinen Spaziergang.« Jetzt, wo sie es laut aussprach, fand sie selbst, dass es lächerlich klang. »Ich mag Schnee. Ich finde ihn … belebend.«

»Belebend?« Er warf ihr ein ungläubiges Grinsen zu. »Hm. Soll ich Sie vielleicht mitnehmen? Ich könnte Sie beim Cottage absetzen.«

Sein Blick war nicht nur müde, er war auch freundlich. Eine Freundlichkeit, die sie instinktiv zurückweichen ließ. Sie wollte keine Freundlichkeit. Ihre Selbstbeherrschung hing am seidenen Faden, und Freundlichkeit war das Schwert, das die Macht hatte, ihn zu durchtrennen.

»Nein, danke. Wirklich, mir geht es gut.« Jetzt, wo sie die Möglichkeit hatte, wurde ihr klar, dass sie eigentlich nicht ins Cottage zurückwollte. Dafür war es zu wahrscheinlich, dass sie dort von Dorothy oder Sara erwartet wurde.

Bei dem bloßen Gedanken verkrampfte sich alles in ihr. Sie wollte die beiden nicht sehen. Jedenfalls jetzt noch nicht. Vielleicht nie wieder.

Da ihr die Tränen in die Augen schossen, senkte sie den Blick rasch wieder. »Danke, dass Sie gehalten haben, das war wirklich nett.«

Sie setzte sich in Bewegung und hoffte, dass er den Wink mit dem Zaunpfahl verstehen würde. Doch da hörte sie ein Winseln vom Rücksitz, und der Mann drehte sich um und streckte eine Hand nach hinten. »Ich weiß, manchmal ist das Leben echt unfair. Aber das wird schon wieder.«

Mit dem ersten Satz konnte sie sich ganz klar identifizieren: Ja, unfair war das Leben wirklich manchmal.

Da sie neugierig war, mit wem er geredet hatte, spähte sie in den Wagen. Unter einem Bündel Handtücher und einer Decke bewegte sich etwas. »Ist das ein … ein Hund?«

»Ja, irgendwo unter dem Haufen versteckt er sich. Weil er nämlich weiß, dass er richtig Mist gebaut hat. Er gehört Valerie Kelly, einer pensionierten Apothekerin aus dem Dorf. Vor sechs Monaten ist ihr Bruder gestorben, und sie hat versprochen, sich um Ralph hier zu kümmern. Aber die Arme hat selbst gesundheitliche Probleme und kann das unmöglich schaffen. Heute Morgen ist er wieder mal ausgebüxt, und da hat sie mich angerufen, weil sie Angst hatte, er könnte überfahren werden. Ich war gerade in der Nähe der Gegend, in der man ihn zuletzt gesehen hatte. Tja, und da fand ich ihn. In einer riesigen Schlammpfütze, die er ganz für sich hatte.« Er warf dem Hund, der schuldbewusst unter den Stoffbergen kauerte, einen strengen Blick zu. »Lassen Sie sich von ihm nicht reinlegen, er weiß genau, dass ihn niemand ausschimpft. Er zieht nur eine Show ab, um uns zu manipulieren.«

Der Hund setzte eine so elende Miene auf, dass sie kurz lächeln musste. »Sind Sie vom Tierschutz oder so?«

»Nein, auch wenn es mir manchmal so vorkommt. Ich bin Tierarzt. Größtenteils Nutzvieh, dadurch kannte ich auch Jim

Kelly. Er war Bauer, und ich habe seine Rinderherde betreut. Jim hatte immer einen Hund, solange ich denken kann. Wenn einer starb, holte er sich sofort einen neuen, und sie alle hießen Ralph.«

»Wieso denn ausgerechnet Ralph?«

»Ich glaube, ihm ist kein neuer Name eingefallen, und da hat er ihn einfach von Hund zu Hund weiterverwendet. Jedenfalls ist Ralph jetzt bei Jims Schwester gelandet, aber sie ist vollkommen überfordert. Der Hund tanzt ihr auf der Nase herum, und weil sie so starke Arthritis hat, kann sie nicht so viel mit ihm Gassi gehen, wie sie müsste. Er braucht ein neues Zuhause, aber sie bringt es nicht übers Herz, ihn wegzugeben, weil sie das Gefühl hat, sie würde dadurch ihren Bruder im Stich lassen. Dass er heute weggelaufen ist, war der letzte Beweis, den sie noch gebraucht hat. Sie hat Angst, dass ihm am Ende etwas zustoßen könnte.«

»Das ist so traurig.« Sie richtete ihre Aufmerksamkeit wieder auf den Hund. Aus irgendeinem Grund rührte sie sein Anblick tief. »Und wie geht es jetzt mit ihm weiter?«

»Na ja, erst mal bleibt er bei mir. Was bedeutet, dass ich ihn zu den unmöglichsten Zeiten auf irgendwelche Bauernhöfe mitschleppen werde und er nur Futter bekommt, wenn ich gerade daran denke.«

»Sie behalten ihn?«

»Sieht so aus. Ich wollte gerade mit ihm zu mir nach Hause fahren, damit wir uns richtig kennenlernen können und ich ein Gefühl dafür bekomme, was er braucht. Aber es war sowieso schon nicht leicht, ihn ins Auto zu kriegen, und jetzt versucht er die ganze Zeit zu fliehen. Der Tag ist eine einzige Katastrophe. Er hat ein paar Verhaltensauffälligkeiten, weil Valerie so überfordert mit ihm war. Natürlich kümmere ich mich darum, aber das hilft mir jetzt gerade nicht weiter. Keine Ahnung, wie das werden soll. Ich muss immer wieder zu Einsätzen und hatte natürlich nicht damit gerechnet, dass ich einen Hund dabeihaben würde, deswegen bin ich nicht entsprechend vorbereitet.«

Ob die Einsätze der Grund dafür waren, dass er so müde aussah?

Er musterte sie, als wäre ihm gerade eine Idee gekommen. »Könnten Sie mir vielleicht helfen? Ich musste jetzt schon viermal anhalten. Wenn Sie sich zu ihm nach hinten setzen, beruhigt er sich vielleicht. Und sobald wir ihn sicher bei mir zu Hause abgesetzt haben, bringe ich Sie zu Holly Cottage. Es ist nicht weit.«

»Ich …«

»Ich kann natürlich verstehen, dass Sie vorsichtig sind und nicht einfach zu einem fremden Mann ins Auto steigen wollen. Aber Sie können jeden hier in der Gegend anrufen, um sich versichern zu lassen, dass ich kein Axtmörder bin.«

Mit den Jahren hatte sie gelernt, auf ihr Bauchgefühl zu vertrauen. Außerdem war der schwarze Gürtel im Jiu Jitsu echt, und auch wenn sie seit April nicht mehr trainiert hatte, war sie ziemlich sicher, dass sie immer noch dazu in der Lage war, einem potenziellen Gegner ordentlich wehzutun.

Dass sie zögerte, hatte entsprechend eher damit zu tun, dass sie gerade allein sein wollte. Aber dann spähte der Hund noch einmal unter der Decke hervor und musterte sie aus seinen traurigen Augen. Sein Fell war verfilzt und so schlammverkrustet, dass sich die Farbe nicht bestimmen ließ, geschweige denn die Rasse.

Ihr wurde schwer ums Herz.

Er war eine zu große Belastung für sein neues Frauchen. Hatte sein Herrchen verloren und musste jetzt zum zweiten Mal innerhalb kurzer Zeit sein Zuhause wechseln. So wie er aussah, war er nicht glücklich darüber.

Er musste sich schrecklich einsam und verloren fühlen.

Ich will nicht deine Mum sein.

Sie konnte sich so gut mit ihm identifizieren, dass sie, ohne noch weiter nachzudenken, die Autotür öffnete und sich nach hinten zu ihm auf die Rückbank setzte. Sie wurden beide abgelehnt. Da musste man zusammenhalten.

Der Hund hob den Kopf und klopfte einmal mit dem Schwanz, als wäre er ganz derselben Meinung.

»Na, bist du ungezogen gewesen?« Sie streichelte ihm den schlammverkrusteten Kopf. »Jedenfalls bist du ganz schön schmutzig.«

Der Mann drehte sich zu ihnen um und nickte zufrieden. »Er scheint Sie zu mögen. Gut, das hilft mir wirklich sehr. Könnten Sie ihn bitte einfach weiterstreicheln, damit er ruhig bleibt? Die Fahrt zu mir dauert keine zehn Minuten. Ich bin übrigens Miles. Miles McEwan.«

»Imogen.« Dann fiel ihr plötzlich auf, dass sie den Namen heute schon einmal gehört hatte. »Miles ... Sie sind Dorothys Tierarzt?«

Er musterte sie durch den Rückspiegel. »Sie kennen Dorothy?«

Was sollte sie darauf antworten?

Ja, sie hatte geglaubt, sie zu kennen. Aber wie es aussah, hatte sie keine Ahnung gehabt, wer Dorothy wirklich war.

Mit einem dicken Kloß im Hals streichelte sie Ralph weiter das Fell. »Ja, ein bisschen.« Der Hund drückte die Schnauze in ihre hohle Hand. Sie konnte selbst kaum glauben, wie tröstlich sie seine Nähe fand. Er konnte doch gar nicht wissen, wie aufgewühlt sie war, und doch schien er es zu spüren!

Oder wusste er es vielleicht tatsächlich, und jetzt dachte er gerade: *Du denkst, du hast es schwer? Schau mich mal an, mich will keiner haben!*

Sie musste lächeln, und Ralph leckte ihr solidarisch über die Hand.

Miles hatte seine Aufmerksamkeit wieder auf die Straße gerichtet. »Klar kennen Sie Dorothy, Sie wohnen ja in Holly Cottage. Sie ist toll, oder? Einer meiner Lieblingsmenschen auf dieser Welt.«

Was Imogen nun so gar nicht von sich behaupten konnte. Aber sie wollte sich die Gelegenheit nicht entgehen lassen, von jemandem, der Dorothy offenbar sehr gut kannte, mehr über sie zu erfahren.

»Dann kennen Sie sie schon lang?«

»Seit ich denken kann. Meine Mutter war ihre beste Freundin. Die beiden waren Trauzeuginnen füreinander, und Dorothy war sogar eine Zeit lang meine Grundschullehrerin.«

»Nicht Ihr Ernst.« Sie versuchte, ihn sich als Sechsjährigen vorzustellen.

»Das ist lange her. Ehe ihr Mann gestorben ist und sie sich allein um die Winzerei kümmern musste.«

Ehe ihr Mann gestorben ist … *mein Großvater.*

Dorothy hatte erwähnt, dass sie verwitwet war, aber Imogen hatte nie genauer nachgefragt, das wäre ihr unangemessen erschienen. Doch jetzt versuchte sie herauszufinden, wie diese Information zu dem Übrigen passte, das sie über die Familie ihrer Mutter wusste. Wann war ihr Großvater gestorben? War das gewesen, nachdem sie ihre Mutter vor die Tür gesetzt hatten?

Sie bemerkte Miles' fragenden Gesichtsausdruck, und begriff, dass sie ihm noch eine Antwort schuldig war.

»Unser Verhältnis ist vor allem beruflicher Natur. Ich arbeite für eine Eventagentur, und Dorothy ist meine Kundin.« Oder besser: war. Denn Imogen würde nie wieder mit ihr arbeiten. Nicht, dass das diesen Miles etwas anging.

Er nickte. »Dann wohnen Sie in London? Tja, irgendwer muss es ja tun.«

»Sie mögen London nicht?«

»Ich finde es einfach schön, saubere Luft und viel Platz zu haben. Wenn ich mal einen Tag in London verbringe, bin ich jedes Mal froh, wenn ich wieder nach Hause kann.«

Sie sah aus dem Fenster auf die Winterlandschaft. Bei diesem Anblick fiel es ihr nicht schwer, seinen Standpunkt nachzuvollziehen. Sie fuhren immer noch auf der kleinen Allee, beschützt von den Bäumen mit ihren schweren Schneehauben.

Wäre ihr nicht so kalt und ihr Herz nicht so gebrochen gewesen, hätte sie die Umgebung herrlich gefunden. Wie auf einer Weihnachtskarte. Nicht, dass sie jemals welche verschickte.

»Also war Dorothy Ihre Lehrerin und eine Freundin der Familie, und Sie kümmern sich um Ihre Tiere.«

»Die Tiere hatte sie früher noch gar nicht. Alles fing mit einem Esel an, den sie gerettet hat. Sie bat mich, nach ihm zu sehen, und so nahm die Geschichte ihren Lauf. Ein paar Jahre ist das jetzt her, ich hatte gerade erst meinen Abschluss gemacht und die Praxis meines Vaters übernommen.«

»Ist er pensioniert?«

»Meine Eltern sind vor fünf Jahren ums Leben gekommen.« Seine Stimme klang auf einmal ganz rau. »Sie sind auf dem Heimweg von einer Abendveranstaltung mit dem Auto auf eine Eisplatte geraten.«

Mehr sagte er nicht dazu, aber das war auch gar nicht nötig.

Es tat ihr leid, das zu hören. Das Leben konnte so ungerecht sein! Wie es klang, hatte er eine wunderbare Familie gehabt, die ihm das Schicksal einfach genommen hatte. »Es tut mir leid, das muss schlimm gewesen sein.«

»Ja, das war es. Aber ich habe viel Unterstützung von der Dorfgemeinschaft bekommen, insbesondere von Dorothy. Irgendwo hatte sie sicher das Gefühl, es meiner Mutter schuldig zu sein, so eng, wie sie befreundet waren. Aber vor allem ist sie einfach so. Dorothy ist der freundlichste Mensch, dem ich je begegnet bin. Sie würde niemals jemanden abweisen, der in Schwierigkeiten steckt – Tiere inklusive. Wer nicht geliebt wird, findet bei ihr ein Zuhause.«

Außer es handelt sich um ihre eigene Tochter, dachte Imogen finster. Dann war es offenbar vorbei mit Dorothys Großzügigkeit. Ob Miles auch diesen Teil der Geschichte kannte? Vermutlich nicht.

»Sie scheinen ja viel Kontakt zu ihr zu haben.«

»Na ja, ich sehe eben regelmäßig nach den Tieren. Und wenn ich in der Gegend bin, schaue ich oft vorbei, um ein Stück Kuchen abzustauben. Sollte Dorothy je anbieten, für Sie zu kochen, sagen Sie unbedingt Ja! Sie ist eine fantastische Köchin. Allein für ihren Schokoladenkuchen würde ich ans andere Ende der Welt fahren.«

Imogen dachte an das Hühnchen, das sie in Dorothys Küche hatte stehen lassen.

Was Dorothy wohl gerade machte? Vermutlich wartete sie im Cottage auf sie.

Bestimmt hatte sie auch angerufen, aber Imogen hatte ihr Handy im Haupthaus liegen gelassen.

»Da sind wir.« Miles bog rechts ab auf einen Holperweg und hielt vor einer umgebauten Scheune.

Imogen machte große Augen. »Hier wohnen Sie?«

»Von außen wirkt es beeindruckender als von innen, also mäßigen Sie Ihre Erwartungen.« Er schaltete den Motor aus. »Da ich den halben Tag im Schlamm herumstapfe und meistens nur zum Schlafen zu Hause bin, komme ich eher selten dazu, den Boden zu wischen. So, und jetzt bringen wir den kleinen Kerl hier mal nach drinnen und versuchen, ihn sauber zu bekommen. Vielleicht ist er anschließend ja bereit, sich ein paar Manieren anzueignen.«

Sie wollte gerade anmerken, dass sie nicht vorhatte, Ralph irgendetwas beizubringen, da war Miles schon ausgestiegen und hielt ihr die Tür auf.

Sie stieg aus. Schlagartig durchdrang die eiskalte Luft ihre feuchte Kleidung, und sie schauderte. Hätte sie doch nur ihre Jacke mitgenommen!

Der Hund winselte und warf ihr einen traurigen Blick zu.

»Keine Angst, Imogen geht nicht weg«, versicherte ihm Miles. »Aber ich muss dich jetzt nach drinnen tragen.«

»Ich mache das.« Der Hund sollte doch nicht denken, dass Imogen ihn verlassen würde!

Miles runzelte die Stirn. »Sind Sie sicher? Er ist nicht gerade ein Fliegengewicht. Und es geht ihm gut. Er schaut nur so leidend, weil er Ihr Mitleid erregen will.«

»Das hat er längst.« Imogen nahm Ralph in seinem Deckenbündel vorsichtig auf den Arm. Hoffentlich tat sie ihm nicht weh! Denn eigentlich hatte sie ja gar keine Ahnung von echten Hunden, und er wog deutlich mehr, als sie gedacht hätte. Er drückte sich fest an sie, und sie war nicht sicher, wer von ihnen beiden stärker zitterte.

»Hier.« Miles schlüpfte aus seiner Jacke und legte sie ihr um die Schultern. Sofort wurde ihr deutlich wärmer.

»Aber Sie müssen doch ni…«

»Wollen wir das nicht lieber drinnen ausdiskutieren?« Er schloss die Wagentür hinter ihr und lief voraus zur Scheune. »Wir nehmen den Seiteneingang, dann verteilen wir den Dreck nicht überall.«

»Die Scheune ist umwerfend schön. Wie findet man so einen Ort?«

»Ich habe sie einem Bauern abgekauft, der mir noch was schuldig war.« Er öffnete eine Tür, die in einen großen Hauswirtschaftsraum führte. »Hier mache ich mich immer sauber, ehe ich ins Haus gehe.«

Er streifte die verdreckten Stiefel ab, dann nahm er Imogen den Hund ab, damit sie es ihm gleichtun konnte.

Der Boden unter ihren eiskalten Füßen war angenehm warm. Ein Raum wie dieser war wirklich praktisch, insbesondere für einen Tierarzt. Es gab ein Edelstahlwaschbecken, und wo sie auch hinsah, fanden sich Hinweise darauf, dass der Bewohner dieses Hauses ein aktives Leben mit viel Zeit an der frischen Luft führte.

Vorsichtig setzte Miles den Hund in dem großen Waschbecken ab. »So, jetzt waschen wir erst mal den ganzen Dreck ab, damit wir sehen können, ob du dich verletzt hast.«

Wieder sagte er »wir«. Als wäre sie Bestandteil von Ralphs Zukunft. Und zu ihrem eigenen Erstaunen musste sie feststellen, dass sie sich von ganzem Herzen wünschte, es wäre so. »Sie haben Angst, er könnte verletzt sein?«

»Ich hoffe nicht, aber er hat sich in der Nähe eines Stacheldrahtzauns gesuhlt, es wäre also gut möglich.« Er wickelte den Hund aus den Handtüchern. »Gesehen habe ich bisher nichts, aber als ich ihn eingesammelt habe, hat es geschneit, und ich wollte ihn und mich so schnell wie möglich ins Warme befördern, deswegen habe ich nicht sonderlich genau geschaut.« An dem Waschbecken war ein Duschkopf befestigt. Miles drehte das Wasser auf und prüfte die Temperatur. »So, jetzt bekommst du erst mal eine schöne warme Dusche.«

Imogen streichelte Ralph den Kopf, um ihn zu beruhigen. »Ich glaube, ich habe noch nie so viel Matsch auf einmal gesehen. Was ist er überhaupt für eine Rasse?«

»Ein Golden Retriever.« Er warf ihr einen Blick zu. »Sie sehen ganz durchgefroren aus. Wollen Sie vielleicht selbst heiß duschen? Ich könnte Ihnen Wechselsachen leihen.«

Ein Golden Retriever? Fast hätte sie laut aufgelacht. Fehlte nur noch, dass er Midas hieß.

»Ich bleibe bei Ralph, bis wir hier fertig sind.«

»Na ja, da Sie eh schon nass bis auf die Knochen sind, spielen ein paar Minuten mehr vermutlich keine Rolle. Und immerhin ist das Wasser hier warm.« Er warf ihr ein fröhliches Grinsen zu und krempelte sich dabei die Ärmel hoch, wobei seine muskulösen Unterarme zum Vorschein kamen.

Hastig konzentrierte sie sich wieder auf den Hund und schützte seine Augen mit den Händen, während Miles seinen Kopf abduschte.

Es sind nur Arme, Himmel noch mal. Arme!

Miles schäumte das verdreckte Fell ein, löste den getrockneten Schlamm und spülte so lange, bis das Wasser endlich klar im Ausguss verschwand und Ralphs wahre Fellfarbe zum Vorschein kam.

»Na? Das ist doch besser.« Er drehte das Wasser ab und tastete den nun sauberen Hund gründlich nach Verletzungen ab.

»Wie es aussieht, hat er sein Abenteuer unbeschadet überstanden.« Er warf noch einen Blick in die Ohren, dann rubbelte er Ralph mit einem sauberen Handtuch ab.

Nass wirkte der Hund fast genauso bemitleidenswert wie in dreckigem Zustand. Imogen hätte ihn am liebsten an sich gedrückt. »Geht es ihm wirklich gut?«

»Aber sicher. Vielleicht sollten Sie besser einen Schritt zurücktreten, für den Fall, dass er sich schüttelt.«

»Ist mir egal.« Sie streichelte Ralph den Kopf und wurde für ihre Loyalität mit einem feuchten Kuss auf die Handfläche belohnt.

»Okay, das reicht jetzt. Ihre kleine Romanze muss kurz warten.« Er suchte Imogens Blick. »Sie müssen sich dringend aufwärmen. Die Tür da drüben führt zur Dusche. Dort liegt alles, was Sie brauchen, auch saubere Handtücher. Duschen Sie heiß. Bis Sie sich richtig aufgewärmt haben, ist es mir sicher gelungen, trockene Wechselsachen für Sie aufzutreiben.«

Imogen wollte bei Ralph bleiben, aber ihr war auch entsetzlich kalt, und krank zu werden konnte sie sich gerade nicht leisten. Sie brauchte ihre gesamte Energie, um die Herausforderungen zu meistern, mit denen sie das Leben aktuell konfrontierte.

Sie tätschelte Ralph noch ein letztes Mal. »Bin gleich wieder da. Und ich gehe auch nur nach nebenan, ja?«

Ralph winselte und sah ihr nach, bis sie die Tür hinter sich schloss, auf die Miles gedeutet hatte.

Sie führte in ein bemerkenswert elegantes Bad mit vorgewärmten Handtüchern auf der Heizung.

Sie zog ihre nasse, dreckige Kleidung aus und ließ sie auf den Boden fallen. Ihre Haut war eisig, und sie merkte erst jetzt, wie fürchterlich kalt ihr war. Unter dem heißen Wasser schloss sie die Augen und genoss das Gefühl, wie das Wasser über ihre Haare und ihren Körper rann. Ob es Ralph gerade genauso gegangen war? Und ob er wohl begriff, dass Valerie ihn nicht behalten konnte? Vermisste er Jim? Das Schicksal des Hundes war so traurig.

Während sie nachdachte, wusch sie sich zweimal die Haare und blieb anschließend noch ein paar Minuten lang unter dem heißen Wasserstrahl stehen. Ob ihr wohl jemals wieder richtig warm werden würde?

Und wie sollte es für sie weitergehen? Sollte sie wirklich abreisen, ohne noch einmal mit Dorothy zu sprechen? Würde sie das überhaupt fertigbringen?

So heftig ihr Fluchtimpuls auch war – sie hatte so viele Fragen!

»Imogen?«, rief Miles durch die Tür. »Ich lege Ihnen etwas zum Anziehen vor die Tür.«

Sie drehte das Wasser ab.

Wenn er etwas für sie zum Anziehen hatte, war er vermutlich verheiratet oder zumindest in einer festen Beziehung. Was ja auch irgendwo klar gewesen war, so gut aussehend und umgänglich, wie er war. Und dann hatte er auch noch ein Herz für Tiere … Zu dieser Kombination konnte doch keine halbwegs vernünftige Frau Nein sagen!

Sie stieg aus der Duschkabine, schlang sich ein warmes Handtuch um und rubbelte sich mit einem zweiten die Haare trocken.

Dann öffnete sie die Tür einen Spaltbreit und angelte sich die Kleidung, die er in einem ordentlichen Stapel davorgelegt hatte.

Es handelte sich um eine Jeans, die überraschend gut passte, und einen weichen, blassrosa Pullover. In einer Schublade fand sie noch einen Föhn, mit dem sie ihre Haare fertig trocknete.

Als sie aus dem Bad kam, wäre sie fast über den Hund gestolpert.

»Da sitzt er und wartet auf Sie, seit Sie die Tür hinter sich geschlossen haben«, berichtete Miles amüsiert. »Irgendwann werde ich ihm wohl die traurige Nachricht überbringen müssen, dass nicht Sie seine neue Besitzerin sind, sondern ich.«

Sie hockte sich neben den Hund, dessen Fell nun, wo es sauber und trocken war, in einem schönen Hellgold schimmerte. Auf einmal hatte sie einen Kloß im Hals. Das war er. Der Hund, den sie sich immer vorgestellt hatte. Nur dass er echt war.

Und gerade kam es ihr vor, als wäre er sogar das *einzig* Echte in ihrem Leben.

Sie kraulte ihm den Kopf. »So ein guter Junge. Was bist du nur für ein Hübscher?« Als er heftig mit dem Schwanz auf den Boden klopfte und seine Schnauze gegen ihre Hand drückte, musste sie lächeln. »Ohne Schlammschicht sieht er viel besser aus.«

»Er ist aber auch wirklich ein schöner Hund. Ich gehe ihm eben etwas zu fressen suchen.« Er musterte sie kurz. »Sie sehen auch viel besser aus.«

»Inwiefern?«

»Ihre Lippen waren schon blau. Ehrlich gesagt war ich um Sie mindestens genauso besorgt wie um den Hund. Ich dachte schon, Sie haben sich eine ordentliche Unterkühlung eingefangen.« Er nickte beifällig. »Die Sachen passen, sehr schön.«

»Ja, danke noch mal. Und stimmt, ich fühle mich auch deutlich besser.« Abgesehen davon, dass sie einigermaßen verlegen war. Bestimmt fragte er sich, warum sie wohl so allein ohne Jacke durch den Schnee gestolpert war. »Gehören die Sachen Ihrer Frau?«

»Nein, meiner Schwester Lissa.« Er stopfte die Handtücher, die er für den Hund benutzt hatte, in eine große Waschmaschine. »Sie kommt hin und wieder, um Arbeiten am Haus vorzunehmen, deswegen hat sie ein paar Sachen bei mir gelassen. Und ich freue mich, dass sie endlich benutzt werden, anstatt hier bei mir zu verstauben. Kommen Sie, wir gehen in die Küche, dort können Sie sich richtig aufwärmen. Ich brauche jetzt dringend einen Kaffee und Sie bestimmt auch.«

Sie folgte ihm durchs Wohnzimmer, wo sie kurz stehen blieb, um den riesigen Weihnachtsbaum zu bewundern, der den Ehrenplatz am Fenster hatte. »Wow, der ist aber groß. Sie scheinen Weihnachten ja sehr zu mögen.«

»Hm, das würde ich so nicht unterschreiben. Meistens muss ich an Weihnachten arbeiten.« Er musterte den Baum. »Ein bisschen übertrieben, finden Sie nicht? Vermutlich kann man ihn vom Weltall aus sehen, wenn ich die Lichter einschalte. Die Deko hat meine Schwester verbrochen. Sie findet, ich arbeite zu viel, also hat sie eins ihrer Teams vorbeigeschickt, das den Baum hier aufgestellt hat. Sie ist Innenarchitektin. Unfassbar, dass man mit so was Geld verdienen kann, oder?«

Sie trat näher und betrachtete den kunstvoll arrangierten Schmuck am Baum. Es roch nach Wald, und zum ersten Mal in ihrem Leben konnte sie verstehen, warum es die Menschen so glücklich machte, einen Baum im Haus zu haben. Es hatte etwas Magisches an sich, das Draußen nach drinnen zu holen.

Sie berührte einen Zweig. »Und was machen sie die übrigen elf Monate im Jahr?«

»Da sie für meine Schwester arbeiten, haben sie wohl kaum eine ruhige Sekunde. Umso bizarrer, dass ausgerechnet Lissa mir vorwirft, ich würde zu viel arbeiten.«

Sie sah sich zu ihm um. Ihr fiel wieder ein, wie müde er vorhin gewirkt hatte. »Aber arbeiten Sie denn wirklich zu viel?«

»Vermutlich.« Er zuckte mit den Achseln. »Aber es macht mir Spaß. Mein Job ist toll, abgesehen vielleicht von den Momenten, in denen ich um drei Uhr nachts bei Wind und Wetter mit dem Arm in einem Kuhhintern auf irgendeiner Weide herumstehe.«

Sie musste lachen, was ihr vorkam wie ein kleines Wunder, schließlich war sie vor einer Stunde noch drauf und dran gewesen, sich in eine Schneewehe einzugraben.

»Nachvollziehbar, dass sich Ihre Schwester Sorgen macht.« Mit einem Anflug von Neid sah sie sich um. »Die Scheune sieht aus wie aus einem Design-Magazin.«

Das Wohnzimmer hatte eine hohe Decke mit freigelegten Balken. Wie im Cottage war eine Wand aus unverputztem Cotswold-Stein, und es gab große Fenster, die auf die schneebedeckten Felder hinausgingen. Zwei bequeme Sofas standen links und rechts vom Kamin, und auf einem großen (unpraktischerweise cremefarbenen) Teppich dazwischen befand sich ein Couchtisch voller Bücher.

Alles wirkte so unberührt, dass der Eindruck entstand, die Person, der das gehörte, würde kaum Zeit hier verbringen.

»Albern, was?« Er verdrehte die Augen und deutete auf die hellblauen Sofas. »Das ist alles Lissas Geschmack. Ich war so dumm, ihr freie Hand bei der Auswahl der Einrichtung zu lassen. Meine einzige Bedingung war, dass sie praktisch sein muss. Aber wie Sie unschwer erkennen können, war ihr mein Wunsch nicht Befehl. Sie hat sich ein wenig … hinreißen lassen.«

»Was? Es ist wunderschön! Elegant und stylish, aber trotzdem gemütlich!« Erst Holly Cottage und nun das hier … Langsam fing sie an, ihre Lebensentscheidungen zu hinterfragen.

Vielleicht war es an der Zeit, nicht mehr zu sparen, sondern sich endlich ein richtiges Zuhause zu suchen.

»Wie gesagt, Lissa ist Innenarchitektin, und sie fand, da ich meinen halben Arbeitsalltag bis zu den Knien im Schlamm stecke, sollte mein Zuhause eine Spur zivilisierter aussehen. Als ich sie darauf hingewiesen habe, dass mein Lebenswandel nicht wirklich Hellblau-kompatibel ist, hat sie den Raum entworfen, in dem wir gerade waren. Sein Hauptzweck besteht darin, dass ich mir den Dreck abschrubbe, ehe ich mein eigenes Haus betrete. Natürlich ignoriere ich diese Regel weitestgehend, allerdings befürchte ich, dass Lissa irgendwo eine Überwachungskamera installiert haben könnte, um sicherzugehen, dass ich nicht ihre Arbeit ruiniere, indem ich es wage, mich hier auch wirklich zu Hause zu fühlen.«

Ralph stupste ihr gegen das Bein, und sie bückte sich, um ihn zu streicheln. »Wollen Sie ihn nicht in dem Vorraum lassen, damit er nichts kaputt macht oder auf die Sofas springt?«

»Auf keinen Fall. Ein Zuhause ist dafür da, dass man darin lebt. Und das hier *ist* jetzt sein Zuhause.« Seine Augen blitzten auf. »Außerdem brauche ich ein paar Flecken auf dem Hellblau, um zu beweisen, dass Lissa eine Fehlentscheidung getroffen hat. Es ist vollkommen sinnlos, Geschwister zu haben, wenn man ihnen nicht regelmäßig ein Ich-hab's-dir-doch-Gesagt unter die Nase reiben kann. Kommen Sie, wir gehen in die Küche. Sie brauchen einen heißen Kaffee, und ich auch.«

Sie folgte ihm durch das wunderschöne Wohnzimmer in eine Küche, die mit ihrem Steinfliesenboden und der Kücheninsel schon etwas praktischer wirkte.

»Oder hätten Sie lieber eine heiße Schokolade?«, fragte er.

»Oh, das klingt wunderbar tröstlich.«

Er musterte sie kurz, und sie hätte sich ohrfeigen können für ihre Wortwahl. Denn jetzt würde er sie als Nächstes garantiert fragen, weshalb sie Trost brauchte.

Doch das tat er nicht. Stattdessen machte er nur den Kühlschrank auf und holte die Milch heraus. »Hatten Sie schon etwas zu Mittag? Ich mache mir nämlich ein Sandwich und könnte Ihnen einfach auch eins machen.«

Als sie merkte, dass er nicht weiterbohren würde, entspannte sie sich wieder. »Danke, aber ich habe keinen Hunger.« Sie war noch zu gestresst von ihrem Erlebnis vorhin bei Dorothy, um an Essen auch nur zu denken.

»Wissen Sie was? Ich mache einfach zwei Sandwiches, nur für den Fall, dass Sie Ihre Meinung noch ändern. Essen wärmt von innen.« Er schäumte Milch auf und machte ihr eine heiße Schokolade und sich selbst einen Kaffee mit einer Maschine, die aussah wie ein Gerät aus der Weltraumforschung.

Als er ihren Blick bemerkte, musste er lächeln. »Welches Sofa in meinem Wohnzimmer steht, mag mir egal sein – aber was meinen Kaffee betrifft, verstehe ich keinen Spaß. Das würde Ihnen genauso gehen, wenn Sie so oft Nachtschichten schieben müssten wie ich.«

Er konnte ja nicht ahnen, wie oft sie spätnachts noch arbeitete. Vielleicht brauchte sie auch so eine Kaffeemaschine.

Schon nach dem ersten Schluck Schokolade wurde ihr wärmer.

Miles öffnete den Kühlschrank und holte einen Stapel Zutaten heraus. »Käse oder Schinken?«

»Ich möchte wirklich ni…«

»Dann sagen wir Käse.« Er packte ein Stück Käse aus und deutete dabei auf einen Hochschrank neben ihr. »Da drinnen müssten noch Hundefutter und ein Napf sein. Da Ralph Sie ins Herz geschlossen zu haben scheint, sollten vielleicht besser Sie ihn füttern.«

»Ich beneide Sie dafür, dass Sie ihn behalten dürfen. Ich wünschte, er wäre meiner«, sagte sie, während sie Futter und Napf aus dem Schrank holte.

Ralph schmiegte sich an ihr Bein.

Miles warf ihr einen neugierigen Blick zu. »Haben Sie denn schon einen Hund?«, erkundigte er sich und schnitt dabei dicke Scheiben von einem Brotlaib ab, bestrich sie mit Chutney aus einem Glas mit handgeschriebenem Etikett und legte Käsescheiben darauf.

»Nein. Wie gesagt, ich wohne in London.«

»Ich hab mir sagen lassen, dass es auch Städter mit Hunden geben soll.«

»Ja, aber ich arbeite zu viel. Und anders als Sie kann ich den Hund nicht einfach mitnehmen. So ein Leben wäre doch nicht schön für ein Tier.« Und doch konnte sie nicht aufhören, daran zu denken, wie es wäre, jeden Abend mit einem so freundlichen Schwanzwedeln begrüßt zu werden. Langsam begriff sie jedenfalls, warum ihre Kolleginnen so an ihren Hunden hingen. Sie sah zu, wie Ralph sein Futter verschlang. »Und Sie hatten bisher noch keinen Hund?«

»Doch, elf Jahre lang. Einen Deutschen Schäferhund. Alfie. Ein tolles Tier. Er ist vor einem Jahr gestorben. Ich vermisse ihn noch immer.« Er öffnete einen Küchenschrank und holte zwei Teller heraus. »Eigentlich hatte ich nicht vor, mir wieder einen zuzulegen, aber wie es aussieht, hält das Schicksal andere Pläne für mich bereit. Wobei Ralph sich eigentlich nur für Sie zu interessieren scheint. So, jetzt ist es aber an der Zeit, dass die Menschen auch ihr Futter bekommen. Hier.« Er stellte ihr ein Sandwich hin. »Nicht sehr elegant, aber der Käse stammt von dem Hof weiter unten an der Straße, und das Chutney war ein Geschenk von Valerie. Hausgemacht, aus den Äpfeln aus ihrem Garten. In London würden Sie dafür ein Vermögen bezahlen.«

Sie bezweifelte zwar, dass sie auch nur einen Bissen herunterbringen würde, aber da sie keine weiteren Fragen beantworten wollte, setzte sie sich auf einen der Barhocker an der Kücheninsel und biss in das Sandwich, wobei ihr Blick auf ihrem neuen Beschützer ruhte. »Aber Sie behalten ihn trotzdem, ja?«

»Klar, das habe ich Valerie doch versprochen.« Er trank einen Schluck Kaffee und beobachtete Ralph dabei. »Er wird zur Hundeschule müssen. Ich kann unmöglich jedes Mal die ganze

Gegend nach ihm absuchen, wenn ihm nach einem kleinen Abenteuer ist. Was meinen Sie eigentlich – wollen wir bei dem Namen Ralph bleiben?«

Sie legte das Sandwich weg. Er unterhielt sich mit ihr, als wären sie schon ewig befreundet, dabei hatte er sie erst vor einer Stunde am Straßenrand aufgegabelt. »Sie wollen ihn umbenennen?«

Er zuckte mit den Achseln. »Wie gesagt, Jim hatte nur den einen Hundenamen auf Lager. Vielleicht hätte dieser kleine Kerl hier gern einen etwas individuelleren Namen. Er hat eine schwierige Zeit hinter sich, und das hier ist ein Neuanfang. Vielleicht wäre ein anderer Name da nicht verkehrt.«

Vielleicht galt das ja auch für sie. Neuer Name, neuer Anfang, weg mit ihrem alten Leben.

Sie kehrte mit ihren Gedanken ins Hier und Jetzt zurück. »Aber hört er denn auf Ralph?«

»Keine Ahnung.« Miles biss in sein Sandwich. »Versuchen Sie's doch mal.«

Sie glitt vom Hocker. »Komm her, Ralph.«

Der Hund kam schwanzwedelnd angerannt.

Miles beobachtete sie kauend. »Und jetzt gehen Sie mal ins Wohnzimmer und rufen Sie nach Napoleon.«

»Was?«

»Na los, probieren Sie's!«

Seufzend ging sie ins Wohnzimmer und atmete tief durch. »Komm her … Napoleon!« Sie kam sich dämlich dabei vor, doch dann musste sie lachen, weil der Hund genauso begeistert auf sie zugeschossen kam wie beim ersten Mal, als sie ihn bei seinem richtigen Namen gerufen hatte.

Gemeinsam kehrten sie in die Küche zurück. »Ich verstehe das nicht. Kennt er denn seinen Namen nicht?«

»Vermutlich schon, aber er ist noch jung. Und was seine Aufmerksamkeit erregt, ist vor allem Ihre Stimme.«

Sie war kurz davor, als neuen Namen »Midas« vorzuschlagen. Aber dann überlegte sie es sich anders.

Midas war ein Teil der Vergangenheit. Es gab ihn nicht, und die Zeiten, in denen sie einen imaginären Hund besessen hatte, waren vorbei. Wenn dieser Hund hier einen Neuanfang wagte, dann würde sie dasselbe tun. Keine Lügen mehr. Sie wollte nur noch Echtes in ihrem Leben, Wahrhaftiges.

»Mir gefällt der Name Ralph. Er passt zu ihm. Und ich finde auch nicht, dass man einen neuen Namen braucht, nur weil man ein neues Leben anfängt.« Sie setzte sich wieder und biss von ihrem Sandwich ab. Es war köstlich, aber ihr Magen war wie zugeschnürt. Und egal, wie süß der Hund war oder wie charmant und gut aussehend sein neuer Besitzer – die schockierende Erkenntnis, dass Dorothy ihre Großmutter war, steckte ihr noch immer tief in den Knochen.

Sie mochte sich über andere Themen unterhalten, aber die Realität war die ganze Zeit über in ihrem Kopf. Früher oder später würde sie sich dem Thema stellen und entscheiden müssen, wie sie sich dazu verhalten wollte.

»Dann bleibt es bei Ralph«, sagte Miles. »Willkommen in deinem neuen Zuhause, Ralph.« Er lächelte, und der Hund blickte schwanzwedelnd zu ihm auf. »Er scheint sich hier ganz wohlzufühlen. So, und jetzt erzählen Sie mir mehr über sich. Sie verbringen Weihnachten in Holly Cottage? Ich könnte mir keinen geeigneteren Ort vorstellen.«

»Nein, Weihnachten bin ich längst nicht mehr dort.« Noch während sie es aussprach, empfand sie Bedauern. »Ich reise heute noch ab.«

»Wie schade. Ich dachte, vielleicht könnten Sie ab und an für mich mit Ralph spazieren gehen. Seit wann sind Sie denn hier?«

Er wollte ihre Hilfe mit dem Hund? »Seit gestern.«

»Das ist aber ein kurzer Aufenthalt.« Er musterte sie nachdenklich. »Dann sagt Ihnen das Landleben also nicht zu?«

»Oh, darum geht es nicht.« Sie zögerte. »Es ist kompliziert.«

»Das dachte ich mir schon, als ich sie allein und ohne Jacke durch den Schnee stapfen sah.« Sein Blick zuckte zu ihrem angeknabberten Sandwich. »Wollen Sie das sicher nicht aufessen?«

»Es schmeckt toll, aber ich habe wirklich keinen Hunger.«

»Irgendetwas beschäftigt Sie, oder?« Nach kurzem Schweigen fügte er hinzu: »Nicht, dass es mich etwas angehen würde, aber für den Fall, dass Sie darüber reden wollen – ich bin ein ziemlich guter Zuhörer.«

Das glaubte sie ihm sofort. Sie war es gewohnt, Menschen um sich zu haben, die meistens mehrere Dinge gleichzeitig machten, und sei es nur, während man sich unterhielt auf ihr Handy zu sehen. Miles dagegen gab ihr das Gefühl, er würde ihr seine volle Aufmerksamkeit schenken. Wenn sie ehrlich war, machte sie das ein wenig nervös.

»Sagen wir einfach, in meinem Leben geht es gerade ein wenig chaotisch zu. Und das ist vermutlich noch untertrieben.« Seine ruhige, starke Ausstrahlung in Kombination mit seinem sanften Umgang mit dem Hund gab ihr das Gefühl, ihm sofort alles erzählen zu wollen. »Ich habe heute etwas erfahren, das mich ziemlich schockiert hat.«

Weil sie immer noch furchtbar aufgewühlt war, hatte sie ihren Schutzschild noch nicht wieder nach oben gefahren. Einzig dass er Dorothy kannte, hielt sie noch davon ab, ihm die ganze Geschichte zu erzählen. Offenbar mochte er Dorothy sehr, und Imogen wollte vor ihm keine Geheimnisse über sie ausplaudern.

Sie würde heute noch abreisen und keinen von diesen Menschen jemals wiedersehen.

Bei dem Gedanken überkam sie eine überraschend tiefe Traurigkeit. Es fühlte sich an, als würde sie etwas verlieren. Aber das ergab doch alles keinen Sinn! Verloren hatte sie heute nur eins: das letzte bisschen Naivität.

Und eine Freundin. Denn ja, sie hatte Dorothy als Freundin betrachtet.

Auf einmal empfand sie nur noch Enttäuschung. Sie war müde und niedergeschlagen, und vielleicht spürte Ralph das, weil er zu ihr kam und ihr den Kopf in den Schoß legte.

Miles beobachtete ihn. »Er spürt, dass Sie einen schlechten Tag haben.« Wieder schwieg er kurz. »Sind Sie sicher, dass ich

Ihnen nicht helfen kann? Ich bin nämlich ein äußerst begabter Problemlöser, solange es sich um die Probleme anderer Leute handelt.«

Bei seinen Worten musste sie lächeln. »Das geht mir ähnlich. Leider gibt es für mein Problem aber keine Lösung. Mit manchen Dingen muss man sich einfach abfinden.«

»Verstehe.« Er musterte sie aufmerksam. »Weiß Dorothy, dass Sie abreisen? Denn wenn Sie früher fahren als geplant, wird sie sich Vorwürfe machen. Es ist ihr wichtig, dass ihre Gäste sich rundum wohlfühlen. Hat es mit dem Cottage zu tun?«

»Nein, das Cottage ist perfekt.« Vielleicht sogar ein wenig zu perfekt. Dadurch wurde es nur noch schwerer, ihm den Rücken zu kehren. Trotz ihrer anfänglichen Bedenken hatte sich ihre Stimmung gehoben, kaum dass sie über die Schwelle getreten war. Und die Vorstellung, in ihre Wohnung in London zurückzukehren, war wenig verlockend. Ja, es war eindeutig an der Zeit, dass sie ihre Lebensplanung noch einmal überdachte! Ansonsten mochte diese Reise ein Reinfall gewesen sein, aber zumindest hatte sie ihr geholfen, zu dieser Erkenntnis zu gelangen. Ihr war klar geworden, dass sie etwas ändern musste. Sie hatte eisern gespart, schon während des Studiums mehrere Jobs gehabt und jetzt genügend Geld, um eine halbwegs schöne Eigentumswohnung anzuzahlen, solange sie nur bereit war zu pendeln. Vielleicht war es ja möglich, das Cottage-Feeling auch auf eine Großstadtwohnung zu übertragen.

Miles aß sein Sandwich auf. »Holly Cottage wird meistens von Leuten gebucht, die Bilder davon auf ihren Social-Media-Accounts posten wollen. Letztes Jahr hat Dorothy das Haus an eine Werbeagentur vermietet, die dort einen Weihnachtsspot für eine ziemlich bekannte Marke gemacht hat. Man brauchte nur den Fernseher einzuschalten, und schon hatte man Holly Cottage vor der Nase. Vor ein paar Jahren wurde dort sogar ein Film gedreht. Die ganze Umgebung wurde mit Kunstschnee bombardiert. Die Einheimischen waren ganz schön genervt.«

»Kann ich mir vorstellen.«

Er stand auf und räumte seinen Teller in den Geschirrspüler. »Dorothy hat einen Sinn fürs Geschäft. Den braucht sie auch. Sie hat gelernt, das, was sie hat, zu Geld zu machen. Aber das meiste davon gibt sie für andere aus. Ein Großteil von ihrem Geld landet in Gemeindeprojekten oder bei den Tieren, die sie rettet.«

Nach und nach wurde ihr klar, wie wenig sie eigentlich über Dorothy wusste.

»Und warum rettet sie die Tiere?«

Er schien zu überlegen. »Vielleicht, weil sie wiedergutmachen will, dass es mal ein Leben gab, das sie nicht retten konnte?«

»Wie bitte?«

»Tut mir leid, ich habe nur laut gedacht.« Er schüttelte den Kopf. »Ich bin kein Psychologe, aber ich würde sagen, das alles geht zurück auf eine Familientragödie. Da jeder hier in der Gegend davon weiß, können wir sicher darüber reden, ohne dass ich Dorothys Vertrauen breche. Wir bilden hier eine ziemlich enge Gemeinschaft. Manchmal ist das zwar anstrengend, aber es hat viele Vorteile. Die Menschen achten aufeinander.«

»Was denn für eine Familientragödie?« Ihr Herz hämmerte schmerzhaft gegen ihre Rippen. »Meinen Sie den Tod ihres Mannes?«

»Nein, wobei das natürlich auch tragisch war. Und was geschehen ist, hat sicherlich seinen Teil dazu beigetragen. Sie kennen die Geschichte ihrer Tochter also nicht?«

»Sie meinen Sara? Die habe ich heute Morgen erst kennengelernt.«

Ihre Tante Sara. Sara, ihre *Tante*! Sie war noch weit davon entfernt zu begreifen, was das bedeutete. Ava und Iris waren damit ihre Cousinen. Ob ihre Mutter überhaupt wusste, dass es die beiden Mädchen gab? Vermutlich nicht.

Sie hatte nie die Chance erhalten, sie kennenzulernen. Genauso wenig wie Imogen.

Der Gedanke tat weh. Die beiden waren so offen und niedlich, dass sie eine echte Bereicherung für Imogens Leben gewesen wären. Sie stellte sich Ava am Weihnachtsmorgen vor, bestimmt war sie schrecklich aufgeregt und wuselig.

Miles runzelte die Stirn. »Nein, ich meine nicht Sara. Sondern Dorothys andere Tochter.«

Ihre andere Tochter.

Sie legte die Hände in den Schoß und bemühte sich um einen neutralen Gesichtsausdruck. »Erzählen Sie mir die Geschichte?«

»Ich kann mich nicht mehr gut an Tina erinnern, aber meine Schwester ist schon damals eng mit Sara befreundet gewesen. Ich weiß, dass sie Sara nie zu Hause besuchen wollte, wenn Tina auch dort war. Tina hat ihre Zigaretten und ihren Alkohol immer bei Sara im Zimmer versteckt, weil sie wusste, dass Dorothy dort nicht suchen würde. Einmal hat sie Geld aus Lissas Jackentasche geklaut. Allerdings hat Lissa sich nicht so von ihr herumschubsen lassen wie Sara. Sie hat ihr das Geld sofort wieder abgenommen. Von da an hat Tina sie in Ruhe gelassen.«

»Tina hat Geld geklaut?«

»Ja. Und auch andere Dinge. Ich glaube, sie hat sich die falschen Freunde gesucht. Einmal wurde die Clique sogar festgenommen. Dann wurde sie mit sechzehn schwanger, und von da an ging alles den Bach runter.«

Imogens Mund war plötzlich staubtrocken. »Das ist die Tragödie? Wollen Sie damit sagen, dass Dorothys Mann aus Scham über die Schwangerschaft seiner Tochter gestorben ist?«

»Was? Nein! Dorothy und Phillip haben das Baby geliebt und alles dafür getan, auch ihre Tochter zu unterstützen. Aber Tina wollte ihre Hilfe nicht. Sie ist von zu Hause abgehauen und hat sich vier Jahre lang nicht gemeldet.«

Wut kochte in Imogen hoch. Das stimmte so doch alles nicht! Ihre Mutter hatte ihr so oft erzählt, dass es ihre Familie gewesen war, die *sie* abgelehnt hatte, nicht andersherum! Sie hatten sie vor die Tür gesetzt, ohne ihr eine Chance zu lassen.

Du hast mein Leben ruiniert.

»Vielleicht wusste sie ja gar nicht, dass sie noch willkommen war.« Sie musste darum kämpfen, möglichst unbeteiligt zu klingen. »Vielleicht ist sie ja gegangen, weil sie wusste, dass ihre Familie das Baby ablehnt.«

»Nein, so war das nicht.« Die bloße Vorstellung schien ihn zu verwirren. »Und sie hat das Baby damals auch gar nicht mitgenommen. Es ist bei Dorothy geblieben.«

Die Worte schienen einen Augenblick lang schwerelos in der Luft zu hängen, ehe sie den Weg in Imogens Kopf fanden.

»Wie bitte?«

»Tina hat ihr Kind nicht mitgenommen. Sie hat nicht nur ihre Familie, sondern auch ihre Tochter verlassen. Ist einfach gegangen. Dorothy hat sich vier Jahre lang um die Kleine gekümmert, ohne dass sich Tina ein einziges Mal gemeldet hätte. Mir ist bis heute nicht klar, wie man einfach so sein Baby zurücklassen kann. Aber so war Tina. Sie hat einfach gemacht, was sie wollte, ohne je an die Konsequenzen für andere zu denken. Und sie wusste ja, dass ihr Kind bei Dorothy in guten Händen war.«

In Imogens Kopf drehte sich alles.

Hatte Miles gerade behauptet, dass ihre Mutter sie bei Dorothy zurückgelassen hatte?

Nein, das konnte unmöglich stimmen. Sie hatte keine Ahnung, wo er diese Version der Geschichte aufgeschnappt hatte, aber sie wusste, dass es anders gewesen war. Sie hatte doch nicht bei ihrer Großmutter, sondern bei ihrer Mutter gelebt! Sie beide gegen den Rest der Welt! Wie oft hatte ihre Mutter ihr das erzählt? Aber sie wollte diese ganze Version hören, also zwang sie sich, Ruhe zu bewahren und weiter zuzuhören. »Und was ist nach den vier Jahren dann passiert?«

»Tina kam zurück. Eines Tages, kurz vor Weihnachten war das, stand sie einfach vor der Tür und meinte, sie würde ihre Tochter jetzt mitnehmen.« Er schüttelte den Kopf, als fände er die ganze Geschichte einfach nur traurig.

»Sie … sie mitnehmen?« Ihre Lippen waren so ausgetrocknet, dass sie kaum sprechen konnte. »Was soll das heißen?«

»Sie tauchte ohne Vorwarnung bei ihnen auf, schnappte sich das Kind, und weg war sie. Die arme Dorothy.« Seine Stimme wurde ganz weich. »Ich kann mir nicht im Entferntesten ausmalen, wie es ihr damals gegangen sein muss. Phillip und sie haben die Kleine geliebt. Und Sara auch. Die drei haben sie umsorgt wie das eigene Kind. Und dann war sie von heute auf morgen weg. Es hat ihnen das Herz gebrochen. Sagen Sie, wollen Sie das Sandwich wirklich nicht essen?«

Imogen hatte jegliches Interesse an dem Sandwich verloren.

Was er ihr da gerade erzählt hatte, konnte unmöglich wahr sein. Sie *wusste* einfach, dass es nicht stimmte. »Haben sie denn gar nicht versucht, sie aufzuhalten?«

»O doch, aber das war die Nacht, in der Phillip seinen Schlaganfall hatte. Alle gehen davon aus, dass er durch die stressige Situation verursacht worden ist. An den Teil erinnere ich mich noch, weil meine Mutter einen Anruf von Dorothy bekam. Sie wollte zu Phillip ins Krankenhaus, hatte aber Angst, Sara allein zu Hause zu lassen. Sara befand sich in einem fürchterlichen Zustand. Ihr Dad war gerade vor ihr zusammengebrochen, und ihre Schwester hatte das Kind mitgenommen, das Sara vier Jahre lang umsorgt hatte. Dorothy bat meine Mutter, sich um sie zu kümmern. Mein Vater war gerade auf einem Einsatz unterwegs und meine Schwester auf Klassenfahrt. Also hat mich meine Mutter kurzerhand ins Auto gesetzt und nach Winterbury mitgenommen. Ich werde diesen Abend nie vergessen.«

Ihr war schwindelig. »Wie alt waren Sie?«

»Neun, glaube ich. Und nicht dafür gewappnet, mit so einem Ausmaß an emotionalem Trauma umzugehen. Sara war verzweifelt. Sie saß schluchzend auf dem Sofa, und ich hatte keine Ahnung, was ich tun sollte. Ich war einfach nur froh, dass meine Mutter da war und sich um sie gekümmert hat. Sara wiederholte ständig *Sie hat Immy mitgenommen. Sie hat Immy mitgenommen.*«

Immy.

Imogens Herz pochte so heftig, als würde es jeden Moment explodieren. »Das stimmt nicht. Wenn es so gewesen wäre, hätte sie mir das doch erzählt!« Doch noch während sie sprach, fragte sie sich, wie sie da so sicher sein konnte. Sie musste an all die anderen Unwahrheiten denken, die ihre Mutter ihr erzählt hatte. Aber … so etwas? Nein, unmöglich. Das war zu gewaltig. Das konnte und wollte sie nicht glauben.

Doch weshalb sollte Miles sie anlügen? Er gab ja nicht einfach etwas wieder, das er irgendwo gehört hatte, sondern war an jenem Abend teilweise selbst dabei gewesen.

»Wer hätte Ihnen was erzählt?« Miles runzelte die Stirn, dann erstarrte er. Schien zu begreifen. »Imogen«, sagte er leise. »Immy.«

»Ja«, krächzte sie. »Das kleine Mädchen war ich. Und diese Geschichte habe ich gerade zum ersten Mal gehört.«

16. KAPITEL

DOROTHY

»Sollen wir nicht besser die Polizei rufen?« Dorothy lief unruhig in der Küche auf und ab. »Sie ist nicht im Cottage, aber ihr Wagen ist noch dort. Ihre Jacke ist hier, ihre Tasche ebenfalls … Wo könnte sie nur stecken?«

»Sie muss spazieren gegangen sein. Aber ich habe bestimmt eine Viertelstunde lang alle Straßen in der Umgebung abgefahren und keine Spur von ihr entdecken können.« Sara schloss die Küchentür. Sie wirkte erschöpft und angespannt.

Sie hatten dafür gesorgt, dass die Mädchen zu Mittag aßen, und ihnen anschließend erlaubt, dass sie sich mit Bailey im Wohnzimmer vor dem Fernseher einkuschelten und Zeichentrickserien schauten.

»Ein *Spaziergang*?« Dorothy mochte nicht einmal daran denken. »Da draußen ist es eiskalt, und sie hat nicht einmal eine Jacke dabei! Außerdem ist sie inzwischen seit Stunden weg. Was, wenn sie einen Unfall hatte? Sie war so aufgewühlt. Es kann doch sein, dass sie ausgerutscht und gestürzt ist!«

»Ich nehme das Auto und mache mich noch einmal auf die Suche nach ihr. Diesmal fahre ich in die andere Richtung. Vielleicht finde ich sie ja doch noch.« Sara griff nach dem Schlüssel. »Und ich rufe Patrick an und bitte ihn, herzukommen und auf die Mädchen aufzupassen.«

»Ich will aber nicht, dass du fährst. Es reicht schon, dass Imogen in Schwierigkeiten steckt. Du bist durcheinander, und die Straßen sind vereist.« Jetzt, wo sie ihre Gefühle wieder besser im Griff hatte, machte sich Dorothy um Sara fast genauso große

Sorgen wie um Imogen. Sara bewältigte ihre Probleme ganz anders als sie selbst. Sie hatte entschieden, nicht über die Vergangenheit nachzudenken oder zu reden. Aber nun hatte Dorothy sie durch ihr Verhalten gezwungen, sich mit diesem traumatisierenden Abschnitt ihres Lebens auseinanderzusetzen. »Es tut mir so leid, Sara.«

»Du brauchst dich nicht zu entschuldigen. Es ist, wie es ist, und damit müssen wir jetzt zurechtkommen.«

Aber wie? Dorothy hatte keine Ahnung. »Und wenn wir die Polizei einschalten?«, wiederholte sie.

»Noch nicht.« Sara ließ die Hand mit dem Schlüssel noch einmal sinken. »Ich ertrage die Vorstellung einfach nicht, dass sie all die Jahre über dachte, wir würden sie ablehnen.« Sara versagte die Stimme. »Sie hasst uns.«

Auch Dorothy hatte diese Wendung tief getroffen. »Nein. Sie ist wütend auf uns wegen etwas, das wir ihres Wissens nach getan haben. Aber sobald sie die Wahrheit erfährt, wird sich ihre Einstellung ändern.«

»Und da bist du dir sicher? Wenn sie in dem Glauben aufgewachsen ist, dass wir sie und Tina im Stich gelassen haben, wird es nicht einfach, sie vom Gegenteil zu überzeugen. Und es wirkte nicht gerade so, als ob sie ein Interesse daran hat, sich mit uns zusammenzusetzen und bei einer Kanne Tee über ihre Gefühle zu sprechen.« Sara kramte ein Taschentuch hervor und schnäuzte sich. »Tut mir leid. Mich mit der ganzen Geschichte auseinandersetzen zu müssen ist für mich der absolute Albtraum.«

»Das weiß ich doch, Liebes. Und es tut mir so unendlich leid. Ich hätte Imogen gleich sagen sollen, wer ich bin. Aber als sie damals in dem Meeting plötzlich vor mir saß und ich begriff, wer sie ist, war ich so schockiert, dass ich den entscheidenden Moment verpasst habe. Und danach habe ich es so genossen, überhaupt Zeit mit ihr verbringen zu können, dass ich einfach Angst hatte, alles kaputt zu machen.«

»Ich weiß. Das weiß ich doch.« Sara atmete tief durch. »Ich

muss mich zusammenreißen. Die Mädchen fangen an, Fragen zu stellen, und ich weiß nicht, was ich ihnen sagen soll.«

»Die Wahrheit.« Dorothy war unendlich müde, aber ihre Erschöpfung war nichts im Vergleich zu ihrer Sorge um Imogen. »Jetzt geht es erst einmal darum, Imogen zu finden. Über alles Weitere machen wir uns danach Gedanken. Sie kann nicht weit gekommen sein. Was, wenn sie auf der Straße unterwegs war und von einem Auto angefahren wurde? Die Wege sind vereist, und die Straßen sind noch nicht geräumt worden. Du rufst im Krankenhaus an, Sara. Und wenn du auf diesem Weg nicht weiterkommst, schalte ich die Polizei ein. Ich glaube, wir haben einen Punkt erreicht, an dem es sich nicht mehr vermeiden lässt. Vielleicht taucht sie ja von selbst wieder auf, sobald wir alles Entscheidende in die Wege geleitet haben. Du weißt ja, wie das Leben manchmal so spielt.«

Diesmal widersprach Sara nicht, sondern zückte ihr Handy und suchte die Nummer des einzigen Krankenhauses in der Region heraus.

Während sie in der Warteschleife steckte, klingelte Dorothys Telefon.

Sofort lief sie los, gab aber einen tiefen Seufzer von sich, als sie auf dem Display den Namen des Anrufers entdeckte. »Es ist Miles. Ich weiß selbst nicht, warum ich dachte, es könnte Imogen sein. Wo ich doch weiß, dass ihr Handy hier bei uns ist.«

»Geh ran«, sagte Sara. »Falls er gerade unterwegs ist, können wir ihn bitten, da draußen die Augen nach ihr offen zu halten.«

Es war zwar kaum mehr als ein letzter Hoffnungsschimmer, aber inzwischen klammerte sie sich an jeden Strohhalm, wie mickrig er auch sein mochte. Sie nahm ab.

»Hallo, Miles.«

»Dorothy? Ich habe Imogen hier bei mir.«

»Was?« Sie stützte sich auf einen Stuhl und ließ sich schwer darauf sinken. Dann winkte sie Sara zu sich. »Imogen ist bei Miles.« Dann sprach sie wieder ins Telefon: »Miles? Wo seid ihr? Und wie kommt es, dass Imogen bei dir ist?«

»Das ist eine lange Geschichte. Wir erzählen sie dir, wenn wir uns sehen. Ich wollte einfach nur Bescheid sagen, dass es ihr gut geht. Ich dachte, du machst dir bestimmt Sorgen.«

Er kannte sie so gut.

»Danke, Miles.« Vor Erleichterung brachte sie kaum einen klaren Gedanken zustande. »Ist denn alles in Ordnung mit ihr?«

Es folgte eine kleine Pause. Dann sagte er: »Ja.«

Was die Pause wohl zu bedeuten hatte? »Seid ihr bei dir zu Hause? Ich komme sofort vorbei und hole sie ab.«

»Nein, lass das bitte. Wir treffen uns in zwanzig Minuten im Cottage, okay?«

Im Cottage? Warum nicht hier bei ihr zu Hause?

Ach, aber welche Rolle spielte das schon? Am Ende zählte nur, dass Imogen nicht irgendwo im Straßengraben lag. Vorerst musste das reichen.

»Sara und ich fahren sofort los. Und … Miles?« Sie schluckte. »Danke.« Dann legte sie auf und sah zu Sara. »Er bringt sie zum Cottage. Komm, lass uns fahren.« Sie stand auf und sah sich nervös in der Küche um. »Die Arme hat doch gar nichts zu Mittag gegessen. Bestimmt hat sie Hunger. Ich packe etwas von dem Hühnchen für sie ein, und den Laib Brot, den ich heute Morgen gebacken habe. Und den Schokoladenkuchen in der Form. Nimmst du den bitte, Sara?« Als sie bemerkte, dass Sara eine Nachricht tippte, fragte sie: »Was machst du denn da?«

»Ich bitte Patrick, herzukommen und die Mädchen abzuholen.« Sara schickte die Nachricht ab.

Sofort bekam Dorothy ein schlechtes Gewissen. »Ich kann auch ohne dich fahren. Patrick erledigt doch die Weihnachtseinkäufe, und du wolltest die Mädchen gleich auf die Party bringen.«

»O nein, ich komme mit. Es führt kein Weg mehr daran vorbei. Imogen muss die Wahrheit erfahren, und vielleicht wird es einfacher, wenn wir ihr die ganze Geschichte zu zweit erzählen. Außerdem will ich sie sehen und mit ihr reden. Ihr sagen, dass …« Sie warf ihrer Mutter einen hilflosen Blick zu. »Ich will nicht, dass sie schlecht von uns denkt. Und bei allem, was jetzt schon passiert ist, würde ich gern mehr über sie erfahren. Ich hoffe nur, dass ihre Geschichte nicht allzu traurig ist.« Sie rieb sich die Stirn und lächelte niedergeschlagen. »Ach, wem will ich eigentlich was vormachen? Die gesamte Angelegenheit ist einfach nur traurig.« Ihr Handy summte, und sie las die eingegangene Nachricht. »Patrick schreibt, dass er in fünf Minuten hier ist. Er würde die Mädchen dann auch zu der Feier fahren.«

»Wie lieb von ihm.« Dorothy unternahm keinen Versuch mehr, ihre Tochter umzustimmen, sie war nicht sicher, ob sie es ohne Sara überhaupt schaffen würde, mit Imogen zu sprechen. Sie *brauchte* Sara. Aber war das überhaupt in Ordnung? Sara war eine erwachsene Frau, aber gleichzeitig war sie immer noch Dorothys Kind. Und war es nicht ihre Aufgabe als Mutter, ihre Kinder zu beschützen? Wobei sie in dieser Hinsicht bei Tina komplett versagt hatte. Aber wie sollte man ein Kind beschützen, das sich mit allen Mitteln dagegen wehrte? Das genau an den Dingen Gefallen zu finden schien, die Dorothy nachts um den Schlaf brachten?

Sara und sie hatten das alles allein durchgestanden, vom ersten Tag an. Sara war die Einzige, die die ganze Geschichte kannte. Vielleicht war es also gar nicht so verkehrt, die Unterstützung anzunehmen, die sie so großzügig anbot. Vielleicht war es das, was sie *beide* brauchten.

Sara legte das Handy beiseite. »Wie kommt es überhaupt, dass Imogen bei Miles gelandet ist?«

»Ich weiß nicht. Aber das ist mir im Moment auch egal. Ich bin einfach nur erleichtert, dass sie in Sicherheit ist. Sie war so durcheinander, als sie aus dem Haus gestürmt ist.« Der bloße Gedanke daran brach Dorothy das Herz. »Ich hatte solche Angst, dass ihr etwas zugestoßen sein könnte.«

»Wenn sie bei Miles ist, wird ihr nichts passieren. Er kann gut mit Geschöpfen in Not umgehen, egal ob Mensch oder Tier. Ich kann mich bis heute an die Nacht erinnern, in der er hier bei mir war, während du ins Krankenhaus gefahren bist.« Sara stand auf und stopfte ihre Sachen in ihre Tasche. »Glaubst du, sie wird mit uns reden? Oder denkst du, sie fährt nur nach Holly Cottage, um ihre Sachen zu packen und sofort wieder aufzubrechen?«

Dorothy wurde flau im Magen. Das war ihre größte Angst. Dass Imogen ihnen gar nicht erst zuhören würde. Oder dass sie ihnen zwar zuhörte, aber nicht glaubte.

»Ich weiß nicht. Wir können ihr nur die Wahrheit sagen und hoffen, dass das reicht.«

Sie packte den Brotlaib, das Hühnchen und den Kuchen in eine Tasche. Als sie fertig war, traf bereits Patrick ein.

Wie immer umgab ihn eine Aura ruhiger Souveränität. In der Tür streifte er seine Stiefel ab, an denen frischer Schnee hing.

»Ist jemand zu Hause?«

Als die beiden Mädchen seine Stimme hörten, kamen sie aus dem Wohnzimmer gerannt.

»Daddy! Was machst du denn hier?« Ava schien sich zu freuen, ihn zu sehen, wirkte gleichzeitig aber misstrauisch. »Du hast doch gesagt, dass du die Weihnachtseinkäufe machst.«

»Ich bin schon fertig, und das Dorf sieht mit dem ganzen Schnee und Schmuck so weihnachtlich aus, dass ich dachte, ich fahre mit Iris und dir hin und spendiere euch eine Kleinigkeit.« Patrick nahm Ava auf den Arm und streckte Iris die Hand hin. »Ein richtiger Daddy-und-seine-Mädels-Ausflug. Und anschließend gehen wir auf die Party. Na, was meint ihr?«

Iris schob strahlend ihre Hand in seine. »Das wird toll!«

»Glaube ich auch.« Ava schlang ihm die Arme um den Hals. »Können wir Eislaufen gehen? Ich will probieren, ob ich auch Piruletten auf dem Eis kann.«

»Heute nicht, das heben wir uns für einen anderen Tag auf, ja?« Patrick nahm Sara die Jacken der Mädchen und die Tasche mit den Wechselsachen ab.

»Ist Imogen wieder da, wenn wir zurückkommen?« Ava hängte sich an ihren Vater wie ein Äffchen. »Sie hat gesagt, dass sie mit mir Weihnachtsschmuck bastelt. Wo ist sie überhaupt? Sie hat ihr Hühnchen gar nicht gegessen.«

»Vielleicht sehen wir sie ja nachher noch«, erwiderte Patrick vage und wie beiläufig. »So, jetzt müssen wir aber los, sonst sehen wir die Weihnachtsbeleuchtung in den Schaufenstern nicht mehr, ehe die ganzen Geschäfte schließen.« An Sara gewandt fuhr er fort: »Ruf an, wenn du mich brauchst, ja?«

Sie nickte, und Dorothy hatte plötzlich wieder einen Kloß im Hals, als sie den Blick bemerkte, den die beiden wechselten.

Es war so schön, dass Sara Patrick hatte. Dass die beiden *einander* hatten.

Patrick war ihr mehr Sohn gewesen, als Tina je ihre Tochter gewesen war. Es war schon merkwürdig, was für verschlungene Wege das Leben nehmen konnte. Dass man manchmal ausgerechnet von jenen Menschen am tiefsten enttäuscht wurde, die einem am nächsten standen.

Patrick fuhr mit den Mädchen ab, und Sara nahm ihre Jacke, legte sie aber mit derselben Bewegung wieder weg.

»Ich habe Angst.«

»Vor Imogen?«

Saras Blick sagte alles. »Davor, mich mit der Vergangenheit zu konfrontieren. Aber das muss ich, wenn wir Imogen die Wahrheit sagen wollen. Am liebsten würde ich das alles für immer ruhen lassen. Ich habe so lange gebraucht, um nach Tinas Verschwinden normal weiterleben zu können.«

»Ach, Liebes …« Dorothy wurde schwer ums Herz. Auch ihr war nicht angenehm, was ihnen nun bevorstand. Aber in ihrem Fall war die Sache etwas anders gelagert, weil es ihr im Gegensatz zu Sara nie gelungen war, die Geschehnisse von damals auszublenden. Sie hatte sie stets im Herzen getragen, hatte nur gelernt, damit zu leben. Jetzt, wo endlich alles ans Licht gekommen war, empfand sie fast schon Erleichterung. Und sie war optimistischer als noch vor einer Stunde. Zumindest war Imogen noch nicht abgereist. Denn solange bestand die Möglichkeit, dass sie doch noch alles in Ruhe besprechen konnten. »Alles wird gut«, sagte sie eine Spur überzeugter, als sie sich fühlte. »Wir müssen ja nicht alles im Detail durchgehen. Es reicht, wenn wir ihr die Chance geben, Fragen zu stellen.«

»Aber genau das ist es doch, was mir solche Angst macht. Ich will nicht über Tina reden. Ich will noch nicht mal an sie denken! Ich habe so viel dafür getan, sie komplett aus meinem Leben auszublenden. Und ich liebe das Leben, das ich mir erarbeitet habe! Das will ich mir nicht durch Gedanken über sie verderben lassen. Aber als ich Imogen gesehen habe, sind all die Wunden wieder aufgerissen, und mir ist klar geworden, dass ich die Vergangenheit gar nicht hinter mir gelassen habe. Ich habe Tina nicht verziehen. Ich habe einfach nur verdrängt, was damals passiert ist.« Die Tränen liefen nun ungehindert, und sie legte sich die Hände an die Wangen. »O Gott, ich fasse nicht, dass ich sie immer noch so an mich heranlasse! Aber du hast durch ihr Verhalten so viel verloren, und ich auch. Du deinen Mann, ich meinen Dad. Und Imogen …« Für einen Moment versagte ihr die Stimme. »Es war ihr vollkommen egal, was wir für Imogen empfinden. Oder Imogen für uns! Was Imogen brauchte, war ihr vollkommen egal. Sie hat ihre kleine Tochter hier abgegeben, wie es ihr in den Kram passte, und wieder mitgenommen, wie es ihr in den Kram passte. Es ging immer nur um sie. Damals war sie der egoistischste Mensch auf diesem Planeten, und ich wüsste nicht, weshalb sich daran etwas geändert haben sollte. Verstehst du? Ich glaube einfach nicht, dass ich Imogen gegenüber auch nur ein nettes Wort über Tina übrig haben werde.«

Dorothy zog ihre Tochter in ihre Arme. »Aber das musst du doch auch gar nicht. Wir erzählen ihr einfach die Wahrheit. Und wie viel davon wir preisgeben, können wir immer noch während des Gesprächs entscheiden.« Sie ließ Sara wieder los und reichte ihr die Jacke. »Ich glaube, am Ende wird sich herausstellen, dass uns etwas Besseres gar nicht hätte passieren können.«

Sara schniefte und schlüpfte in ihre Jacke. »Das kannst du gar nicht wissen. Du versuchst nur, optimistisch zu sein.«

»Zumindest gibt es dann endlich keine Geheimnisse mehr.« Und keine schlaflosen Nächte, in denen sie grübelte, ob sie

Imogen sagen sollte, wer sie war. Oder besser: Wann sie es ihr sagen sollte. »Komm, wir gehen. Ich wäre gern schon dort, wenn sie beim Cottage ankommen.«

Sie zog ebenfalls ihre Jacke an, nahm die Taschen, warf noch einen letzten prüfenden Blick in die Küche und eilte dann zum Wagen. Es mochte albern sein, die kurze Strecke zu fahren, aber sie hatte das Gefühl, nicht eine Sekunde vergeuden zu dürfen.

Im Cottage angekommen, packte sie gemeinsam mit Sara in der Küche das Essen aus und setzte Teewasser auf.

Dann heizten sie den Kamin im Wohnzimmer an und schalteten die Lichterketten an den Balken ein, sodass eine gemütliche, einladende Atmosphäre entstand.

»Ich wünschte, wir hätten ihr einen Baum gekauft oder zumindest eine Girlande ums Treppengeländer gewickelt«, bemerkte Dorothy besorgt, als sie sich umsah. »Irgendetwas, wodurch das Cottage festlicher wirkt.«

»Ich bezweifle, dass die Situation einfacher wird, nur weil ein Tannenbaum in der Ecke steht«, antwortete Sara trocken. Dann verstummte sie, weil draußen das Knirschen von Autoreifen auf Schnee zu hören war. »Sie sind da.«

Dorothys Herz tat einen Satz. »Alles wird gut.« Sie eilte zur Haustür und sah Miles seinen Wagen neben ihrem eigenen abstellen. Imogens Mietwagen war inzwischen von einer dicken Schneeschicht bedeckt.

Miles stieg aus, dann öffnete auch Imogen die Beifahrertür.

Dorothy konnte sich nicht erinnern, je zuvor so nervös gewesen zu sein.

Ihr fiel auf, dass Imogen anders gekleidet war als mittags. Sie trug jetzt eine Jeans und einen hellrosa Pullover, der ihre blauen Augen und ihre geröteten Wangen zum Leuchten brachte. Sie wirkte verletzlich und unsicher, und Dorothy musste sich mit aller Macht davon abhalten, zu ihr zu stürzen und sie fest zu umarmen, wie sie es immer getan hatte, als ihre Enkelin noch ein kleines Kind gewesen war.

Imogen drückte eine große Tasche an sich, in der offenbar ihre Kleidung steckte. In der anderen Hand hielt sie eine Hundeleine. Überrascht sah Dorothy genauer hin.

»Ist das Ralph? Geht es Valerie gut?«

»Mit Valerie ist alles in Ordnung, aber Ralph hat einen aufregenden Vormittag hinter sich.«

Miles umrundete das Auto und bückte sich, um den Hund zu kraulen. »Er hat auf eigene Faust eine längere Wanderung unternommen. Die arme Valerie hat Todesängste um ihn ausgestanden. Und da haben wir vereinbart, dass er von jetzt an bei mir wohnen wird.«

»Aber …« Dorothy stutzte. »Valerie meinte doch, sie würde ihn niemals hergeben. Weil sie ihrem Bruder das schuldig ist.« Das wusste Dorothy deswegen so genau, weil sie sich große Sorgen gemacht hatte, dass Valerie der Aufgabe nicht gewachsen sein könnte. »Ich hatte ihr angeboten, dass ich Ralph zu mir nehmen könnte, aber sie wollte nichts davon wissen. Wie hast du sie überreden können, dass sie ihn dir überlässt?«

»Ich habe ihr gestanden, dass mir Alfie fehlt und ich dringend einen neuen Hund brauche.« Er tätschelte Ralph den Rücken. »Da hat sie Mitleid bekommen.«

Dorothy stiegen die Tränen in die Augen. Das hatte er getan? »Aber du meintest doch immer, nach Alfie willst du keinen neuen Hund.«

»Na, offenbar habe ich es mir anders überlegt, und jetzt habe ich Ralph. Manchmal muss man seine Pläne der Realität anpassen.« Miles kraulte den Hund zwischen den Ohren. »Du hättest ihn mal sehen sollen, als ich ihn aus dem Graben gezogen habe. Er war vor Dreck kaum mehr zu erkennen. Als wir gemeinsam versucht haben, ihn zu baden, ist Imogen von Kopf bis Fuß durchnässt worden. Deswegen hat sie jetzt Lissas Sachen an.«

Indem er den Hund ins Zentrum der Aufmerksamkeit rückte, gelang es Miles, die anfängliche Nervosität in der Runde zu überwinden. Dorothy war ihm unendlich dankbar. Er machte ihnen allen die Situation einfacher.

»Das ist sehr großzügig von dir. Valerie wird so erleichtert sein. Und Ralph kann sich glücklich schätzen.«

»Ich bezweifle, dass er das auch so sieht.« Miles richtete sich wieder auf. »Ralph hat sich bis über beide Ohren in Imogen verliebt. Mich toleriert er höchstens. Zähneknirschend.« Er schenkte Imogen ein Lächeln, das sie schüchtern erwiderte.

Dorothy fiel ein Stein vom Herzen, als sie dieses Lächeln sah. Allein schon, weil es bedeutete, dass Imogen nicht mehr wütend zu sein schien. Eigentlich wirkte sie vor allem unsicher.

Genauso unsicher wie alle hier.

»Danke, dass du Imogen hergebracht hast, Miles.«

Sie war davon ausgegangen, dass er nun wieder fahren würde, und Imogen schien dasselbe gedacht zu haben. Denn sie hielt ihm mit einem gezwungenen Lächeln die Hundeleine hin.

»Danke für alles.«

Doch er griff nicht nach der Leine und hatte offenbar nicht vor zu gehen. Stattdessen drückte er sanft Imogens Schulter und blieb an ihrer Seite.

»Für Ralph wird die Trennung von Imogen schwer, und sein Tag war auch so schon hart genug. Wenn es euch nicht stört, würde ich gerne noch ein bisschen bleiben.« Er musterte Imogen lächelnd. »Dann bin ich noch eine Weile da, zur moralischen Unterstützung. Für Ralph. Falls es dich nicht stört.«

Moralische Unterstützung. Für Ralph.

Dorothy wechselte einen Blick mit Sara.

»Ich … Ja, natürlich, wenn du das möchtest.« Imogen schien verblüfft zu sein. Als wäre es das erste Mal in ihrem Leben, dass jemand einfach so für sie da war.

Dorothy schluckte gegen den Kloß in ihrem Hals an.

Sara und sie waren so mit ihren eigenen Gefühlen beschäftigt gewesen, dass sie gar nicht darüber nachgedacht hatten, wie viel schlimmer die Situation für Imogen sein musste, für die die ganze Geschichte noch vollkommen neu war.

Wie viel sie Miles wohl erzählt hatte?

Sicherlich so einiges, sonst hätte er ihr vermutlich nicht angeboten zu bleiben.

»Kommt, lasst uns nach drinnen gehen. Es ist zu kalt hier draußen.« Dorothy kehrte ins Cottage zurück, doch Imogen machte keine Anstalten, ihr zu folgen, sondern umklammerte nur die Hundeleine so fest, dass ihre Knöchel weiß hervortraten. »Und was ist mit Ralph?«

»Er kommt natürlich mit rein. Hunde sind in Holly Cottage willkommen.« Sie hätte nicht einmal protestiert, wenn Miles eine Elefantenherde in das Häuschen eingeladen hätte. Sie war einfach nur erleichtert, dass Imogen hier war und offenbar nicht gleich wieder gehen wollte. »Setzen wir uns ins Wohnzimmer. Wir haben das Feuer angemacht, und es ist schön gemütlich.«

Drinnen zogen sie ihre Jacken aus, und Imogen setzte sich aufs Sofa. Miles nahm neben ihr Platz und streckte seine langen Beine aus, während sich Ralph zu Imogens Füßen niederließ.

Sara verschwand in der Küche. »Ich mache nur schnell Tee.«

Dorothy beschloss, dass es am besten war, einfach ins kalte Wasser zu springen.

»Erst einmal möchte ich mich bei dir entschuldigen«, sagte sie. »Weil ich dir nicht von Anfang an gesagt habe, wer ich bin. Um ehrlich zu sein, war die erste Begegnung mit dir ein ziemlicher Schock für mich. Damals, Anfang des letzten Jahres in dem Konferenzraum, in dem das Meeting wegen der Veranstaltung stattfand. Im ersten Moment war ich einfach zu perplex, um etwas zu sagen.«

»Aber wie hast du mich überhaupt erkannt?«

»An deinem Lächeln. Du hast dasselbe Grübchen in der Wange wie Sara. Ihr habt sie von deinem Großvater, Saras Dad. Das mag nicht nach viel klingen, aber mir hat es gereicht. Als ich das Grübchen gesehen habe, wusste ich es einfach.«

Imogen saß stocksteif da. Ralph schien die angespannte Stimmung zu bemerken und hob den Kopf. Dann warf er einen unauffälligen Blick in Miles' Richtung, sprang aufs Sofa und machte es sich mit dem Kopf auf Imogens Schoß zwischen den beiden bequem.

Miles verdrehte die Augen. »Die Jeans waren gerade noch sauber«, murmelte er. »Aber schön, dass du es so gemütlich hast.«

Imogen kraulte Ralph, der daraufhin mit dem Schwanz zu wedeln begann und es sichtlich genoss, endlich wieder Aufmerksamkeit zu bekommen.

In dem Moment kam Sara mit einem Tablett voll dampfender Teetassen zurück und stellte es auf dem Couchtisch zwischen den beiden Sofas ab.

»Ich habe Imogen ein bisschen was über unsere gemeinsame Geschichte erzählt.« Miles nahm die Tasse entgegen, die Sara ihm hinhielt, und bedankte sich mit einem freundlichen Nicken. »Ich hatte keine Ahnung, wer sie ist.«

Dorothy fragte sich immer noch, wie sich die beiden wohl kennengelernt hatten. Aber dafür war später noch Zeit genug. Im Augenblick war anderes wichtiger.

»Es gibt so vieles, was ich dir sagen möchte. Vielleicht sollte ich einfach am Anfang beginnen.« So logisch das klang, so schwer war die Entscheidung, wann genau die gesamte Geschichte eigentlich angefangen hatte. »Tina war mein erstes Kind. Phillip und ich haben sie vergöttert. Vielleicht ein wenig zu sehr …«

Sara seufzte. »Mum …«

»Tut mir leid. Es fällt mir schwer, damit aufzuhören, mir den Kopf darüber zu zerbrechen, was ich hätte anders machen können, um das alles zu verhindern. Manchmal bin ich überzeugt davon, dass es irgendetwas geben muss, was ich hätte tun oder eben nicht tun müssen.« Sara gab ihr mit einem sanften Druck aufs Knie zu verstehen, dass sie mit ihrem Bericht fortfahren sollte. Recht hatte sie. Sie saßen nicht hier, um sich mit Dorothys Versagen als Mutter auseinanderzusetzen. »Alles lief ganz normal, bis Sara zur Welt kam. Tina hasste sie vom ersten Tag an, und egal, was Phillip und ich versuchten, es änderte sich nicht. Ständig bekamen wir zu hören, dass es ganz normal sei, dass die älteren Geschwister die jüngeren ablehnten, und es nur eine

Frage der Zeit und der Geduld sei und sich das Problem von selbst erledigen würde. Wir setzten alles um, was es an Ratschlägen zu dem Thema gab. Sorgten dafür, dass sie genügend Zeit mit uns alleine bekam, damit sie sich nicht benachteiligt fühlte. Wir lobten sie, wir unterstützten sie, wir bezogen sie in alles ein. Eine Zeit lang fühlte es sich so an, als würden wir damit etwas erreichen, aber dann bekam Sara mit fünf Monaten eine Meningitis.« Damals hatten Phillip und sie fürchterliche Ängste ausgestanden. »Sie war einen Monat lang im Krankenhaus, und ich war fast die ganze Zeit über an ihrer Seite. Ich versuchte zwar, dafür zu sorgen, dass ich auch regelmäßig Zeit mit Tina verbrachte, aber das war gar nicht so einfach. Zeitweise waren wir überzeugt, dass Sara nicht überleben würde. Aber sie wurde gesund, und als wir nach Hause zurückkamen, war die Situation so schlimm wie nie zuvor. Tina wich mir nicht mehr von der Seite und wurde wütend, wenn ich auch nur eine Sekunde meiner Zeit mit Sara verbrachte. Wir baten mehrere Ärzte um Hilfe und setzten all ihre Vorschläge um. Doch nichts schien zu helfen.«

»Aber das war doch nicht deine Schuld«, murmelte Sara. »Ich verstehe einfach nicht, warum du dir deswegen solche Vorwürfe machst. Tina war doch schon eifersüchtig, bevor ich ins Krankenhaus musste, das hast du selbst gesagt.«

»Das stimmt zwar, aber hinterher war die Eifersucht noch viel schlimmer.« Dorothy richtete ihre Aufmerksamkeit wieder auf Imogen. Gerade ging es um Tatsachen, nicht um Gefühle. »Wir konnten sie keine Sekunde lang mit Sara allein lassen. Einmal ging ich nur schnell in die Küche, um das Telefon zu holen, und als ich zurückkam, drückte Tina Sara ein Kissen aufs Gesicht. Ich war höchstens ein paar Sekunden weg gewesen.« Als ihr bewusst wurde, dass es Imogens Mutter war, über die sie gerade redete, verstummte sie hastig. »Es tut mir leid. Das Thema ist nicht einfach, vielleicht sollte ich …«

»Bitte erzähl weiter.« Imogens Stimme war kaum vernehmbar. »Ich will das hören.«

»Wir hofften, dass wir ihr nur konsequent unsere Liebe und Aufmerksamkeit zeigen müssten und sich das Problem dadurch irgendwann legen würde. Doch daraus wurde nichts. Sie machte Saras Spielsachen kaputt, brüllte sie an – das war vermutlich das Schlimmste. Wir erhoben nie die Stimmen gegen unsere Kinder, aber Tina war verbal aggressiv. Nach und nach begann Sara darunter zu leiden. In der Schule wurde sie immer ruhiger, weil sie am liebsten einfach unsichtbar gewesen wäre. Und wenn Tina zu Hause war, versteckte Sara sich meistens in ihrem Zimmer.« Rückblickend fragte sie sich, wie sie die Zeit damals eigentlich überstanden hatten. Wie rasiermesserklingenscharf der Schmerz damals gewesen war und wie stumpf nach all den Jahren. »Am Ende gingen wir mit Tina zu einem Psychologen. Er riet uns, deutlichere Grenzen zu setzen und sie für ihr Verhalten zur Verantwortung zu ziehen. Aber das führte nur dazu, dass sie uns umso stärker ablehnte. Dann kam die Pubertät, und die Situation eskalierte. Sie klaute, log, schwänzte die Schule und suchte sich eine Clique aus älteren Jugendlichen. Es dauerte nicht lange, und sie kam regelmäßig betrunken oder high nach Hause. Oft war sie die ganze Nacht lang weg, und wir hatten keine Ahnung, wo sie steckte. Dann bekam sie eine Anzeige wegen Ladendiebstahls, obwohl sie es gar nicht nötig hatte, etwas zu stehlen. Manchmal hatte ich das Gefühl, sie würde absichtlich genau das tun, was uns am meisten beunruhigte.«

Sara rieb ihr sanft den Arm. »Ist schon gut, Mum.«

»Alle meinten, das sei nur eine Phase. Dass sie in der Pubertät sei und ihre Grenzen austeste. Aber es ging immer so weiter. Zwischendrin dachten wir sogar darüber nach, von hier wegzuziehen, um sie dem schlechten Einfluss ihrer Clique zu entziehen. Aber das wäre Sara gegenüber unfair gewesen und außerdem kaum zu bewerkstelligen. Das Weingut ist ja nicht nur unser Zuhause, sondern auch unser Unternehmen, und keiner konnte uns garantieren, dass ein Umzug etwas bringen würde.« Offenbar weinte sie, ohne es zu merken, denn Sara drückte ihr ein Taschentuch in die Hand. Sie schnäuzte sich. »Natürlich haben Phillip und ich uns entsetzliche Vorwürfe gemacht. Wir waren sicher, dass wir irgendetwas falsch gemacht hatten.«

Sara seufzte. »Mum …«

»Aber die Wahrheit lautet: Wir bilden uns zwar ein, wir hätten einen starken Einfluss darauf, was aus unseren Kindern wird, doch womöglich stimmt das gar nicht. Und das ist schwer zu akzeptieren. Als Eltern gibt man sich selbst für so gut wie alles die Schuld.« Dorothy atmete tief durch. »Dann wurde sie schwanger und schien dadurch ruhiger zu werden. Wir wissen bis heute nicht, wer dein Vater ist, und haben sie auch nie gedrängt, es uns zu verraten. Wir waren einfach nur erleichtert, dass sie wieder mehr Zeit zu Hause verbrachte. Sie suchte sich einen Job hier im Dorfladen und arbeitete bis zu deiner Geburt dort. Einige Monate lang glaubten wir, es wäre ein echter Neuanfang.«

Imogen schluckte. »Aber es war keiner.«

»Als du drei Wochen alt warst, ist sie einfach verschwunden.« Für Dorothy war das bis heute unbegreifbar. »Sie meinte, sie habe jemanden kennengelernt und wolle nach London ziehen. Dass sie den Kontakt zu uns abbrechen werde.« Sie starrte auf ihre Hände. An den folgenden Teil der Geschichte hätte sie am liebsten niemals wieder einen Gedanken verschwendet. »Wir hatten einen grauenvollen Streit, und ich muss zugeben, dass ich ihr eine Menge fürchterlicher Dinge an den Kopf geworfen habe. Ich habe ihr vorgeworfen, ihr Verhalten sei verantwortungslos. Dass sie ein Kind habe und jetzt erwachsen werden müsse. Heute wünschte ich, ich wäre damals vorsichtiger mit ihr umgegangen. Dass ich das alles niemals gesagt hätte.«

»Aber gegangen wäre sie trotzdem«, warf Sara leise ein. »Am Ende hätte es keinen Unterschied gemacht. Und sie hat genauso schlimme Dinge gesagt wie du.«

Dorothy wechselte einen Blick mit Sara. Der Streit war ihnen beiden immer noch genau im Gedächtnis.

»Es war grauenvoll, aber das Leben musste weitergehen, denn du warst ja bei uns. Und bei allem Stress und Leid warst du ein echter Wonneproppen. Vom ersten Tag an ein kleiner Sonnenschein. Wir behandelten dich, als wärst du unser eigenes Kind. Aber dein Herz gehörte Sara. Als du anderthalb warst, versuchten wir, dich in einem eigenen Zimmer unterzubringen. Aber du wolltest unbedingt weiter im Bett mit Sara schlafen.«

»Das stimmt.« Sara wagte ein zurückhaltendes Lächeln. »Du bist mir damals nicht von der Seite gewichen.«

»Meistens hast du sogar an der Tür gewartet, bis Sara von der Schule nach Hause kam.« Dorothy blinzelte ihre Tränen weg. »Und so war es trotz allem eine glückliche Zeit. Wir kamen zur Ruhe, fanden in den gemeinsamen Alltag. Und dann, vier Jahre später, stand eine Woche vor Weihnachten unangekündigt Tina vor der Tür und meinte, sie wolle dich mitnehmen. Sie wohnte in London, hatte einen neuen Partner und einen Job. Sie nahm dich einfach auf den Arm, und du hast gebrüllt wie am Spieß.« Dorothy verstummte. Die Schreie schrillten bis heute in ihren Ohren, und ihre Panik war so gegenwärtig, als wäre es gestern gewesen. »Für dich war Tina eine Fremde. Du kanntest sie nicht und hast dich an Sara geklammert. Ich kann mich noch genau erinnern. Sie hatte an dem Tag einen Schal um, und du hättest sie fast damit erwürgt, weil du sie um keinen Preis loslassen wolltest. Wir versuchten, mit Tina zu reden. Sie zu überreden, dass sie zumindest eine Zeit lang wieder bei uns einzieht, damit du sie in Ruhe kennenlernen kannst. Aber sie meinte, sie hätte keine Lust, sich unsere ständigen Vorwürfe anzuhören. Ich beschwor sie, wir würden ihr nichts vorwerfen, sondern sie unterstützen wollen. Aber sie glaubte mir nicht. Sie klemmte dich einfach unter den Arm und schleppte dich zu ihrem Auto, ohne irgendetwas mitzunehmen. Keine Kleidung, kein Spielzeug – sie ließ alles zurück.«

»Nicht mal Hasi hatte sie dabei«, bemerkte Sara.

Imogen warf ihr einen verwirrten Blick zu. »Hasi?«

»Ein Stofftier, das ich dir zur Geburt geschenkt hatte. Du hast es jede Nacht mit ins Bett genommen. Nicht mal waschen durften wir es. Ich wusste, dass du ohne Hasi kein Auge zu bekommen würdest, also bin ich hinter dem Auto hergerannt, aber

Tina hat nicht angehalten. Ich konnte durch die geschlossenen Fenster deine Schreie hören. Es hat lange gedauert, bis ich sie verdrängen konnte.«

»Wir wären ihr wohl hinterhergefahren«, ergriff Dorothy wieder das Wort. Wenn sie die Geschichte jetzt nicht bis zum Ende erzählte, würde sie womöglich niemals wieder den Mut finden. »Ich weiß es nicht. Aber kurz nachdem sie gefahren war, erlitt Phillip einen schweren Schlaganfall.« Sie atmete tief durch. »Er hatte vorher schon Probleme mit dem Blutdruck, und der zusätzliche Stress war offenbar zu viel für ihn. Drei Tage später ist er im Krankenhaus gestorben. Danach war nichts mehr wie zuvor.«

»Es tut mir so leid.« In Imogens Augen schimmerten Tränen. »Gott, es tut mir so entsetzlich leid.«

»Was dann kam, erzähle ich in der Kurzfassung. Wir kontaktierten das Jugendamt und einen Anwalt. Wir wussten ja nicht einmal, wo Tina wohnte. Wohin sie dich gebracht hatte. Irgendwann fanden wir sie und schickten ihr einen Brief, in dem wir sie über den Tod ihres Vaters informierten. Aber sie antwortete nicht.« Und damit war für Dorothy der Tiefpunkt erreicht gewesen. Sie hatte das Gefühl gehabt, nicht mehr zu wissen, wer Tina war. Sie vielleicht niemals richtig gekannt zu haben. »Nicht einmal zur Beerdigung ist sie gekommen. Es war eine unglaublich schwere Zeit. Denn ich musste ja nicht nur Phillips Tod und dein Verschwinden verarbeiten, sondern gleichzeitig auch noch die Unternehmensführung übernehmen.«

»Ich weiß bis heute nicht, wie du das gemacht hast«, sagte Sara leise. »Du warst unglaublich.«

»Ich habe einfach getan, was getan werden musste«, erwiderte Dorothy. »Bin jeden Morgen aufgestanden und habe eine Aufgabe nach der nächsten in Angriff genommen. Ehrlich gesagt wusste ich selbst nicht, wie ich das alles bewältigen sollte. Es verstrichen mehrere Wochen, in denen wir uns gar nicht richtig auf Tina konzentrieren konnten. Aber das Jugendamt hatte ohnehin entschieden, dass du bei ihr bleiben solltest. Sie war deine Mutter, und man sah keine Gefährdung deines Wohlergehens.

Sie befand sich in einer stabilen Beziehung, wollte heiraten.« Sie versuchte, klar und deutlich zu sprechen. Sich nicht anhören zu lassen, dass sie die Verzweiflung und Panik noch ähnlich stark empfand wie damals. »Eine Zeit lang versuchten wir, weiter an deinem Leben teilzuhaben. Einmal kamen wir zu Besuch, aber du warst so verwirrt und durcheinander, dass Tina uns danach nicht mehr sehen wollte. Sie meinte, wir würden dich zu sehr aufwühlen. Du solltest lernen, dass dein wahres Zuhause bei ihr sei. Ehrlich gesagt glaube ich aber, dass du vor allem deswegen so durcheinander warst, weil du auf Tinas innere Anspannung reagiert hast.«

»Du warst noch so klein«, sagte Sara leise. »Und so verunsichert. Es war grauenhaft mit anzusehen.«

Dorothy drückte Sara die Hand. »Jedenfalls haben wir uns von da an ferngehalten. Aber nur, weil Tina es so wollte. Es ist uns unglaublich schwergefallen. Und ich habe mir schreckliche Vorwürfe gemacht. Wenn ich sie nicht so beschimpft hätte, als sie nach deiner Geburt von uns weggegangen ist, wäre es ihr vielleicht gelungen, uns nicht als ihren Feind, sondern als Verbündete zu betrachten.«

Sara schien etwas sagen zu wollen, schüttelte am Ende aber nur den Kopf.

»Danach ging ich zum Anwalt.« Nach kurzem Schweigen fuhr Dorothy fort: »Wusstest du, dass Großeltern nicht per se ein Anrecht darauf haben, ihre Enkelkinder zu sehen? Es gibt zwar durchaus Mittel und Wege, eine Besuchsregelung zu erwirken, aber mir war bewusst, dass dir der zusätzliche Konflikt nicht guttun würde. Also beschlossen wir, uns fernzuhalten. Tina versprach uns, dass sie dir unsere Briefe vorlesen würde, also schrieb ich dir jeden Monat, und an deinem fünften Geburtstag fuhren Sara und ich mit Geschenken und einem Kuchen nach London. Wir hofften, euch in Zukunft vielleicht regelmäßig solche Besuche abstatten zu können. Dass sich die Dinge im Lauf der Zeit zum Besseren gewendet hatten. Aber Tina war mit dir unterwegs. Ihr wart nicht da.«

»Ich habe dir auch geschrieben.« Sara warf Dorothy einen Blick zu, und sie nickte. »Aber die Briefe von mir hat Tina direkt an mich zurückgeschickt. An deinem siebten Geburtstag kamen wir unangekündigt vorbei, weil wir hofften, dich vielleicht sehen zu können. Du warst mit Tina und einem Mann, bei dem es sich vermutlich um ihren Ehemann handelte, auf dem Weg zum Spielplatz. Wir versuchten, mit dir zu reden, aber du hast uns nicht mehr erkannt, und Tina wollte, dass wir wieder gehen. Sie wollte sich eine eigene Familie aufbauen, ohne dass wir uns einmischten. Das war das Ende.«

»Wir schrieben dir zwar weiter, aber es kam nie eine Antwort«, fügte Sara hinzu.

»Wir hofften darauf, dass du dich von selbst melden würdest, wenn du eines Tages Kontakt zu uns aufnehmen wolltest. Aber wir haben nie von dir gehört. Was natürlich vollkommen in Ordnung ist«, fügte Dorothy hastig hinzu. »Du hast dich in einer schwierigen Situation befunden, das ist mir vollkommen bewusst. Und wir lernten, damit zu leben. Haben versucht, die Umstände zu akzeptieren, obwohl kein Tag verging, an dem ich nicht an dich gedacht und mich gefragt habe, wie es dir wohl geht. Hin und wieder überlegte ich, noch einmal zu versuchen, mich bei dir zu melden. Aber da du dich nie bei uns gemeldet hast, dachte ich, du möchtest nichts mit uns zu tun haben. Als ich dir dann plötzlich in dem Konferenzsaal gegenübersaß, traute ich meinen Augen kaum.«

Imogen hatte die ganze Zeit über reglos zugehört, doch nun schüttelte sie den Kopf. »Aber wie hätte ich mich denn bei euch melden sollen? Ich wusste doch gar nichts von euch. Und die Briefe habe ich nie zu Gesicht bekommen.« Ihre Stimme klang gepresst. »Es gab keine Briefe. Wenn ich meine Mutter gefragt habe, warum wir keine Verwandten haben, sagte sie nur, dass ihr sie vor die Tür gesetzt habt. Dass ihr nichts mit uns zu tun haben wolltet.«

Imogens Worte trafen Dorothy so hart, dass es ihr für einen Augenblick die Sprache raubte.

Zwar hatte Imogen all das bereits vorhin in der Küche angedeutet, aber trotzdem fiel es Dorothy schwer, ruhig zu bleiben. Doch es ging jetzt nicht um sie. Sondern um Imogen. »Ich habe dir sogar Geld geschickt …«

»Das muss sie behalten haben.« Imogen wirkte beschämt. »Es tut mir so leid.«

Allerdings schien Tinas Verhalten sie nicht zu überraschen. Insgesamt wirkte sie eher resigniert als schockiert. Müde, und älter, als sie war.

»Aber das ist doch nicht deine Schuld. Du kannst für das alles doch nichts«, versicherte Dorothy ihr hastig. »Und das Geld spielte auch gar keine Rolle. Das einzig Wichtige warst du. Es ist furchtbar, dass du dachtest, wir hätten dich nicht haben wollen.«

»Das ist die Geschichte, die sie mir erzählt hat.« Imogen hatte die Finger tief in Ralphs Fell vergraben. »Ich dachte, ich hätte außer ihr keine Familie mehr.«

Ihre Worte brachen Dorothy fast das Herz. »O doch, Imogen, die hast du. Sogar eine Familie, die dich sehr liebt und sich von Herzen wünscht, die Möglichkeit zu erhalten, dich besser kennenzulernen. Aber die Entscheidung liegt selbstverständlich bei dir.« Ihre Kehle war so zugeschnürt, dass sie kaum ein Wort herausbrachte. Doch sie versuchte, die Fassung zu bewahren, um es Imogen nicht noch schwerer zu machen. »Die Vergangenheit können wir nicht ändern, aber wir können versuchen, die Zukunft zu formen. Mit Sicherheit hast du viele Fragen und willst in Ruhe über all das nachdenken, was du gerade erfahren hast. Vielleicht gibt es auch Punkte, die du nicht glaub…«

»Ich glaube euch jedes Wort. Und ja, ich habe Tausende Fragen. Aber keine davon ist jetzt gerade wichtig.« Imogen wirkte erschöpft, und Ralph hob den Kopf und fuhr ihr mit der Zunge über die Hand.

»Den hier würde ich dir gerne wiedergeben.« Sara kramte in ihrer Tasche herum und holte einen abgeliebten Stoffhasen heraus. »Der gehört dir.«

Dorothy musterte den Hasen, den sie früher so oft gesehen hatte, verblüfft. »Wo hast du den denn her?«

»Von zu Hause. Ich habe Patrick gebeten, ihn mir mitzubringen, als er die Mädchen abgeholt hat. Ich dachte, ich … Keine Ahnung.« Sara zuckte hilflos mit den Schultern. »Er gehört Imogen.«

Dorothy verbarg ihre Überraschung. Sie hatte keine Ahnung gehabt, dass Sara den Hasen noch immer besaß. Sie wusste, wie bemüht ihre Tochter gewesen war, sämtliche Erinnerungen an jene Zeit auszublenden. Und trotzdem hatte sie das kleine Stofftier all die Jahre über verwahrt. *Als Erinnerung an Imogen.*

Imogen betrachtete reglos, aber mit einem merkwürdigen Ausdruck in den Augen, das Stofftier in Saras Schoß. Als Sara es ihr reichte, beugte sie sich vor und nahm Hasi an sich.

»Ich erinnere mich an ihn«, flüsterte sie schließlich. »Ich dachte, ich hätte keinerlei Erinnerungen mehr an die Zeit, von der ihr mir gerade erzählt habt. Aber den Hasen kenne ich.«

Ein leiser Funke Hoffnung glomm in Dorothy auf.

»Du hast Hasi geliebt«, erzählte Sara leise. »Ich wollte unbedingt, dass Tina ihn mitnimmt, weil ich wusste, wie schlecht es dir ohne ihn gehen würde. Aber sie meinte, sie würde dir einen neuen kaufen.«

»Ich glaube nicht, dass sie das je getan hat. Jedenfalls kann ich mich nicht daran erinnern. Aber an den hier, an den erinnere ich mich.« Imogen hob den Blick von dem Stofftier und sah zwischen Dorothy und Sara hin und her. »Dürfte ich ihn vielleicht vorübergehend behalten?«

»Für immer! Er gehört doch dir.« Sara versagte die Stimme. »Ich habe nur für dich auf ihn aufgepasst.«

Imogen stopfte den Hasen unter ihre Oberschenkel. »Nicht, dass Ralph ihn auffrisst.«

»Das wäre auch in meinem Interesse«, merkte Miles an. »Weil ich nämlich derjenige bin, der die anschließende Magen-OP durchführen müsste.«

Imogen musste lächeln, was er mit seinem trockenen Kommentar eindeutig beabsichtigt hatte. Dann sah sie Dorothy an. »Danke, dass du so ehrlich warst. Es muss schwer gewesen sein, darüber zu sprechen. Und ich muss mich ebenfalls entschuldigen. Ich habe mich vorhin sehr unhöflich verhalten, und das tut mir leid.«

»Du brauchst dich nicht zu entschuldigen. Du hattest ja keine Ahnung, und dafür bin ich ganz klar mitverantwortlich.«

Sara seufzte. »Mum …«

»Ich weiß doch.« Dorothy hob beschwichtigend die Hand. »Keine Sorge, ich werde nicht in Selbstvorwürfen versinken.« Doch das war leicht gesagt. Insgeheim machte sie sich sehr wohl Vorwürfe. Aber das brauchte Sara ja nicht zu wissen. »Wir werden uns mit der Vergangenheit abfinden müssen. Aber ich hoffe sehr, dass du noch eine Weile bei uns bleibst, Imogen. Holly Cottage ist ein guter Ort, um zur Ruhe zu finden. Es hat mir sehr geholfen, und ich hoffe, es hilft vielleicht auch dir.«

Imogen schloss unwillkürlich die Finger um Ralphs Halsband. »Das ist wirklich lieb von dir …«

Sie hat panische Angst, dachte Dorothy. *Das alles muss ihr gerade viel zu viel sein.*

»Ava und Iris würden sich jedenfalls sehr freuen, mehr Zeit mit dir zu verbringen«, bemerkte Sara zögerlich. »Immerhin seid ihr Cousinen.«

»Cousinen …«, flüsterte Imogen, als hätte sie das Wort noch nie gehört. »Ja, das sind wir.«

Eine tiefe Erleichterung überkam Dorothy. Sie hatte Angst gehabt, dass Sara mauern würde, um sich zu schützen, so wie sie es in der Vergangenheit stets getan hatte. Doch stattdessen reichte sie Imogen – wenn auch vorsichtig – die Hand. Was bedeutete, dass sie an die Zukunft dachte und nicht an die Vergangenheit.

»Und Patrick musst du auch unbedingt kennenlernen«, sagte Dorothy.

Sara nickte. »Ja, wir wohnen mit dem Auto keine fünf Minuten von hier.«

Dorothy war bewusst, wie überwältigend die Situation für Imogen sein musste. Gerade hatte sie noch in der Annahme gelebt, bis auf ihre Mutter keine Familie zu haben, und nun wollten sie auf einmal alle kennenlernen und Zeit mit ihr verbringen.

»Falls du bleiben solltest, wärst du natürlich vollkommen unabhängig von uns und könntest kommen und gehen, wie du möchtest. Auch wenn mir die Vorstellung, dass du an Weihnachten allein hier im Cottage sitzt, ganz und gar nicht gefällt. Ich weiß, du hast gerade viel zu verdauen. Aber ich bin immer nur eine Auffahrt weit entfernt.« Auf einmal hatte sie eine Idee. »Und natürlich darfst du Ralph zu dir ins Cottage holen, wann immer du möchtest. Ich bin mir sicher, dass Miles deine Hilfe gut gebrauchen kann, wenn er auf seinen Einsätzen unterwegs ist. Stimmt's, Miles?«

Miles schien sofort begriffen zu haben. »O ja, das wäre mir wirklich eine riesige Hilfe«, versicherte er sofort. »Aber natürlich nur, wenn Ralph dir nicht lästig ist. Es wäre auch nur vorübergehend, bis ich mich wieder daran gewöhnt habe, einen Hund in meinen Alltag integrieren zu müssen.«

Imogen sah zwischen Miles und Dorothy hin und her.

»Ihr meint, ich könnte Ralph hier bei mir behalten?«

»Jedenfalls scheint er Gefallen an dir gefunden zu haben.« Dorothy musste lächeln, weil das ganz offensichtlich die Untertreibung des Jahrhunderts war. »Ich kann mir vorstellen, dass er sich bei all den Veränderungen, die das Leben in letzter Zeit für ihn bereitgehalten hat, ein wenig verloren fühlt.« *Genauso wie du.* »Es würde ihm sicher guttun, wenn du viel Zeit mit ihm verbringst. Gesetzt den Fall natürlich, dass Miles nichts dagegen hat.«

Dorothy ahnte, wie viel Trost ein Hund Imogen spenden würde. Wie heilsam seine bedingungslose Liebe und Zuneigung für sie sein würde. Sie kannte das aus eigener Erfahrung, da sie aus Respekt vor Saras Wunsch, nicht über die Vergangenheit zu sprechen, häufig einfach mit Bailey redete, wenn sie das Bedürfnis überkam.

Imogen schlang Ralph die Arme um den Hals. »Ich fände es toll, wenn er ab und zu hier bei mir wäre. Und du hast wirklich kein Problem damit, Miles?«

»Im Gegenteil, es wäre mir sogar eine große Hilfe.«

Dorothy hätte Miles umarmen können. »Dann wäre das wohl geklärt.«

Doch so ganz überzeugt wirkte Imogen noch immer nicht. »Aber er ist ganz schön lebhaft. Und dein Cottage ist so schön ...«

Dorothy winkte ab. »Wir hatten hier schon viele Gäste mit Hunden.« Wenn es sein musste, war sie gern bereit, das gesamte Haus noch einmal zu renovieren. Von allen Sorgen war das ihre geringste. Solange Ralph Imogen nur Halt gab, war er sogar willkommen, wenn er das Cottage in seine Einzelteile zerlegte. »Nachdem Sara ausgezogen ist, um aufs College zu gehen, habe ich eine Zeit lang hier gewohnt. Damals habe ich mich im Haupthaus ziemlich verloren gefühlt und dachte, ein Ortswechsel würde mir guttun. Ich hoffe, du findest hier genauso viel Frieden wie ich damals.«

»Dann danke ich dir.« Imogen wandte sich an Miles. »Aber glaubst du nicht, dass es Ralph durcheinanderbringen könnte, wenn er häufiger hier bei mir ist?«

»Das bezweifle ich. Für ihn zählen die Menschen um ihn herum genauso wie der Ort, an dem er sich befindet. Und er ist Feuer und Flamme für dich. Ich würde sagen, wenn ich arbeiten muss, bringe ich ihn bei dir vorbei, und ansonsten bleibt er bei mir. Eigentlich eine ideale Lösung.« Er kraulte Ralph zwischen den Ohren, und Dorothy entging nicht, wie seine Finger dabei Imogens streiften.

Ihr kam ein Gedanke, den sie aber auf der Stelle verdrängte. Nein, sie würde sich nicht einmischen. Im Moment war sie einfach nur dankbar, dass Miles ihr geholfen hatte, dieses Gespräch für sie alle etwas leichter zu machen.

Imogen streichelte Ralph. »Ehrlich gesagt weiß ich nicht sonderlich viel darüber, wie man mit Hunden umgeht.«

»Ich dafür eine ganze Menge«, entgegnete Miles. »Wir werden ein tolles Team. Er mag dich und fühlt sich bei dir sicher, und das ist das Wichtigste. Wenn du möchtest, fahre ich gleich noch einmal kurz nach Hause und bringe dir ein paar Sachen für ihn vorbei.«

»Er könnte Baileys Ersatzkörbchen benutzen«, schlug Dorothy vor und stand auf. »Oben im Haupthaus haben wir noch mehr Sachen, mit denen er sich beschäftigen könnte. Die kannst du gerne haben, Imogen. Und kann es sein, dass du gar nichts zu Mittag gegessen hast? Im Kühlschrank findest du Hähnchen mit frisch gebackenem Brot als Beilage und Schokoladenkuchen.«

Dann fiel ihr wieder ein, dass Sara vermutlich noch zu Patrick und den Mädchen auf das Dorffest wollte. Aber zu ihrer Überraschung machte Sara keinerlei Anstalten, bald aufbrechen zu wollen.

Stattdessen sah sie sich gründlich im Wohnzimmer um.

»Wir müssen das Cottage noch schmücken«, sagte sie. »Angefangen mit einem Weihnachtsbaum. Hast du eine Lieblingssorte?«

»Eine Lieblings…ähm…weihnachtsbaumsorte?« Imogen wirkte leicht überfordert. »Ich … äh … nein. Ehrlich gesagt hatte ich noch nie einen echten Baum. Weihnachten war mir nie so wichtig. Eigentlich ist das für mich sogar eine eher schwierige Zeit. Letztes Jahr habe ich aber zumindest eine Lichterkette in meiner Zimmerpflanze aufgehängt. Die Pflanze ist nicht echt, deswegen hat ihr das nichts ausgemacht. Und ich habe mir eine Truthahnpizza gegönnt, die allerdings ein bisschen eklig war.«

Eine Lichterkette in meiner Zimmerpflanze.

Eine Truthahnpizza.

Ihre Worte versetzten Dorothy einen Stich ins Herz. »Du feierst Weihnachten gar nicht mit deiner Mutter?«

»Mit Tina? Nein. Seit ich ausgezogen bin, um aufs College zu gehen, nicht mehr. Wir sind uns nicht sonderlich …« Imogen brach ab, dann fuhr sie fort: »Familienfeiern sind nicht so unser Ding.«

Dorothy musste an die vielen Familienfeiern denken, bei denen Tina sich geweigert hatte, aus ihrem Zimmer zu kommen und sich zu ihnen zu gesellen.

Sie versuchte, nicht darüber nachzudenken, wie viele Weihnachtsfeste Imogen mutterseelenallein verbracht haben musste.

»Wir dagegen sind absolute Weihnachtsfans, und ich würde sagen, es ist dringend an der Zeit, dass du lernst, wie man es mit allem Drum und Dran feiert.« Um die Stimmung nicht zu verderben, ließ sie aus, wie hart sie dafür hatte arbeiten müssen, nach jenem schrecklichen Weihnachtsfest vor vielen Jahren wieder Freude an den Feiertagen zu haben. »Ich kenne da zufällig ein paar Expertinnen im Baum-Aussuchen. Sara? Hatte Ava nicht sowieso vorgeschlagen, dass Imogen euch morgen begleiten könnte?«

Einen Moment lang befürchtete sie, mit dieser Einladung zu weit gegangen zu sein, aber Sara lächelte.

»Hat sie. Und, was meinst du, Imogen? Hättest du Lust, bei unserer chaotischen Baumjagd dabei zu sein? Meistens meckert Patrick die ganze Zeit, dass ihm der Baum zu groß ist, bis die Mädchen so lange betteln, dass er trotzdem nachgibt. Und am Ende haben wir wie jedes Jahr einen Baum, auf den der Stern kaum passt. Wir fahren dafür auf einen Bauernhof mit einer eigenen Baumplantage. Es gibt heiße Schokolade, und es ist alles sehr festlich.« Sara verstummte. Auf einmal wirkte sie unsicher. »Aber ich will dir natürlich keinen Druck machen. Wenn dir das alles zu viel ist und du nach heute lieber einen ruhigen Tag einlegen würdest, kann ich das absolut verstehen.«

»Nein, nein, ich würde sogar sehr gern mitkommen«, versicherte Imogen ihr hastig. »Ich will nur Ralph nicht im Stich lassen.«

»Dann bring ihn doch einfach mit! Die Mädchen würden sich sehr freuen, wenn er mitkommt. Und Miles?« Sara wandte sich an ihn. »Wenn du morgen nichts vorhast, könntest du doch auch einfach mitkommen.«

»Zufällig habe ich tatsächlich einmal im Leben frei, und ich wäre sogar sehr gern dabei. Ich könnte Imogen im Anschluss helfen, den Baum zum Cottage zu transportieren. Du und Patrick, ihr werdet mit eurem eigenen Baum und den Mädchen ja sicherlich schon den ganzen Wagen voll haben.«

»Und danach kommt ihr allesamt zum Abendessen zu mir.« Insgeheim schmiedete Dorothy bereits Pläne. Sie würde alles ganz festlich gestalten. Und später, wenn sich Imogen etwas an sie alle gewöhnt hätte, würde sie sie fragen, ob sie vielleicht auch Weihnachten mit ihnen feiern wollte. Sie wollte all die Weihnachtsfeste wiedergutmachen, die Imogen verpasst hatte. Keine Kunstpflanzen mehr, und auch keine Truthahnpizza.

Ihre Laune besserte sich schlagartig.

Noch vor wenigen Stunden hätte sie ein Ergebnis wie dieses niemals für möglich gehalten. Und doch empfand sie nun eine fast schon übertriebene Hoffnung. Denn es ging nicht mehr um die Vergangenheit. Sondern um die Zukunft.

Natürlich gab es noch viel zu bereden. So viel in Erfahrung zu bringen, so viel aus der Welt zu schaffen. Und sie hatte nicht vor, so zu tun, als wäre irgendetwas davon einfach. Sie kannten einander doch kaum. Aber Imogen wollte bleiben und morgen gemeinsam mit Sara auf Weihnachtsbaumjagd gehen, und das war ein gutes Zeichen. Es bedeutete, dass sie eine Chance hatten. Dass die Dinge ins Rollen gerieten.

Und gab es eine schönere Zeit im Jahr, um die Familie wiederzuvereinen, als Weihnachten?

17. KAPITEL

SARA

Der Schnee hatte das ganze Dorf verwandelt. Er bedeckte Dächer und Kopfsteinpflaster und ließ alles weich und rund erscheinen. Die Welt schien trotz der klirrenden Kälte voller Magie. Die Lichterketten, die über der Straße aufgehängt waren, leuchteten fröhlich, und die festlich dekorierten Ladenfenster ließen den Passanten praktisch keine andere Wahl, als einzutreten.

Sara drückte die Tür des Gemeindesaals auf und stampfte sich den Schnee von den Stiefeln, ehe sie eintrat.

Das laute Stimmengewirr verriet ihr, dass sie vermutlich zu den letzten Ankömmlingen zählte. Hinter ihren Schläfen pochte es leise, denn der Tag war unendlich anstrengend gewesen. Doch gleichzeitig empfand sie eine tiefe innere Ruhe, die ihr lange abgegangen war. Sie hatte solche Angst gehabt, dass eine Begegnung mit Imogen sie alle in die Vergangenheit zurückkatapultieren würde. Doch in Wahrheit fühlte es sich an, als hätten sie einen Schritt nach vorn gemacht.

Einen Schritt, der dringend nötig gewesen war.

»Sara!« Eine der Ärztinnen aus der Dorfpraxis kam auf sie zugelaufen. Sie trug ein Geweih, das ihr ständig über die Augen rutschte. »Wie geht's dir?«

»Gut, danke. Und dir, Nadia?« Sara umarmte sie, dann rückte sie ihr das Geweih zurecht. »Dir wächst da was aus der Stirn. Vielleicht solltest du besser mal zum Arzt gehen.«

»Schon versucht, aber leider bekomme ich keinen Termin.« Nadia zwinkerte ihr zu. »Die Ärzte hier in der Gegend sind absolut schrecklich. Wusstest du das noch gar nicht?«

»Das ist mir tatsächlich neu.« Die Hausarztpraxis hier im Dorf hatte einen hervorragenden Ruf, und Sara wusste, wie glücklich sie sich diesbezüglich schätzen konnten. »Das Geweih steht dir.«

»Das Ding dient meinem Schutz.« Nadia schob es sich wieder aus der Stirn. »Solange ich lächerlich aussehe, kommen die Leute nicht auf die Idee, mir zwischen Tür und Angel ihre gesundheitlichen Probleme schildern zu wollen. Übrigens wollte ich dir schon ewig sagen, wie toll wir die gemischte Weinkiste fanden, die wir im Sommer von Patrick und dir bekommen haben. Der Rotwein war ein Gedicht.«

»Wenn wir nachliefern sollen, sag uns einfach Bescheid.«

»Das werde ich. Und …« Nadia verstummte und spähte panisch über Saras Schulter. »O nein, schnell weg, sonst werde ich gleich in ein Gespräch über Leichenteile verwickelt, obwohl das hier ein Fest für Kinder ist. Wir sehen uns später. Schön, dass du auch gekommen bist, Sara. Du siehst übrigens toll aus, schicker Mantel!« Und damit war sie weg.

Sara sah ihr lächelnd nach.

Das hier war ihr Leben.

Es war ihr wichtig, hier zu wohnen, wo sie jeden kannte. Nach den Schicksalsschlägen in ihrer Kindheit und Jugend war es die Dorfgemeinschaft gewesen, die Sara und ihre Mutter aufgefangen und ihnen Schutz geboten hatte. Hier fühlte sie sich zugehörig. Dieser Ort und seine Menschen waren ihre Familie. Sie hatte keine Geheimnisse vor ihnen, und die Akzeptanz und Großzügigkeit, die sie ihr am Tiefpunkt ihres Lebens entgegengebracht hatten, waren sehr wichtig dafür gewesen, dass die Wunden heilen konnten, die das Verhalten ihrer Schwester bei ihr hinterlassen hatte.

»Hey, Sara.« Paul gesellte sich zu ihr. »Ehe Patrick bemerkt, dass du hier bist, und dir nicht mehr von der Seite weicht, wollte ich noch schnell Bescheid geben, dass ich das Buch auftreiben konnte.«

»Welches Buch?« In Gedanken war sie noch so bei Imogen, dass sie im ersten Moment keine Ahnung hatte, wovon er redete.

»Na, das über Vulkane.«

»Ach so, klar, das Vulkanbuch. Dann hast du es also gefunden?«

»Und eingepackt ist es auch schon. Jetzt muss Shona nur noch den richtigen Namen auf das Etikett schreiben. Seid Patrick und du bei unserem Treffen nach Weihnachten noch dabei?«

Das würde sie sich auf keinen Fall entgehen lassen, nun, wo es ihnen endlich gelungen war, ein Datum zu finden, an dem sie alle konnten. »Auf jeden Fall! Meine Mutter hat angeboten, sich um die Kinder zu kümmern.«

»Schön, ihr seid nämlich für die Drinks verantwortlich.« Er beugte sich vor und drückte ihr ein Küsschen auf die Wange. »Pass gut auf dich auf, Süße. Ich muss los. Rick steht gerade alleine im Laden, und du kannst dir denken, wie es dort so kurz vor Weihnachten zugeht. Bestimmt ist er schon total gestresst. Ich hoffe, die Mädchen genießen die Feier.« Als er gegangen war, hatte Sara endlich Gelegenheit, sich richtig umzusehen. Es waren keine Mühen gescheut worden, um den Gemeindesaal festlich zu dekorieren. In einer Ecke funkelte ein riesiger Baum, und an den normalerweise nackten weißen Wänden hingen Vorhänge aus winzigen Sternen.

Überall standen Leute in Grüppchen zusammen. Die meisten Eltern, die ihre Kinder ablieferten, nahmen sich noch etwas Zeit für einen Plausch. Sara entdeckte erst Ava und Iris, dann auch Patrick in der Menge, der sich mit Mrs. Parsons unterhielt, der Betreiberin des lokalen Reitstalls. Sie war zackig und geradeaus und hatte schon unterrichtet, als Sara noch ein Kind gewesen war.

Und Sara fand sie noch genauso Angst einflößend wie als Kind. Sie mochte inzwischen selbst eine erwachsene Frau mit einer eigenen Familie sein, aber Mrs. Parsons würde für sie für immer »Mrs. Parsons« bleiben.

Patrick entschuldigte sich und kam zu ihr herüber.

»Edna sagt, Iris sei die geborene Reiterin. Aus ihrem Mund ist das ein großes Lob. Sie meint, wir sollten uns überlegen, ihr ein Pony zu kaufen.«

»Edna? Warum nennst du sie so?«

»Weil sie nun mal so heißt? Und weil sie mir gerade das Du angeboten hat. Ich konnte ja schlecht antworten, dass du panische Angst vor ihr hast und ich sie deswegen lieber weiterhin Mrs. Parsons nennen würde.«

Sara verdrehte die Augen. »Wir kaufen Iris auf keinen Fall ein Pony. Thelma ist absolut ausreichend.«

»Wunderbar, das darfst du Edna gern selbst mitteilen.« Als Patrick ihren Gesichtsausdruck sah, musste er grinsen. »Das war nur ein Witz. Ich habe es ihr längst gesagt.«

Sie klimperte mit den Wimpern. »Was habe ich nur für ein Glück, dass du so groß und stark bist.«

»Was soll ich sagen? Edna und ich sind jetzt beste Freunde. Unter ihrer grimmigen Schale ist sie ein Lämmchen. Wobei es vermutlich ganz hilfreich war, dass ich sie mit Wein bestochen habe.« Er zog sie beiseite, dann fuhr er ernst fort: »Ich habe mir Sorgen um dich gemacht. Wie ist es gelaufen?«

Wo sollte sie nur anfangen? »Es war … interessant.«

»Aber nicht grauenhaft?« Er musterte sie prüfend, und einen Moment lang drohte ihr das Herz vor Liebe zu platzen.

»Doch, es gab schlimme Momente. Aber sie hat uns angehört. Und sie ist noch nicht abgereist, das werte ich als gutes Zeichen.« Jedenfalls war es mehr, als sie je zu hoffen gewagt hätte, als Imogen kurz vor dem Mittagessen aus dem Haus gestürmt war. Sie hörte ein Kreischen und sah, wie Ava ihre Schwester und ihre Freundinnen durch den Saal jagte. Den Kindern war langweilig, weil die Feier immer noch nicht angefangen hatte. »Wie viel Zucker hatten sie?«

»Genug, dass sie bis Weihnachten hyperaktiv bleiben. Sei nicht zu streng mit ihnen.« Er schlang ihr den Arm um die Taille, ohne sich darum zu kümmern, dass sie sich in der Öffentlichkeit befanden. »So was passiert nun mal, wenn du mich mit den Kindern allein lässt. Du bist die Strenge, ich bin der Spaßpapa, der zu allem Ja sagt.«

Sie musste lächeln, auch wenn sie wusste, dass das so nicht stimmte. »Keine Angst, ich habe nicht vor zu schimpfen. Dafür bin ich viel zu dankbar, dass du vorhin so schnell zur Rettung geeilt bist. Hi, Ellen«, begrüßte sie die Mutter einer Mitschülerin von Iris, die ebenfalls ihre Kinder vorbeibrachte. »Wie geht's dir?«

»Danke, bestens. Hi, Patrick!« Ellens Blick ruhte einen Sekundenbruchteil länger auf Patrick, als die Höflichkeit gebot, dann ging sie lächelnd und mit einer vagen Einladung, dass sie »irgendwann mal« einen Kaffee trinken sollten, weiter.

Sie wussten beide, dass es diesen Kaffee nie geben würde. Das war reiner Small Talk, doch das kümmerte Sara nicht. Sie fand es schön, hier zu leben. Zu wissen, dass sie auf der Hauptstraße mindestens sechs Leuten über den Weg laufen würde, die sie kannte.

Sie hakte sich bei Patrick unter. »Warum schaut sie dich eigentlich immer so an, als würde sie am liebsten mit dir in einer dunklen Ecke verschwinden?«

»Weil sie weiß, dass ich nicht zu haben bin ...«, er senkte den Kopf, um ihr einen flüchtigen Kuss auf die Lippen zu drücken, »... und das macht mich zur Herausforderung.«

Sara hatte zwar den Eindruck, dass mehr dahintersteckte, ließ das Thema aber auf sich beruhen. »Pech für sie, dass ich nicht vorhabe, dich jemals wieder gehen zu lassen.«

»Du meinst, weil ich dein einziger Schutz vor Edna bin?«

»Natürlich. Was könnte ich sonst für Gründe haben?«

»Wie es aussieht, muss ich mich wohl ein bisschen mehr ins Zeug legen.« Sein Tonfall war zwar unbekümmert, aber er musterte sie fragend. »Erzählst du mir noch genauer, wie es heute gelaufen ist?«

»Ja, aber nicht hier. Zu viele neugierige Ohren.«

Er warf einen Blick auf seine Uhr. »Die Feier fängt in zehn Minuten an. Dann haben wir zwei ganze Stunden für uns. Ich dachte, wir lassen es richtig krachen und gehen auf eine Kanne Tee und eine Portion Zimtplätzchen ins Bakehouse.«

»Gute Idee.« Auch nach all den Jahren noch freute sie sich jedes Mal wieder, wenn sie die Möglichkeit hatte, etwas Zeit mit ihm allein zu verbringen. »Und anschließend würde ich gern noch ein paar Sachen für Avas Strumpf besorgen. Warte, ich sage den Mädchen eben Bescheid, dass wir jetzt gehen.«

Am Ende dauerte es noch fünf Minuten, bis sie die Gemeindehalle auch wirklich verlassen hatten und sich draußen auf der Hauptstraße wiederfanden.

Kalte Luft schnitt in ihre Haut, und Sara knöpfte sich schaudernd den Mantel zu. »Himmel, ist das kalt.«

»Ja, und ich würde sagen, der nächste Schneefall ist im Anmarsch.« Er nahm seinen Schal ab und schlang ihn ihr um den Hals. »Und jetzt erzähl mal: Wo war Imogen eigentlich, nachdem sie heute Mittag abgehauen ist?«

»Das weiß ich auch nicht so genau, aber am Ende ist sie irgendwie bei Miles und Ralph gelandet.«

»Ralph? Wer ist denn Ralph?« Patrick runzelte die Stirn. »Oh! Du meinst Jims Hund?«

»Ja, seine Schwester ist der Aufgabe nicht mehr gewachsen, deswegen nimmt Miles ihn zu sich. Und aus irgendeinem Grund scheint auch Imogen bei ihm gelandet zu sein.«

Sie schlenderten die Hauptstraße entlang, auf der es von Familien und Leuten, die ihre Weihnachtseinkäufe erledigten, nur so wimmelte.

»Vermutlich hat er sie aufgesammelt, als sie allein durch den Schnee gelaufen ist.«

»Davon gehe ich aus. Wobei sich mir nicht ganz erschließt, warum Imogen einfach zu einem fremden Mann ins Auto steigen sollte.« Die Vorstellung missfiel Sara fast noch mehr als die Vorstellung, wie Imogen allein und aufgewühlt durch den Schnee stapfte.

»Wenn sie bei Tina groß geworden ist, musste sie vermutlich zwangsläufig lernen, auf sich aufzupassen.«

»Kann man so sagen. Sie ist ziemlich taff.« Sara musste daran denken, wie entschlossen Imogen ihnen die Stirn geboten hatte. »Jedenfalls bin ich froh, dass sie bei Miles gelandet ist, wie auch immer es dazu gekommen sein mag. Und mit Ralph scheint sie sich auch prächtig zu verstehen.«

»Dann glaubst du also nicht, dass sie nach London zurückfährt?«

»Nein, wir haben lange geredet. Mum hat ihr alles erzählt. Sie hatte nicht die leiseste Ahnung, Patrick. Tina hat ihr so viele Lügen erzählt.« Sie blieb stehen. »Weißt du, sie hatte keine Ahnung mehr, wer ich bin. Wie sehr ich sie geliebt habe und dass wir während ihrer ersten vier Lebensjahre so gut wie unzertrennlich waren.«

Patrick drückte sie fest an sich. »Aber dafür kann sie dich jetzt wieder kennenlernen.« Er lehnte sich leicht nach hinten, um die Hände an ihre Wangen legen zu können. »Du bist ziemlich durcheinander, was? Vielleicht ist ein Café gerade nicht der beste Ort für dich. Hättest du lieber deine Ruhe? Wir könnten uns ins Auto setzen oder uns einen Kaffee holen und ihn unten am Fluss trinken.«

Der Fluss wand sich mitten durchs Dorf und war während der Sommermonate ein beliebter Ort für Spaziergänge.

»So durcheinander bin ich eigentlich gar nicht mehr. Höchstens ein bisschen emotional. Ich möchte gern ins Café.« Sie brauchte die Wärme, die vertrauten Dorfgeräusche. Vor allem aber brauchte sie Patrick. »Vielleicht haben wir ja Glück und erwischen einen Tisch in einer ruhigen Ecke.«

Sie hatten tatsächlich Glück und ergatterten den besten Tisch im ganzen Café, der ganz allein in der Fensternische mit Blick auf die Hauptstraße stand. Draußen war alles von einer dünnen frischen Schneeschicht bedeckt, und einen Moment lang fühlte sie sich zurückversetzt in ihre Kindheit, als sie häufig mit ihrer Mutter hier im Café gesessen hatte. Sie hatte die gemeinsame Zeit jedes Mal so sehr genossen. Für sie waren das Ruheinseln in all dem Drama gewesen, das ihre Schwester um sich herum erzeugt hatte.

Sara legte den Mantel ab und setzte sich ans Fenster, während Patrick zum Tresen ging, um zu bestellen.

Kurz darauf kam er mit zwei großen Bechern Tee und einem beeindruckenden Stück Kuchen zurück. Nachdem er seine

Beute abgestellt hatte, setzte er sich Sara so gegenüber, dass sie hinter seinen breiten Schultern vom Rest des Cafés aus praktisch nicht zu sehen war.

»Wahrscheinlich ist es gar nicht so überraschend, dass Imogen sich nicht an dich erinnern konnte. Schließlich war sie erst vier, als Tina sie mitgenommen hat.«

»Da hast du recht.« Sara legte die Hände um ihren Becher. »Witzigerweise konnte sie sich an Hasi allerdings erinnern.«

Patrick lächelte. »Ich hatte schon Angst, er würde auseinanderfallen, als ich ihn hinten aus der Schublade gezogen habe. Das Ding hat ja schon Antiquitätenstatus. Was für eine gute Idee von dir, ihn Imogen zu geben. Und wie geht es deiner Mutter gerade? Für sie muss der Tag ja auch recht heftig gewesen sein.«

»Es war nicht einfach.« Sara starrte in ihren Becher. »Du weißt ja, dass ich von Anfang an wegen ihres Kontakts zu Imogen ein mulmiges Gefühl hatte. Aber erst als sie die ganze Geschichte noch einmal erzählt hat, ist mir klar geworden, wie verfahren die Situation war. Wann hätte sie Imogen die Wahrheit sagen sollen? Manchmal ist das Leben nun mal kompliziert und es gibt keine ideale Lösung. Aber jetzt weiß Imogen Bescheid, und auch wenn der Tag grauenvoll und unendlich anstrengend war, bin ich erleichtert, und ich glaube, Mum geht es genauso. Endlich ist Schluss mit der Geheimniskrämerei.«

»Du wirkst erschöpft. Du solltest unbedingt etwas essen.« Patrick schob ihr den Kuchen hin. »Für Imogen war das alles sicher auch nicht leicht. Immerhin hat sie erfahren, dass sie all die Jahre lang von ihrer Mutter belogen wurde! Wie hat sie reagiert? Hat sie euch geglaubt?«

»Ja.« Sara trank einen Schluck Tee. »Ich hatte damit gerechnet, dass sie Tina und ihre Version der Ereignisse verteidigen würde, aber das hat sie nicht. Während wir erzählten, bekam sie einen ganz merkwürdigen Gesichtsausdruck. Fast, als würde es sie nicht weiter überraschen, dass ihre Mutter sie belogen hat.«

»Hat es ja vielleicht auch nicht. Aber sie muss trotzdem sehr durcheinander gewesen sein.«

»Am Anfang, als sie aus dem Haus gestürmt ist, war sie wahnsinnig aufgebracht. Aber das alles war für sie ja auch ein gewaltiger Schock. Sie hat Tina auf den Fotos in der Toilette erkannt. Nicht unbedingt die angenehmste Art, die Wahrheit zu erfahren! Was für ein Glück, dass sie am Ende bei Miles und Ralph gelandet ist.« Bei dem Gedanken musste sie lächeln. »Du hättest die beiden sehen sollen. Als Mum die Geschichte erzählt hat, saß Imogen die ganze Zeit über mit Ralph im Arm da, ohne ihn auch nur eine Sekunde loszulassen. Und er scheint richtig schockverliebt in sie zu sein.«

Patrick lächelt. »Klingt so, als wäre Ralph der heimliche Held in dieser Geschichte.«

»Ist er auch. Und Miles hat sich ebenfalls ganz fantastisch verhalten. Er hat sie gefragt, ob sie sich vorstellen könnte, während ihres Besuchs hin und wieder auf Ralph aufzupassen, solange er alles dafür organisiert, wieder einen Hund im Haus zu haben.«

Patrick hob eine Braue. »Der Mann ist Tierarzt. Was gibt es da groß zu organisieren?«

»Genau! Er tut das nicht für sich, sondern für Imogen. Ich hatte den Eindruck, dass er gespürt hat, wie sehr Ralphs Gegenwart Imogen hilft.«

»Miles ist echt ein super Typ. Und jetzt iss deinen Kuchen.« Patrick spießte einen Bissen auf seine Gabel und hielt sie ihr hin. »Du hast noch gar nichts zu Mittag gegessen, oder?«

Sie beugte sich vor und ließ sich füttern. »Mmmhhh, schmeckt der gut.« Sie nahm ihm die Gabel aus der Hand und futterte den halben Kuchen weg, dann schob sie ihm den Teller hin. »Der Rest ist für dich.«

»Mir wäre es lieber, wenn du ihn essen würdest.«

»Danke, aber ich hatte genug. Ich habe heute keinen sonderlichen Appetit.«

Er musterte sie kurz. »Du hast mir viel über Imogen erzählt, aber kaum etwas über dich.«

»Was soll ich denn auch groß über mich erzählen?«

»Na, wie es dir mit der ganzen Geschichte geht! Ich weiß doch, wie unangenehm es dir ist, über die Vergangenheit zu reden.«

»Das stimmt. Aber weißt du, was witzig ist? Es war zwar nicht leicht, aber nicht halb so schwer, wie ich gedacht hätte.« Nach einer kurzen Pause fuhr sie fort: »Ich habe so viel Zeit und Mühe darauf verwendet, dem Thema in meinem Leben keinen Raum zu geben und davor davonzulaufen … es einfach zu ignorieren – und dann bin ich gezwungen, mich doch damit auseinanderzusetzen, und stelle fest, dass es nicht ansatzweise so schwer ist, wie ich dachte. Eigentlich war es sogar eher befreiend, Imogen alles zu erzählen. Als würde ich einen Schlussstrich unter die Vergangenheit ziehen. Verstehst du, was ich meine?«

»Ja, und ich finde, das klingt hervorragend.«

Sie nippte an ihrem Tee. »Ich liebe mein Leben. Das Leben, das wir uns gemeinsam aufgebaut haben. Und ich habe das Gefühl, Imogen könnte ein Teil davon werden. Ein positiver Bestandteil statt etwas, das ich die ganze Zeit zu vermeiden versuche.«

»Und Tina?«

Sara stellte den Becher ab. »Es hat sich immer falsch angefühlt, kein engeres Verhältnis zu meiner Schwester zu haben. Irgendwie unnatürlich. Teilweise habe ich mir deswegen sogar Vorwürfe gemacht und mich gefragt, ob ich vielleicht zu anspruchsvoll war und zu viel Aufmerksamkeit von unseren Eltern forderte. Ob es vielleicht meine Schuld war, dass sie so eifersüchtig war.«

Er seufzte. »Sara …«

»Ich weiß doch! Aber selbst, wenn man weiß, dass man keine Schuld trägt, heißt das noch lange nicht, dass man auch das Gefühl abschütteln kann. Doch als Mum heute Imogen die ganze Geschichte erzählt hat, dachte ich nichts von alldem. Ich glaube, irgendwann im Lauf der vergangenen Jahre habe ich aufgehört, Tina als meine Schwester zu empfinden. Oder zumindest habe ich den idealistischen Glauben verloren, dass Schwestern einander nahestehen sollten. Wann genau das passiert ist, kann ich nicht sagen. Aber meine Schwester befindet sich nicht unter den Menschen, die ich liebe und die mir nahe sind. Und das ist in Ordnung so.«

»Dafür hast du Freunde, die dir so nahestehen, als würden sie zur Familie gehören.«

»Das stimmt.« Sie dachte an ihr kurzes Gespräch mit Paul vorhin und wie sehr sie sich darauf freute, sich nach den Feiertagen mit ihren Freunden zu treffen. Wenn es ihr schlecht ging, konnte sie sich jederzeit bei ihnen melden, und sie würden alles stehen und liegen lassen, um ihr zu helfen, das wusste sie. Und das galt andersherum für sie genauso. Sie hatte viel erreicht. Mehr, als ihr bewusst gewesen war. »Und jetzt habe ich eine Nichte, und die Mädchen haben eine Cousine.« Sie beobachtete, wie er den Kuchen aufaß. »Imogen begleitet uns morgen. Ist das okay für dich? Ich weiß, eigentlich hätte ich vorher fragen sollen. Ich habe sie aus einem Impuls heraus eingeladen.«

»Das war ein guter Impuls.« Er grinste. »Ich hoffe nur, wir sind ihr nicht zu viel. Wenn sie wirklich so wenig Erfahrung mit Familienleben hat, könnte unsere Weihnachtsbaumjagd einen ziemlichen Schock für sie bedeuten. Vielleicht sollten wir versuchen, Ava vorher einzunorden, damit sie Imogen nicht so verschreckt, dass sie doch noch nach London flüchtet.«

»Ich glaube eher, dass Ava das Eis brechen wird.«

»Und wenn es nicht langsam aufhört zu schneien, wird es morgen wirklich Eis geben.« Patrick sah aus dem Fenster. »Ob wir wohl wirklich weiße Weihnachten bekommen? Die Kinder wären sicher begeistert.«

»Nur die Kinder?« Sie musterte ihn mit schief gelegtem Kopf. »Stimmt, du konntest Schnee ja noch nie leiden.«

»Ja, furchtbar, das Zeug. All die Schneemänner und Schneeballschlachten und die Schlittenfahrten – viel zu viel Spaß für meinen Geschmack.« Er musterte sie mit zusammengekniffenen Augen und einem leisen Lächeln um die Mundwinkel. »Wie ist eigentlich unsere letzte Schneeballschlacht ausgegangen?«

»O nein. Ich bin inzwischen zu alt für Schneeballschlachten.« Sie beugte sich vor. »Was ich ganz vergessen habe: Miles und Ralph kommen morgen auch mit.«

»Miles? Interessant. Glaubst du, es steckt mehr dahinter?«

»Keine Ahnung. Seit Zara hat er sich auf niemanden mehr eingelassen, und er kennt Imogen doch erst seit ein paar Stunden. Aber irgendwie wirkte es so, als hätte sie seinen Beschützerinstinkt geweckt.«

»Vielleicht wollte er ja auch einfach nur nett sein.«

»Möglich.« Aber eigentlich glaubte sie nicht daran. »Er hat uns noch nie bei der Baumjagd begleitet. Sonst besorgt Lissa immer einen Baum für ihn und schmückt ihn. Letztes Jahr hat sie sich bei mir beschwert, dass er eine Fichte nicht von einem Farn unterscheiden kann.«

Patrick lachte auf. »Da ist er nicht der Einzige hier. Meinst du, Imogen hat mit ihm geredet? Ihm alles erzählt?«

»Weiß ich nicht. Und ich kenne sie auch nicht gut genug, um sie in der Hinsicht einschätzen zu können. Aber Miles ist ein ziemlich guter Zuhörer, es ist also durchaus möglich. Allerdings habe ich den Eindruck, dass Imogen sehr unabhängig lebt und daran gewöhnt ist, die Dinge mit sich allein auszumachen. Wie dem auch sei, Miles kommt morgen mit.«

Patrick ließ sich in seinem Stuhl zurücksinken. »Klingt nach einem interessanten Tag. Und hoffentlich bietet er dir Gelegenheit, Imogen besser kennenzulernen.«

»Das hoffe ich.« Früher einmal hatte sie einfach *alles* über Imogen gewusst. Hatte jedes Lachen und jedes Weinen interpretieren können. Aber inzwischen war Imogen erwachsen und Sara schon ewig kein Bestandteil ihres Lebens mehr. Sie hatte Erfahrungen gesammelt, von denen Sara nichts wusste, hatte Hoffnungen und Träume, die ihr unbekannt waren.

Sie würde sie noch einmal ganz neu kennenlernen müssen.

18. KAPITEL

IMOGEN

»Normalerweise teile ich mein Bett nicht mit Leuten, die ich erst seit ein paar Stunden kenne. Aber du bist einfach so ein angenehmer Gesprächspartner! Ich habe noch nie jemanden kennengelernt, mit dem es so schnell einfach *Klick!* gemacht hat. Es kommt mir vor, als wüsstest du ganz genau, was ich denke und fühle. Wirklich, ich bin so, so froh, dass ich dich ausgerechnet genau an diesem schwierigen Punkt in meinem Leben kennengelernt habe.« Imogen schnäuzte sich und kuschelte sich unter die Decke. Sie hatte ein Feuer im Schlafzimmerkamin gemacht, das jetzt fröhlich im Halbdunkel flackerte. Das Licht war aus, weil es sich im Dunkeln leichter redete.

Die Vorhänge standen offen, sodass sie die weiß-silbernen Schneeflocken beobachten konnte, die sachte vom dunkelblauen Himmel herabschwebten.

»Tut mir leid, dass ich dich jetzt schon so lange damit vollsülze, aber der Tag hat mich ganz schön aufgewühlt, und darüber zu reden hilft mir, alles zu verarbeiten. Ist das okay für dich? Weißt du, die Wahrheit lautet, dass ich mich betrogen fühle. Wie konnte meine Mutter mir solche Lügen über ihre Familie erzählen? Ich würde mir ja gern einreden, dass alles nur ein schrecklicher Irrtum war. Aber ich weiß, dass mir Dorothy und Sara die Wahrheit gesagt haben. Jedenfalls hat das alles ein ziemliches Gefühlschaos in mir ausgelöst. Ein Teil von mir ist stinkwütend, weil sie nicht nur sich selbst, sondern auch mir die Familie weggenommen hat. Und ein anderer ist einfach nur traurig, weil ich zwar zurechtgekommen bin – na ja, eigentlich bin ich sogar ganz schön stolz auf das, was ich erreicht habe –, aber der Weg dahin war steinig, und …« Auf einmal versagte ihr die Stimme, und er drückte sich enger an sie. Sein stummer Beistand bedeutete ihr viel. »… streckenweise sogar *sehr* steinig, und dann plötzlich zu erfahren, dass das alles nicht hätte sein müssen, ist ganz schön schwer zu verkraften. Ich hätte die ganze Zeit über Dorothy und Sara an meiner Seite haben können. Eine Familie. Die Vorstellung tut so weh, dass ich am liebsten gar nicht darüber nachdenken würde. Wie konnte sie mir das nur antun? Ach, spar dir die Mühe, du brauchst nicht zu antworten. Wenn ich meine Mutter schon nicht verstehe, wie solltest du es dann? Aber ihr Verhalten war unmöglich, oder?«

Und es stellte sie vor ein ernst zu nehmendes Rätsel. Denn soweit sie es beurteilen konnte, schienen Dorothy und Sara gute Menschen zu sein. Warum in Gottes Namen hatte ihre Mutter sie nicht um sich haben wollen? Aus Imogens Sicht ergab das alles keinen Sinn.

Während des Gesprächs hatten die beiden sehr nervös gewirkt, und ihr war bewusst, dass sie eine Mitschuld daran trug, weil sie so außer sich gewesen war, nachdem sie das Foto entdeckt hatte – ein Schockmoment, den sie noch immer nicht ganz verdaut hatte.

Aber nachdem sie sich beruhigt und ihnen zugehört hatte, war ihr sofort klar gewesen, dass sie die Wahrheit sagten, schließlich hatte sie oft genug die Erfahrung gemacht, dass ihre Mutter die Wahrheit verbog, wie es ihr gerade passte. Imogen konnte sich kaum mehr erinnern, wie oft ihre Mutter sie schon belogen hatte. Eigentlich war es fast schon merkwürdig, dass sie nie darauf gekommen war, ihre Mutter könnte es auch in Bezug auf ihre Familie getan haben.

»Eigentlich verstehe ich gerade gar nichts mehr. Bei unserer schrecklichen letzten Begegnung – das war die, durch die ich fast meinen Job verloren hätte – meinte sie, ich sei das Schlimmste, was ihr je passiert ist.« Sie war selbst überrascht, wie schwer es ihr fiel, die Worte laut auszusprechen. »Aber wenn das stimmt, warum hat sie dann nicht die Chance beim Schopf ergriffen und mich für immer bei meiner Großmutter gelassen? Das wäre doch die ideale Lösung gewesen, oder?«

Mitgefühl schimmerte in seinem Blick, und sie zog ihn näher an sich.

»Du bist wirklich ein fantastischer Zuhörer. Weißt du, die meisten Leute bilden sich sofort eine Meinung, und man weiß, dass sie alles, was man ihnen erzählt, brühwarm weitertratschen. Du dagegen hörst einfach zu und bist voller Mitgefühl. Es interessiert dich wirklich, wie es mir geht, das spüre ich.« Sie sah ihm in die Augen. »Ich weiß, dass ich nicht zulassen dürfte, dass du in meinem Bett schläfst. Und mit Sicherheit wird das auch Konsequenzen haben. Aber gerade ist mir das alles egal. Ich fühle mich besser, wenn du bei mir bist, und im Augenblick ist das alles, was zählt. Was sich so gut anfühlt, *kann* einfach nicht falsch sein.«

Ihr Handy klingelte, und sie warf einen Blick auf das Display. »Oh, das ist Miles. Ich sollte wohl besser drangehen. Wehe, du bellst! Er darf nicht wissen, dass du hier bist.«

Ralph klopfte mit dem Schwanz aufs Bett und legte ihr die Pfote auf den Arm.

»Hi, Miles, alles okay bei dir? Wie geht es dem kranken Ochsen?« Sie wusste selbst nicht mehr genau, wann sie zum Du übergegangen waren. Es war einfach ganz selbstverständlich passiert.

»Der wird wieder. Aber es hat länger gedauert, als ich dachte.« Seine Stimme klang weit weg, und man merkte, dass er im Auto saß und fuhr. »Du liegst wahrscheinlich schon im Bett. Ich hoffe, ich habe dich nicht aufgeweckt.«

»Nein, ich bin noch wach und versuche zu verarbeiten, was heute alles passiert ist.«

»So etwas dachte ich mir schon. Ehrlich gesagt ist das auch der Grund, aus dem ich anrufe. Ich wollte hören, wie es dir geht. Du hast einen aufreibenden Tag hinter dir.«

»Danke, mir geht es gut.« Sie legte die Hand auf Ralphs Kopf.

»Ganz sicher?«

Es berührte sie, dass Miles sich so um sie sorgte. Zu ihrer Überraschung musste sie feststellen, dass ihr das Reden mit ihm fast genauso leichtfiel wie mit seinem Hund. »Ja, und das habe ich unter anderem auch Ralph zu verdanken. Er ist die ideale Ablenkung. Danke, dass ich ihn mir ausleihen durfte.«

»Ach was, du hast mir einen Gefallen getan. Zu diesem Einsatz hätte ich ihn nie und nimmer mitnehmen können. Eigentlich wollte ich ihn auf dem Rückweg ja abholen, aber vermutlich ist es jetzt schon zu spät, oder?«

Ein Gefühl, das an Panik grenzte, kam in ihr auf. Sie wollte Ralph auf keinen Fall hergeben. Nicht heute Nacht! »Er schläft schon. Wäre es in Ordnung, wenn du ihn erst abholst, wenn du morgen wegen des Ausflugs mit Sara und ihrer Familie vorbeikommst? Er ist endlich zur Ruhe gekommen, es wäre so schade, ihn jetzt wieder wecken zu müssen.«

»Und es ist auch wirklich in Ordnung für dich, ihn über Nacht zu behalten?«

»Klar, absolut.« Mehr als das sogar. Sie war froh, dass Ralph blieb. »Wenn du möchtest, kannst du morgen gern auch etwas früher vorbeikommen, und wir frühstücken zusammen.«

»Klingt toll. Und danke, Imogen.«

»Gern doch.«

»Ach, und eins noch: Was du auch tust, erlaube ihm nicht, im Bett zu schlafen.«

Imogen streichelte Ralph, der erstens noch hellwach war und sich zweitens genüsslich ins Bett gekuschelt hatte. »So etwas würde ich niemals tun.«

»Das dachte ich mir schon. Ich habe es auch nur erwähnt, weil er ansonsten denkt, das sei in Ordnung, und versuchen wird, auch bei mir zu Hause im Bett zu schlafen. Und das kommt gar nicht in die Tüte. Nichts verhindert so effektiv jeden Anflug von Liebesleben wie ein Hund im Bett.«

Sie musste lachen, aber gleichzeitig weckten seine Worte auch ihre Neugierde. »Deine Freundin mag keine Tiere?«

»Im Moment habe ich gar keine, was allerdings zumindest teilweise darauf zurückzuführen ist, dass meine Ex-Freundin tatsächlich nicht gerade ein Herz für Tiere hatte. Vor allem nicht für Tiere, die mitten in der Nacht krank werden und von mir versorgt werden müssen. Und du?«

Dass er so bereitwillig über sein Privatleben redete, entspannte sie etwas. Dadurch fühlte es sich nicht mehr ganz so merkwürdig an, dass er schon jetzt mehr über sie wusste als irgendjemand sonst.

»Ich?« Sie zog Ralph näher an sich. »Ich mag Tiere.«

Er lachte auf. »Schlaf gut, Imogen. Wir sehen uns morgen früh.«

»Ich freue mich drauf.«

Und das war nicht nur so dahergesagt. Wer hätte gedacht, dass sie nach einem Tag wie diesem tatsächlich noch ein Lächeln zustande bekommen würde? Was natürlich vor allem an Ralph lag und höchstens in zweiter Linie an Miles und seinem freundlichen Blick und dem tollen Sinn für Humor.

Ach, hör schon auf. Wem willst du hier eigentlich was vormachen?

Grinsend steckte sie das Handy wieder ans Ladegerät und griff nach dem Kräutertee, den sie sich vor dem Zubettgehen gemacht hatte.

»Eigentlich sollst du nicht in meinem Bett schlafen, aber eine Nacht wird schon nicht schaden. Du darfst es ihm aber nicht verraten, okay?«

Ralph wedelte mit dem Schwanz und bettete den Kopf auf seine Pfoten.

»Ich habe ja versucht, dich in dein Körbchen zu bugsieren, aber du sträubst dich ja.«

Sie hatte sein Körbchen unter ihr Schlafzimmerfenster gestellt, damit sie ihn immer im Blick hatte. Triefend vor Selbstmitleid und mit tief verletzter Miene hatte er vielleicht eine Minute lang dort ausgeharrt, dann war er zu ihr ins Bett gekommen. Er hatte versucht, verstohlen vorzugehen, offenbar in der Hoffnung, dass sie ihn gar nicht bemerkte. Aber für einen massiven Golden Retriever wie ihn war Verstohlenheit ein Ding der Unmöglichkeit, und seine Bemühungen waren zum Totlachen gewesen.

Ihr war natürlich klar, dass sie ihn eigentlich in sein Körbchen hätte zurückschicken müssen. Aber nach ihrem Gespräch mit Dorothy und Sara hatte sie sich furchtbar gefühlt, und sein warmer, flauschiger Körper an ihrer Seite hatte eine unbeschreiblich beruhigende Wirkung auf sie gehabt. Kein Wunder, dass ihre Kolleginnen allesamt ganz verliebt in ihre Hunde waren. Sie hatte ja keine Ahnung gehabt, wie gut einem so ein Hund tun konnte.

Sie machte ein paar Fotos von ihm, zum Andenken, wenn sie wieder nach London zurückmusste.

London … Sie mochte gar nicht daran denken. Weder an ihre Rückkehr noch an ihre Mutter. Wie satt sie das alles hatte …

Sie drehte den Kopf und betrachtete den Plüschhasen, der ein neues Zuhause auf ihrem Nachttischchen gefunden hatte.

Es mochte albern klingen, aber für sie fühlte sich der Hase an wie eine Verbindung zwischen Vergangenheit und Gegenwart.

Ralph winselte, und sie richtete ihre Aufmerksamkeit wieder auf ihn.

»Wir sollten schlafen. Morgen müssen wir einen Weihnachtsbaum jagen.« Die Vorstellung machte sie jetzt schon nervös. Ja, sie würde den Tag mit Familienmitgliedern verbringen, aber gleichzeitig waren das alles Fremde für sie. Was, wenn sie sie nicht mochten? Niemand hatte je behauptet, dass sich Familienmitglieder miteinander verstehen mussten. Das Verhalten ihrer Mutter war der beste Beweis. »Ehrlich gesagt bin ich mir nicht sicher, ob ich mich darauf freuen soll. Aber zumindest kommst du ja auch mit. Und Miles. Das sollte helfen.« Sie stellte den Teebecher beiseite und kuschelte sich unter die Decke.

Ralph schien inzwischen der Ansicht zu sein, dass er für den heutigen Abend genug zugehört hatte, und fiel ohne das leiseste Anzeichen von Schuldgefühlen oder schlechtem Gewissen, dass er sich aufs Bett gestohlen hatte, in einen tiefen Schlummer.

Nach allem, was den Tag über passiert war, ging sie davon aus, dass sie die ganze Nacht über kein Auge zubekommen würde. Doch kaum hatte sie den Gedanken fertig gedacht, schlief sie auch schon tief und fest. Als sie wieder aufwachte, war es Morgen und Ralph kratzte an der Tür.

Verschlafen warf sie einen Blick auf ihr Handy. »Ich kann nicht glauben, dass ich die ganze Nacht durchgeschlafen habe!«

Ralph schien das herzlich egal zu sein. Er winselte ungeduldig, und sie schälte sich aus dem Bett und streifte einen Pullover über ihr Schlaf-T-Shirt.

»Ist ja schon gut, ich lasse dich gleich in den Garten.« Sie schnappte sich ein Paar Socken, dann folgte sie Ralph nach unten in die Küche.

Der Boden unter ihren Füßen fühlte sich warm an, und sie öffnete die Hintertür. Die Bäume und der gesamte Garten waren mit Schnee bedeckt, der im schwachen Licht der Wintersonne funkelte, als hätte jemand Millionen Diamantsplitter über der Landschaft verstreut.

Kalte Luft schlängelte sich ins Haus, und sie wünschte, sie hätte sich die Zeit genommen, ihre Jeans oder – noch besser – ihre Thermoleggings anzuziehen.

Nachdem sie Ralph nach draußen gelassen hatte, zog sie die Socken und ihre gefütterten Stiefel an und beobachtete von der Tür aus zitternd, wie Ralph seine neue Umgebung erkundete und dabei seine Pfotenabdrücke im unberührten Schnee hinterließ. Der Garten war von einer hohen Mauer umgeben, die Privatsphäre bot und verhinderte, dass Ralph erneut ausbüxte. Dennoch ließ sie den Hund nicht aus dem Blick. Sie hatte jetzt die Verantwortung für ihn, und sie wollte auf keinen Fall, dass ihm etwas zustieß. Und wenn sie sich dafür Frostbeulen einhandelte.

»Beeil dich bitte, Ralph!« Inzwischen klapperte sie schon mit den Zähnen. »Sonst muss ich Miles noch im Schlafanzug die Tür aufmachen.«

»Damit habe ich nicht das geringste Problem. Was mich betrifft, braucht ihr also nicht zu hetzen.« Miles' Stimme schwebte über das Gartentor, und Ralph bellte begeistert los und rannte zu ihm hinüber.

Imogens Wangen wurden heiß. Ihr T-Shirt und der Pullover reichten nur knapp bis über den Po und waren als Outfit damit einigermaßen ungeeignet für eine Begegnung mit Miles.

Wieso hatte sie das Auto nicht gehört? »Du bist aber früh dran.«

»Wir hatten doch gar keine Zeit vereinbart. Deshalb kann ich auch nicht früh dran sein.« Er bückte sich, um Ralph zu kraulen. »Na, da scheint jemand aber eine tolle Übernachtungsparty gehabt zu haben. Und hat er auch brav in seinem Körbchen geschlafen?«

»Ralph hat das toll gemacht«, antwortete sie, um der Frage auszuweichen. »Wir haben beide verschlafen, deswegen musste ich ihn jetzt schnell vor die Tür lassen.« Sie konnte immer noch nicht glauben, dass sie wirklich die ganze Nacht durchgeschlafen hatte. Das gelang ihr sonst doch auch nie!

»Nach gestern hattest du den Schlaf sicherlich dringend nötig.« Er richtete sich wieder auf und musterte ihre nackten Beine. »Hübsches Outfit.«

»Ralph hat es nicht mehr ausgehalten, sonst hätte ich mir natürlich längst etwas angezogen.«

»Wie gesagt, was mich betrifft, besteht kein Anlass zur Eile.« Er warf ihr ein Lächeln zu, das ihr durch Mark und Bein ging.

»Würdest du eben Kaffee aufsetzen? Dann kann ich nach oben gehen und mir schnell etwas Wärmeres anziehen.«

»Klingt nach einer guten Idee. Auf Weihnachtsbaumjagd sollte man sich ganz klar nicht mit nackten Beinen begeben.« Er lockte Ralph ins Haus. »Lass dir ruhig Zeit. Ich kümmere mich ums Frühstück.«

Das ließ sie sich nicht zweimal sagen.

Zehn Minuten später hatte sie geduscht und sich wärmere Sachen angezogen. Doch ehe sie zu Miles nach unten ging, machte sie noch schnell ihr Bett und zerknüllte die Wolldecke in Ralphs Körbchen, damit es so aussah, als hätte er darin geschlafen. Nur für den Fall, dass Miles nachsehen kam.

Dann ging sie nach unten in die Küche, wo sie der herrliche Duft von gebratenem Speck und frischem Kaffee empfing. Hinter den Fenstern funkelte der Schnee in den Bäumen.

»Ich liebe diesen Raum.«

»Ich auch. So wie alle Räume, in denen sich Lebensmittel befinden.« Miles stand vor dem Herd und rührte in der Pfanne. Seine Jacke hatte er auf einer Stuhllehne abgelegt, und seine Hemdsärmel waren hochgekrempelt.

Er stand mit dem Rücken zu ihr da, und Imogen nutzte die Gelegenheit, um ihn gründlicher zu mustern. Sie war froh, dass Janie nicht da war. *Uuuhhh, was für ein Hottie!*, hätte sie bei dem Anblick sicher gesagt, und Imogen hätte nicht widersprechen können. Nur dass die Anziehungskraft, die Miles auf sie ausübte, noch auf ganz anderen Faktoren beruhte.

Zum Beispiel darauf, dass er stark war und souverän und – vor allem – so durch und durch freundlich.

»Kann ich helfen?«

»Keine Sorge, ich habe alles im Griff. Eigentlich hatte ich vor, dir ein gesundes Porridge zu machen. Aber dann habe ich den Bacon entdeckt, den Dorothy dir in den Kühlschrank gelegt hat, und konnte nicht widerstehen. So was Leckeres hast du noch nicht gegessen. Biospeck vom Landschwein …« Er war bereits dabei, die Fleischstreifen aus der Pfanne zu holen und auf Brotscheiben zu verteilen. Dann stellte er ihr einen Teller hin. »Hier, probier mal. Und wehe, du behauptest, dass du keinen Hunger hast. Die Weihnachtsbaumjagd ist harte Arbeit, insbesondere wenn Ava dabei ist. Die Kleine weiß, was sie will, und wird nicht ruhen, bis sie einen Baum gefunden hat, der exakt ihren Vorstellungen entspricht. Wenn wir Pech haben, suchen wir bis Weihnachten. Könnte also sein, dass das hier auf längere Sicht deine letzte Mahlzeit ist. Du wirst die Kraft brauchen.«

»Ja, Ava scheint eine ausgeprägte Persönlichkeit zu haben.« Sie setzte sich und biss von dem Sandwich ab. »O Gott, schmeckt das gut.«

»Sag ich doch.« Er setzte sich mit seinem Teller zu ihr, und Ralph rollte sich neben ihrem Stuhl zusammen.

Es fühlte sich merkwürdig vertraut an, miteinander zu frühstücken. Eigentlich hätten sie beide verlegen herumdrucksen müssen, aber merkwürdigerweise war die Atmosphäre durch und durch angenehm.

Er hatte gerade einen Schluck trinken wollen, da stellte er seine Tasse wieder ab. »Warum siehst du mich so komisch an? Stimmt etwas nicht?«

Sie legte ihr Sandwich beiseite. »Ach, ich dachte nur gerade, dass ich so etwas normalerweise nicht mache.«

»Was? Bacon essen? Ich weiß, man sollte sich das nicht zur Gewohnheit machen, aber in Maßen dürfen kleine Sünden meiner Meinung nach sein. Das muss ich so sehen, sonst hätte ich für die Hälfte meines Verhaltens keine Rechtfertigung mehr.«

»Ich meinte nicht den Speck. Sondern dich. Das alles hier. Das Frühstück.«

»Du frühstückst normalerweise nicht? Was für eine schockierende Angewohnheit, Imogen!« Er warf ihr einen tadelnden Blick zu. »Das Frühstück ist die wichtigste Mahlzeit am Tag.«

Sie musste lächeln, weil sie wusste, dass er sie absichtlich falsch verstand.

»Ich meinte, mit einem Mann zu frühstücken, den ich erst seit einem Tag kenne.«

»Ja, aber dafür war es ein ziemlich besonderer Tag. Außerdem teilen wir uns jetzt das Sorgerecht für einen Hund.« Er warf Ralph einen kurzen Blick zu. »So etwas verbindet.«

Ihr Herz tat einen kleinen Satz. »Wollen wir uns im Wochentakt abwechseln, oder soll ich einfach die Wochenenden übernehmen?«

»Das müssen wir noch ausdiskutieren, aber ich hoffe, es gelingt uns, ohne Anwälte auszukommen.« Er trank einen Schluck Kaffee. »Und? Wie ist das Sandwich?«

»Unbeschreiblich gut. Bestimmt machst du ständig Frühstück für deine Frauenbekanntschaften, oder?«

»Ehrlich gesagt so gut wie nie. Meistens mache ich mir nicht mal selbst welches.«

»Und womit habe ich die Ehre dann verdient?«

Er stellte seinen Becher ab. »Na ja, ich dachte einfach, vor deinem heutigen Ausflug solltest du so viel Kraft sammeln wie möglich. Und dass du Gesellschaft brauchen könntest. Ich wollte verhindern, dass du hier allein vor deiner Müslischale sitzt und dir Gedanken darüber machst, ob der Tag heute unangenehm wird oder nicht.«

Was, wenn sie ehrlich war, ziemlich exakt beschrieb, wie ihr Morgen ohne seinen Besuch ausgesehen hätte.

»Bist du deswegen so früh gekommen? Als moralische Unterstützung?« Auch gestern war er schon bei ihr geblieben, obwohl er offenbar nur selten freie Tage hatte und mit Sicherheit Besseres zu tun gehabt hätte. »Du musst mich fürchterlich anstrengend finden.«

»Nein.« Er sah ihr in die Augen. »Eigentlich finde ich dich eher fürchterlich mutig.«

Sie schluckte. »Mutig? Mich?«

»Ja. Als ich gestern neben dir gehalten habe, warst du vollkommen durcheinander und aufgewühlt. Vermutlich, weil du gerade erst herausgefunden hattest, dass Dorothy deine Großmutter ist. Mir ist nicht entgangen, dass du keine Gesellschaft wolltest. Und auch nicht, dass du eigentlich nicht zu mir ins Auto steigen wolltest. Aber dann hast du Ralph gesehen und gemerkt, dass du ihm vielleicht helfen kannst.«

»Aber das macht mich doch nicht mutig, sondern zeigt nur, dass ich bei Hunden in Not sofort schwach werde.«

»Vielleicht macht es dich aber auch zu beidem. Und nachdem wir Ralph gebadet hatten, hättest du einfach nach Hause fahren können. Zurück nach London. Aber du warst bereit, dir anzuhören, was Dorothy und Sara zu sagen hatten, obwohl du wusstest, dass ihre Geschichte nicht einfach für dich sein wird. Ich dachte die ganze Zeit, dass ich an deiner Stelle vermutlich so überfordert gewesen wäre, dass ich das Weite gesucht hätte.

Aber du hast dich der Situation gestellt und den beiden die Möglichkeit gegeben, in Ruhe mit dir zu reden. Und dann hast du zu allem Überfluss auch noch geglaubt, was sie dir erzählt haben, obwohl es viel leichter gewesen wäre, alles zu leugnen.«

Sie ließ sich den gestrigen Tag noch einmal durch den Kopf gehen.

Doch, es hatte einen Augenblick gegeben, in dem sie fast gegangen wäre. Das war gewesen, nachdem Miles ihr seine Version der Ereignisse erzählt hatte.

»Sicherlich wäre es einfacher gewesen davonzulaufen. Den schwierigen Gesprächen aus dem Weg zu gehen.« Aber ihr war gestern schon klar gewesen, dass es keinen Sinn hatte, die Wahrheit zu leugnen. Sie konnte Dorothy und Sara nicht länger die Schuld dafür in die Schuhe schieben, was geschehen war. Dann wäre sie nicht besser gewesen als ihre Mutter. Ein Opfer. Fixiert auf die Vergangenheit und nicht dazu in der Lage, in die Zukunft zu blicken. Ihr Leben hätte sich dadurch noch ein Stückchen weniger echt angefühlt. Und nachdem sie so lange eine Lüge gelebt hatte, brauchte sie das Gefühl, endlich in der Realität anzukommen.

Auf einmal fiel ihr wieder ein, was sie im Krankenhaus zu ihrer Mutter gesagt hatte.

Du hast entschieden, für alles mir die Schuld zu geben, anstatt selbst die Verantwortung für deine Fehlentscheidungen zu übernehmen.

»Ich wusste einfach, dass ich mir ihre Seite der Geschichte anhören musste, ganz gleich, wie schwer es war. Sie hatten die Chance verdient, zumindest gehört zu werden.«

Er nickte und biss in sein Sandwich. »Wie ich schon sagte: ganz schön mutig«, erwiderte er, nachdem er runtergeschluckt hatte.

»Es hat mir gutgetan, Ralph bei mir zu haben.« Nach kurzem Zögern fuhr sie fort: »Und dass er da war, bedeutete, dass auch du da warst, was mir ebenfalls geholfen hat.«

»Ich bin aber nicht wegen Ralph geblieben.«

Ihr Herz klopfte eine Spur schneller. »Miles …«

»Nach dem Gespräch hattest du noch mal die Möglichkeit, einfach abzureisen. Du hättest ihnen sagen können, dass du das alles erst einmal verdauen musst. Aber du bist geblieben. Sara hat dich für heute eingeladen, und du hättest Nein sagen können. Hast du aber nicht. Du hast Ja gesagt.« Er trank seinen Kaffee aus. »Ich glaube übrigens, der heutige Tag wird für dich auf andere Weise nicht weniger überwältigend als der gestern.«

Eigentlich hatte sie protestieren wollen, aber am Ende rutschte ihr doch die Wahrheit heraus. »Stimmt, ich bin ganz schön nervös.« Sie hatte damit gerechnet, dass er sie mit einem von seinen Witzen ablenken würde, aber sein Blick blieb ernst.

»Und was macht dir am meisten Angst?«

Wo sollte sie da nur anfangen? »Vermutlich, dass sie mich nicht kennen. Was, wenn sie mich nicht mögen? Meine Mutter scheint ihnen sehr wehgetan zu haben, und ich fühle mich dafür mitverantwortlich.«

Er runzelte die Stirn. »Imogen …«

»Ich weiß, dass das unlogisch ist. Aber niemand hat je behauptet, dass Gefühle logisch sein müssen.«

»Ich kann dir ohne jeden Zweifel versichern, dass Dorothy und Sara mindestens genauso nervös sind wie du. Vermutlich sogar noch mehr.«

»Noch nervöser als ich? Das kann nicht sein.«

»Sie haben dich schon einmal verloren«, sagte er leise. »Ich kann mir gut vorstellen, dass sie eine panische Angst davor haben, die Vergangenheit könnte sich wiederholen.«

War es das, was sie befürchtet hatten, als Imogen am Vortag aus Dorothys Haus geflüchtet war? Dass sie sie verlieren könnten? »Aber damals war es doch meine Mutter, die mich einfach mitgenommen hat. Und das kann nicht noch einmal passieren.«

»Vielleicht nicht auf dieselbe Weise wie damals, aber versetz dich mal in Dorothys und Saras Lage.« Er überlegte kurz, dann fuhr er fort: »Du bist eine unabhängige Frau und hast viel zu tun. Woher sollen sie wissen, dass es in deinem Leben überhaupt

Platz für deine Verwandtschaft gibt? Was, wenn du ein paar Wochen hier im Cottage verbringst, ein paarmal bei Dorothy zum Essen vorbeischaust und dann wieder nach London verschwindest? Was, wenn ihr euch in den kommenden Jahren Weihnachtskarten schreibt, und das war es an Kontakt? Ich kenne viele Familien, in denen das so läuft.«

»Aber das würde ich nie zulassen. Und da ich noch nie in meinem Leben auch nur eine einzige Weihnachtskarte verschickt habe, werde ich jetzt ganz sicher nicht damit anfangen.«

»Nur dass sie das nicht wissen können. Es muss schwer für Dorothy gewesen sein, so lange mit dir zusammenzuarbeiten, ohne dir zu sagen, wer sie ist. Ich schätze, sie hatte einfach zu große Angst, dass ein Geständnis bedeuten könnte, dass sie dich noch einmal verliert.«

Sie hatte es Dorothy so übel genommen, dass sie ihr nicht gleich die Wahrheit gesagt hatte. Aber inzwischen war auch ihr bewusst, in welch schwieriger Lage sich ihre Großmutter befunden hatte. »Irgendwo bin ich fast sogar froh, dass ich sie ein bisschen besser kennenlernen konnte, bevor ich es erfahren habe.«

»Und jetzt hast du Gelegenheit, sie sogar richtig gut kennenzulernen.« Er schenkte sich Kaffee nach. »Weißt du was? Wir treffen jetzt eine Abmachung. Sollte dich heute irgendwann das dringende Bedürfnis überkommen, davonzulaufen, dann lautet das Codewort …«, er überlegte kurz, »… Tannenbaum.«

»Das Codewort?«

»Ja. Wenn es dir zu viel wird, sagst du einfach *Tannenbaum*, und ich lasse mir eine Ausrede einfallen und wir gehen.«

Jetzt war sie ernsthaft gerührt. »Das würdest du für mich tun?«

»Aber natürlich. Du brauchst nur etwas zu sagen. Nämlich *Tannenbaum.*«

Sie musste lachen. »Ich fürchte, da der gesamte Ausflug dazu dient, einen Tannenbaum zu finden, wäre es vielleicht ganz sinnvoll, ein anderes Wort zu nehmen.«

»Hm. Da könntest du recht haben. Ich gestehe, dass die Auswahl von passenden Codewörtern eine meiner ganz großen Schwächen ist. Vielleicht solltest du das besser übernehmen.«

Wahrscheinlich hätte sie jetzt sagen sollen, dass sie gar kein Codewort brauchte. Aber wenn sie ehrlich war, fand sie die Vorstellung, einfach gehen zu können, wenn es ihr zu viel wurde, ausgesprochen beruhigend. »Wie wäre es, wenn wir sagen, dass wir noch Valerie besuchen wollen, weil sie so ein schlechtes Gewissen wegen Ralph hat?«

»Tolle Idee. Und eine noch bessere Idee wäre es, wenn wir Valerie auch wirklich besuchen. Ich bin mir sicher, dass sie dich gern kennenlernen möchte. Sobald sie sieht, wie glücklich Ralph bei dir ist, geht es ihr bestimmt besser. Okay, dann machen wir es so. Wenn du sagst *Wollten wir nicht noch Valerie besuchen?*, weiß ich, dass es an der Zeit für einen schnellen Abgang ist.« Nach einer kurzen Pause fügte er hinzu: »Aber du wirst den Code nicht brauchen, Imogen. Alles wird gut.«

»Ich hoffe, dass du damit recht behältst.« Mit einem Blick zu Ralph fuhr sie fort: »Ich bin sehr froh, dass er mitkommt.«

»Hey! Ich komme auch mit! Und ich bin viel hilfreicher als Ralph!«

»Meinst du?« Sie versuchte, den lockeren Tonfall beizubehalten. »Ralph ist ein großartiger Helfer. Er hat eine ausgeprägte emotionale Intuition.«

Miles musste grinsen. »Die benutzt er aber nur für die jeweils letzte Person, die ihn gefüttert hat.«

Sein Lächeln brachte sie so durcheinander, dass sie aufstand, um den Tisch abzuräumen. »Danke fürs Frühstückmachen. Wir sollten dann wohl besser aufbrechen, oder? Wie lange brauchen wir überhaupt dorthin?«

»Ungefähr eine halbe Stunde, gesetzt den Fall, dass die Straßen halbwegs geräumt sind. Der Hof ist wirklich sehr hübsch.«

»Klingt toll.« Trotzdem wünschte sich ein Teil von ihr, den Tag einfach mit Miles und Ralph im Cottage verbringen zu können. Und zwischendrin vielleicht ein Spaziergang über die

Felder (diesmal natürlich in angemessener Kleidung und mit jemandem, der sich hier auskannte) oder ein kleiner Bummel durchs Dorf.

Er nahm seinen Mantel und Ralphs Leine. »Die weihnachtliche Atmosphäre wird dir sicher gefallen.«

Normalerweise mied sie alles, was auch nur im Ansatz mit weihnachtlicher Atmosphäre zu tun hatte, weil sie sich sonst unweigerlich das Leben ausmalte, das sie verpasste. Aber heute durfte sie dieses Leben tatsächlich leben. Wie oft hatte sie sich schon vorgestellt, wie es wohl wäre, zusammen mit der Familie einen Baum auszusuchen? Und heute würde sie es wirklich tun!

»Für mich sind all diese Weihnachtsvorbereitungen ganz neu. Der Tag wird sicher etwas Besonderes.«

Sie hatte vor, sich voll und ganz darauf einzulassen. Selbst wenn sich am Ende herausstellen sollte, dass Sara und sie nicht viel gemeinsam hatten und es aufgrund der Vorgeschichte nicht klappte, eine Beziehung aufzubauen, würde sie diesen Augenblick voll auskosten.

Sie hatte immer eine Familie gewollt, und nun, wo sie wusste, dass sie die ganze Zeit über eine gehabt hatte, würde sie sich auf keinen Fall die Chance entgehen lassen, ihre Verwandtschaft richtig kennenzulernen, nur weil sie Angst vor dem Ergebnis hatte.

Und am Ende war ohnehin alles viel einfacher als befürchtet, und das hatten sie vor allem Ava zu verdanken.

»Die oberste Regel bei der Baumjagd lautet, dass er groß sein muss.« Ava hielt Imogen fest bei der Hand und zog sie von einem Baum zum nächsten. Die Kleine trug eine rosafarbene Daunenjacke und grüne Stiefel, und unter ihrer dicken Strickmütze lugte ihr Pferdeschwanz hervor. »Ich mag am liebsten Bäume, die riechen. Du auch?«

»Ich weiß nicht. Vielleicht kannst du mich ja beraten.«

»Was heißt beraten?«

»Dass du mir sagst, was ich deiner Meinung nach machen soll.«

»Oh!« Avas Gesicht leuchtete auf. »Klar, das kann ich.«

»Kann sie wirklich«, sagte Iris, die an Patricks Hand an ihnen vorüberlief. »Ein anderes Wort dafür ist rumbestimmen.«

»Ich bin aber gar keine Bestimmerin! Oh, schaut mal!«

Ava zerrte sie so plötzlich zu einem Baum links von ihnen, dass Imogen fast gestolpert wäre.

»Ava …« Sara rückte den verrutschten Schal ihrer kleinen Tochter zurecht. »Bitte hör auf, Imogen so durch die Gegend zu schleifen.«

»Wieso denn? Das macht Spaß!«

»Weiß ich doch«, sagte Sara. »Aber vielleicht könntest du ja ein bisschen vorsichtiger Spaß haben.«

Beim Anblick von Saras Umgang mit den Kindern bekam Imogen einen Kloß im Hals. Sara war so eine warmherzige, liebevolle und geduldige Mutter. Sicher würde sie die Mädchen niemals wegschicken, wenn sie schlecht geträumt hatten.

Als du anderthalb warst, versuchten wir, dich in einem eigenen Zimmer unterzubringen. Aber du wolltest unbedingt weiter im Bett mit Sara schlafen.

Wie ihr Leben wohl verlaufen wäre, wenn ihre Mutter sie damals nicht mitgenommen hätte?

Sie schüttelte die Gedanken ab. Es hatte keinen Sinn, weiter darüber nachzudenken. Wichtig war einzig das Hier und Jetzt – und die Zukunft, die sie hoffentlich miteinander hatten. Die Vergangenheit war vorbei, und sie würde nicht zulassen, dass die Gegenwart weiterhin von ihr vergiftet wurde.

Allerdings fragte sie sich, ob die Vergangenheit nicht vielleicht auch etwas Positives gehabt hatte. Ob Saras und Dorothys Warmherzigkeit und ausgeprägter Familiensinn damals vielleicht irgendwie auf sie übergegangen waren, auch wenn sie sich nicht bewusst daran erinnern konnte. Waren die Sicherheit und Stabilität, die sie damals erlebt hatte, ein Mitgrund dafür, dass sie all die Zeit über so loyal hinter ihrer Mutter gestanden hatte?

Sie wurde aus ihren Grübeleien gerissen, weil Ava so heftig an ihrem Arm zog, dass sie ihr fast die Schulter auskugelte. »Der hier!«

Offenbar hatte Ava nicht vor, sich bändigen zu lassen.

»Ava«, sagte Sara nun doch etwas genervt. »Nun hör schon auf, an Imogen herumzuzerren.«

»Ich hab gar nicht gezerrt! Sie soll nur schneller gehen. Ich mag sie, Mummy.«

»Das weiß ich doch. Alle hier mögen Imogen. Und deswegen wollen wir nicht, dass sie im Schnee ausrutscht. Sonst mag sie *uns* am Ende nämlich vielleicht nicht mehr! Und vor allem kommt sie dann nächstes Jahr nicht wieder mit.« Sara stopfte ihrer Tochter noch einmal den widerspenstigen Schal zurecht und warf Imogen ein entschuldigendes Lächeln zu. »Sie ist einfach zu aufgeregt. Iris auch. Ehrlich gesagt wir alle. Ich hoffe, du findest uns nicht allzu anstrengend.«

Alle hier mögen Imogen.

»Es ist toll.« Miles hatte recht gehabt: Sara war genauso nervös wie sie. Was für ein Glück, dass Ava die verlegene Spannung zwischen den Erwachsenen mit ihrer offenen, ungefilterten Art auflockerte. »Und ihr geht jedes Jahr einen Baum aussuchen?«

»Ja, es ist eine meiner liebsten Familientraditionen. Ich habe das schon mit meinen Eltern so gemacht, und Patrick mit seinen. Da lag es nah, dass wir den Brauch mit unseren Kindern fortführen. Wir freuen uns alle das ganze Jahr lang darauf.«

Ava schien die Erwachsenenthemen langweilig zu finden, denn sie rannte los, um den nächsten Baum zu begutachten.

Eine Familientradition …

Imogen hätte gern gefragt, ob ihre Mutter früher auch bei der Baumjagd dabei gewesen war, aber sie hatte Angst, damit die Stimmung zu ruinieren.

»Tina war nie dabei«, erzählte Sara leise. »Sie hat Familienausflüge gehasst. Es war ihr wichtiger, Zeit mit ihren Freunden zu verbringen.«

Wie hatte Sara ahnen können, was sie gerade dachte? »Das muss schwer für euch gewesen sein.«

Sara zuckte mit den Achseln, ihr Blick ruhte auf Ava. »So ist das Leben nun mal, oder? Man genießt den Teil, der funktioniert, und versucht, an den Aspekten zu arbeiten, die vielleicht nicht so gut laufen. Ehrlich gesagt hatten wir uns irgendwann daran gewöhnt, dass sie bei solchen Ausflügen nicht dabei war. Wir haben ihr Verhalten akzeptiert.« Sie warf Imogen einen Blick zu. »Vielleicht war das Teil des Problems. Niemand hat sie gezwungen, dabei zu sein, aber da sie nie dabei war, ist die Kluft zwischen uns immer tiefer geworden. Vielleicht hätten wir uns mehr um sie bemühen sollen.«

Die anderen waren vorausgeschlendert, und gerade hob Patrick Ava auf seine Schultern, damit sie die Bäume besser sehen konnte.

Miles unterhielt sich mit Iris, die Ralph an der Leine führte.

Es war die perfekte Familienszene – und sie konnte sich beim besten Willen nicht vorstellen, wie ihre Mutter ins Bild hätte passen sollen.

»Man kann die Menschen nicht zu ihrem Glück zwingen.«

»Stimmt.« Sara lächelte. »Das ist absolut richtig. Das sage ich mir jeden Abend, wenn ich mit Ava Kämpfe ausfechte, weil sie nicht zu Bett gehen will.«

»Deine Töchter haben ein enges Verhältnis, oder?«

»Ja, und Patrick und ich hoffen natürlich, dass das auch so bleibt. Wir erklären ihnen immer wieder, dass sie gut aufeinander achtgeben sollen – aber die Wahrheit lautet, sie mögen einander einfach sehr.«

Imogen hatte immer gedacht, dass es schön wäre, Geschwister zu haben. Doch jetzt fragte sie sich zum ersten Mal, wie es wohl war, Geschwister zu haben, die nichts mit einem zu tun haben wollten.

Ihr Leben mochte nicht einfach gewesen sein, aber das galt für Saras genauso. Und für Dorothys.

»Würdest du mir ein bisschen über deine Kindheit erzählen?«, fragte Sara zögerlich. »Ich habe so viele Nächte lang wach gelegen und mich gefragt, wo du wohl bist und ob es dir gut geht. War es sehr schlimm, Imogen?«

Schlimm …

Wie sollte sie auf diese Frage antworten? Ihr erster Impuls bestand darin zu lügen. Die Wahrheit aufzuhübschen. Sie war es gewohnt, ihre Vergangenheit zu verheimlichen und ein Leben zu erfinden, das ihr vor anderen nicht unangenehm sein musste.

Aber sie sprach hier mit Sara. Sara, die Tina gut kannte. Für imaginäre Hunde und Beziehungen und Familienmitglieder war hier kein Platz. Denn Sara war ein echtes Familienmitglied, und einen Großteil der Wahrheit kannte sie ohnehin bereits.

»Manchmal war es schwierig. Tina hat sich mit der Mutterrolle unwohl gefühlt, deshalb hat sie eigentlich eher neben mir her gelebt.« Sie war selbst überrascht, wie gut es tat, niemandem etwas vormachen zu müssen. Einfach die Wahrheit zu sagen und ausnahmsweise einmal sie selbst zu sein. Zu ihrem Leben zu stehen, anstatt sich etwas zusammenspinnen zu müssen.

»Mir ist gestern schon aufgefallen, dass du sie *Tina* nennst. Wieso?«

»Das wollte sie so. Erstens, weil sie dadurch so tun konnte, als wäre sie keine Mutter, und zweitens, weil sie sich nach außen gern als junger Single ohne Ballast präsentiert hat.«

So war Imogen überhaupt erst darauf gekommen, dass man ein Leben erfinden konnte. Denn genau das hatte Tina die ganze Zeit über getan.

Sara hörte zu. »Und was ist aus dem Mann geworden, mit dem sie zusammen war, als wir dich das letzte Mal gesehen haben?«

»Das war Terry.« Imogen hatte nur positive Erinnerungen an ihn. »Er war lieb. Hat mir häufig vorgelesen. Aber sie waren nicht glücklich miteinander. Ich war noch zu klein, um wirklich zu verstehen, was das Problem zwischen ihnen war. Aber ich weiß noch, dass sie viel gestritten haben, und dann war er irgendwann weg.« Woraus sie ihm nie einen Vorwurf gemacht hatte. Weil sie sich selbst gewünscht hatte, einfach gehen zu können. »Sie ließen sich scheiden, und danach hatte sie keine längeren Beziehungen mehr. Nur wechselnde Männerbekanntschaften.«

»Und hattest du weiter Kontakt zu Terry?«

»Er ist ins Ausland gezogen. Manchmal schickte er mir Postkarten, aber auch die blieben irgendwann aus. Er war kein Mann großer Worte. Vermutlich wusste er auch gar nicht, was er mir schreiben sollte. Er hatte sich ein neues Leben aufgebaut, in dem kein Platz mehr für mich war.«

»Das muss hart für dich gewesen sein.«

»Manchmal.« Sie hätte zwar einiges darüber zu erzählen gehabt, aber das brachte gerade niemanden weiter. Sara versuchte, eine Verbindung zu ihr aufzubauen, aber dafür brauchte sie nicht jedes finstere Detail aus der Vergangenheit zu hören. Vielleicht würde Imogen eines Tages darüber sprechen, aber nicht heute. »Es war erträglich. Und es hat mir zu Selbstständigkeit verholfen, worüber ich sehr froh bin.«

Sie achtete darauf, das Positive in allem zu sehen. Sich auf die Dinge zu konzentrieren, die sie beeinflussen konnte. Nicht weil sie eine naive Optimistin war, sondern weil es hilfreich war. Wenn man seine Aufmerksamkeit auf das Gute richtete, verblasste das Schlechte mit etwas Glück dahinter.

»Du kannst so stolz auf dich sein«, sagte Sara. »Und hast du im Moment eine Beziehung?«

»Nein.« Imogen ließ den Blick über die Bäume schweifen. Den Schnee und den eisblauen Himmel. »Aber das liegt an mir. Es fällt mir schwer, Menschen näher an mich heranzulassen.« Oder war sie womöglich sogar gar nicht dazu in der Lage? Wenn sie ehrlich war, hatte sie noch nie eine richtige Beziehung gehabt. Sie zeigte den Menschen das, was sie sehen sollten, und gab kaum echte Informationen über sich preis. Sie hatte schon früh gelernt, dass sie sich nur auf sich selbst verlassen konnte, und ihr Leben lang darauf geachtet, sich zu schützen. Nicht zu verletzlich zu sein. Und nun wusste sie nicht, ob sie überhaupt noch dazu fähig war, ihren Panzer weit genug abzulegen, um jemanden an sich heranzulassen.

Sie ließ den Blick zu Miles gleiten, der Ava aufmerksam zuhörte.

Wie leicht es ihr gestern gefallen war, mit ihm zu reden. Und wie wohl sie sich gefühlt hatte, als er ihr vorhin Frühstück gemacht hatte. Er wusste jetzt schon mehr über sie als irgendjemand sonst auf der Welt.

Der Gedanke machte sie nervös. Als hätte ihr jemand das Kostüm vom Leib gerissen.

Sara drückte ihren Arm und beugte sich vor, sodass niemand sonst sie hörte. »Du kannst ihm vertrauen.«

»Oh!« War sie wirklich so durchschaubar? Ihre Wangen wurden heiß. »Ich wollte nicht … Ich …«

»Das weiß ich doch. Ich will auch nur sagen, dass er ein toller Mensch ist. Für den Fall, dass sich diese Information eines Tages als nützlich erweisen sollte.« Auf einmal wirkte Sara verlegen. »Tut mir leid, ich hätte besser den Mund halten sollen.«

»Nein, nein, kein Problem.« Imogen sah sie an. »Ich bin solche Gespräche nur einfach nicht gewohnt, das ist alles.«

»Dann ist es vermutlich gut, wenn du mit mir übst. Falls du mal so ein Gespräch mit jemandem führst, der dir wichtig ist.«

»Du *bist* mir wichtig.«

»Aber ich gehöre zur Familie«, sagte Sara. »Bei mir kannst du nichts falsch machen und musst deine Worte nicht mit Bedacht wählen oder dich schützen.«

»Familie.« Das Wort fühlte sich noch etwas fremd auf ihren Lippen an. »Ich glaube, es wird noch etwas dauern, bis ich mich an diese Vorstellung gewöhnt habe.«

»Ich weiß. Es muss sich seltsam anfühlen, Verwandte zu haben, die man kaum kennt. Vermutlich müssen wir es einfach entspannt angehen und Zeit miteinander verbringen, ohne uns zu viele Gedanken zu machen. Und dafür könnte es doch keinen besseren Zeitpunkt geben als Weihnachten, oder?« Saras Stimme nahm einen sanften Ton an. »Aber du sollst wissen, dass du immer mit mir reden kannst. Jederzeit und über alles. Ich bin für dich da. Auch wenn du wieder in London bist. Wenn du jemanden zum Reden brauchst, kannst du mich jederzeit anrufen.«

Das war nicht nur so dahergesagt, es kam von Herzen, das spürte sie.

Imogen hatte gesehen, wie sie mit ihren Töchtern, Patrick und Dorothy umging. Allein dass sie das Gespräch mit Imogen gesucht hatte, obwohl Tina sie so verletzt hatte, bewies ihre Loyalität.

Plötzlich brannten ihr Tränen in den Augen. »Danke.«

»Das ist ein ernst gemeintes Angebot, Imogen. Die ganze Situation muss so schwierig für dich sein, da ist es wichtig, dass du jemanden zum Reden hast, dem du vertraust. Und mir kannst du vertrauen. Ich wünschte, ich hätte dein ganzes Leben lang für dich da sein können – als deine weise alte Tante, die dir ständig ungebetene Ratschläge erteilt und dir Pullis strickt, die nicht passen.« Sara grinste. »Nur ein Scherz. Ich bin vollkommen untalentiert im Stricken.«

Obwohl Imogen immer noch den Tränen nah war, musste sie lachen. Sie dachte an all die schwierigen Zeiten in ihrem Leben, die sie schon ganz auf sich gestellt durchgestanden hatte. Obwohl sie eigentlich eine Sara gehabt hätte, die sie hätte anrufen können. »Es hat schon einige Situationen gegeben, in denen eine weise alte Tante ziemlich hilfreich gewesen wäre.«

Träum dir deine Fantasien von der glücklichen Familie irgendwo anders zusammen. Das war das Letzte gewesen, was ihre Mutter zu ihr gesagt hatte.

Und genau das hätte sie all die Jahre über getan, wenn sie nur von ihrer Familie gewusst hätte.

»Ich bin wütend.« Sie war selbst überrascht über die Worte, die da aus ihr heraussprudelten. »Wütend, dass sie gelogen hat. Und jetzt habe ich auch noch Schuldgefühle, weil ich wütend bin.«

»Ich finde nicht, dass du einen Grund hast, dich schuldig zu fühlen. Ich bin doch auch wütend«, sagt Sara. »Und meine

Mutter – deine Großmutter – garantiert ebenfalls, auch wenn sie das nie im Leben zugeben würde. Sie ist viel großzügiger und nachsichtiger als ich. Aber das liegt vermutlich einfach daran, dass sie Tinas Mutter ist. Es muss schwer sein zu akzeptieren, dass man sein Kind nicht ändern kann.«

»Verstehst du eigentlich, weshalb Tina sich so verhalten hat?«

»Ich bin zwar keine Psychologin, aber ich schätze, sie hatte aus irgendeinem Grund immer das Gefühl, nicht gut genug zu sein. Als würde sie nicht zu uns passen.« Sara beobachtete, wie Miles Ava von seinen Schultern hob. »Hast du vor, mit ihr darüber zu reden?«

»Keine Ahnung. Unsere letzte Begegnung war nicht sehr schön.« Eine himmelschreiende Untertreibung, aber heute war nicht der Tag für solche Details. »Ich muss darüber nachdenken.«

Sara hakte sich bei ihr unter. »Die Vergangenheit kann ich nicht wiedergutmachen. Aber ich kann jetzt für dich da sein. Wir sind eine Familie, Imogen, egal, was passiert ist. Und wir sind jetzt ein Teil deines Lebens. Vergiss das nie.«

Familie. Bei dem Gedanken wurde ihr ganz schwindelig.

Ihre Mutter hatte ihr vorgeworfen, sie würde sich etwas vormachen. Und doch stand sie hier neben Sara und fühlte sich zum ersten Mal zugehörig. Als Teil einer Familie.

»Jetzt kommt schon!«, rief Ava ihnen quer durch die Schneelandschaft zu, und Sara lachte auf.

»Wart's nur ab, vermutlich wirst du dir bald wünschen, du wärst uns nie begegnet.«

»Darauf kannst du lange warten.«

»Wir sollten uns jetzt wohl besser auf den Baum konzentrieren, sonst bekommen wir noch Schimpfe von meiner überaus bestimmerischen Tochter. Und Ralph schaut die ganze Zeit über sehnsüchtig zu dir herüber. Wir haben später noch alle Zeit der Welt zum Reden. Komm, lass uns einfach den Tag genießen.«

In diesem Augenblick klingelte Imogens Handy. Sie sah auf die Nummer.

Tina.

Das konnte doch nicht wahr sein! Das gesamte Glück, das sie gerade noch empfunden hatte, entwich aus ihr wie die Luft aus einem undichten Ballon.

Warum rief sie an? Nach allem, was bei ihrem letzten Aufeinandertreffen vorgefallen war, und den schrecklichen Dingen, die sie gesagt hatte, gab es eigentlich keinen Grund mehr, wieso sie sich bei Imogen melden sollte.

Sie starrte auf das Display und spürte Saras Blick auf sich ruhen.

»Ist alles in Ordnung?«

»Ja.« Sie drückte den Anruf weg und steckte das Handy wieder ein. »Nur die Arbeit.«

»Ach so.« Sara warf ihr einen langen Blick zu.

Imogen seufzte tief. »Um ehrlich zu sein, war das nicht die Arbeit. Sondern Tina. Ich habe keine Ahnung, weshalb sie sich meldet. Bei unserer letzten Begegnung hat sie mir ins Gesicht gesagt, dass sie nichts mehr mit mir zu tun haben will. Irgendetwas muss passiert sein. Vermutlich braucht sie Geld.«

Sara musterte sie entsetzt. »Oh, Imogen …« Sie machte einen Schritt auf sie zu. »Kommt das oft vor? Dass sie dich um Geld bittet?«

»Hin und wieder. Keine Sorge, ich gebe ihr nichts. Aber manchmal bezahle ich ihre Miete oder Reparaturen.« Sie machte sich darauf gefasst, dass Sara ihr Vorwürfe machen würde, weil sie sich ausnehmen ließ.

Doch stattdessen sagte Sara: »Ich weiß, sie ist eine wahre Meisterin der Manipulation. Eigentlich ist sie diejenige, die sich schrecklich benimmt, und trotzdem gelingt es ihr, dass man ein schlechtes Gewissen bekommt.«

»Ganz genau.« Und die Tatsache, dass Sara offenbar wusste, wie sie sich fühlte, ließ die Last ein wenig leichter werden. Zum ersten Mal in ihrem Leben hatte sie das Gefühl, damit nicht allein zu sein.

»Willst du mit ihr telefonieren? Wir anderen könnten ja schon mal ein Stück weitergehen, damit du deine Ruhe hast.« Sara zögerte. »Oder ich rede mit ihr, wenn dir das lieber ist.«

Imogen musterte sie überrascht. »Das würdest du tun?«

»Ja, wenn es dir hilft. Allerdings kann ich nicht garantieren, dass ich mich ebenso versöhnlich verhalten würde wie du. Es kann sein, dass ich unhöflich werde und Dinge sage, die ich am Ende bereue. Aber das wäre dann meine Verantwortung, nicht deine.«

Imogen musste lächeln. Sie war einfach nicht dazu in der Lage, sich vorzustellen, wie Sara laut wurde.

Als sie ihren Gedanken gerade aussprechen wollte, klingelte das Telefon erneut.

Sie wechselte einen kurzen Blick mit Sara, dann schaltete sie das Handy aus.

Es gab so vieles, was sie nicht ändern konnte. Aber sie hatte die Wahl, ob sie mit ihrer Mutter sprechen wollte oder nicht.

»Ich gehe heute zum ersten Mal in meinem Leben einen Weihnachtsbaum kaufen. Das will ich mir nicht von ihr verderben lassen.«

Sara musterte sie kurz, dann nickte sie. »Eine gute Entscheidung. Na, dann los. Suchen wir einen Weihnachtsbaum für dich. Warte, ich gebe dir eine kleine Einführung in die Familienregeln und -traditionen. Regel eins: Du suchst dir einen Baum aus, der viel zu groß für das jeweilige Zimmer ist. Regel zwei: Du lässt dir von Patrick lang und breit erklären, wie unpraktisch es wäre, diesen Baum zu nehmen.«

»Und dann?« Sie schob die dunkle Wolke weg, die sie einzuhüllen gedroht hatte. »Lässt man sich von ihm überzeugen?«

Sara lächelte. »Rate mal.«

»Ich würde sagen, gegen euch drei hat der arme Mann keine Chance.«

»Da hast du so was von recht.«

Während sie Ava und den anderen hinterherliefen, dachte Imogen, wie viel leichter man Probleme in den Griff bekam, wenn man mit jemandem darüber reden konnte.

Irgendwann würde sie sich überlegen müssen, wie es mit ihr und ihrer Mutter weitergehen sollte. Aber gerade zählten der Schnee und das Lachen und Avas Aufregung, und sie wollte keine Sekunde dieses Tages daran verschwenden, an ihre Mutter oder die Vergangenheit zu denken.

All das konnte warten.

19. KAPITEL

DOROTHY

Sie hatte den gesamten Tag mit Vorbereitungen verbracht. Der Abend sollte rundum perfekt werden.

Die anderen hatten sie eingeladen, zur Baumjagd mitzukommen, aber sie hatte höflich abgelehnt. Erstens, weil sie bereits drei Bäume im Haus hatte und sich lieber auf den bevorstehenden Abend konzentrieren wollte, zweitens, weil sie Imogen und Sara etwas ungestörte Zeit miteinander ermöglichen wollte. Das würde den beiden guttun, und zudem würde sich Imogen vielleicht nicht ganz so überwältigt fühlen, wenn sie nicht gleich die gesamte Familie auf einmal um sich hatte. Aber im Lauf des Tages hatte es mehrere Momente gegeben, in denen sie ihre Entscheidung hinterfragt hatte. Sara hatte den Kontakt zu Imogen nicht gesucht, und wäre Dorothy nicht gewesen, hätte sie sich vermutlich nie mit dem Thema auseinandergesetzt. Ob sie nun wohl gut zurechtkam?

Den Weihnachtsbaum auszusuchen war eins von Saras Lieblingsereignissen im Jahr. Was, wenn Imogens Anwesenheit ihr den Tag ruinierte?

Es kostete sie einige Mühe, Sara keine Nachricht zu schicken, um sich zu erkundigen, ob alles gut lief. Immer wieder rief sie sich ins Gedächtnis, dass ja auch Patrick und Miles sowie die Mädchen dabei waren. Sobald Ava und Iris im Spiel waren, lösten sich angespannte Momente meistens ganz von selbst in Wohlgefallen auf.

Vielleicht lief ja ohnehin alles wunderbar. Aber allzu große Hoffnungen machen wollte sie sich nicht. Ihr war bewusst, dass sie trotz all ihrer Erfahrungen dazu neigte, das Familienleben zu romantisieren. Das war einer der zahlreichen Gründe dafür, aus denen sie sich immer noch teilweise die Schuld an den vergangenen Ereignissen gab. Denn ein Teil von ihr glaubte bis heute daran, dass alles besser gelaufen wäre, wenn sie sich anders verhalten hätte. Aber stimmte das überhaupt? Vielleicht hatte Sara recht und es war vermessen, sich einzubilden, sie könnte alles kontrollieren. Vielleicht mussten Eltern einfach akzeptieren, dass sie ihr Kind zwar mit bestimmten Werten erziehen konnten, aber kaum Einfluss darauf hatten, was das Kind am Ende daraus machte.

Du solltest dir endlich verzeihen und die Vergangenheit hinter dir lassen. Das Geschehene akzeptieren, anstatt dir Vorwürfe zu machen.

Saras Worte hatten sie bis heute nicht losgelassen.

Sie hatte so viel Zeit damit verbracht, die Dinge zu bereuen, die sie zu Tina gesagt hatte. Zu bereuen, wie sie mit dem Verhalten ihrer Tochter umgegangen war. Sich mit Selbstvorwürfen zu zerfleischen. Selbstvorwürfe, die letztlich bedeuteten, dass sie Tina aus der Verantwortung nahm, was für Sara wiederum frustrierend war.

Dorothy beobachtete durchs Küchenfenster, wie Benson aus dem Stall kam, um seine zugeschneite Koppel zu erkunden.

Sara hatte recht. Tina hatte ihre Entscheidung getroffen. Die Entscheidung, Imogen bei ihnen zu lassen. Die Entscheidung, wieder zurückzukommen und Imogen mitzunehmen. Und die Entscheidung, ihre Familie von ihrem Leben auszuschließen.

Vielleicht war Akzeptanz ja wirklich der richtige Umgang damit. Nur: Wie kam man dahin?

Vielleicht musste man ab einem gewissen Punkt einfach mit der Erkenntnis leben, dass es möglich war, sein Kind aufrichtig zu lieben und sein Verhalten und seine Entscheidungen dennoch kritisch zu sehen.

Erschöpft von all den Gedanken packte sie sich warm ein und ging nach draußen in den klirrend kalten Wintertag, um Benson und die anderen Alpakas mit ein paar Leckerlis zu verwöhnen. Die weiß verschneiten Felder glitzerten im Sonnenlicht, so weit das Auge reichte. Der Anblick war so schön, dass Dorothy kurz der Atem stockte, und einmal mehr wurde ihr klar: Es war die Gegenwart, die zählte. Nicht die Vergangenheit.

Und für eben jene Gegenwart gab es drinnen viel zu tun. Gestärkt durch den kurzen Ausflug an die frische Luft und zu ihren Tieren kehrte sie in die Küche zurück und machte sich wieder an die Arbeit.

Eine Stunde später köchelte ein winterlicher Eintopf auf dem Herd, und köstliche Düfte schwebten durch die Küche.

Da es ein besonderes Familienessen werden sollte, deckte sie den Tisch im Esszimmer und gab sich noch mehr Mühe als sonst mit der Dekoration. Überall flackerten Kerzen, und der Baum, den sie vor einigen Tagen besorgt hatte, stand auf seinem Ehrenplatz in der Fensternische, geschmückt mit denselben Anhängern und Kugeln wie jedes Jahr, die für sie allesamt mit ganz besonderen Erinnerungen verbunden waren.

Spontan beschloss sie, dass sie in diesem Jahr hier auch das Weihnachtsessen ausrichten würde.

Als Phillip noch am Leben gewesen war, hatten sie schrecklich gern Gäste im Haus gehabt. Dorothy hatte häufig Leute aus dem Dorf eingeladen, und die gemeinsamen Abende waren geprägt von Gelächter und angeregten Unterhaltungen gewesen. Doch nach seinem Tod war sie von der Vorstellung, allein die Dinge fortzuführen, die sie früher einmal gemeinsam getan hatten, überfordert gewesen. Zwar kochte sie immer noch gern, aber wenn überhaupt einmal Gäste zu Besuch waren, dann eher spontan und ohne große Vorbereitung.

Doch heute gab es einen Grund zum Feiern.

Ava und Iris zuliebe würden sie früh essen. Sie konnte noch immer kaum glauben, dass Imogen nachher mit ihnen am Tisch sitzen würde.

Sie war fast fertig mir ihren Vorbereitungen, da hörte sie draußen das Brummen von Automotoren, dann das Klappern von Türen und Stimmengewirr, gefolgt von Avas quietschendem Lachen.

Und schon stürmten sie in einer Wolke aus kalter Luft, Lachen und schneebedeckten Stiefeln hinein.

Ein fröhlicher Lärm hallte durch das Haus und füllte die Leere in Dorothys Herz.

Sara und Imogen lachten miteinander, und Dorothy musterte ihre Tochter mit einer Mischung aus Erleichterung und einem Hauch von Neugierde.

Sara hatte sich in der Vergangenheit so stark geschützt, dass Dorothy nicht sicher gewesen war, ob es ihr gelingen würde, sich Imogen gegenüber zu öffnen. Aber wie es aussah, verstanden sich die beiden blendend.

»Zumindest passt dein Baum ins Wohnzimmer«, sagte Sara gerade zu Imogen, als sie ihre Winterjacken auszogen und ihre Schals und Handschuhe zu denen der anderen auf den großen Haufen warfen. »Der, den die Mädchen für uns ausgesucht haben, ist viel zu groß. Diesmal bin sogar ich dieser Meinung. Patrick wird ihn ordentlich zurechtstutzen müssen.«

Währenddessen jagte Ralph Bailey in die Küche, woraufhin Miles sich verzweifelt abmühte, die beiden Hunde zur Vernunft zu bringen.

»Ralph. Ralph! Tut mir leid, Dorothy«, brummte er. »Wie konnte ich mich nur überreden lassen, mich um ihn zu kümmern? Imogen? Ruf deinen Hund zu dir.«

»*Meinen* Hund?« Imogen legte ihren Schal über Saras und drehte sich mit glühenden Wangen zu Miles um. »Seit wann ist er denn *mein* Hund?«

»Seit du die Einzige bist, auf die er hört.«

Imogen strich sich die Haare aus dem Gesicht. »Ralph, bei Fuß.«

Der Golden Retriever schoss auf sie zu und kam kurz vor ihr mit einem leicht beläpperten Gesichtsausdruck schliddernd zum Halten.

»Sitz«, befahl ihm Imogen, woraufhin sich Ralph schwanzwedelnd setzte.

»Siehst du, was ich meine?« Ungläubig schüttelte Miles den Kopf. »Damit ist die Sache klar, du musst ihn mit nach London nehmen.«

»Führe mich bloß nicht in Versuchung«, antwortete Imogen.

Ava sah betroffen zwischen den beiden hin und her. »Ich will aber nicht, dass Imogen wieder nach London fährt. Sie soll für immer hierbleiben und meine Freundin sein. Hast du einen Stern oben auf deinem Baum, Imogen?« Sie wirbelte im Kreis, wobei sie wieder einmal fast über Bailey stolperte, der unbedingt mitspielen wollte.

»Nein, ich habe keinen Stern.« Imogen half Ava, das Gleichgewicht zu halten.

»Und was ist mit dem übrigen Schmuck?«

»Damit können wir dir aushelfen.« Sara holte eine mit einer großen roten Schleife verzierte Schachtel hervor und reichte sie Imogen. »Hier, ein kleines Geschenk.«

»Für mich?« Imogen nahm die Schachtel mit ratloser Miene entgegen. »Was ist das?«

»Na, du musst reinschauen, um es herauszufinden. Warte, ich helfe dir.« Ava streckte ihre kleinen Hände schon nach der Schleife aus, aber Iris gab ihr einen freundlichen Klaps auf die Finger.

»Das ist unhöflich, Ava. Jeder darf seine Geschenke selbst aufmachen.«

»Vielleicht können wir es ja gemeinsam tun.« Imogen hielt Ava die Schachtel hin. »Du machst die Schleife auf und ich das Papier.«

Ava zog an der Schleife, die zu Boden schwebte, gefolgt vom Geschenkpapier.

In der Schachtel befand sich eine Auswahl an silbernem Baumschmuck. Einige Kugeln waren ganz schlicht, andere mit einem zarten Schneeflockenmotiv versehen.

»Die sind ja wunderschön.« Vorsichtig nahm Imogen eine der Kugeln heraus und sah zu Sara. »Die hast du für mich gekauft?«

Sara zuckte verlegen mit den Achseln. »Ich dachte, da du offenbar noch keinen Baumschmuck hast, ist es an der Zeit, den Grundstock für eine Sammlung zu legen.«

Imogen betrachtete den Inhalt der Schachtel noch einmal kurz, dann blinzelte sie und stand auf. »Danke.«

»Sehr gern. Wie du noch herausfinden wirst, hat es seine Vorteile, dass Miles so groß ist. Er kommt nämlich bis zur Baumspitze.«

»Mich interessiert gerade vor allem, wie viel Schaden Ralph an dem Baum anrichten wird«, bemerkte Miles. »*Sitz* und *Bleib* scheinen für ihn ja eher Empfehlungscharakter zu haben.«

»Kommt ins Wohnzimmer und wärmt euch auf. Ich dachte, wir essen heute etwas früher, aber um anzustoßen reicht die Zeit trotzdem noch. Ich habe Mince Pies gebacken.« Dorothy trieb die gesamte Meute ins Wohnzimmer, wo die Kinder auf direktem Weg zum Baum gingen, um die Geschenke zu begutachten, die bereits darunter drapiert waren.

Ava schnappte sich eines und schüttelte es.

»Hör auf damit.« Iris nahm es ihr wieder weg. »Sonst machst du's noch kaputt. Und vielleicht ist es noch nicht mal für dich.«

»Es steht aber mein Name drauf.«

Die folgende Stunde verging in einem Wirbel aus aufgeregtem Chaos, und als Dorothy sich entschuldigte, um in der Küche letzte Hand ans Essen zu legen, kam ihr Sara hinterher.

»Kann ich irgendwie helfen?«

»Ja, du könntest den Kartoffelstampf machen.« Dorothy goss die Kartoffeln ab und stellte Sara den Topf hin. Sie brannte darauf zu erfahren, wie der Tag gelaufen war, ob die Stimmung sehr angespannt gewesen war und wie es Sara jetzt ging. Aber da sie vermutlich jeden Moment gestört werden würden, hielt sie ihre Frage kurz. »Wie war dein Tag?«

»Fast schon magisch. Wobei der Schnee natürlich geholfen hat. Ich glaube, das war unsere erste weiße Weihnachtsbaumjagd überhaupt. Der Wald sah wirklich wunderschön aus. Und Imogen scheint es gefallen zu haben. Sie hat sich einen tollen

Baum ausgesucht. Na ja, streng genommen hat Ava ihn ihr aufgeschwatzt.« Sara stampfte die Kartoffeln, füllte den Brei in eine Schale und schob diese in den Ofen, um sie warm zu halten. Dann sah sie ihre Mutter an. »Es war schön. Besser, als ich je gedacht hätte. Einfacher. Und du? Du hast bestimmt den ganzen Tag in der Küche gestanden.«

»Zumindest teilweise. Aber dadurch hatte ich Zeit zum Nachdenken.«

»Und worüber?«

»Das Leben im Allgemeinen.« Dorothy trocknete sich die Hände ab, dann drehte sie sich wieder zu ihrer Tochter um. »Mir ist klar geworden, dass du recht hast. Ich übernehme zu viel Verantwortung für Tinas Entscheidungen. Und in noch einem Punkt hast du recht. Ich habe immer wieder Ausreden für ihr Verhalten gefunden und ihr Ausnahmen durchgehen lassen. Das war nicht in Ordnung von mir, und ich möchte mich dafür entschuldigen.«

Saras Miene wurde ganz weich, und sie berührte ihre Mutter sachte am Arm. »Du musst dich für gar nichts entschuldigen.«

»O doch. Die Wahrheit lautet, dass Tina sich grauenvoll benommen und damit einer ganzen Menge Leute wehgetan hat, vor allem dir und Imogen. Ich hätte mir das schon lange eingestehen sollen. Die Tatsachen akzeptieren müssen, anstatt immer nur mir die Schuld zu geben.« Nun, wo sie sich nicht mehr verantwortlich fühlte, war endlich Raum für Traurigkeit. Ja, das Familienleben war nicht immer leicht. Aber es gab einem auch viel zurück, und das alles hatte Tina sich selbst genommen.

Falls ihre Worte Sara überrascht hatten, ließ sie es sich nicht anmerken. »Und wie kommt es, dass du deine Meinung geändert hast?«

»Ich musste die ganze Zeit daran denken, was für fürchterliche Lügengeschichten sie Imogen erzählt hat. Vor allem, dass wir sie nicht gewollt hätten. Damit hat sie auch Imogen den Kontakt zu ihrer Verwandtschaft weggenommen.« Und das war ganz allein Tinas Entscheidung gewesen. »Es spricht sehr für Imogens innere Reife, dass sie uns glaubt.«

»Ja, sie scheint bereit zu sein, sich mit der Wahrheit zu konfrontieren, wie schwer sie auch sein mag.« Sara zögerte kurz, dann fuhr sie fort: »Ich muss mich auch bei *dir* entschuldigen. Weil ich dich wegen Imogen so unter Druck gesetzt habe. Ich hatte Angst, dass es sich als Fehler erweisen könnte, eine Beziehung zu ihr aufzubauen. Aber ich habe mich geirrt. Du hast das Richtige getan, Mum.«

»Es freut mich sehr, dass du das inzwischen auch so siehst. Wobei die Geschichte natürlich genauso gut anders hätte ausgehen können. Es war unser Glück, dass Imogen so ist, wie sie ist.«

»Ich habe da so eine Ahnung, dass sie viel Erfahrung damit hat, schwierige Situationen zu meistern.«

»Da hast du leider recht. Glaubst du, sie wird Tina darauf ansprechen? Sie ebenfalls mit der Wahrheit konfrontieren?« Auch dieser Punkt bereitete ihr Sorgen. Was, wenn Tina die zarten Bande zerstörte, die sich gerade zwischen Imogen und ihnen entwickelten?

»Das kann ich nicht einschätzen«, erwiderte Sara in neutralem Ton. »Aber wir werden Tinas Entscheidungen akzeptieren müssen, genauso wie Imogens. Und ich bezweifle, dass sie sich über Tinas Charakter Illusionen macht.«

Etwas an ihrem Tonfall verriet Dorothy, dass Imogen und sie auf dem Waldspaziergang mehr als nur oberflächlichen Small Talk ausgetauscht hatten.

Aber das ging sie nichts an. Es war wichtig, dass Sara und Imogen ein eigenes Verhältnis zueinander aufbauten, und es freute Dorothy, dass sie offenbar bereits damit angefangen hatten.

»Da hast du bestimmt recht.«

»Hoffentlich besitzt Imogen auch weiterhin die innere Kraft, ihre eigenen Entscheidungen zu treffen und sich selbst ein Bild zu machen, auch wenn Tina vielleicht Druck auf sie ausüben sollte. Ich glaube aber, das ist ihr zuzutrauen.«

»Ich auch.« Dorothy füllte den Eintopf in eine Schüssel. »Und zumindest kennt sie jetzt die Wahrheit.«

Vermutlich hatte sie als Mutter nicht halb so viel Einfluss, wie sie sich einbildete. Sie hatte ihre Töchter nach bestem Wissen und Gewissen großgezogen und versucht, ihnen gute Werte mitzugeben. Aber ab einem gewissen Punkt trafen sie ihre eigenen Entscheidungen. Und manchmal war es besser, die Dinge als das zu akzeptieren, was sie waren, anstatt seine Zeit damit zu verschwenden, sich zu wünschen, es wäre alles anders gekommen.

Imogen war jetzt hier bei ihnen und würde gleich zusammen mit ihrer Familie zu Abend essen. Weil sie es so wollte. Es war ihre eigene freie Entscheidung.

Und wie es schien, traf sie schon seit langer Zeit ihre eigenen Entscheidungen.

»Wie hat sie sich eigentlich mit Miles vertragen?«

Sara hob eine Braue. »Du hast doch wohl nicht vor, dich einzumischen, oder?«

»Auf keinen Fall.«

»Gut. Denn wie es aussieht, hat sich Ralph bereits die Rolle des Kupplers geschnappt.«

»In dem Fall bin ich bereit, Ralph zu verzeihen, dass er sich meine Hausschuhe geschnappt hat, kaum dass er das Haus betreten hat.«

Da stand plötzlich Imogen mit Ava im Schlepptau in der Tür.

»Braucht ihr vielleicht noch Hilfe?«

Dorothy freute sich von Herzen, dass Imogen von selbst ihre Nähe suchte. Sie holte die Teller heraus, die zum Vorwärmen im Ofen gestanden hatten. »Ja, du könntest bitte allen Bescheid geben, dass sie sich die Hände waschen und ins Esszimmer gehen sollen. Wir können gleich essen.«

»Das riecht köstlich.«

Ava nahm Imogen bei der Hand. »Nanna ist die beste Köchin.«

»Habe ich schon gehört. Ich freue mich sehr aufs Essen.«

»An Weihnachten ist es immer am besten«, sagte Ava. »Du bist Weihnachten doch noch hier, oder, Imogen?«

Es folgte eine kurze, verlegene Pause.

Sara wechselte einen Blick mit Imogen, dann sah sie zu Dorothy.

Dorothy hatte eigentlich nicht vorgehabt, Imogen heute schon einzuladen, aber vielleicht war es besser so. Spontaner.

»Wenn Imogen mit uns feiern möchte, ist sie natürlich von Herzen gern eingeladen.«

Mit angehaltenem Atem wartete sie die Antwort ab. Hoffentlich war es ihr gelungen, Imogen nicht unter Druck zu setzen. Sie wollte sie weder drängen noch ihr das Gefühl vermitteln, dass Erwartungen an sie gestellt würden. Falls Imogen sich bei dem Gedanken nicht wohlfühlte und lieber nicht dabei sein wollte, würde Dorothy damit leben müssen. Imogen hatte Sara und sie angehört und heute Zeit mit Sara und ihrer Familie verbracht. Und nun war sie hier. Niemand konnte ihr einen Vorwurf daraus machen, wenn ihr das erst einmal genug war. Das volle Weihnachtsprogramm mitzuerleben war so früh in diesem zerbrechlichen neuen Miteinander vielleicht ein wenig zu viel verlangt.

Imogen sollte selbst entscheiden, was gut für sie war.

»Ich würde sehr gern Weihnachten mit euch feiern, wenn es euch wirklich recht ist«, antwortete Imogen leise.

»Aber natürlich ist es das!«, rief Dorothy. »Für uns wäre es das schönste Geschenk, wenn du dabei bist.«

»Toll! Ich will neben dir sitzen!« Ava sprang davon, um ihrer Schwester die frohe Botschaft zu verkünden, während Imogen zu Dorothy herüberkam.

»Die kann ich doch nach drüben bringen.« Sie nahm Dorothy die Teller aus der Hand. »Jetzt musst du mir nur noch verraten, was ich dir an den Weihnachtsfeiertagen abnehmen kann. Ich bin zwar keine sonderlich geübte Köchin, aber ich kann Anweisungen umsetzen, und ich möchte gern helfen.«

»In dem Fall erteile ich dir den Auftrag, meine Töchter dazu zu bewegen, Rosenkohl zu essen«, warf Sara gut gelaunt ein. »Und zwar ohne dass sie meckern, wie eklig er schmeckt.«

Imogen grinste. »Ich werde mein Bestes geben.«

»Du nimmst die Teller, ich den Eintopf.« Sara hob die schwere Schüssel hoch. »Den Rest soll Patrick erledigen.«

»Und da bin ich auch schon.« Patrick war von den Mädchen flankiert in der Tür erschienen, und schon bald liefen alle durch die Gegend, um Teller, Getränke und Essen zum Tisch zu bringen.

Dorothy bekam eine Menge Komplimente dafür, wie sie das Esszimmer hergerichtet hatte, und Sara schenkte ihr ein Lächeln.

Sie lächelte zurück. Sie wusste genau, was ihre Tochter gerade dachte.

Gestern Mittag noch hätten sie niemals mit einem solchen Ausgang gerechnet, nachdem Imogen aus dem Haus gestürmt war.

Es war mehr, als sie beide je zu träumen gewagt hätten.

Imogen schien bereit zu sein, die Vergangenheit ruhen zu lassen und sich voll und ganz auf diese neue Entwicklung in ihrem Leben einzulassen.

Sie setzten sich, und Dorothy erlaubte sich, endlich aufzuhören, sich zu sorgen, und den Augenblick mit ihrer Familie zu genießen.

Wenn Imogen die Vergangenheit ruhen lassen konnte, dann war auch sie dazu in der Lage. Die Entscheidung, sich zu verzeihen, dass ihr eigenes Verhalten womöglich einen Beitrag zu den Ereignissen der Vergangenheit geleistet hatte, und einen Neuanfang zu wagen, lag einzig und allein bei ihr. Zum ersten Mal überhaupt sah sie sich dazu in der Lage zu akzeptieren, dass sie nicht allein die Verantwortung dafür trug, was in ihrer Familie schiefgelaufen war.

Und sie hatte allen Grund, dankbar zu sein für das Leben, das sie heute führte.

20. KAPITEL

SARA

»Die Mädchen schlafen endlich, und um ehrlich zu sein, finde ich die Vorstellung verlockend, auch bald ins Bett zu gehen. Ich bin fix und fertig.« Sara ließ sich aufs Sofa fallen und nahm das Glas Wein entgegen, das Patrick ihr reichte. »Danke, du bist mein Retter.«

In der Wohnzimmerecke funkelte ihr frisch geschlagener Weihnachtsbaum. Es war zwar schon spät gewesen, als sie von ihrer Mutter zurückgekommen waren, doch Iris und Ava hatten darauf bestanden, den Baum noch zu schmücken.

»Wenn ich morgen aufstehe, soll alles schon glitzern«, hatte Ava gesagt, und Iris war ganz ihrer Meinung gewesen.

Sie hatten Weihnachtsmusik angemacht, und Sara hatte den Mädchen Kakao gekocht, aber nun schliefen die Kinder.

»Auf unsere neuste erfolgreiche Weihnachtsbaumjagd.« Sie stieß mit Patrick an. »Er sieht schön aus, findest du nicht?« Die Lichter am Baum tauchten den gesamten Raum in einen weichen Schimmer und ließen ihn noch gemütlicher wirken als ohnehin schon. Der würzige Geruch von Tannengrün und Baumharz durchdrang die Luft und verbreitete Weihnachtsstimmung. Es duftete, als hätten sie den ganzen Wald im Haus.

»Vor allem sieht er groß aus, finde ich.« Patrick setzte sich neben sie und streckte die Beine aus. »Warum lasse ich mich jedes Jahr wieder dazu überreden, einen Baum zu kaufen, der höher ist als die Zimmerdecke?«

»Weil du zu wenig Rückgrat hast?«

»Daran muss es liegen.« Er beugte sich vor und küsste sie. »Das war ein schöner Tag.«

»Der beste.«

»Imogen und du hattet einander ja eine Menge zu erzählen.«

»Ja.« Sie nippte an ihrem Wein. »Das hatten wir allerdings.«

»Und war die Stimmung zwischen euch gar nicht merkwürdig? Ich stelle mir das nicht leicht vor.«

»Das ging mir auch so. Aber am Ende war alles ganz einfach. Weil Imogen es mir einfach *gemacht* hat. Sie scheut sich nicht, Dinge offen anzusprechen, egal ob gut oder schlecht. Ihre Ehrlichkeit hilft mir sehr, weil wir nicht auf Zehenspitzen um die Vergangenheit herumschleichen und so tun müssen, als hätte es sie nie gegeben.« Anders als sie selbst lief Imogen nicht vor unangenehmen Themen davon, und sie hatte beschlossen, sich das Verhalten ihrer Nichte zum Vorbild zu nehmen.

»Habt ihr denn auch über Tina geredet? Du sprichst ja ungern über sie.«

»Tina hat zufällig angerufen, während wir uns unterhalten haben. Da war es natürlich schwer, ihre Existenz zu ignorieren.«

»Sie hat angerufen?« Patrick drehte sich zur Seite, damit er sie richtig ansehen konnte. »Das soll wohl ein Witz sein.«

»Kein Witz. Anscheinend meldet sie sich immer dann bei Imogen, wenn sie irgendetwas braucht.«

»Klingt ganz nach der Tina von früher. Und was wollte sie? Geld?«

Manchmal vergaß sie, dass Patrick das alles persönlich miterlebt hatte. Dass er aus erster Hand wusste, wie viel durch das Verhalten ihrer Schwester zerstört worden war.

»Imogen ist nicht rangegangen.«

»Überraschend. Aber besser für sie.«

»Ja, und ich glaube, dass sie das häufiger so macht. Sie entscheidet selbst, wann sie reagiert, um ihren Kontakt zu Tina besser kontrollieren zu können.« Sara betrachtete gedankenverloren den Baum. »Ich habe nachgedacht.«

»Wenn du in diesem Tonfall redest, bekomme ich immer Angst.«

Normalerweise hätte sie über seine Worte lachen müssen, aber nicht heute. »Ich überlege, ihr anzubieten, sie bei ihrem nächsten Treffen mit Tina zu begleiten.«

»Was?« Wie erwartet, schien die Vorstellung Patrick zu entsetzen. »Sie will sich mit ihr treffen?«

»Das hat sie noch nicht entschieden. Aber nun überleg doch mal, Patrick. Tina hat sie angelogen. Sie versteht nicht, warum. Sie hat gerade erst davon erfahren und wird vermutlich irgendwann mit ihrer Mutter darüber reden wollen. Um begreifen zu können, was sie sich dabei gedacht hat.«

»Das verstehe ich ja alles, aber warum willst du sie begleiten? Seit ich dich kenne, tust du, was du kannst, um nicht an Tina denken zu müssen. Ich fand es immer erstaunlich, was für eine Selbstbeherrschung du in dieser Hinsicht an den Tag gelegt hast. Warum hast du es dir jetzt anders überlegt und willst dich sogar mit ihr treffen?«

»Das will ich ja gar nicht. Aber ich möchte Imogen helfen. Und wenn sie mit Tina reden will, würde ich gern für sie da sein. Gesetzt den Fall, sie möchte mich überhaupt dabeihaben.«

»Aber geht das nicht nur Imogen und Tina etwas an?«

»Natürlich. Aber trotzdem muss sie sich der Situation doch nicht zwingend allein stellen.«

»Und du tust das nicht, weil du Angst hast, Tina könnte wieder lügen?«

»Nein, ich tue das, weil Imogen außer mir niemanden hat.« Leise sprach sie weiter: »Sie ist all die Jahre über allein damit gewesen. Wir haben noch nicht im Detail darüber geredet, aber ich weiß, dass sie es nicht leicht hatte. Imogen ist ausgesprochen unabhängig, und ich gehe davon aus, dass sie gezwungen war, so zu werden, weil sie nie jemanden hatte, der ihr Rückendeckung gegeben hat. Aber jetzt hat sie mich.«

Patrick wirkte nicht sonderlich glücklich mit ihrer Entscheidung. »Aber das wird so schwer für dich, und …«

»Nicht halb so schwer wie für Imogen«, unterbrach sie ihn. »Und sie soll wissen, dass sie nicht mehr allein ist.«

»Ich bin mir sicher, sie weiß auch so, dass du auf ihrer Seite stehst.«

»Natürlich. Weil ich es ihr gesagt habe. Aber Worte allein helfen nicht viel. Worte sind schnell gesprochen. Ich will ihr nicht nur sagen, dass ich für sie da bin, sondern es auch wirklich sein.«

Noch immer wirkte Patrick nicht überzeugt. »Ich verstehe das alles. Aber vor ein paar Wochen hast du dich noch strikt geweigert, auch nur an Tina zu denken, geschweige denn über sie zu sprechen.«

»Und in den vergangenen Tagen war ich gezwungen, beides zu tun.« Sie trank noch einen Schluck Wein, dann stellte sie ihr Glas neben seinem ab. »Ich dachte, ich hätte die gesamte Situation mit Tina voll im Griff, weil ich sie erfolgreich verdrängt und einfach nicht mehr an diese Zeit in meinem Leben gedacht habe. Ich habe mir eingebildet, ich hätte die Vergangenheit hinter mir gelassen, und war deswegen allen Ernstes auch noch stolz auf mich. Kaum zu fassen, oder? Und dann war ich auch noch sauer auf meine Mutter, weil sie nicht dasselbe getan hat.«

»Aber du hast allen Grund, stolz auf dich zu sein. Du hast Schreckliches erlebt, und es ist dir gelungen, es hinter dir zu lassen.«

»Aber das habe ich in Wahrheit doch gar nicht. Das ist ja gerade das Problem!« Sie rieb sich den Nacken. »Verdrängen und Verarbeiten sind zwei unterschiedliche Dinge, Patrick.«

»Verdrängung ist eine durch und durch legitime Bewältigungsstrategie.«

»Mag sein. Aber es ist auch eine fragile Strategie. Als gestern alles ans Licht kam und ich gezwungen war, mich damit auseinanderzusetzen, war ich kurz davor, eine Panikattacke zu bekommen. Die Zeit damals war so schwer für mich, dass ich eine riesige Angst davor hatte, mich zu erinnern.«

»Aber wenn du das so empfindest, warum willst du dann Tina wiedersehen?«

»Weil ich keine Angst mehr davor habe! Die ganze Zeit habe ich meiner Mutter gepredigt, dass sie aufhören soll, sich Vorwürfe zu machen. Dass sie die Vergangenheit akzeptieren muss als das, was sie ist. Aber heute bei unserem Waldspaziergang habe ich im Gespräch mit Imogen begriffen, dass ich eigentlich nichts anderes getan habe als Mum. Nur dass ich die Vergangenheit verdrängt habe, anstatt sie zu akzeptieren. Imogen hat ihr Leben lang mit den Tatsachen gelebt. Sie hatte überhaupt nicht die Möglichkeit, sie zu verdrängen oder vor ihnen davonzulaufen. Und sie hatte auch keinerlei Unterstützung durch die Familie. Sie tat, was getan werden musste, und zwar ganz allein. Ich finde das sehr stark und tapfer von ihr.«

»Klingt so, als hättest du dich von ihr inspirieren lassen.«

»Mag sein. Jedenfalls habe ich Hochachtung vor ihr. Und wenn ich ehrlich bin, finde ich mich im Vergleich zu ihr ganz schön feige. Durch das Gespräch mit ihr stelle ich mich selbst infrage. Was für ein Vorbild möchte ich meinen Töchtern sein? Natürlich wünsche ich mir, dass sie es im Leben immer leicht haben. Aber wir wissen beide, wie unwahrscheinlich das ist. Das Leben ist voller Stolpersteine, und ich möchte den beiden das nötige Selbstvertrauen mitgeben, solchen Herausforderungen gewachsen zu sein. Sie sollen sich nicht vor der Realität verstecken, so wie ich es getan habe.«

»Ich finde, du bist ganz schön streng mit dir.« Er strich ihr mit dem Daumen über die Wange. »Du warst jung, und das war eine schlimme Zeit. Natürlich hatte diese Phase einen gewaltigen Einfluss auf dich.«

»Aber Imogen war auch jung. Und sie hat sich den Tatsachen trotzdem gestellt.«

»Und wie soll es jetzt weitergehen? Willst du ihr vorschlagen, sich mit Tina zu treffen?«

»Nein, diese Entscheidung muss sie selbst fällen. Aber wenn sie mit ihrer Mutter reden möchte, dann soll sie wissen, dass ich ihr zur Seite stehe. So macht man das schließlich in einer Familie, oder?«

Sie war wild entschlossen, all die Jahre wiedergutzumachen, in denen Imogen sich allein durchs Leben hatte schlagen müssen.

Patrick ließ die Hand sinken. »Wenn du sie begleitest, dann komme ich auch mit.«

Ihr wurde ganz warm ums Herz. »Das weiß ich sehr zu schätzen, aber ich glaube nicht, dass das nötig sein wird.«

»Dann sag mir zuliebe Ja. Wenn du dich Tina auch nur auf einen Kilometer näherst, will ich dabei sein.«

»Wieso?«

»Da fragst du noch? Weil ich dich liebe. Und hast du gerade nicht selbst gesagt, dass Worten auch Taten folgen müssen?«

Sie beugte sich zu ihm, um ihn zu küssen. »Was habe ich nur für ein Glück.«

»Allerdings.« Er senkte die Stimme zu einem Flüstern. »Komm mit nach oben, dann zeige ich dir, wie groß dein Glück ist.«

Es war das perfekte Ende für einen nahezu perfekten Tag.

21. KAPITEL

IMOGEN

»Du hast mir gar nicht verraten, wohin wir wollen.« Imogen nahm ihre dicke Jacke vom Haken, setzte ihre Mütze auf und wickelte sich den Schal um den Hals. Miles wartete an die Haustür gelehnt auf sie.

»Ich dachte, du wärst schon fertig. Bin ich zu früh?«

»Nein, nein, ich bin spät dran. Weil ich schon wieder verschlafen habe.« Die Sonne schien, aber sie wusste, dass es draußen eiskalt sein musste. »Langsam wird das zur Gewohnheit.«

Wo sie früher so gut wie nie richtig geschlafen hatte, schlummerte sie jetzt Nacht für Nacht tief und fest durch. Langsam fragte sie sich, ob Rosalind vielleicht recht gehabt und sie tatsächlich kurz vor dem Burn-out gestanden hatte. In den vergangenen Tagen hatte sich der Knoten aus Anspannung in ihrem Bauch nach und nach gelockert, und sie hatte nicht mehr das Gefühl, mit Hochgeschwindigkeit durchs Leben zu rasen, obwohl ihr Tank fast leer war. Sie dachte nicht mehr ständig an die Arbeit, wachte nachts nicht auf, um sich Notizen zu machen, und schrieb auch keine E-Mails mehr um drei Uhr morgens. Sie musste sich um niemanden kümmern, keine Abgabetermine einhalten und keine To-do-Listen abarbeiten. Abends schaltete sie ihr Handy aus und erst am nächsten Tag wieder ein.

Und sie schlief. Vielleicht lag es an dem gemütlichen Bett oder der weichen Daunendecke, vielleicht auch daran, dass es hier nachts so still war im Vergleich zur Großstadt. Jedenfalls fühlte sie sich, als hätte sie in den letzten Nächten mehr Schlaf bekommen als im gesamten vergangenen Jahr zusammen. Nicht einmal die beiden Anrufe ihrer Mutter hatten sie wach gehalten.

Bisher hatte sie noch nicht reagiert, und wenn sie ehrlich war, war sie unentschieden, ob sie es überhaupt je tun würde.

Sie war aufgebracht und durcheinander. Und wütend auch. Sie brauchte Zeit, um sich zu beruhigen und darüber nachzudenken, wie sie vorgehen wollte.

Doch dann vertrieb sie diesen Gedanken wieder aus ihrem Kopf, anderes war gerade wichtiger. Sie wollte den gemeinsamen Tag mit Miles genießen, und das würde sie sich nicht von ihrer Mutter ruinieren lassen.

Nach dem Weihnachtsbaumausflug und dem Abendessen bei Dorothy hatte Miles sie zum Cottage zurückgebracht. Es hatte ein paar Situationen gegeben, in denen sie aufgeregt überlegt hatte, ob sie ihn vielleicht fragen sollte, ob er nicht mit hereinkommen wollte. Aber am Ende war sie zu nervös gewesen und hatte ihn nur kurz umarmt, um ihre Aufmerksamkeit dann Ralph zu widmen, damit Miles ihre Verlegenheit nicht bemerkte.

Sie hatte noch keine fünf Minuten im Bett gelegen, da hatte Miles auch schon angerufen, um sie zu fragen, ob sie am Dienstag Zeit habe, er habe etwas Besonderes geplant.

Natürlich hatte sie sofort zugesagt, woraufhin sie die folgenden zwei Stunden geredet hatten. Inzwischen war ihr klar, dass sie ruhig ihren Mut hätte zusammennehmen und Miles hereinbitten sollen.

Aber zumindest war er jetzt hier, und sie würden den Tag miteinander verbringen. Wäre sie Ralph gewesen, wäre sie unter wildem Schwanzwedeln im ganzen Cottage herumgeflitzt. Aber da Miles das vermutlich eher befremdlich gefunden hätte, beließ sie es bei einem Lächeln.

»Ich freue mich sehr auf unseren Tag, auch wenn du mir noch immer nicht gesagt hast, was wir überhaupt unternehmen.«

»Weil es eine Überraschung ist. Magst du etwa keine Überraschungen?«

Die letzte Überraschung, die sie erlebt hatte, war die Offenbarung gewesen, dass Dorothy ihre Großmutter und Sara ihre Tante war. Deswegen ließ sie die Frage lieber unbeantwortet.

Die vergangenen Tage hatten sich angefühlt, als würde sie auf einmal ein vollkommen neues Leben führen. Am Vortag hatte Miles gearbeitet, weswegen sie Ralph bei sich gehabt hatte. Gemeinsam hatten sie einen langen Spaziergang unternommen und Dorothy oben bei ihr im Haus besucht. Sie hatte ihr geholfen, die Treppengeländer mit Girlanden zu verzieren, das Zimmer zu schmücken, in dem die Mädchen schlafen sollten, und den Weihnachtskuchen zu glasieren. Am Nachmittag hatten sie verschiedene Gerichte vorgekocht und eingefroren, damit Dorothy während der Feiertage nicht rund um die Uhr in der Küche stehen musste.

Bisher hatte sich Imogen nie sonderlich fürs Kochen interessiert. Aber an Dorothys Seite stellte sie fest, dass Hacken, Schneiden und Braten überraschend entspannende Tätigkeiten waren. Und es war so leicht, sich gleichzeitig zu unterhalten. Imogen hatte ihre Großmutter mit endlosen Fragen gelöchert. Sie wollte einfach alles über diese Familie wissen, von deren Existenz sie bis vor Kurzem nichts geahnt hatte. Wollte all die Jahre aufholen, die sie verpasst hatte. All die Geburtstage und Weihnachtsfeste und Feierlichkeiten, aber auch den Alltag – das ganz normale Leben. Sie wollte wissen, was ihnen wichtig war, was sie zum Lachen brachte. Wer sie *waren.* Und so kam es, dass sie versuchte, das Wissen über achtundzwanzig verlorene Jahre in einige wenige Tage zu stopfen, um sich auf den neuesten Stand zu bringen. Bislang hatte sie unter anderem schon herausgefunden, dass Dorothy großes Talent am Klavier besaß, Kreuzworträtsel liebte und sich vom Arbeitsstress erholte, indem sie Zeit mit ihren Tieren verbrachte.

Um wiedergutzumachen, dass es mal ein Leben gab, das sie nicht hatte retten können.

Das waren Miles' Worte gewesen, doch erst jetzt verstand sie wirklich, was er damit gemeint hatte. Und je besser sie Dorothy kennenlernte und je mehr sie über ihre Version der Ereignisse damals erfuhr, desto sicherer war sie, dass ihre Mutter nicht die Wahrheit gesagt hatte. Ihre Darstellung der Situation war von ihrer Unsicherheit und ihren Schwächen bestimmt gewesen. Dorothy hätte niemals ein Familienmitglied im Stich gelassen. Oder überhaupt einen Menschen, der ihr etwas bedeutete. Da war sich Imogen ohne jeden Zweifel sicher. Nicht nur, weil die anderen es ihr gesagt hatten, sondern vor allem aufgrund ihrer eigenen Beobachtungen. Dorothy war von Natur aus großzügig und besaß ein großes Herz.

Und dann war da noch Sara. Sara war gern draußen und mochte Pferde. Als Kind war sie oft reiten gewesen, und diese Leidenschaft schien auf Iris übergegangen zu sein. Aber Sara liebte auch Mode, Blumen und ihre Familie. Seit Imogen sie bei dem Waldspaziergang im Umgang mit ihren Kindern beobachtet hatte, fragte sie sich, wie es möglich war, dass Sara und ihre Mutter aus demselben Genpool stammten. Denn die beiden hätten unterschiedlicher nicht sein können. Je mehr Zeit sie mit ihrer neuen Familie verbrachte, desto besser lernte sie die anderen kennen, und wie bei einem Puzzle entstand Teil für Teil ein vollständiges Bild.

Aber heute ging es nicht um ihre Familie, sondern um Miles.

»An sich mag ich Überraschungen, aber woher soll ich wissen, was ich anziehen soll, wenn ich keine Ahnung habe, wohin wir wollen?« Sie nahm ihre Tasche und überprüfte noch einmal, ob sie Schlüssel und Telefon dabeihatte. »Wo ist eigentlich Ralph?«

»Ich habe ihn bei Dorothy vorbeigebracht. Meine Pläne für heute sind nicht hundefreundlich.«

Jetzt war sie aber wirklich neugierig. »Und ich bekomme nicht mal den kleinsten Hinweis?«

»Zieh dich warm an«, sagte er. »Wir werden den gesamten Tag und Abend unterwegs sein.«

Sie drückte ihm ihre Handschuhe in die Hand und streifte ihre Jacke über. »Nur wir beide?«

»Nur wir beide.«

Ihr Herz klopfte eine Spur schneller. »Also wie ein … ein Date?«

»Nein, nicht *wie* ein Date.« Er lächelte. »Sondern ein Date.«

Ein nervöses Kribbeln breitete sich in ihrer Magengrube aus. »In dem Fall sollte ich dich wohl besser warnen, dass Dating nicht unbedingt zu meinen Stärken zählt.«

»Ich wusste ja gar nicht, dass man im Daten gut oder schlecht sein kann. Glaubst du, ich werde dich im Anschluss benoten?«

»Ich hoffe nicht, weil ich mich nämlich vermutlich irgendwo im Bereich mangelhaft bis ungenügend bewege. Nur zu deiner Information, damit du deine Erwartungen nicht allzu hochschraubst.«

Sie versuchte, den Reißverschluss ihrer Jacke zu schließen, aber ihre Hände zitterten zu sehr.

Ja, doch. Sie war eindeutig nervös. Ob Miles ihr das ansah?

Offenbar schon, denn er löste sachte ihre Finger vom Reißverschluss und zog ihn vorsichtig für sie zu.

»Vergiss nicht, dass du mit dem Mann redest, der einst eine Frau beim Essen in einem Restaurant hat sitzen lassen, um einer Kuh beim Kalben zu helfen. Ich würde also sagen, du brauchst dir keine Sorgen zu machen.« Er ließ seine Hände auf ihrer Jacke ruhen, und einen wilden Augenblick lang fragte sie sich, ob er sie an sich ziehen und küssen würde.

Sie hoffte es. Sehr sogar.

»Klingt doch nach einem guten Grund dafür, ein Date abbrechen zu müssen.« Wobei es durchaus möglich war, dass sie die Situation vollkommen falsch interpretierte. »Ging es Kuh und Kalb am Ende denn gut?«

»Ja, zum Glück schon.« Er ließ ihre Jacke los. »Meinem Date allerdings nicht. Sie fand meine Prioritätensetzung fragwürdig.«

»Aber was hättest du denn machen sollen? Die Kuh bitten, noch ein paar Stunden zu warten?«

»Vielleicht hätte ich das mal versuchen sollen. Meiner Erfahrung nach hören Kühe zwar nicht sonderlich gut zu, aber das kann auch an mir liegen.« Er zupfte ihr die Mütze zurecht.

»Vielleicht hilft es dir ja zu wissen, dass ich auch nicht viel Übung mit Dates habe. Seit der letzten Katastrophe war ich mit keiner Frau mehr aus.«

»Und wieso jetzt?«

Er schob ihr eine Haarsträhne aus den Augen. »Das weiß ich selbst nicht so genau, aber ich schätze mal, es sagt einiges darüber aus, wie sehr ich dich mag.«

Ihr wurde ganz schwindelig von seinen Worten und der sachten Berührung seiner Finger. »Du … Du magst mich?«

Inzwischen war der Punkt erreicht, an dem sie vor Aufregung nicht mehr atmen konnte. Er war ihr so nah, und ihre Haut kribbelte überall dort, wo er sie berührt hatte. Um sie herum war die Atmosphäre derart elektrisiert, dass es kein Wunder gewesen wäre, wenn echte Funken geflogen wären. Ein Gefühl, das für Imogen vollkommen neu war.

Doch während sie noch überlegte, was sie jetzt tun sollte, löste er sich von ihr.

»Natürlich mag ich dich.« Er drückte ihr ihre Handschuhe in die Hand. »Und ich glaube, wir sollten jetzt besser aufbrechen, weil unser Date sonst vermutlich nicht stattfinden wird, weil es uns nicht mehr gelingt, dieses Haus zu verlassen.«

Sie war kurz davor zu sagen, dass es ihr vollkommen egal war, welche Form ihr Date annahm, solange sie nur zusammen waren, überlegte es sich im letzten Moment aber noch einmal anders. Er schien sich viel Mühe gegeben zu haben, alles vorzubereiten. Und entweder würde er sie am Ende immer noch mögen – oder eben nicht.

Und wenn …

Lächelnd schlüpfte sie in ihre Winterstiefel.

Es war aufregend, nicht zu wissen, wie der Tag für sie enden würde. Prickelnd.

Sie schloss das Cottage ab, dann gingen sie gemeinsam zu seinem Wagen.

Über ihnen spannte sich ein wolkenloser blauer Himmel, und der Schnee glitzerte in der Wintersonne.

Miles setzte aus der Ausfahrt zurück auf die schmale Landstraße, die an Winterbury Estate vorbeiführte.

»Lass mich raten: Du hast deine Weihnachtseinkäufe bisher noch nicht erledigt, oder?«

»Du meinst, ob ich Geschenke besorgt habe? Nein. Bis auf mein Wichtelgeschenk für die Arbeit musste ich bisher ehrlich gesagt noch nie welche kaufen. Für wen denn? Und das eine ist mir meistens schon schwer genug gefallen. Vermutlich sollte ich besser im Internet nach Inspirationen suchen.« Auf einmal wurde ihr klar, dass Weihnachten bereits fast vor der Tür stand, und leise Panik flackerte in ihr auf. Nervös kramte sie in ihrer Tasche nach ihrem Handy. »Dass ich darauf nicht eher gekommen bin.«

»Du konntest doch nicht wissen, dass du auf einmal eine gesamte Familie mit Geschenken beglücken musst. Und mach dir keine Sorgen: Ich habe einen Plan. Du kannst dein Handy wieder wegstecken.« Miles manövrierte den Wagen souverän die schmale Straße entlang und grüßte dabei hin und wieder die Fahrer vorbeikommender Autos.

»Kann es sein, dass du wirklich jeden hier in der Gegend kennst?«

»Na ja, vielleicht nicht jeden. Aber schon so einige. Das bleibt nicht aus, wenn man fast sein ganzes Leben lang im selben Dorf lebt.«

Sie fuhren ein Labyrinth aus kleinen gewundenen Straßen entlang, vorbei an verschneiten Feldern und Bauernhöfen. Hin und wieder ragte ein Kirchturm aus der Landschaft empor. Bäume und Mauern waren von einer fluffigen Schneeschicht überzogen. London kam ihr unendlich weit weg vor.

Sie versuchte, sich vorzustellen, wie es sein musste, hier zu leben und ein Teil der Gemeinschaft zu sein.

»Du bist nie weggezogen?«

»Doch, fürs Studium. Es war eine interessante Erfahrung, aber ich hatte immer ein wenig Heimweh. So, da sind wir.« Sie hatten den Dorfrand erreicht, an dem ein malerisches Pub lag, auf dessen Parkplatz Miles nun abbog. Das Dach war schneebedeckt, und an den Kanten funkelten Lichterketten. »Wie du später noch herausfinden wirst, gibt es hier hervorragendes Essen.«

Das Pub sah so einladend aus, dass Imogen am liebsten sofort hineingegangen wäre.

»Ich hätte nichts dagegen, es jetzt schon herauszufinden.«

»Du willst um zehn Uhr früh Mittagessen?«

»Ich habe eben Hunger.«

Er grinste. »Je besser ich dich kennenlerne, desto sympathischer wirst du mir.«

Ihr Herz geriet kurz ins Stolpern, denn ihr ging es mit ihm genauso. Sie war nur zu ungeübt im Umgang mit ihren eigenen Gefühlen, um es auch laut auszusprechen. Das Zusammensein mit ihm war so anders als alles, was sie sonst erlebte. Ihr Alltag war so stressig, dass sie niemals auf normalem Weg Männer kennenlernte. Deswegen hatte sie in den vergangenen Jahren mehrere Dating-Apps ausprobiert, was sie aber eher als desillusionierend empfunden hatte. Die Dates hatten sich wie Bewerbungsgespräche angefühlt, und am Ende hatte sie beschlossen, sich das nicht mehr anzutun.

»Beinhaltet dein Plan für heute auch die Möglichkeit, dass ich mir zeitnah irgendwo einen Kaffee holen kann? Ohne meinen Morgenkaffee bin ich eigentlich nicht ganz funktionsfähig. Tut mir leid, ich hätte mir einen Wecker stellen sollen, damit ich früher aufwache. Dann hätte ich meinen Kaffee schon intus.«

»Keine Panik, Kaffeetrinken ist ganz klar Punkt eins auf unserer Liste. Was hältst du von Schokoladenkuchen zum Frühstück?«

Sie blinzelte. »Das wäre eine ganz neue Erfahrung für mich. Vielleicht fragst du mich am besten noch mal, nachdem ich welchen gegessen habe.«

»Klingt gut, abgemacht. Mensch, ist das kalt da draußen.« Er öffnete die Fahrertür, und eine beißend kalte Bö drang in den Wagen.

»Das kannst du laut sagen.« Imogen setzte ihre Mütze wieder auf und zog den Reißverschluss ihrer Jacke bis zum Kinn zu. »Da klingt der Schokoladenkuchen gleich noch ein bisschen verlockender.«

Sie verließen den Parkplatz und schlenderten eine Kopfsteinpflasterstraße entlang, die einmal quer durchs Dorf führte. Neben der Straße plätscherte ein kleiner Bach, dessen Ränder vereist waren.

Das Dorf wirkte nostalgisch, wie aus einer anderen Zeit.

»Nicht zu fassen, dass die Enten draußen sind.« Imogen blieb stehen, um sie zu beobachten. »Frieren die denn gar nicht?«

»Enten sind zäh. Sie kommen gut mit kalten Temperaturen zurecht, nur auf ihre Füße müssen sie aufpassen.«

»Hattest du schon mal eine Ente als Patientin?«

»Die meisten Tiere, mit denen ich zu tun habe, sind ein klein wenig größer als Enten.« Er nahm sie bei der Hand, und sie suchte seinen Blick.

»Hast du Angst, ich könnte ausrutschen?«

»Nein, ich möchte einfach gern deine Hand halten.« Er zog sie näher an sich, um einer Passantin Platz zu machen. »Oder ist es dir unangenehm, in der Öffentlichkeit Händchen zu halten?«

»Nein, ich …« Sie räusperte sich. »Nein.«

Er wirkte so gelassen, als wäre das alles ganz leicht für ihn, während sie sich jedes Wort und jede Geste zweimal überlegte. Aber vielleicht waren solche Momente für ihn ja auch nicht ganz so neu wie für sie. Sie war nun schon so lange Single, dass sie schlichtweg vergessen hatte, wie man Händchen hielt.

Und es fühlte sich *toll* an.

»Miles!« Eine Frau Mitte vierzig kam über die Straße gelaufen, um ihn zu begrüßen. Sie musterte Imogen neugierig. »Wie geht's dir?«

»Sehr gut, danke, Pippa«, antwortete er, ohne Anstalten zu machen, Imogens Hand loszulassen. »Und wie geht es Ted?«

»Danke, schon viel besser. Der Arzt hat ihm eine strikte Diät verordnet, und er mosert von früh bis spät, was ziemlich amüsant ist, vor allem in Anbetracht der Tatsache, dass wir uns mitten in der Schlemmersaison befinden. Melissa meinte, sie will dieses Jahr zu Weihnachten verreisen?«

»Ja, sie war letzten Monat hier und hofft, dass sie zu Silvester wieder herkommen kann. Das hier ist übrigens Imogen. Imogen – Pippa.«

Sie lächelten beide und tauschten ein paar Höflichkeiten aus, dann legte Pippa Miles die Hand auf den Arm.

»Musst du über Weihnachten arbeiten? Ansonsten kannst du zum Essen gerne zu uns kommen.«

»Danke, Pippa, das ist wirklich nett. Aber ich bin schon bei Dorothy eingeladen.«

Pippa lächelte. »Na, dann kann ich ja beruhigt davon ausgehen, dass gut für dich gesorgt ist. Falls wir uns vorher nicht mehr sehen, fröhliche Weihnachten.« Sie beugte sich vor, um ihn kurz zu umarmen, dann verabschiedete sie sich und lief in die entgegengesetzte Richtung weiter.

Imogen sah ihr hinterher. »Sie hat mich immer wieder so neugierig gemustert.«

»Ach, das hat nichts mit dir zu tun. Wir sind zusammen unterwegs, und ich halte deine Hand. Und jetzt hat sie ungefähr tausend Fragen, mit denen sie zweifelsohne meine Schwester löchern wird, die nicht eine einzige Antwort parat hat. Mal sehen, wie lange es dauert, bis mein Handy klingelt.« Er schien das eher amüsant als anstrengend zu finden, und kurz versetzte es ihr einen Stich, dass er seiner Schwester so nahezustehen schien.

Ihre Mutter hatte nie auch nur das leiseste Interesse an ihrem Liebesleben gezeigt. Oder an sonst irgendetwas, das Imogen betraf.

Sie war immer allein gewesen.

Bis jetzt.

»Habt ihr euch in eurer Jugend gut verstanden, deine Schwester und du? War sie nie eifersüchtig auf dich?«

»Nein, sie hat mich eher bemuttert. Und irgendwo tut sie das heute noch. Eigentlich haben wir uns immer schon gut verstanden, aber mit den Jahren ist unser Verhältnis sogar noch besser geworden. Früher hatten wir nicht viele gemeinsame Interessen, außer dass wir beide auch damals schon gern gegessen haben. Ich weiß noch genau, wie wir uns immer um das letzte Stück vom Schokoladenkuchen unserer Mutter gestritten haben.«

Der Schokoladenkuchen seiner Mutter … Schokoladenkuchen, das bedeutete glückliche Erinnerungen.

Sie lächelte. »Und wer hat gewonnen?«

»Meine Mutter hat jedes Mal darauf bestanden, es in zwei Hälften zu schneiden. Sie war die geborene Diplomatin.«

»Dein Appetit scheint ja ein lokaler Mythos zu sein. Bekommst du immer so viele Einladungen zum Weihnachtsessen?«

»Immer. Sobald Weihnachten zum Thema wird, setze ich meine gefährlichste Waffe ein – den hilflosen Blick. Er funktioniert jedes Mal wieder. Ich musste jetzt schon seit bestimmt fünf Jahren nicht mehr selbst zu Weihnachten kochen. Zu meiner Verteidigung muss ich aber erwähnen, dass ich auch immer den Weihnachtsdienst übernehme und häufig zu Einsätzen gerufen werde. Um einen eigenen Weihnachtsbraten zuzubereiten, würde die Zeit nie reichen. Also lasse ich mich einladen und futtere meinen Gastgebern zwischen Tür und Angel die Bratkartoffeln weg.«

»Und warum arbeitest du Weihnachten immer?«

»Weil meine Kollegen alle Familie haben. Für sie ist es wichtig, an Weihnachten zu Hause zu sein.«

»Das ist sehr rücksichtsvoll von dir.«

»Sie übernehmen ja auch für mich, wenn es nötig ist.« Er zog sie wieder näher an sich. »Wie zum Beispiel heute.«

»Und was hast du ihnen für einen Grund genannt?«

»Die Wahrheit. Dass ich ein heißes Date mit einer heißen Frau habe.« Er lächelte. »Wobei du gerade ziemlich durchgefroren aussiehst. Was meinst du, wollen wir ins Café?«

Sie liefen weiter, und wo sie auch hinsah, entdeckte sie charmante, hübsche Ecken. Romantische Reihencottages, deren Natursteinwände in der Wintersonne blassgolden leuchteten.

Kletterpflanzen, die sich um Fenster und Türen rankten, und Schnee auf den Dächern.

»Dieses Dorf ist weihnachtlicher als jede Filmkulisse.«

»Genau deswegen sind wir hier.« Er nahm ihre Hand ein wenig fester. »Du hattest mir erzählt, dass du noch nicht viel Weihnachtliches erlebt hast. Und das holen wir heute nach. Genauer gesagt werden wir den gesamten Tag damit verbringen. Ein Weihnachtserlebnis nach dem nächsten.«

»Meintest du nicht, dass du dich eigentlich selbst nicht sonderlich für Weihnachten interessierst?«

Er lächelte erneut. »Ja, das hier ist für uns beide ein erstes Mal. In Wahrheit habe ich dich nur hierhergelockt, damit du mir bei der Auswahl meiner Weihnachtsgeschenke hilfst. Wenn ich allein entscheiden muss, bekommt einfach jeder eine Strickmütze. Apropos, kannst du zufällig eine Strickmütze gebrauchen?«

»Strickmützen kann man gar nicht genug haben.«

»Recht hast du, schön, dass du das genauso siehst. Aber ehe wir einkaufen gehen, müssen wir uns stärken. Es gibt hier einen Weihnachtsmarkt und ein Café mit den besten Kuchen in der ganzen Region. Mal abgesehen von Dorothys natürlich.« Er schob die Tür zu einem hübschen Café auf, und sie traten ein.

Drinnen war es warm und roch köstlich, und das beruhigende Brummen einer laufenden Espressomaschine schwebte durch den Raum.

»Was darf ich dir bringen?« Er zog seine Jacke aus und deutete auf den Tresen. »Such dir etwas aus.«

»Hm, Schokoladenkuchen ist eigentlich nicht so meins.« Sie betrachtete die Auslage. »Ich hätte gern ein Mandelcroissant, bitte. Und einen Cappuccino. Ich zahle.«

»Nein, heute geht alles auf mich. Betrachte es als Dankeschön dafür, dass du mir mit Ralph hilfst. Vielleicht kannst du mich ja mal auf einen Tag nach London einladen. Und jetzt schnell, schnapp dir den Tisch in der Fensternische. Er hat eine tolle Aussicht auf die Straße.«

Imogen setzte sich an den freien Tisch, und während sie auf die verschneite Gasse hinausblickte, kam sie sich vor wie eine Figur aus einem Roman von Charles Dickens.

Vielleicht kannst du mich ja mal auf einen Tag nach London einladen.

Offenbar hoffte er, dass sie sich häufiger sehen würden. Bei dem Gedanken setzte ein schwindelerregendes Kribbeln in ihrem Bauch ein.

»Warum lächelst du?« Miles stellte das Essen und zwei Kaffeetassen auf dem Tisch ab und setzte sich neben sie.

»Weil ich den Tag bisher sehr schön finde.«

»Puh, da bin ich aber erleichtert.«

»Und sag mal«, fragte sie betont beiläufig, »war das mit der letzten Frau, die du gedatet hast, was Ernstes?«

»Nein, überhaupt nicht.« Er aß einen Bissen Schokoladenkuchen. »Ihr hat nicht gefallen, wie mein Alltag aussieht. Meine letzte richtige Beziehung ist jetzt drei Jahre her. Und sie ist ebenfalls daran gescheitert, dass meine Freundin nicht mit meinem Alltag zurechtkam. Das gesamte Landleben war nichts für sie. Und wie sieht es bei dir aus?«

Sie trank einen Schluck Kaffee. Wie ehrlich sollte sie sein? »Meine Dating-Historie ist kurz und wenig beeindruckend.«

»Erzähl mir von deinem letzten Freund.«

Sie stellte die Tasse ab. »Er hieß Jack.« Ihre Wangen wurden heiß, und er hob eine Braue.

»Lass mich raten, Jack war ein erfolgreicher Banker mit einem Einkommen, das ungefähr so groß war wie sein Ego?«

»Nein«, antwortete sie zögerlich. »Eigentlich nicht. Eigentlich war Jack rein fiktiv.«

Schweigen senkte sich über ihren Tisch, während er ihre Worte sacken ließ. »Fiktiv? Du meinst, es gibt ihn gar nicht?«

»Genau. Ich habe ihn erfunden. Ich war die Dating-Apps so leid. Aber ich geriet immer wieder in Situationen, in denen es hilfreich gewesen wäre, einen Freund vorschieben zu können. Also habe ich diesen Typen namens Jack erfunden.«

Doch jetzt war es an der Zeit, ihn gehen zu lassen. Jack, Midas – sie wollte keine Schwindeleien mehr in ihrem Leben.

»Und wofür wäre es hilfreich gewesen, einen Freund zu haben?«

Sie sah kurz aus dem Fenster und fragte sich, warum sie ihm das alles erzählte. Dennoch fuhr sie fort: »Ich wollte dazugehören. Und da habe ich das ein oder andere über mein Leben erfunden. Es sollte einfach so wirken, als wäre ich wie die anderen.«

»Aber warum wolltest du denn wie die anderen sein?«

»Weil ich mich meine gesamte Kindheit und Jugend über als Außenseiterin empfunden habe. Alle Leute um mich herum hatten ein richtiges Zuhause, und es gab zwar einige Scheidungskinder, aber selbst deren Eltern schienen sich für sie zu interessieren. Ich wollte nicht herausstechen, also gewöhnte ich mir an, Geschichten zu erfinden. Es gab noch viel mehr als nur den Freund.« Und dann erzählte sie ihm wirklich *alles.* Wie sie erst in der Schule und dann auf dem College versucht hatte, sich anzupassen. Wie sie gelernt hatte, keine Aufmerksamkeit zu erregen. Von ihrem ersten Tag bei RPQ, an dem sie die ganzen persönlichen Gegenstände auf den Schreibtischen der anderen gesehen hatte. »Das gesamte Team hat so offen über Familie und Freunde geredet. Was sollte ich da sagen? Dass meine Mutter darauf besteht, dass ich sie mit ihrem Vornamen anrede, weil sie verhindern möchte, dass jemand auf die Idee kommt, wir könnten verwandt sein? Das will doch keiner hören. Außerdem glaube ich, dass ich tief in mir drinnen einfach Angst hatte, die anderen würden mich ablehnen, wenn sie mich richtig kennenlernten. Wenn sich schon meine eigene Mutter nicht für mich interessiert, warum sollte es dann irgendjemand sonst tun?«

»Das sagt wohl mehr über deine Mutter aus als über dich.«

»Mag sein. Aber wenn meine Kolleginnen das genauso gesehen hätten wie du, hätten sie mich bemitleidet, und das wollte ich noch viel weniger. Ich mag es nicht, jemandem leidzutun.

Ich wollte einfach nur dazugehören und meine Arbeit erledigen dürfen.«

Er nickte langsam. »Und da hast du eine Familie und einen Hund erfunden. Damit niemand Fragen stellt und du es leichter hast. Hatte der Hund auch einen Namen?«

»Ja, Midas. Eigentlich war seine Entstehung eher ein Unfall. Ich hatte ihn nur beiläufig erwähnt, weil alle im Büro ein Haustier zu haben schienen und ich das Gefühl hatte, über das Thema könnte ich leicht eine Beziehung zu den anderen aufbauen. Aber ich hätte im Leben nicht gedacht, dass ihn jemals irgendjemand würde kennenlernen wollen. Dann verhedderte ich mich immer mehr in dem Ganzen, und es war praktisch unmöglich, mich aus der Affäre zu ziehen. Als dann die E-Mail zum Hundetag in der Arbeit kam, wusste ich nicht mehr weiter. Ich habe behauptet, dass er weggelaufen ist, und daraufhin haben meine Kolleginnen eine Suchaktion auf allen möglichen Social-Media-Kanälen gestartet. Und sogar Plakate in der Umgebung aufgehängt.«

»Ein Hundetag in der Arbeit?« Er grinste, und sie runzelte beleidigt die Stirn.

»Lachst du mich etwa aus?«

»Nein, ich frage mich nur, ob deine Chefin und deine Kolleginnen auch nur den leisesten Schimmer haben, was für ein Chaos ein ganzes Rudel Hunde in einem Büro anrichten kann. Außerdem musste ich mir gerade dein Gesicht vorstellen, als du erfahren hast, dass sie Vermisstmeldungen für deinen erfundenen Hund verbreitet haben.«

Bei dem Gedanken stöhnte sie gequält auf. »Der Lügengott hat jedenfalls nicht seine schützende Hand über mich gehalten. Vor allem nicht an dem Tag, an dem die echte Besitzerin des Hundes bei meiner Kollegin angerufen hat. Nächstes Mal benutze ich kein Foto aus dem Internet.« Aber sie musste selbst lächeln. Denn er hatte recht: Rückblickend war es eigentlich ziemlich witzig. Und es fühlte sich so gut an, endlich ehrlich zu jemandem zu sein. Die Wahrheit zu erzählen. Gut, aber auch verunsichernd. Es war das erste Mal in ihrem gesamten Leben, dass sie jemandem ihr wahres Ich zeigte. Gedankenverloren stocherte sie in dem Schaum auf ihrem Cappuccino herum und überlegte, was Miles jetzt wohl von ihr dachte. »So, jetzt kennst du die ganze Wahrheit über mich. Falls du lieber gehen willst, kann ich das verstehen.«

Sein Lächeln versiegte. »Aber warum sollte ich denn gehen wollen?«

»Weil ich dir gerade alles über mich erzählt habe.« Sie legte ihren Löffel weg. »Du musst mich doch für knallverrückt halten.«

»Weil du dazugehören wolltest? Nein, natürlich nicht. Das ist doch so etwas wie ein menschliches Grundbedürfnis. Wir Menschen sind Herdentiere. Und dass du nicht über deine Mutter reden wolltest ...« Er zuckte mit den Achseln. »Auch das ist doch vollkommen nachvollziehbar. Im Leben der meisten Menschen gibt es irgendetwas, das sie anderen nicht gern verraten, Imogen.« Er ging so entspannt damit um und schien die Dinge, die sie ihm gebeichtet hatte, so normal zu finden, dass auch sie sich nach und nach entspannte.

»Aber einen Hund zu erfinden ...«

»... war eine ziemlich kreative Lösung, finde ich«, unterbrach er sie. »Und ich habe noch nie von einem Unternehmen gehört, in dem es Hundetage gibt. Wie hättest du damit rechnen sollen? Was für ein Hund war Midas überhaupt?«

Sie brach ein Stück Croissant ab und schob es sich in den Mund. »Ein Golden Retriever. Genau wie Ralph.«

»Klar. Midas.« Er nickte. »Hätte ich mir bei dem Namen auch denken können.«

»Das Seltsame ist, dass ich ihn erfunden habe, weil ich vor meinen Kolleginnen gerne als Hundefreundin dastehen wollte. Und wie sich jetzt herausgestellt hat, bin ich tatsächlich eine. Bis ich Ralph kennengelernt habe, hatte ich keine Ahnung, dass ich Hunde überhaupt mag. In meiner Kindheit hatte ich nie ein Haustier, und Midas habe ich nur erfunden, weil die Leute in der Arbeit von morgens bis abends über ihre Haustiere geredet haben.« Seufzend lehnte sie sich in ihrem Stuhl zurück. »Ich muss ihnen noch beichten, dass das alles gelogen war. Keine sonderlich erfreuliche Aussicht, muss ich gestehen.«

»Sie wissen nicht, dass du Midas nur erfunden hast?«

»Nein. Als ich ihnen die Wahrheit sagen wollte, hat mich meine Chefin einen Monat lang in Zwangsurlaub geschickt. Deswegen werde ich das Vergnügen erst im Januar haben, gemeinsam mit einem ganzen Berg an weiteren unangenehmen Aufgaben.«

Wie beispielsweise mit Mum reden.

Bei dem Gedanken daran, dass sie irgendwann wieder nach London zurückkehren musste, schien sich eine graue Wolke um sie zu legen. Am liebsten wäre sie für immer in Holly Cottage geblieben. Auch wenn ihr natürlich bewusst war, dass sie es nur über Weihnachten nutzen konnte.

Das Weihnachtscottage. Nur über Weihnachten.

Im neuen Jahr würde Dorothy es wieder an Feriengäste vermieten.

Miles nahm ihre Hand. »Aber wenn du möchtest, kannst du es doch auch einfach für dich behalten. Niemand hat je behauptet, dass man alles über sich preisgeben muss.«

»Das ist mir bewusst. Aber ich lerne gerade, dass mich niemand je wirklich kennenlernen wird, wenn ich nicht mein wahres Ich zeige.« Nach kurzem Schweigen fügte sie hinzu: »Ich glaube, ich hatte Angst, sie würden mich nicht mögen.«

»Ich kenne dein wahres Ich, und ich mag es.« Seine Stimme klang auf einmal ein wenig rau. »Sehr sogar.«

Woran lag es nur, dass sie in manchen Lebensbereichen so selbstbewusst war und in anderen so unsicher?

So wie jetzt.

Ihre Wangen wurden heiß. »Ich mag dich auch sehr.«

»Das ist gut.« Er drückte ihre Hand. »Und jetzt lass uns über Weihnachten reden. Denn darum geht es heute schließlich. Stell dir vor, du hättest einen Weihnachtswunsch frei. Wie würde er lauten?«

Da brauchte sie nicht lange nachzudenken. »Das schönste Geschenk bekomme ich schon. Ich darf Weihnachten mit einer richtigen Familie verbringen. Dorothy hat einen Strumpf für mich an den Kamin gehängt. Unglaublich, oder? Eigentlich war es Ava, die darauf gekommen ist. Und morgen ist Iris' Schulaufführung. Wir nehmen Benson mit. Ich habe die Aufgabe, dafür zu sorgen, dass er sich benimmt. Allerdings habe ich keine Ahnung, wie ich das anstellen soll, weil er macht, was er will.«

»Ich an deiner Stelle würde mir überlegen, eine Fachkraft mitzubringen. Nur zur Sicherheit.«

Überrascht sah sie ihn an. »Du würdest mitkommen?«

»Wenn ich willkommen bin.«

»Natürlich bist du willkommen.« Sie musste daran denken, wie oft sie auf irgendwelchen Bühnen gestanden hatte, ohne dass jemand im Publikum saß, der für sie applaudierte. »Iris würde sich so freuen. Und ich auch.«

»Dann ist es abgemacht. Aber zurück zum Thema Weihnachten. Abgesehen davon, dass du gerne deine Familie um dich haben möchtest – was wäre dein Traumgeschenk?«

Ein Hund.

Aber nicht irgendein Hund. Sondern Ralph.

Doch sie sprach den Gedanken nicht laut aus. Warum auch? Ralph gehörte Miles, nicht ihr. Und so, wie ihr Alltag im Augenblick gestrickt war, konnte sie auf keinen Fall ein Haustier bei sich aufnehmen.

»Ehrlich gesagt habe ich keine Ahnung. Was steht denn auf deiner Liste ganz oben? Hast du auch brav deinen Wunschzettel geschrieben?«

»Ich habe mir mein Geschenk längst selbst besorgt. Eine Outdoorjacke, die mich warm hält, wenn ich im Januar um zwei Uhr morgens auf irgendeiner Weide herumstehe.«

»Das klingt aber nicht sonderlich aufregend.«

»Oh, glaub mir, meine Frostbeulen sehen das anders.« Er schob ihr seinen Schokoladenkuchen hin. »Und jetzt probier mal. Ich bestehe darauf.«

Also probierte sie und schloss genießerisch die Augen. »Okay, ich muss zugeben, der ist wirklich gut. *Zu* gut. Also, was machen wir als Nächstes?«

»Wir besorgen unsere gesamten Geschenke auf dem Weihnachtsmarkt. Und dann gehen wir mittagessen.«

»Und danach?«

»Gehen wir eislaufen.«

Sie legte die Gabel weg. »Im Ernst? Ich wusste ja gar nicht, dass du eislaufen kannst.«

»Kann ich auch nicht. Es ist mein erster Versuch. Aber Lissa hat mir versprochen, dass es ein Riesenspaß wird.«

»Du hast mit deiner Schwester über den heutigen Tag geredet?«

Er trank seinen Kaffee aus. »Ich habe mir nur ein paar Tipps eingeholt, wie ein perfektes Weihnachtsdate aussehen könnte. Und Lissa ist in Weihnachtsfragen so was wie eine Expertin. Sie liebt Weihnachten und besucht jeden Winter mindestens zwei Weihnachtsmärkte in ganz Europa. Und ihren Schmuck hängt sie schon im November auf, weil sie findet, dass die dunklen Wintermonate dadurch etwas erträglicher werden. Ich wollte einfach, dass du einen schönen Tag hast.«

Er wollte, dass sie einen schönen Tag hatte, also hatte er seine Schwester um Rat gefragt.

»Nur damit du's weißt: Ja, ich habe einen schönen Tag. Sie hat dich also gut beraten.« Als sie ihm in die Augen sah, geschah etwas zwischen ihnen. »Eine Liste mit Geschenkideen hat deine Schwester nicht zufällig auch parat gehabt, oder? Ich brauche etwas für Sara. Und für Ava und Iris. Aber ich habe noch nie Geschenke für Kinder besorgt.«

»So sehr ins Detail bin ich leider nicht gegangen. Aber falls wir nicht weiterwissen, können wir Lissa jederzeit anrufen. Wollen wir los?«

Sie verließen das warme Café und schlenderten weiter die idyllische Hauptstraße entlang.

Auf dem Weg zum Weihnachtsmarkt kamen sie an einem Souvenirladen und einer kleinen Buchhandlung vorbei. Dann bogen sie um eine Kurve und standen auf einmal mitten im Getümmel des Weihnachtsmarkts. Überall waren Holzbuden aufgebaut worden, in denen Kunsthandwerk, Schmuck und Keramik verkauft wurden. Außerdem gab es Stände mit Essen und Getränken.

»Das ist aber hübsch. Ich hätte nicht gedacht, dass man hier auch etwas zu essen bekommt.«

»Laut Lissa ist es der schönste Weihnachtsmarkt in der ganzen Gegend, und es werden fast ausschließlich lokale Produkte angeboten. Die Qualität des Essens soll hervorragend sein. Deswegen konnte ich auf keinen Fall das Risiko eingehen, Ralph mitzubringen«, sagte Miles. »Einer guten Biowurst aus regionaler Haltung könnte er doch nie widerstehen. Und ich glaube, die Demütigung, dass mein Hund auf dem Weihnachtsmarkt randaliert, würde ich nicht ertragen. Schließlich muss ich in dieser Gegend noch weiterleben.«

»Armer Ralph. Ich besorge ihm ein paar Leckerlis, um es wiedergutzumachen.«

»Du machst das ausreichend wieder gut, indem du ihn in deinem Bett schlafen lässt.«

Kurz überlegte sie, es zu leugnen, aber ein Blick in sein Gesicht reichte, um ihr zu versichern, dass es zwecklos war. »Wie bist du mir auf die Schliche gekommen?«

»Weil er es bei mir zu Hause auch versucht. Der Unterschied ist nur, dass ich es ihm verbiete.«

»Was soll ich sagen? Ich finde es schön, wenn er bei mir ist.« Es wollte ihr einfach nicht gelingen, sich zu entschuldigen. »Ralph ist die angenehmste Gesellschaft, die ich je hatte.«

»Soll das eine Herausforderung sein?«

»Nein, bisher schlägst du dich auch ziemlich gut. Darf ich dich etwas fragen?«

»Sicher.«

»Dorothy hat mir erzählt, dass du nach Alfie nie wieder einen Hund wolltest. Stimmt das?«

»Ja, bis vor Kurzem wäre das für mich unvorstellbar gewesen. Alfie war ein echter Ausnahmehund.« Er nahm einen handgetöpferten Blumentopf aus einer Auslage, warf einen Blick auf den Preis und stellte ihn wieder zurück. »Der bloße Gedanke, ihn zu ersetzen, hat mir das Herz gebrochen. Ich war emotional einfach noch nicht so weit. Aber als ich gesehen habe, wie schwer es Valerie mit Ralph hat, dachte ich, vielleicht ist es an der Zeit.«

Ein Anflug von Neid kam in ihr auf. Er würde mit Ralph zusammenleben. Seinen Alltag mit ihm teilen.

»Ralph hat großes Glück. Ich hoffe, er bekommt auch etwas Schönes von dir zu Weihnachten.«

»Das kommt drauf an.«

»Worauf?«

»Ob ihm Strickmützen stehen.«

Sie lachte auf, dann schlenderte sie weiter über den Markt und suchte die Buden nach passenden Geschenken für ihre Familie ab.

Für Sara fand sie Ohrringe, und einer Eingebung folgend kaufte sie für Janie und Anya die gleichen. Sie waren ihr gute Freundinnen gewesen. Ob das so bleiben würde, wenn sie die Wahrheit über sie erfahren hatten, würde sich zwar erst noch zeigen, aber darüber konnte sie später nachdenken.

Am nächsten Stand kaufte sie als Dankeschön für Rosalind ein wunderschönes Notizbuch. Ohne ihre Chefin wäre sie gar nicht hier gewesen. Sie hätte Miles nicht kennengelernt, Dorothy hätte ihr das Cottage nicht angeboten, und vielleicht hätte sie erst in ferner Zukunft auf andere Weise erfahren, dass Dorothy ihre Großmutter war.

Und wenn Rosalind nicht darauf bestanden hätte, dass sie sich diesen langen Urlaub nahm, hätte Imogen am Ende vielleicht wirklich Burn-out bekommen. Inzwischen erkannte sie selbst, dass sie nicht in dem Tempo hätte weitermachen können, mit dem sie im vergangenen Jahr gearbeitet hatte. Nicht nur, weil ihre Energien früher oder später erschöpft gewesen wären, sondern auch, weil in ihrem Leben kein Raum mehr für anderes geblieben war.

Sie bezahlte das Notizbuch, und Miles nahm ihr die Tüte ab und verstaute sie in einer der anderen, die er bereits trug.

»Für wen ist das?«

»Meine Chefin.«

»Magst du sie?«

»Ja, sie ist toll. Inspirierend und gleichzeitig sehr klug. Als sie mich zu einem freien Monat verdonnert hat, war ich am Boden zerstört. Ich hatte keine Ahnung, was ich den ganzen Tag über machen soll, wenn ich mich nicht mit Arbeit ablenken kann. Insbesondere während der Weihnachtsfeiertage.«

Mit Blick auf den Geschenkeberg, den sie innerhalb kürzester Zeit angehäuft hatte, sagte er: »Sonderlich schwer scheint es dir nicht zu fallen.«

»Stimmt, und ich schlafe auch gut, was an ein Wunder grenzt. Ich habe eine Weile gebraucht, um abschalten zu können, aber jetzt, wo es mir gelungen ist, kann ich mir gar nicht mehr vorstellen, wieder in meinen alten Alltag zurückzukehren. Mir ist bewusst geworden, dass ich mehr vom Leben will. Ich brauche einen Ausgleich. In den vergangenen Jahren habe ich ausschließlich an die Arbeit gedacht. Manchmal habe ich sogar mitten in der Nacht noch E-Mails geschrieben.«

»Wieso? War dein imaginärer Freund so ein Langweiler, dass du deinen Laptop mit ins Bett nehmen musstest?«

Sie lachte auf. »Der Mann war zu nichts zu gebrauchen. Deswegen ist ja auch Schluss.«

»War die Trennung denn schlimm?«

»Grauenvoll. Er redet kein Wort mehr mit mir.«

»Irgendwie tut er mir leid. Aber sag mal, wieso war dein Arbeitspensum überhaupt so riesig, dass du mitten in der Nacht E-Mails schreiben musstest?«

»Das habe ich mir ganz und gar selbst eingebrockt. Ich konnte einfach nicht Nein sagen. Ich habe mir mehr und mehr Projekte aufgehalst, war morgens immer die Erste am Platz und die Letzte, die abends gegangen ist. Ich habe mir eingeredet, so sei das eben, wenn man ehrgeizig ist, und irgendwo stimmt das sicherlich auch. Aber es steckte nicht nur Ehrgeiz dahinter, sondern auch Angst.« Inzwischen war sie so weit, dass sie sich das eingestehen konnte. »Eigentlich war es mir nur deswegen so wichtig, beruflich erfolgreich zu sein, weil ich unsicher war.«

»Aber es klingt so, als wärst du ein absoluter Profi in deinem Bereich. Warum warst du denn unsicher?«

»Ich glaube, das ist tief in mir verankert. Als ich klein war, haben wir ein ziemlich hartes Leben geführt. Es war nie genug Geld da, und Tina hatte nur sporadisch Arbeit.«

Er verzog das Gesicht. »Es klingt so falsch, wenn du *Tina* zu ihr sagst.«

So wie praktisch alles an ihrer Beziehung zu ihrer Mutter falsch gewesen war.

»Sie hat darauf bestanden, dass ich sie so nenne. In meiner Kindheit sind wir ständig umgezogen, meistens, weil sie sich die Miete nicht mehr leisten konnte. Ich hatte nie ein richtiges Zuhause. Dabei habe ich mir so sehr eines gewünscht. Von Besuchen bei Freundinnen wusste ich, wie sich das anfühlt. Ich brauchte nichts Großes oder Besonderes, einfach nur einen Ort, an den ich gehörte. Als ich aufs College ging, bekamen die meisten meiner Kommilitonen Unterstützung von ihren Eltern. Ich nicht. Deswegen hatte ich drei Jobs auf einmal. Damals habe ich mich dran gewöhnt, auch mitten in der Nacht noch zu arbeiten. Ich wusste immer, dass ich finanziell auf mich selbst gestellt bin. Für mich war das ein wichtiger Antrieb.« Vor einem Stand mit Stofftieren blieb sie stehen.

»Weiß Dorothy eigentlich, wie schwer du es hattest?«, fragte Miles leise.

»Ich gehe davon aus, dass sie es sich zumindest teilweise denken kann. Ein bisschen was habe ich ja auch erzählt, aber bei Weitem nicht alles.« Sie entdeckte ein Plüsch-Alpaka. »Gott, ist das weich und knuddelig. Glaubst du, das würde Ava gefallen?«

»Keine Ahnung. Vermutlich schon. Heißt das, du willst Dorothy schonen?«

»Irgendwo schon, ja. Ich weiß, dass sie Schuldgefühle hat, und ich will nicht, dass sie sich noch mehr quält. Aber es hat noch andere Gründe. Ich blicke lieber in die Zukunft als in die Vergangenheit. Ich dachte, ich hätte keine Familie. Jetzt, wo sich herausgestellt hat, dass ich doch eine habe, und dann auch noch so eine liebevolle, will ich mich nicht auf die Zeit konzentrieren, in der ich dachte, ich wäre allein auf der Welt. Ich möchte mich über das freuen können, was ich jetzt habe. Verstehst du, was ich meine?«

»Absolut. Aber bedeutet das auch, dass du nach deiner Rückkehr nach London deine Alltagsprobleme anpacken wirst? Willst du weiter für Rosalind arbeiten oder hast du vor, dir etwas anderes zu suchen?«

Ein neuer Job? Der Gedanke war ihr fremd.

»Ich liebe meinen Job. Und ich bin gut darin. Ich muss einfach nur lernen, ihn anders anzugehen. Auch mal abzuschalten. Mehr zu delegieren.« Sie dachte an Anya und Janie. Daran, wie schwer es ihr fiel, die Kontrolle über ihre Arbeit abzugeben. »Das sind alles Dinge, über die ich in Ruhe nachdenken muss. Aber nicht heute.«

Im Augenblick wollte sie sich nicht damit befassen, was sie erwartete, wenn sie nach London zurückkehrte. Nicht hier auf dem Weihnachtsmarkt mit seinen funkelnden Lichtern und Miles, der sie so aufmerksam ansah, als wäre sie der einzige Mensch auf der Welt.

Am liebsten hätte sie die Zeit angehalten und für immer in diesem einen Augenblick verweilt.

Sie kaufte Ava und Iris jeweils ein Alpaka, dann sagte sie: »Ich brauche noch ein Geschenk für Patrick. Hast du vielleicht einen Tipp?« Sie sah sich um, doch nichts schien zu passen. »Mir war gar nicht klar, dass Weihnachtseinkäufe so eine geistige Herausforderung sind. Es wird mein erstes Weihnachten mit ihnen, deswegen würde ich gerne für jeden etwas ganz Besonderes finden.«

»Ich glaube, das ganz Besondere in diesem Jahr ist für sie deine Anwesenheit. Die Geschenke spielen daneben garantiert eine untergeordnete Rolle.«

»*Mir* sind die Geschenke aber wichtig. Ich möchte alles richtig machen.«

»Wenn ich keine Strickmütze verschenken kann, dann weiche ich meistens auf Lebensmittel aus. Die kann man dann entweder selbst essen oder weiterverschenken. Wie wäre es mit Schokolade? Iris liebt Schokolade und wäre sicherlich bereit, Patrick beim Verzehr behilflich zu sein. Aber warte mal. Ich schreibe einfach Lissa. Vielleicht fällt ihr ja etwas ein. Sie kennt Patrick schon ewig.« Er zückte sein Handy und schickte seiner Schwester eine Nachricht. Dann schlenderten sie weiter über den Markt.

Das Problem war, dass sie ihre Familie bislang kaum kannte.

Als sie gerade überlegte, ob sich Dorothy wohl über ein Paar Kaschmirhandschuhe freuen würde, trudelte die Antwort von Lissa ein.

Miles überflog die Nachricht. »Sie sagt, du sollst in die Buchhandlung gehen und Paul und Rick fragen. Stimmt, sogar ich wusste, wie gern Patrick liest. Dass ich nicht von selbst darauf gekommen bin, ist ein Beweis mehr dafür, dass ich mich in naher Zukunft nicht als Weihnachtsmann betätigen sollte. Wollen wir in die Buchhandlung, wenn wir hier auf dem Markt fertig sind?«

»Zu Paul und Rick, ja? Du kennst hier wirklich jeden, oder?«

»Lissa hat noch einen sehr engen Freundeskreis aus Kindheitstagen. Paul und Rick gehören dazu. Außerdem Patrick und Sara sowie Shona, eine Floristin. Sie wohnt inzwischen in Cheltenham und betreut vor allem Luxushochzeiten. An meinem achtzehnten Geburtstag habe ich betrunken mit ihr geknutscht, aber erzähl das bloß nicht meiner Schwester.«

Seine Ehrlichkeit brachte sie zum Lächeln. Wie schön es war, dass es hier so einen festen Zusammenhalt und so viel gemeinsame Geschichte gab und die Lebenswege der Menschen so eng miteinander verflochten waren.

Sie kaufte die Kaschmirhandschuhe und besorgte an der nächsten Bude noch etwas zum Basteln für Ava und Iris.

Danach erstand sie noch eine Schachtel belgische Pralinen für Dorothy und eine Dankeskarte für die Weihnachtseinladung. Außerdem fand sie noch große Schokoladenweihnachtsmänner für die Mädchen.

»Ist es für Sara denn in Ordnung, wenn die Kinder so viel Schokolade essen?«

»An Weihnachten schon. Wenn man bedenkt, dass du noch nie Weihnachtsgeschenke eingekauft hast, beweist du übrigens ein beachtliches Talent.« Auch diesmal nahm Miles ihr die Tüten ab. »Wir sollten bald zum Auto zurückkehren, um deine Beute zu verstauen.«

»Und du? Willst du denn gar nichts besorgen? Was ist mit deiner Schwester? Bekommt sie eine Mütze?«

»Käse.«

»Wie bitte?«

»Meine Schwester liebt Käse. Vor allem französischen. Und deswegen bekommt sie welchen.«

Ihr zauberhafter erster Ausflug auf den Weihnachtsmarkt würde ihr für immer in Erinnerung bleiben. Sie probierte Toffee und Schokolade und kaufte noch so viele Geschenke, dass Miles irgendwann protestierte, weil er unter der Last zusammenzubrechen drohte.

Zum Schluss besuchten sie die Buchhandlung, wo Paul und Rick ihr ein Buch heraussuchten, das Patrick ihrer Meinung nach sehr gefallen würde. Dann schlugen sie den Rückweg zu dem Pub ein, einer alten Gaststätte aus dem 14. Jahrhundert mit Balkendecke, Steinfliesen und einem prasselnden Kaminfeuer.

Der Laden war gut besucht, aber der Besitzer besorgte Miles einen hervorragenden Tisch direkt am Feuer und brummte dabei vor sich hin, nach der Angelegenheit mit der Henderson-Kuh im vergangenen Sommer müsse Miles hier nie wieder für seine Getränke bezahlen.

Wie es aussah, war Miles in der Gegend so etwas wie ein Volksheld.

»Wir hätten darum bitten sollen, dass man dir die Geschenke

gleich einpackt.« Er setzte sich neben sie und streckte seine langen Beine aus. »Das hätte dir viel Arbeit erspart.«

»Ich möchte das zu Hause aber gern selbst machen. Das gehört doch zu Weihnachten dazu. Packst du deine Geschenke nie selbst ein?«

»Diese Frage stellst du mir nur, weil du noch nie ein Geschenk gesehen hast, das ich eingepackt habe.«

»Ich habe mir sogar schon Videos darüber angeschaut, wie man Geschenke besonders schön einpackt.«

»Findest du nicht, dass du es ein bisschen übertreibst?«

»Nein, das ist meine erste richtige Familienweihnacht. Und ich wünsche mir, dass es genauso wird wie im Kino.« Sie musste über sich selbst lachen.

Da brummte ihr Handy. Sie zog es hervor, und schlagartig schien all ihre Freude verschwunden zu sein.

Miles musterte sie prüfend. »Deine Mutter?«

»Ja. Sie hat jetzt schon ein paarmal angerufen, aber ich bin nie drangegangen. Bei unserer letzten Begegnung hat sie mir mitgeteilt, ich solle mich aus ihrem Leben raushalten. Also tue ich das jetzt. Nur ist das leider nicht so einfach, wie es sich anhört.« Sie drückte den Anruf weg und steckte ihr Telefon wieder ein. »Ein Teil von mir will mit ihr reden, um zumindest ein paar Antworten zu bekommen.«

Im Lauf der vergangenen Woche hatte sie ihm die gesamte Geschichte erzählt, sodass Miles jetzt deutlich mehr über sie wusste als Dorothy und Sara. Aus irgendeinem Grund fiel es ihr leichter, mit jemandem zu reden, der selbst nicht direkt emotional betroffen war. Oder lag es vielleicht einfach daran, dass er so ein guter Zuhörer war?

»Würden dich diese Antworten denn weiterbringen?«, fragte er leise.

Überrascht blickte sie auf. Wie machte er das nur, dass er immer die richtigen Fragen stellte?

»Nein, vermutlich nicht. Denn egal, was sie sagt, an der Vergangenheit wird sich nichts ändern.«

»Dann sind es vielleicht gar keine Antworten, die du dir von ihr wünschst, sondern eine Entschuldigung.«

Sie nippte an ihrem Getränk und dachte über das nach, was er gerade gesagt hatte. »Da hast du recht. Allerdings weiß ich auch, dass ich auf eine Entschuldigung lange warten kann. Ich bin so wütend auf sie.« Die Worte platzten einfach aus ihr heraus, und Miles legte mitfühlend seine Hand auf ihre.

»Versteh ich gut.«

»Nicht nur wegen der Dinge, die sie im Krankenhaus zu mir gesagt hat, sondern auch, weil sie über meinen Kopf hinweg entschieden hat, dass ich nichts von meiner Familie wissen darf. Das stand ihr nicht zu! Als ich ein kleines Kind war, vielleicht. Wobei ich diesen Teil der Geschichte eigentlich am wenigsten verstehe. Denn wenn sie das Muttersein so gehasst hat und ich wirklich das Schlimmste war, was ihr je passiert ist, warum hat sie mich dann nicht einfach bei Dorothy und Sara gelassen? Das ergibt doch alles keinen Sinn. Aber was mich wirklich wütend macht, ist ihre Entscheidung, mich mein Leben lang über sie anzulügen. Jahre über Jahre hat sie dafür gesorgt, dass ich die anderen ablehne, obwohl ich sie überhaupt nicht kannte. Hat mir eingeredet, sie hätten sie auf die Straße gesetzt. Dabei war sie es, die nichts mehr mit ihrer Familie zu tun haben wollte. Und deswegen durfte ich es auch nicht. Es fällt mir so schwer, damit umzugehen.«

Er ließ seine Hand sanft auf ihrer liegen. »Wie es klingt, ist sie eine Meisterin der emotionalen Manipulation. Ich kann mir kaum ausmalen, wie schrecklich die Situation im Krankenhaus für dich gewesen sein muss.«

Imogen dachte zurück. Wie verletzt sie an jenem Abend gewesen war. Wie unendlich allein sie sich gefühlt hatte. Sogar ihren Job hätte sie über die Angelegenheit verlieren können. »Ja, es war wirklich schlimm. Aber manchmal wundert man sich, was für verschlungene Wege das Leben geht. Ich habe mich so darüber geärgert, dass ich an jenem Abend zu ihr ins Krankenhaus gefahren bin. Aber hätte ich es nicht getan, hätte ich nie

Probleme mit der Arbeit bekommen, und hätte ich keine Probleme mit der Arbeit bekommen, hätte Rosalind möglicherweise nicht darauf bestanden, dass ich mir einen Monat freinehme. Und ohne den freien Monat wäre ich nicht hier und hätte vielleicht auch nie meine wahre Familie kennengelernt. Ist das nicht seltsam?«

Er streichelte mit dem Daumen ihren Handrücken. »Glaubst du nicht, dass Dorothy es dir früher oder später erzählt hätte?«

»Doch, vermutlich schon.« Sie runzelte die Stirn. »Ich habe sie darauf angesprochen, und sie meinte, sie hätte keinen konkreten Plan gehabt, sondern sich einfach von Tag zu Tag durchgehangelt.«

»Vielleicht hatte sie keine Ahnung, wie sie dieses schwierige Thema dir gegenüber ansprechen soll.«

»Ja, das ist mir inzwischen auch bewusst.«

Er ließ ihre Hand los und trank einen Schluck. »Nach allem, was du mir erzählt hast, scheint es eher unwahrscheinlich zu sein, dass Tina dich anruft, um sich zu entschuldigen oder dir fröhliche Weihnachten zu wünschen. Aber warum meldet sie sich dann?«

»Weil sie Geld braucht, nehme ich an. Eigentlich ist das der einzige Grund, aus dem sie sich überhaupt je bei mir meldet. Aber genug davon. Wir verbringen einen wunderbar weihnachtlichen Tag, und meine Mutter hat hier nichts zu suchen.« Sie war nach wie vor wild entschlossen, sich von ihrer Mutter nicht den Tag verderben zu lassen. Sie mochte das Verhalten ihrer Mutter nicht kontrollieren können – aber es lag allein in ihrer Macht, wie sie darauf reagierte.

Nachdem sie gegessen hatten, blieben sie noch eine ganze Weile in der Wärme des gemütlichen Pubs sitzen und redeten.

Als sie sich schließlich aufgerafft hatten, doch zu gehen, hakte sie sich bei ihm unter. »Und jetzt?«

»Jetzt gehen wir eislaufen.« Gemeinsam spazierten sie zu einer kleinen Eislaufbahn, die am Dorfrand aufgebaut worden war, und beobachteten eine Zeit lang die Kinder, die an den

Händen ihrer auf wackligen Beinen herumeiernden Eltern im Kreis fuhren.

Als eine Frau mit blauer Mütze das Gleichgewicht verlor und auf ihren Hintern knallte, verzog Imogen das Gesicht. »Autsch!«

»Hm, Lissa hatte Schlittschuhlaufen eigentlich als romantisch beschrieben«, bemerkte Miles. »Aber gerade frage ich mich, wie sie wohl darauf gekommen ist. So wie das aussieht, könnte der Abend für uns beide durchaus auch im Krankenhaus enden. Vermutlich dachte sie, so hätten wir einen Grund zum Händchenhalten. Aber den brauchen wir ja gar nicht mehr. Entsprechend können wir auf solche Extremmaßnahmen durchaus verzichten. Außer natürlich, du willst unbedingt dein Eistanztalent unter Beweis stellen. Ansonsten könnten wir diesen Teil auch überspringen und mit dem nächsten weihnachtlichen Programmpunkt weitermachen.«

»Da ich über kein nennenswertes Eistanztalent verfüge, würde ich sagen, lass uns weitergehen.«

Sie kehrten zum Auto zurück und verließen das Dorf. Nachdem sie eine ganze Weile durch die verschneite Landschaft gefahren waren, bog Miles in die Auffahrt eines feudalen Herrenhauses ab. Inzwischen war es bereits dunkel.

»Aber ist hier nicht schon geschlossen?«

»Das Haus selbst ja, aber wir wollen ja auch keine Führung machen. In der Gartenanlage wird zur Weihnachtszeit eine Lichterwanderung angeboten. Ich glaube, offiziell bezeichnen sie es als Winterzauberwanderung. Solltest du dich am Ende nicht angemessen verzaubert fühlen, gib bitte Bescheid, dann verlange ich mein Geld zurück. Eine Kundin hat mir davon erzählt, und ich dachte, so weihnachtlich, wie das klingt, sollten wir es uns zumindest ansehen.«

Es rührte sie, wie viele Gedanken er sich über ihren gemeinsamen Tag gemacht hatte.

Er nahm sie bei der Hand, und gemeinsam schlenderten sie an einigen Buden, in denen heißer Kakao und geröstete Marshmallows verkauft wurden, vorbei bis zum Eingang eines von Laternen gesäumten Wegs durch die Gärten. Er führte durch Tunnel aus Lichterketten und vorbei an einem Teich, der mit buntem Laserlicht beleuchtet wurde.

Ihr Leben lang hatte sie versucht, Weihnachten zu ignorieren. Die Feiertage irgendwie durchzustehen, bis alles wieder seinen normalen Gang ging. Aber hier in dieser märchenhaften Atmosphäre, umgeben von Lichtern und Bäumen und aufgeregten Kindern, begriff sie zum ersten Mal, warum die meisten Menschen Weihnachten liebten.

Weil sie selbst es ebenfalls liebte.

»Es ist wunderschön hier.« Sie legte den Kopf in den Nacken und bewunderte die funkelnden Schneeflocken und die glitzernden Sterne weit oben am Nachthimmel. »Ich bin eindeutig verzaubert, du brauchst dein Geld also nicht zurückzuverlangen.«

»Glück für die Betreiber, dass alles verschneit ist.«

»Da hast du recht.«

Die schimmernden Lichter brachten den Schnee zum Schillern, sodass der Umgebung etwas Magisches anhaftete.

Sie folgten dem verschneiten Weg bis in den Wald, wo die Bäume in unterschiedlichen Farben angestrahlt wurden.

Immer wieder wehte aus der Ferne Lachen zu ihnen herüber, und doch waren sie allein, geschützt von schneebedeckten Ästen und weichem, warmem Licht.

Als Miles langsam den Kopf senkte, um sie zu küssen, ging sie auf die Zehenspitzen, um ihm entgegenzukommen.

Ihre Lippen fanden zueinander, und so kalt ihre Haut auch war, so warm und sanft war sein Kuss. Eine wohlige Lust durchfuhr sie, so intensiv und unerwartet, dass sie das Gleichgewicht verloren hätte, wenn Miles sie nicht an sich gedrückt hätte. Sie schlang die Arme um seinen Hals und zog ihn näher an sich. Dachte keine Sekunde daran, ihn von sich fernzuhalten, wie sie es noch vor wenigen Wochen getan hätte. Warum auch? Ihn zu küssen fühlte sich so herrlich richtig an, dass sie sich einen Augenblick lang fragte, ob der Wald womöglich tatsächlich verzaubert war. Seine Lippen auf ihren versprachen so viel mehr als einen Kuss. Waren eine Ankündigung, ein köstlicher, sinnlicher Auftakt zu mehr.

Dann hörten sie Kinderstimmen näher kommen, und er löste sich widerwillig von ihr, hielt sie aber weiter an sich gedrückt, bis die Kinder vorbeigelaufen waren und der Wald wieder ihnen allein gehörte.

Sie lehnte sich gegen seine Brust, wartete ab, dass sich ihr Herzschlag wieder beruhigte.

Der Kuss hatte ihr das Gefühl gegeben, eine neue Seite an sich zu entdecken. Als wäre dieser Augenblick nicht nur ein romantisches Stelldichein unter den Sternen, sondern der Beginn eines neuen Abschnitts.

Er legte seine Hände an ihre Wangen und küsste sie noch einmal.

»Wenn du jetzt genug von Weihnachten hast, könnte ich dich nach Hause fahren«, murmelte er gegen ihre Lippen. »Und vielleicht möchtest du mich dieses Mal ja nach drinnen bitten?«

Sein Blick und sein Tonfall ließen ihr den Atem stocken.

In gewisser Weise hatte sie ihn längst hereingebeten. Sie hatte ihm Dinge erzählt, die niemand sonst auf dieser Welt wusste. Sich geöffnet und zugelassen, dass er sah, wer sie wirklich war.

Es gab keine Schwindeleien zwischen ihnen, keine Lügen. Nur Ehrlichkeit und Wahrheit.

Und da stand sie nun, in diesem magischen Winterwunderland, an der Schwelle zu etwas, das sich realer anfühlte als alles, was sie je zuvor erlebt hatte.

Und sie empfand nicht den leisesten Zweifel.

»Gehen wir.«

22. KAPITEL

DOROTHY

»Es gibt Neuigkeiten!« Sara platzte in die Küche und stellte zwei randvolle Einkaufstüten auf dem Tisch ab. Dann schälte sie sich aus ihrer Jacke und warf sie über eine Stuhllehne. »Das glaubst du im Leben nicht.«

»Lass mich raten. Du hast deine gesamten Ersparnisse im Hofladen gelassen und willst mich jetzt um ein Darlehen bitten.«

Dorothy stellte das Backblech mit frischen Mince Pies, das sie gerade aus dem Ofen gezogen hatte, beiseite und brachte die Tüten in Sicherheit, ehe sie umkippen und ihren Inhalt auf dem gesamten Küchenboden verteilen konnten. »Wieso warst du denn nur dort einkaufen? Das muss doch ein Vermögen gekostet haben!«

»Der Einkauf geht auf uns. Wenn wir schon Weihnachten bei dir feiern dürfen, dann wollen wir auch einen Beitrag leisten. Patrick und die Mädchen essen eine Menge. Und dann kommt ja auch noch Imogen, und Miles vielleicht auch. Es sind auch nur ein paar Kleinigkeiten. Lissas hausgebackene Lieblingscracker, die so fantastisch zu Käse passen, ein paar von den Oliven, die du so magst, diese niedlichen Marzipantierchen, die Iris so liebt – ach, ist auch egal. Es gibt gerade Spannenderes.«

»Stimmt, du meintest ja, es gäbe Neuigkeiten.« Dorothy legte die Mince Pies zum Abkühlen auf ein Gitter.

»Ich habe gerade mit Lissa geredet. Gestern Abend hat sie einen Anruf von Pippa bekommen.« Sara nahm ihre Wollmütze ab und schob sich das Haar aus den Augen. »Und jetzt rate mal, wer Händchen haltend auf dem Weihnachtsmarkt gesichtet wurde.«

Dorothy bemühte sich, nicht zu lächeln. »Du willst nicht wirklich, dass ich meine Zeit damit verschwende zu raten, oder? Manchmal frage ich mich, warum wir überhaupt eine Lokalzeitung haben, wo die Leute aus der Gegend doch allesamt über eine so hervorragende Beobachtungsgabe zu verfügen scheinen.«

Sara vibrierte förmlich vor Aufregung. »Pippa ist Miles und Imogen in die Arme gelaufen. Und sie haben Händchen gehalten!«

»Waren wir uns nicht einig, dass wir uns nicht einmischen wollen?«

»Ich mische mich doch nicht ein! Ich zeige nur ... intensives Interesse.«

Dorothy siebte Puderzucker über die Mince Pies. »So vereist, wie der Boden derzeit ist, war das sicherlich eine reine Sicherheitsmaßnahme. Muss irgendetwas aus den Tüten in den Kühlschrank, Sara?«

»Eine Sicherheitsmaßnahme? Sie haben doch nicht Händchen gehalten, weil der Boden vereist war, Mum. Sie haben gelacht und sich unterhalten und sich offenbar bestens miteinander amüsiert. Diese Mince Pies riechen übrigens köstlich. Darf ich einen essen?«

»Später. Die sind für Imogen. Sie meinte, die mag sie am liebsten.« Sie hätte auch eine sechsstöckige Torte und sogar ihre Ofen-Nemesis Soufflé zubereitet – Imogen brauchte nur anzudeuten, dass sie etwas mochte, und schon stand Dorothy in der Küche. Sie wollte sie nach Strich und Faden verwöhnen. All die Jahre wiedergutmachen, die sie verpasst hatten. »Es ist doch schön, dass sie sich amüsiert haben. Wenn man einen ganzen Tag mit jemandem verbringt, ist es von Vorteil, wenn man die gemeinsame Zeit auch genießt.«

»Woher weißt du, dass sie den ganzen Tag miteinander verbracht haben?« Sara musterte sie argwöhnisch. »Lissa hat mir erst heute Morgen davon erzählt.«

»Das klingt eindeutig eher nach Einmischung als nach Interesse, Sara.«

»Na gut, dann mische ich mich eben ein. Wobei die beiden ehrlich gesagt auch ohne unsere Hilfe wunderbar zurechtzukommen scheinen. Und jetzt erzähl mir endlich, woher du das weißt!«

»Miles hat es mir erzählt. Er meinte, er würde eine ganze Reihe an weihnachtlichen Erlebnissen für Imogen planen. Er wollte mit ihr auf den Weihnachtsmarkt, einen Spaziergang durch den Schnee machen, dann ein Mittagessen im Pub, Schlittschuhlaufen und am Ende die Lichtwanderung, glaube ich. Ich fand die Idee ganz entzückend. Sehr romantisch. Und genau das Richtige für Imogen. So konnte sie endlich einmal voll und ganz miterleben, wie sich Weihnachten anfühlt. Bei ihrer Pizzageschichte ist es mir eiskalt den Rücken hinuntergelaufen.« Sie widmete sich dem Inhalt von Saras Tüten. »Und ich habe den Eindruck gewonnen, dass sie bisher viel zu wenig Spaß im Leben hatte, weil sie sich so darauf konzentrieren musste, Geld zu verdienen und unabhängig zu werden.«

Nicht dass Imogen ihr viel erzählt hätte, aber es war trotzdem genug gewesen, um sich zusammenreimen zu können, dass sie es nicht leicht gehabt hatte. Und das machte Dorothy gleichzeitig wütend und löste Schuldgefühle in ihr aus.

»Moment … was? *Miles* hat es dir erzählt?« Sara starrte sie an. »Wann?«

»Gestern früh hat er auf eine Tasse Kaffee vorbeigeschaut. Wir haben uns kurz unterhalten. Das macht er häufiger so.«

»Und du hast mir nichts erzählt?«

»Weil ich dich gestern nicht mehr gesehen habe. Außerdem sind meine Gespräche mit Miles streng vertraulich. Ich bin doch fast so etwas wie ein Mutterersatz für ihn. Ach, als ob die arme Sheila je zu ersetzen wäre.« Der Gedanke an den Verlust ihrer Freundin versetzte ihr einen Stich ins Herz. »Jedenfalls wollte ich verhindern, dass jemand davon erfährt und sie am Ende noch alle beide in Verlegenheit bringt.«

»Nach allem, was Pippa erzählt hat, waren sie von Verlegenheit weit entfernt. Ich hatte ja gehofft, dass er die Nacht bei Imogen verbringt. Aber als ich heute Morgen die Kinder zur Schule gefahren habe, war sein Auto nicht mehr da. Und Imogen war auf jeden Fall dort, denn es waren Lichter an. Bei ihm übernachtet hat sie also nicht.« Sara legte eine kurze Atempause ein. »Mum?«

Ausgerechnet diesen Moment suchte sich Ralph aus, um mit einem von Dorothys Hausschuhen im Maul in die Küche galoppiert zu kommen.

Fragend sah Sara zwischen dem Hund und ihrer Mutter hin und her. »Ralph ist hier? Wieso denn das?«

»Ich habe gestern auf ihn aufgepasst, damit sie ungestört ihr Date genießen können. Miles hielt es für keine gute Idee, so lange am Stück mit ihm unterwegs zu sein, was in Anbetracht der Menge an Chaos, die dieser Hund innerhalb kürzester Zeit verursachen kann, vermutlich eine weise Entscheidung war.« Sie bückte sich, um Ralph zu kraulen. »Aber du warst ein ganz ein Feiner, oder? Ja, aber so ein Feiner! Trotzdem brauche ich jetzt meinen Pantoffel zurück. Danke.«

Ralph legte ihn mit wedelndem Schwanz vor ihren Füßen ab.

Sara runzelte die Stirn. »Und wieso ist er über Nacht geblieben? Warum hat Miles ihn nicht abgeholt, nachdem er Imogen am Cottage abgesetzt hat?«

»Nun, vermutlich ist es spät geworden, und er wollte mich nicht stören. Für mich war das vollkommen in Ordnung so. Ralph ist wirklich ein Herzchen, auch wenn er aus irgendeinem Grund unbedingt bei mir im Bett schlafen wollte, was mich wirklich wundert, weil ich mir sicher bin, dass er bei Valerie nicht einmal ins Schlafzimmer durfte.« Dorothy tätschelte ihm den Kopf. »Wo er diese schlechte Angewohnheit nur herhat?«

»Glaubst du, Miles ist vielleicht doch über Nacht geblieben und hat seinen Wagen versteckt?«

»Du liebes bisschen, auf was für Ideen du kommst! Wieso sollte er sein Auto verstecken?« Dorothy richtete sich wieder auf. »Sie sind beide erwachsen, und wenn sie beschließen, die Nacht miteinander zu verbringen, geht das niemanden etwas an außer sie selbst. Ich habe übrigens Valerie zum Weihnachtsessen eingeladen, weil ich es so traurig fand, dass sie ansonsten wohl allein feiern wird. Sie ist so ein angenehmer Gast und erzählt ausgesprochen unterhaltsame Geschichten über die Arzneigewohnheiten – wie sie das nennt – ihrer ehemaligen Kunden. Ich hoffe, das ist in Ordnung für Patrick und dich. Ellen bringt sie vorbei.«

»Wenn das so weitergeht, feiert am Ende zwar das gesamte Dorf mit uns, aber nein, natürlich stört mich das nicht. Und was Miles und Imogen betrifft – ich verurteile die beiden doch nicht! Ich mache mir einfach nur Hoffnungen.« Sara stibitzte sich einen Mince Pie vom Gitter. »Miles ist für mich wie ein Bruder. Ist es wirklich so verkehrt, mir zu wünschen, dass er glücklich ist? Wobei Imogen natürlich in London wohnt und Miles hier nicht wegkann. Langfristig hätten sie mit einer Beziehung wohl eher schlechte Karten, oder?«

»Das kann und will ich nicht einschätzen, weil es mich nichts angeht. Und dich nebenbei bemerkt auch nicht.«

Sara biss in den Mince Pie und schloss die Augen. »Hmmmm, schmeckt das gut. Und so weit ist London ja nun auch wieder nicht weg.«

»Sara!«

»Was denn? Tut mir leid, ich habe nur laut gedacht.«

»Na, dann denk in Zukunft vielleicht besser leise.« Dorothy warf ihr einen tadelnden Blick zu. »Meiner Erfahrung nach geht es meistens nach hinten los, wenn man kuppelt oder sich sonst wie einmischt. Und ich bitte dich, dass du dich ganz normal verhältst, wenn Imogen gleich kommt. Kein Kreuzverhör, ja?«

»Ich werde mich bemühen.« Aber Sara lächelte. »Lissa wäre so was von begeistert, wenn die beiden zusammenkommen würden. Seit der Trennung von Zara macht sie sich solche Sorgen um ihn. Offenbar versucht er seit einer ganzen Weile nicht einmal mehr, jemanden kennenzulernen!«

»Es stimmt schon, er ist vorsichtig geworden. Aber daraus kann man ihm ja wohl kaum einen Vorwurf machen. Und wie gesagt, es geht uns auch nichts an. Aber jetzt hören wir besser auf, darüber zu reden. Ich will nämlich nicht, dass Imogen hier ankommt und uns beim Tratschen erwischt. Hast du eigentlich schon alle deine Weihnachtseinkäufe erledigt?«

»Ja, und du?«

»Mir fehlt nur noch ein Geschenk für Imogen. Ich habe zusammen mit Iris ein paar lustige Kleinigkeiten für ihren Strumpf gefunden. Aber ich würde ihr gern noch etwas ganz Besonderes schenken. Fällt dir vielleicht etwas ein, das ihr gefallen könnte?«

Sara lächelte immer noch. »Ähm … Wie wär's mit einem gewissen überaus attraktiven Tierarzt?«

»Sara!«

»Schon gut, schon gut. Ich halte mich raus, versprochen.« Sara legte den Kopf in den Nacken und dachte nach. »Etwas zum Anziehen? Nein, sie lebt in London und hat sicherlich genug Kleidung. Und sie sieht immer so elegant aus, sogar bei diesen Minusgraden! Vielleicht eine Kette? Mit einer besonderen Bedeutung?«

»Das ist eine schöne Idee. Mal überlegen. Es ist ihr erstes Weihnachten mit uns, und ein Neuanfang. Oder auch *der* Anfang, je nachdem, wie man's nimmt. Ich möchte ihr etwas von symbolischer Bedeutung schenken. Etwas, das ihr das Gefühl gibt, zur Familie zu gehören.«

»Ich glaube, dazu reicht es schon, dass sie überhaupt hier mit uns feiert«, warf Sara ein. »Aber ich überlege trotzdem für dich weiter.«

Auf einmal schossen die Hunde bellend aus der Küche, und Dorothy blickte auf.

»Da ist jemand an der Tür. Das muss Imogen sein. Schluss jetzt mit dem Thema Miles, ja? Und wehe, du fragst sie über ihr Liebesleben aus.«

»Meine Lippen sind versiegelt.«

Gleich darauf betrat Imogen die Küche, gefolgt von Ralph, der sie mit treuherzigem Blick anhimmelte.

»Vielen, vielen Dank, dass du ihn über Nacht genommen hast, Dorothy.« Imogen umarmte sie fest, und auf einmal hatte Dorothy einen dicken Kloß im Hals.

All die Liebe, die sie zurückgehalten hatte, drohte einfach überzuquellen.

»Aber gern doch. Jederzeit wieder.«

Dann begrüßte Imogen ausführlich Ralph. »Hat er sich benommen?«

»Er war der reinste Goldjunge.« Dorothy warf Ralph einen strengen Blick zu, den Imogen lächelnd registrierte.

»War es sehr schlimm?«

»Abgesehen davon, dass er unbedingt in meinem Bett schlafen wollte, nein. Nachdem er begriffen hat, dass er sich nicht durchsetzen wird, und nach unten zu Bailey getrottet ist, war alles in bester Ordnung.«

Imogen lief rot an. »Das ist meine Schuld. Könnte sein, dass ich ihn vielleicht ein bisschen zu sehr verwöhnt habe, als er bei mir übernachtet hat.«

»Seht ihr? Deswegen haben wir keinen Hund«, warf Sara ein. »Uns reichen schon die zwei Kinder, die jede Nacht zu uns ins Bett klettern. Hattest du gestern einen schönen Tag, Imogen?«

»Genial sogar! Ich habe ein Geschenk für Ralph besorgt. Und für Bailey auch, damit er sich nicht benachteiligt fühlt.« Imogen zog für jeden Hund ein neues Kauspielzeug in Knochenform aus der Tasche. »Der Weihnachtsmarkt war ja so festlich! Und die Lichterwanderung erst … Einfach magisch. Ich muss immer noch ständig daran denken.«

»Ihr hattet Glück mit dem Wetter«, sagte Sara. »Die Nacht war sternenklar. Sicher war das sehr romantisch.«

Dorothy seufzte. »Sara …«

»O ja, das war es.« Imogen lehnte sich mit einem verträumten Ausdruck in den Augen gegen die Arbeitsfläche. »Wirklich, der Tag war rundum perfekt. Normalerweise vermeide ich alles, was mit Weihnachten zu tun hat. Aber gestern habe ich mich einfach darauf eingelassen, und es war richtig schön. Miles ist wirklich toll.«

»O ja«, bestätigte Sara. »Das ist er.«

Imogen beobachtete Ralph dabei, wie er mit dem Knochen spielte. »Wusstet ihr, dass er seine Schwester um Tipps für ein gelungenes Weihnachtsdate gebeten hat?«

»Also, um ehrlich zu s…« Im letzten Moment bemerkte Sara Dorothys strengen Blick und brach ab. »Nein, das ist mir neu. Erzähl uns mehr!«

Dorothy kramte eine Keksdose hervor. »Aber vielleicht möchte Imogen die Geschichte ja auch lieber für sich behalten.«

»Nein, nein, keine Sorge. Es war so schön, dass ich unbedingt darüber reden will.« Sie warf den beiden einen entschuldigenden Blick zu. »Tut mir leid, aber ich hatte noch nie solche Gefühle. Für euch ist das wahrscheinlich langweilig, und ihr wollt es nicht hören.«

»O doch, vertrau mir, wir wollen. Und bitte in allen Details«, sagte Sara und zog den Stuhl neben ihrem hervor. »Setz dich, Imogen. Iss einen Mince Pie, die sind köstlich. Und dann macht uns Mum einen Kaffee, während du uns alles erzählst. Wo ist Miles überhaupt?«

»Er muss heute arbeiten und wurde um sechs zu einem Einsatz gerufen.« Imogen setzte sich zu Sara. »Er hat mir zwar erzählt, auf welchem Hof, aber ich habe den Namen schon wieder vergessen.«

»Um sechs?« Sara schien zu begreifen, und ein Lächeln breitete sich auf ihrem Gesicht aus. »Er hat um sechs das Cottage verlassen? Das erklärt natürlich alles.«

»Was denn?«

»Warum du …«, Sara wich Dorothys mahnendem Blick aus, »… ähm, ein wenig müde aussiehst. Wie ärgerlich für dich, dass du nicht gemütlich ausschlafen und langsam in den Tag starten konntest.«

»Ach, das macht mir nichts aus. So ist sein Job nun mal.«

»Stimmt.«

»Eigentlich finde ich es sogar schön, dass ihm seine Arbeit so wichtig ist. Schließlich bin ich auch so.«

»Er ist ein guter Mensch. Und außerdem echt heiß und …«

Dorothy zuckte zusammen. »Sara!«

Sara grinste Imogen an. »Darüber sollten wir uns wohl besser unterhalten, wenn deine Großmutter nicht anwesend ist.«

»Jetzt tu bitte nicht so, als wäre ich prüde, nur weil ich die Privatsphäre meiner Mitmenschen achte«, sagte Dorothy.

»Normalerweise achte ich auch sehr auf anderer Leute Privatsphäre«, protestierte Sara. »Aber Imogen gehört zur Familie, das verleiht mir gewisse Stocher-Rechte.«

Dorothy wollte gerade widersprechen, da sah sie den glücklichen Ausdruck auf Imogens Gesicht.

Tagelang hatte sie sich den Kopf zerbrochen, was sie Imogen schenken könnte, um ihr das Gefühl zu geben, dass sie Teil der Familie war. Dabei hatte nur Sara kommen, sich in Imogens Leben einmischen und im richtigen Moment die richtigen Worte finden müssen.

Imogen gehört zur Familie.

Dorothy räusperte sich. »Nicht vergessen, Imogen«, verkündete sie in forschem Ton, »dass du zur Familie gehörst, verleiht *dir* wiederum das Recht, deiner wohlmeinenden, aber übergriffigen Tante mitzuteilen, dass sie ihre Fragen und weisen Ratschläge für sich behalten soll.«

Imogen mopste sich einen Mince Pie. »Eigentlich finde ich es schön, jemanden zu haben, mit dem ich darüber reden kann.«

»Es ist so eine Schande, dass Miles heute arbeiten muss«, sagte Sara. »Aber wenigstens du konntest hoffentlich ausschlafen.«

»Ehrlich gesagt nicht. Ich bin mit aufgestanden und habe ihm Kaffee und ein Bacon-Sandwich gemacht. Weil es so kalt war und wir doch alle wissen, was für einen gesegneten Appetit er hat.« Imogen aß den Mince Pie auf. »Die sind der Wahnsinn, Dorothy, ehrlich! Am liebsten würde ich nie wieder etwas anderes essen. Apropos, weißt du zufällig, wie man Bœuf bourguignon zubereitet? Und kannst du es mir beibringen?«

»Natürlich. Aber wieso?«

Imogen wurde rot. »Weil wir uns gestern darüber unterhalten haben, was wir gern essen. Da hat Miles es erwähnt. Morgen Abend wollte ich ihn bekochen und dachte, ich überrasche ihn. Außerdem habe ich ihn zu der Schulaufführung heute Abend eingeladen. Ich hoffe, das war in Ordnung. Er meinte, er würde uns mit Benson helfen.«

Dorothy musterte sie fassungslos. »Er kommt zur Schulaufführung? Und da bist du wirklich sicher?«

Sara lachte. »Ach, Imogen, Imogen …«

»Was? Habe ich einen Fehler gemacht?«

»Nein!«, versicherte Dorothy ihr lachend. »Es ist nur so, dass ich ihn jedes Jahr einlade, vor allem, wenn sie Tiere mit auf die Bühne holen. Und jedes Jahr lehnt er dankend ab.«

»Das liegt daran, dass er früher regelmäßig vor liebestollen Müttern flüchten musste, die ihn mit Fragen über ihre Haustiere gelöchert haben«, warf Sara trocken ein. »Aber jetzt traut er sich offenbar, weil er dich als Schutzschild benutzen kann.«

»Wie hilfreich, dass ich einen schwarzen Gürtel in Jiu Jitsu habe.« Imogen ließ ihren Bizeps spielen. »Nicht, dass er meinen Schutz brauchen würde. Er hat selbst genügend Muskeln.«

Sara stützte mit verträumter Miene das Kinn in die Hand. »Erzähl uns mehr, Imogen.«

»Hör nicht auf sie«, bemerkte Dorothy. »Und jetzt zurück zum Thema Bœuf bourguignon. Alles steht und fällt mit der Qualität von Fleisch und Wein. Wenn du möchtest, könnten wir im Hofladen die nötigen Zutaten besorgen, und dann komme ich zu dir ins Cottage und helfe dir beim Kochen.«

»Bist du sicher, dass du dafür Zeit hast?«

»Aber natürlich! Wir können ja ein paar Portionen mehr kochen und einfrieren.« Dorothy holte ein Kochbuch aus dem Regal und schlug es bei dem Rezept für Bœuf bourguignon auf. »Dieses Rezept hier verwende ich, allerdings in leicht angepasster Version. Wie du siehst, habe ich viele Anmerkungen gemacht. Komm, wir schreiben eine Einkaufsliste.«

Imogen las sich alles durch und tippte dabei Notizen in ihr Handy. »Es soll etwas ganz Besonderes werden.«

»Dann sucht Patrick euch einen schönen Wein heraus«, schlug Sara vor. »Und Kerzen wären gut. Hast du Kerzen?«

»Im Cottage sind welche«, versicherte Dorothy.

Doch Imogen schien Bedenken zu haben. »Glaubt ihr nicht, Kerzen könnten zu viel des Guten sein? Ich will ihn nicht verschrecken.«

»Glaub mir, Miles ist nicht der Typ, der sich leicht verschrecken lässt. Wenn er nicht gerade ohne weibliche Begleitung zur Schulaufführung muss. Außerdem sieht bei Kerzenlicht alles schöner aus. Auch das Bœuf bourguignon, sollte es vielleicht nicht ganz so gelingen, wie du es dir erhofft hast«, sagte Sara.

Dorothy musterte sie empört. »Aber natürlich gelingt das Bœuf bourguignon! Möchtest du vielleicht, dass ich Ralph abends dann wieder zu mir nehme?«

»Nein, danke.« Imogen bückte sich, um ihn zu streicheln. »Wir finden es schön, ihn bei uns zu haben.«

»Dann lass ihn aber auf keinen Fall allein in der Küche! Ich bin mir nämlich sicher, dass er einer üppigen Portion Bœuf bourguignon nicht abgeneigt wäre.« Sie holte Zettel und Stift aus der Schublade und machte sich daran, die Einkaufsliste zu schreiben. »Das Fleisch sollte über Nacht eingelegt werden, deshalb wäre es am besten, wenn wir noch heute Nachmittag zum Hofladen fahren könnten. Hast du zufällig Zeit?«

»Ja, ich wollte heute Nachmittag nur die Weihnachtsgeschenke einpacken, die ich gestern gekauft habe, und mich dann für die Aufführung fertig machen.« Nach einer kurzen Pause fügte Imogen hinzu: »Und im Dorf Briefmarken besorgen.«

»Briefmarken? Für normale Briefe? Die kannst du auch von mir bekommen.« Sara kramte in ihrer Handtasche herum und holte einige hervor. »Ich dachte, du verschickst keine Weihnachtspost.«

»Habe ich auch nie, das ist das erste Mal.« Imogen zögerte. »Tina hat wieder angerufen.«

Saras Lächeln verblasste. »Oh.«

»Aber ich bin nicht rangegangen. Schließlich befand ich mich gerade auf meinem Traumdate.«

»Gut gemacht.«

Sara rückte näher und legte Imogen die Hand auf den Arm. »Hat sie denn eine Nachricht hinterlassen?«

»Bloß, dass ich sie anrufen soll«, antwortete Imogen. »Was nur bedeuten kann, dass sie irgendetwas von mir will.«

Ralph ließ seinen neuen Knochen fallen und kam angetrottet.

»Und? Rufst du sie an?«

»Heute Morgen war ich kurz davor. Aus Gewohnheit, aber auch, weil ich so aufgebracht bin und Antworten will. Sie hat beschlossen, euch aus ihrem Leben zu verbannen, und diese Entscheidung hat für uns alle einschneidende Folgen gehabt. Keiner von uns hatte eine Wahl.« Sie kraulte Ralphs Kopf. »Kurz habe ich sogar überlegt, heute nach London zu fahren und ihr einen Besuch abzustatten, damit ich persönlich mit ihr reden kann.«

»Falls du das immer noch vorhast, kann ich dich gern begleiten«, bot Sara sofort an.

Imogen lächelte, aber dabei schimmerten Tränen in ihren Augen. »Danke. Du kannst dir gar nicht vorstellen, wie viel es mir bedeutet, das zu wissen. Aber du brauchst mich nicht zu begleiten, weil ich nicht fahren werde.«

Eine tiefe Erleichterung überkam Dorothy. So war die Gefahr gebannt, dass Tina vielleicht erneut versuchen würde, Imogen wieder von ihnen zu entfremden.

»Ich habe mit Miles darüber geredet«, fuhr Imogen fort. »Dabei ist mir klar geworden, dass sich an meinen Gefühlen durch Antworten nichts ändern würde. Egal, was sie sagt, es würde alles beim Alten bleiben. Letztlich spielt es keine Rolle, was für Beweggründe sie hatte. Was passiert ist, ist passiert. Aber das ist Vergangenheit. Selbst wenn sie sich entschuldigen würde, hätte das keinen Einfluss mehr darauf, wie wir alle jetzt zueinander stehen. Und darauf möchte ich mich gern konzentrieren: auf mein Hier und Jetzt mit euch.«

»Dann rufst du sie auch nicht zurück?«

»Nein. Aber ich habe ihr eine Weihnachtskarte geschrieben. Meine erste überhaupt.« Ein Lächeln huschte über Imogens Gesicht. »In der Karte steht, dass ich euch kennengelernt habe und ihr von jetzt an eine wichtige Rolle in meinem Leben spielen werdet. Und dass sie sich gern melden kann, falls sie auch Teil meines Lebens sein und eine richtige Beziehung zu mir aufbauen will. Aber dass sie aufhören muss, mir und euch die Schuld für ihre Probleme zu geben, wenn das funktionieren soll. Dass sie selbst Verantwortung für die Entscheidungen übernehmen muss, die sie getroffen hat. Natürlich würde ich mir wünschen, dass sie sich entschuldigt. Aber falls der Weihnachtsmann nicht zufällig Wunder wirken kann, sehe ich, was das betrifft, auf nahe Zukunft schwarz.«

Dorothy war schwer beeindruckt. Sie war so stolz auf Imogen. »Du bist ein wirklich bemerkenswerter Mensch.« Ihr versagte die Stimme.

Imogen verzog das Gesicht. »Wenn ich das wäre, hätte ich meiner Mutter all das schon vor Jahren gesagt. Aber bis vor Kurzem habe ich ja gedacht, sie wäre alles, was ich an Familie habe. Und unter diesen Umständen fand ich die Vorstellung, den Kontakt zu ihr abzubrechen, unerträglich. Auch wenn sie sich nur für mich interessiert hat, wenn sie etwas von mir wollte. Ich wünschte, ich hätte das alles anders gehandhabt. Aber es ist, wie es ist, und ich will keine Zeit damit verschwenden, mich deswegen niederzumachen. Ich habe getan, was ich damals für richtig hielt. Mehr war nicht möglich.«

Ich habe getan, was ich damals für richtig hielt.

Da war er wieder, der Kloß in Dorothys Hals. Weil Imogens Worte auch für sie selbst galten. Auch sie hatte damals vor all den Jahren getan, was sie für richtig hielt. Und hatte sich seitdem Tag für Tag dafür niedergemacht.

Aber damit war jetzt Schluss. Sie hatte immer an zweite Chancen geglaubt. Und vielleicht war es nun ja an der Zeit, dass sie sich selbst eine gab.

Sie würde Imogens Beispiel folgen und die Vergangenheit sein lassen, was sie war: Vergangenheit.

Sie würde sich die Fehler vergeben, die sie gemacht hatte, und würde die Tatsache anerkennen, dass Tina ihre eigenen Entscheidungen traf.

Und anstatt all die Jahre zu betrauern, in denen sie keinen Kontakt zu Imogen gehabt hatte, würde sie dankbar sein für all die Jahre, die sie noch vor sich hatten.

Und da wusste sie es plötzlich. Sie wusste genau, was sie Imogen zu Weihnachten schenken würde.

23. KAPITEL

IMOGEN

Vorsichtig lud Imogen die Geschenke in den Kofferraum. Es hatte Stunden gedauert, sie einzupacken, perfekte Falten in das weihnachtliche Geschenkpapier zu streichen und die schimmernden Seidenbänder zu komplizierten Schleifen zu binden. All die harte Arbeit wollte sie nicht versehentlich durch unbedachte Bewegungen ruinieren. Es kam ihr zwar selbst albern vor, die kurze Strecke zu Dorothy mit dem Auto zu fahren, aber anders konnte sie die vielen Geschenke unmöglich transportieren. Und sich selbst auch nicht. Denn sie hatte sich in einer der kleinen Boutiquen im Dorf ein neues Kleid besorgt, das nicht unbedingt für Schneewanderungen geeignet schien.

Sie hatte angenommen, dass sie gemeinsam mit Miles fahren würde, aber nachdem sie einen romantischen gemeinsamen Weihnachtsabend mit Champagner und langen Gesprächen verbracht hatten, die sich wie von selbst zu entwickeln schienen, sobald sie miteinander allein waren, hatte er noch vor Tagesanbruch das Cottage verlassen müssen.

Sie war noch gar nicht richtig wach gewesen, als er aufbrach, und hatte nur im Halbschlaf mitbekommen, wie er ihr fröhliche Weihnachten wünschte. Als sie endlich dazu in der Lage gewesen war zu antworten, hatte er bereits gemeinsam mit Ralph das Haus verlassen.

Auf dem Küchentisch hatte ein Zettel gelegen, auf dem er schrieb, er müsse arbeiten und sie würden sich später bei Dorothy sehen.

Sie freute sich jetzt schon darauf, wieder Zeit mit ihm zu verbringen, dabei war es erst wenige Stunden her, dass er gegangen war. Seit ihrem ersten Date hatten sie jede freie Sekunde miteinander verbracht, und sie war so glücklich wie nie.

Nachdem sie das letzte Päckchen in den Kofferraum geladen hatte, sperrte sie das Cottage zu und fuhr vorsichtig die zugeschneite Auffahrt zum Haupthaus entlang.

Dorothy hatte ihnen angeboten, die Nacht bei ihr zu verbringen. Aber da auch Ava und Iris im Haupthaus schliefen, hatte sie gemeinsam mit Miles beschlossen, dass sie im Cottage vermutlich besser aufgehoben waren. Außerdem war ihr bewusst, dass Miles' und ihre Zeit langsam ablief – zumindest in der bisherigen Form. Und aus den wenigen verbleibenden Tagen wollte sie so viel herausholen wie möglich.

»Imogen!« Ava stand wild winkend in der Haustür. Sie trug ein rotes Kleid und eine grüne Strumpfhose, und ihre Wangen waren vor Aufregung gerötet. Um ihren Mund prangten bereits die ersten Schokoladenflecken. »Ich helfe dir mit den Geschenken.«

»Sag unbedingt Nein!«, riet ihr Iris, die neben ihrer Schwester aufgetaucht war. »Entweder lässt sie sie fallen, oder sie reißt sie auf.«

»Gar nicht.«

»Wir helfen Imogen alle zusammen.« Sara schob sich an den Mädchen vorbei, und gemeinsam luden sie den Wagen aus und brachten die Geschenkeberge ins Haus. »Wo ist eigentlich Miles?«

»Das bleibt sein großes Geheimnis. Aber er hat irgendwas von wegen Tier gemurmelt.«

»Tja, er hatte uns ja schon vorgewarnt, dass er womöglich zu einem Einsatz muss«, gab Sara zu bedenken.

Ava machte große Augen. »Hoffentlich ist nicht eins von den Rentieren vom Weihnachtsmann krank geworden. Sie müssen so müde sein, weil der Weg um die ganze Welt so lang ist.«

»Das könnte natürlich sein.« Sara schloss die Haustür hinter ihnen, und sie verteilten Imogens Geschenke unter dem Baum.

Als Imogen ihre Jacke auszog, schnappte Ava nach Luft.

»Du glitzerst ja! Schau mal, Mummy.«

»Ja, das sehe ich.« Sara musterte Imogen bewundernd. »Was für ein tolles Kleid!«

»Du siehst aus wie der Stern oben auf dem Weihnachtsbaum. Ganz silbern.« Ava streichelte verträumt das Kleid. »Kann ich auch mal so eins haben?«

»Erst sechs, und schon eine Fashionista.« Patrick drückte Imogen zur Begrüßung einen raschen Kuss auf die Wange. »Das verheißt nichts Gutes für unseren zukünftigen Kontostand.«

»Ich glaube nicht, dass es das Kleid schon in deiner Größe gibt«, antwortete sie ihrer Cousine. »Aber wenn du möchtest, können wir mal in den Laden gehen und fragen.«

Sie hatte Angst gehabt, dass sie es vielleicht ein wenig übertrieben hatte. Aber auch Sara hatte sich festlich gekleidet. Sie trug ein elegantes Kleid aus dunkelblauem Samt und das Haar in einer lockeren Hochsteckfrisur. In ihren Ohren steckten zwei Rotkehlchen aus Silber, in denen sich bei jeder Bewegung das Licht fing.

Ava streckte die Arme nach Imogen aus, ließ sich hochheben und klammerte sich an ihrem Hals fest.

»Und?«, fragte Imogen. »Ist der Weihnachtsmann gekommen?« Sie drückte das kleine Mädchen liebevoll an sich. »Hattest du viel in deinem Strumpf?«

»Ja, ganz viel sogar. Ich zeige dir alles. Schokolade war auch dabei. Aber die habe ich schon gegessen.«

»Das sehe ich.«

»Können wir jetzt unsere Geschenke auspacken?« Ava wand sich wieder von ihrem Arm, flitzte zum Weihnachtsbaum und begann, an den Geschenken, die Imogen mitgebracht hatte, herumzuschütteln und zu -drücken.

Sie war so aufgeregt, dass selbst die Erwachsenen davon angesteckt wurden.

»Wie wäre es, wenn jede von euch jetzt schon eines aufmacht, und später machen wir dann den Rest?«, schlug Imogen vor.

»Au ja!« Ava las sorgfältig die Namen auf den Anhängern und reichte ihrer Schwester eins der Geschenke. »Das ist für dich, Iris.«

Iris wurde rot und lächelte Imogen an. »Danke.« Dann setzte sie sich neben Imogen auf den Boden und löste vorsichtig die Schleife.

Ava riss währenddessen bereits das Geschenkpapier von ihrem Päckchen. »Ein Alpaka!« Sie hob es hoch. »Das ist ja so süß! Ich will es Benson zeigen.« Sie war schon fast bei der Haustür, als Sara sie aufhielt.

»Was sagt man zu Imogen?«

»Danke.« Ava flitzte zu Imogen zurück und drückte ihr einen Schokoladenkuss auf die Wange. »Ich nenne es Benson.«

»Nanna wollte uns gerade einen kleinen Imbiss bringen«, fuhr Sara fort. »Vielleicht verlegen wir den Ausflug zu Benson besser auf später.«

Und schon kam Dorothy mit einem Tablett mit Kaffee und selbst gebackenen Zimtplätzchen in den Händen ins Wohnzimmer. »Ich dachte, ihr braucht bestimmt eine kleine Stärkung, damit euch später nicht die Kraft ausgeht, wenn ihr diesen riesigen Berg an Geschenken auspackt.« Dann bemerkte sie Imogen und lächelte. »Da bist du ja, wie schön.«

»Ich bin gerade eben angekommen. Fröhliche Weihnachten.« Die Worte fühlten sich fremd in ihrem Mund an, weil sie normalerweise niemanden hatte, zu dem sie sie hätte sagen können.

»Fröhliche Weihnachten.« Dorothy stellte das Tablett beiseite und zog Imogen in eine feste Umarmung. »Das hier wird das schönste Weihnachten überhaupt, wie Ava jetzt sagen würde.«

»Das ist es schon! Schau mal, Nanna!« Ava wedelte mit ihrem Alpaka herum, und Dorothy bewunderte pflichtschuldig das Stofftier, während sie Kaffee an die Erwachsenen verteilte.

Als sie bereits fast den gesamten Teller Zimtplätzchen leer gegessen hatten, stand plötzlich Miles in der Tür.

Imogens Herz tat bei seinem Anblick einen kleinen Satz.

Seine Anwesenheit machte sie so … so *glücklich*!

War das Liebe? Aber das konnte doch nicht sein, oder? Nicht nach so kurzer Zeit. Aber es war etwas Wichtiges, das wusste sie genau. Etwas Aufregendes und Gutes und Großes.

Ihre Blicke fanden sich, und einige intime Sekunden lang sahen sie einander tief in die Augen, dann richtete er seine Aufmerksamkeit auf Ava, die an seinem Ärmel zerrte.

»Komm rein, Miles.« Dorothy deutete auf einen freien Platz auf dem Sofa. »Ellen und Valerie wollten um zwölf Uhr hier sein, deswegen packen wir die Geschenke jetzt schon aus. Aber ich brauche noch zehn Minuten in der Küche, bevor wir anfangen können.«

Imogen hatte eigentlich nachfragen wollen, wo Ralph steckte, aber Miles hatte sich bereits in ein Gespräch mit Patrick über ein Buch vertieft, das sie beide gelesen hatten. Also folgte sie Dorothy gemeinsam mit Sara in die Küche.

»Wie kann ich helfen?«

»Gar nicht«, antwortete Dorothy. »Du bist unser Gast. Sara, könntest du noch mehr Kartoffeln und Pastinaken schälen, bitte? Ich habe Angst, dass es nicht reichen könnte. Miles und Patrick essen so viel, und ich will nicht, dass am Ende jemand hungrig vom Tisch aufsteht.«

»Lass dir versichert sein, dass das nicht passieren wird. Und Imogen ist kein Gast, sie gehört zur Familie.« Sara reichte ihr ein Schälmesser. »Du die Kartoffeln, ich die Pastinaken.«

Imogen musste lachen. Sie hätte nie gedacht, dass es sie eines Tages so glücklich machen würde, ein Schälmesser in die Hand gedrückt zu bekommen. »Was immer du befiehlst, Tante Sara.«

Sara verzog das Gesicht. »Warum nur fühle ich mich auf einmal so alt? Übrigens solltest du in deinem Glitzerkleid vielleicht besser doch keine Kartoffeln schälen.«

»Ach, so wichtig ist das Kleid nun auch wieder nicht.«

»Was? Hast du etwa nicht Miles' Gesichtsausdruck bemerkt, als er dich darin gesehen hat?« Sara zwinkerte ihr zu. »Ich würde meine Hand dafür ins Feuer legen, dass er lieber dich als seine Geschenke auspacken würde.«

Imogen beschloss, für sich zu behalten, wie häufig er sie im Lauf der vergangenen Woche bereits ausgepackt hatte.

Es gab Dinge, die man besser niemandem erzählte. Nicht einmal seiner Familie.

Seite an Seite arbeiteten sie in der Küche, bis das Mittagessen so weit vorbereitet war, dass man es allein lassen konnte. Dann kehrten sie ins Wohnzimmer zurück, wo Ava inzwischen kurz davor war, vor Aufregung zu platzen.

»In der Küche ist alles unter Kontrolle«, verkündete Dorothy. »Jetzt haben wir noch ein wenig Zeit, ehe unsere Gäste eintreffen. Ich würde sagen, es ist an der Zeit, dass Imogen ihre Geschenke öffnet.«

»Ava und ich bringen sie dir, Imogen.« Aufgeregt krabbelte Iris gemeinsam mit ihrer Schwester unter dem Baum herum und suchte die Anhänger an den Geschenken ab. Am Ende kamen sie mit mehreren Schachteln in verschiedenen Größen und Formen in den Armen wieder hervor.

Imogen beobachtete sie verlegen.

Dann legte ihr Dorothy einen ausgebeulten, schweren Strumpf, auf den ihr Name gestickt war, in den Schoß.

Ehrfurchtsvoll tastete sie ihn ab. »Das …« Sie musste schlucken. »Das ist mein erster Weihnachtsstrumpf überhaupt.«

»Was?«, fragte Ava entsetzt. »Aber warum? Wusste der Weihnachtsmann denn nicht, wo du wohnst? Hast du ihm nie einen Wunschzettel geschickt?«

»Nein, noch nie.«

»Dann schreiben wir deinen Wunschzettel ab jetzt immer gemeinsam.« Ava sprang neben sie aufs Sofa. »Soll ich dir beim Auspacken helfen?«

Noch vor wenigen Wochen hatte Imogen Angst vor der Einsamkeit der Feiertage gehabt. Und hier saß sie nun, umgeben von ihrer Familie und Geschenken und mehr Warmherzigkeit, als sie seit langer Zeit erlebt hatte.

»Au ja, etwas Hilfe kann ich gut gebrauchen.«

»Dann helfe ich auch.« Iris setzte sich auf ihre andere Seite.

»Du brauchst viel zu lange!« Ava drückte Imogen ein Päckchen in die Hand.

Sie musste lachen und packte ihre Geschenke aus, eines nach dem anderen, bis sie ganz überwältigt war von der Großzügigkeit ihrer Familie.

Danach packten die anderen die Geschenke aus, die sie von ihr erhalten hatten. Alle schienen sich zu freuen, und in Imogens Bauch kribbelte es vor Glück. Ein Grund mehr, Miles dankbar zu sein, dass er mit ihr auf den Weihnachtsmarkt gefahren war. Abgesehen davon, dass es einer der glücklichsten Tage ihres Lebens gewesen war.

Ihre Mutter hatte nicht auf die Weihnachtskarte reagiert, doch das spielte keine Rolle. Vielleicht würde sie sich irgendwann melden, vielleicht aber auch nicht. Imogen wusste jetzt, dass sie Dorothy, Sara und auch Miles an ihrer Seite hatte, und mit ihrer Hilfe würde sie alles schaffen.

»Das hier ist übrigens gestern für dich per Einschreiben geschickt worden.« Sara reichte ihr eine große Schachtel. »Es wurde in London abgestempelt.«

In London?

Überrascht öffnete sie das Paket. Darin befand sich eine Karte von Rosalind, Anya, Janie, Sophie und dem Rest des Teams.

Fröhliche Weihnachten, Imogen. Wir vermissen dich und warten schon sehnsüchtig auf deine Rückkehr - weil wir es so satthaben, deine Arbeit zu erledigen :)

Imogen musste schlucken.

Wir vermissen dich.

Auf einmal hatte sie einen dicken Kloß im Hals. Als sie ihrer Mutter die Weihnachtskarte geschickt hatte, hatte sie spontan beschlossen, noch eine weitere zu versenden. An ihre Kolleginnen. Dazu hatte sie einen Brief gelegt, in dem sie ihnen alles erklärte. Aus irgendeinem Grund war es ihr schriftlich leichter gefallen, die Geschichte zu erzählen. Sie hatte eine solche Angst vor ihrer Reaktion gehabt – und jetzt hatten sie ihr das hier geschickt!

»Ein Geschenk ist auch dabei.« Ava zog ein Plüschtier aus dem Karton. »Ein Hund! Der ist süß! Aber nicht so süß wie mein Alpaka. Er sieht ein bisschen aus wie Ralph.«

»Der ist aber nicht für dich.« Iris nahm ihrer Schwester das Stofftier weg und drückte es Imogen in die Hand.

Ava hatte recht, der kleine Hund sah wirklich aus wie Ralph. Aber auf dem Namensschild an seinem Halsband stand nicht *Ralph*, sondern *Midas.*

Sie musste lächeln. Und auf einmal hatte sie das Gefühl, dass sich vielleicht doch noch alles zum Guten wenden würde.

Ihre Kolleginnen schienen akzeptiert zu haben, was sie ihnen geschrieben hatte. Und das bedeutete, dass sie sie akzeptierten.

Sie wechselte einen Blick mit Miles, der als Einziger die gesamte Geschichte über ihre komplizierte Arbeitssituation kannte.

Er erwiderte ihr Lächeln. »So einen Hund wie den kann man tatsächlich problemlos mit zur Arbeit nehmen. Außerdem produziert er keine hohen Tierarztrechnungen.«

»So, und jetzt bin ich dran.« Dorothy hielt ein kleines, hübsch verpacktes Päckchen in den Händen. »Ich habe viel darüber nachgedacht, was ich dir schenken könnte, Imogen. Es sollte etwas ganz Besonderes sein, das dich für immer an unser erstes gemeinsames Weihnachtsfest erinnern wird.«

Imogen war gerührt. »Aber ich werde diesen Tag doch auch so niemals vergessen.« Wie auch? »Dafür brauche ich kein Geschenk.«

»Ich hoffe trotzdem, dass es dir gefallen wird.« Dorothy überreichte ihr das Geschenk, und Imogen packte es vorsichtig aus. Was es wohl sein mochte?

In der Schachtel lag ein Schlüssel. Überrascht nahm sie ihn heraus. »Wofür ist der?«

»Für Holly Cottage.« Dorothys Stimme klang ganz rau. »Es gehört jetzt dir, Liebes. Ich weiß, du wohnst in London und hast dort deinen Lebensmittelpunkt. Aber ich dachte, wenn du hier in der Gegend einen Ort hättest, den du als zweites Zuhause betrachtest, hast du vielleicht Lust, ab und an übers Wochenende vorbeizukommen und uns zu besuchen. Vielleicht kannst du ja sogar hin und wieder von zu Hause aus arbeiten, wenn Rosalind einverstanden ist. Und eines Tages möchtest du ja vielleicht sogar für uns arbeiten. Wir könnten jemanden mit deinen Fähigkeiten gut in unserem Team gebrauchen.«

Imogen verstummte. Sie brachte keinen Ton heraus.

»Natürlich alles ohne Druck«, fügte Sara hastig hinzu. »Wir wissen ja, wie viel du um die Ohren hast und wie arbeitsreich dein Alltag wieder sein wird, wenn du nach London zurückkehrst. Vermutlich wirst du kaum Zeit haben, an uns zu denken. Aber falls der Moment kommt, in dem du gern aus London rauswillst, hättest du so stets eine Anlaufstelle. Und nur damit es einmal gesagt wurde: Bloß weil du zur Familie gehörst, erwartet natürlich noch lange keiner von dir, dass du ins Familienunternehmen einsteigst.«

Ins Familienunternehmen einsteigen …

»Ich weiß nicht, was ich sagen soll.« Auf einmal hatte sie Tränen in den Augen, doch sie blinzelte sie hastig weg, weil sie ihre kleinen Cousinen nicht verwirren wollte. Sie war nur so … so unendlich glücklich! »Das ist so ein großzügiges Geschenk.«

Denn für sie bedeutete Holly Cottage mehr als Wände und ein Dach. Und sie hatte den Verdacht, dass Dorothy das genau wusste.

Ihre Großmutter schenkte ihr nicht einfach nur ein Haus. Sie schenkte ihr Sicherheit.

Zum ersten Mal in ihrem Leben hatte sie einen Rettungsschirm.

Zum ersten Mal in ihrem Leben war sie nicht allein.

»Ich werde so oft kommen, wie ich kann.« Sie wog den Schlüssel in ihrer Hand, spürte seinem angenehmen Gewicht nach. »Ehrlich gesagt hatte ich mir sowieso vorgenommen, einiges zu ändern, wenn ich wieder in London bin.«

Sie hatte lange darüber nachgedacht und Rosalind bereits vor einigen Tagen eine E-Mail geschickt. Zu ihrer Überraschung hatte Rosalind sofort angerufen. Zu diesem Zeitpunkt hatte Rosalind auch den Brief, den Imogen an das Team geschrieben hatte, bereits gelesen, sodass es zwischen ihnen keine Geheimnisse mehr gab.

Sie hatten ein ehrliches Gespräch geführt, in dem Imogen offen zugegeben hatte, dass Rosalind recht gehabt hatte. Sie hatte tatsächlich kurz vor dem Burn-out gestanden. Und ihr war bewusst geworden, dass sie eine Möglichkeit finden musste, ihre Arbeit so zu gestalten, dass sie immer noch ihr Bestes geben konnte, ohne dafür ihre Gesundheit zu riskieren. Außerdem wollte sie ihr Leben so einrichten, dass sie mehr Zeit mit Miles verbringen konnte. Daraufhin hatte Rosalind einen Kompromiss vorgeschlagen. Wann immer es sich mit Imogens Aufgaben vereinbaren ließ, konnte sie im Homeoffice arbeiten. Praktischerweise hatte RPQ gleich mehrere Kunden in den Cotswolds. Außerdem würde sie lernen müssen, mehr zu delegieren, sodass sie sich nicht mehr verpflichtet fühlte, bei jeder Veranstaltung persönlich anwesend zu sein. Rosalind hatte sie nicht auf den Brief oder die peinliche Episode rund um Midas angesprochen. Imogen war deswegen entsetzlich aufgeregt gewesen, aber jetzt, wo sie dieses lustige und aufmerksame Geschenk von ihren Kolleginnen bekommen hatte, fühlte sie sich viel besser.

Im Januar würde sie in die Arbeit zurückkehren und noch einmal ganz von vorn anfangen. Ihre Arbeit ganz anders angehen.

Für den Augenblick war das genug. Und vielleicht würde sie irgendwann in ferner Zukunft ja tatsächlich in Erwägung ziehen, ins Familienunternehmen einzusteigen.

Sie schaute zu Dorothy. »Du wirst es nicht glauben, aber ich wollte dich tatsächlich fragen, ob ich Holly Cottage kommendes Jahr für einige Wochen buchen könnte.«

»Nun wirst du es nie wieder buchen müssen. Und mir ist viel

wohler damit, wenn es dein zweites Zuhause ist, als wenn ich es weiter vermiete.«

Ein Zuhause.

Sie stellte sich vor, wie sie im Frühling morgens ihren Kaffee vor der Tür trank, umgeben von Narzissen und Tulpen und mit Blick auf die Lämmer auf den Weiden. Wie sie im Sommer lange Spaziergänge zum Dorf durch die Felder machte. Wie sie in der Buchhandlung stöberte und sich zum Mittagessen mit Miles im Pub traf.

Und wenn sie im Cottage arbeiten musste, hatte sie den Schreibtisch im zweiten Schlafzimmer, der vor dem Fenster mit der herrlichen Aussicht stand. In der Mittagspause konnte sie vielleicht mit Ralph spazieren gehen, wenn Miles nichts dagegen hatte.

»Ehrlich, ich weiß nicht, was ich sagen soll.« Überwältigt stand sie auf und umarmte Dorothy. »Danke. Das bedeutet mir unendlich viel. Vermutlich werde ich so häufig hier sein, dass du deine Großzügigkeit bald bereust.«

»Niemals.« Dorothy drückte sie fest an sich, dann löste sie sich von ihr und räusperte sich. »Jetzt, wo wir mit den Geschenken fertig sind, muss ich noch einmal kurz in der Küche verschwinden. Vielleicht können Iris und Ava ja noch einmal nachsehen, ob auf dem Tisch noch etwas fehlt.«

»Einen Moment noch«, unterbrach sie Miles. »Ganz fertig sind wir noch nicht mit den Geschenken. Ich habe nämlich noch etwas für Imogen.«

Sie hatte fest mit einer Strickmütze gerechnet. Doch zu ihrer Überraschung verließ er den Raum. Das Klicken der Haustür war zu hören, dann das Klappen einer Autotür und ein vertrautes Bellen.

Sekunden später kam Ralph ins Wohnzimmer galoppiert, legte eine schliddernde Vollbremsung vor Imogen hin und blickte bewundernd zu ihr auf.

Ava runzelte die Stirn. »Wieso hat Ralph denn eine große Schleife um den Hals?«

»Weil ich eine Anzeige wegen Tierquälerei riskieren würde, wenn ich ihn in Geschenkpapier einwickle.« Miles kniete sich neben Ralph und sah Imogen in die Augen. »Ich weiß, dass du ihn nicht mit nach London nehmen kannst. Aber ich weiß auch, wie sehr du an ihm hängst. Und er genauso an dir.«

So, wie Miles sie ansah, fragte sie sich einen Augenblick lang, ob er wirklich nur über den Hund redete. Aber sie schob den Gedanken beiseite. Dafür war später noch Zeit, wenn nicht gerade ihre gesamte Familie fasziniert die Szene verfolgte. Aus dem Augenwinkel bemerkte sie, dass Sara grinste und einen Sag-ich-doch-Blick mit Patrick wechselte. Selbst Dorothy schien die Geschehnisse voller Spannung zu beobachten.

Ralph wedelte mit dem Schwanz und legte ihr die Pfote aufs Bein.

»Pass bloß auf das silberne Kleid auf!«, rief Sara entsetzt, aber Imogen war ihr Kleid gerade herzlich egal.

»Du hast recht, ich hänge wirklich sehr an ihm.« Aber wie genau hatte Miles sich das vorgestellt?

»Folgendermaßen sieht mein Plan aus.« Miles nahm ihre Hand. »Wir haben geteiltes Sorgerecht. Unter der Woche wohnt er bei mir, und wenn du zu uns in die Cotswolds kommst, entweder zu mir nach Hause oder ins Cottage, das ja offenbar dein zweites Zuhause wird, gehört er dir. Uns.«

Uns.

Miles und ihr. Zusammen.

Sie hatte keine Ahnung, wie das alles funktionieren sollte, aber sie wusste, irgendwie würde es ihnen gelingen. Sie würden eine Möglichkeit finden. Und auch wenn ihr bewusst war, dass das viel zu weit gedacht war, hielt sie es durchaus für möglich, dass sie eines Tages sogar unter einem Dach wohnen würden.

»Das klingt wunderbar.«

»Gut.« Er sah ihr in die Augen. »Es gibt nur eine Regel.«

»Die da wäre?«

»Du musst mir versprechen, dass er nicht mehr mit im Bett schlafen darf.«

Sie war zu glücklich, um der Versuchung widerstehen zu können, ihn ein wenig aufzuziehen. »Auch nicht, wenn er mich mit ganz traurigen Augen ansieht?«

»Dann am allerwenigsten. Es ist wichtig, dass er begreift, wer hier der Chef ist.«

»Ralph natürlich.« Sie umarmte den Hund, und Miles legte ihr grinsend ein kleines Päckchen in den Schoß.

»Und da es etwas dauern könnte, bis wir das alles umgesetzt haben, habe ich dir noch das hier besorgt.«

»Das fühlt sich aber nicht nach einer Wollmütze an.« Sie öffnete das Geschenk. Darin befand sich ein gerahmtes Foto von Ralph und ihr im Schnee. Es war ein paar Tage zuvor entstanden. Sie hatte dem Hund die Arme um den Hals geschlungen und blickte nach oben in die Kamera. Ihr Lächeln war so strahlend, dass sie sich selbst kaum wiedererkannte.

»Für deinen Schreibtisch«, erklärte er leise. »Weil jeder ein Bild von seinem Hund auf dem Schreibtisch haben sollte.«

Sie war so bewegt, dass sie kaum sprechen konnte. »Jetzt bin ich doch ein bisschen enttäuscht, dass es keine Strickmütze geworden ist«, sagte sie schließlich, und alle brachen in schallendes Gelächter aus.

»So, jetzt reicht es aber langsam an rührseligen Familienmomenten. Wir sollten uns an die Arbeit machen«, sagte Sara. »Mum hat das halbe Dorf zum Mittagessen eingeladen. Bevor die Gäste eintrudeln, würde ich gern noch einmal im Kreis der Familie mit euch anstoßen.«

Patrick kam mit einem Tablett voller mit perlendem Inhalt gefüllter Gläser herein, und alle bedienten sich.

Sara hob ihr Glas. »Auf Imogen. Und auf die Familie.« Sie schenkte Patrick und den Mädchen ein Lächeln. »Fröhliche Weihnachten.«

Auch Imogen hob ihr Glas, wenn auch eher, um es vor Ralphs wild wedelndem Schwanz in Sicherheit zu bringen.

»Fröhliche Weihnachten.«

Doch, ja. Inzwischen ahnte sie nicht mehr nur, warum die

meisten Menschen Weihnachten so mochten – sie verstand es aus tiefster Seele.

Hier, im Kreis ihrer Familie, war sie geborgen wie in einem Kokon aus Liebe und Glück. Sie alle kennenzulernen, hatte sich angefühlt, als würde sie Puzzleteile zu einem Bild zusammenfügen. Doch erst jetzt wurde ihr klar, dass auch sie selbst ein Teil des Puzzles war. Das fehlende Teil.

Und sie passte perfekt ins Bild.

DANKSAGUNG

Es braucht ein ganzes Team, damit ein Buch in die Hände seiner Leser:innen gelangen kann. Und ich habe das große Glück, mit hervorragenden Verlagsteams zusammenarbeiten zu dürfen. Wie immer gilt mein Dank der genialen Margaret Marbury, Susan Swinwood und dem übrigen Team bei Canary Street Press, das so hart dafür arbeitet, dass meine Geschichten ihr Publikum erreichen. Lisa Milton, Manpreet Grewal und das gesamte Team bei HQ Stories standen von Anfang an hinter meinen Büchern. Ihrer unermüdlichen Arbeit, Kreativität und Begeisterungsfähigkeit ist es zu verdanken, dass meine Bücher mehr und mehr Leser:innen finden. Mit *The Christmas Book Club* (auf Deutsch erschienen unter dem Titel *Das Winterhotel*) den hart umkämpften Platz 1 der Bestsellerliste in der *Sunday Times* zu erreichen, war für mich ein absoluter Karrierehöhepunkt, und den habe ich auch ihnen zu verdanken. Außerdem macht es einfach einen RIESENSPASS, mit ihnen zu arbeiten, und das ist immer ein Pluspunkt.

Meine hervorragende Lektorin Flo Nicoll versieht immer noch jedes meiner Bücher mit ihrem ganz besonderen Zauber. Ich arbeite schon so lange mit Flo, dass sie mir eher vorkommt wie ein Familienmitglied als wie eine Kollegin, und ich bin überzeugt, dass wir die perfekte Lektorinnen-Autorinnen-Partnerschaft führen. Hätten doch nur alle Schreibenden so ein Glück!

Meine Agentin Susan Ginsburg ist einfach die Beste. Ich schätze ihren unbezahlbaren Rat (und ihren Humor!) mehr, als ich in Worte fassen kann. Ich danke ihr, Catherine Bradshaw und dem gesamten Team bei Writers House für ihre Unterstützung und ihren unermüdlichen Einsatz.

Ich habe die beste Familie, die man sich wünschen kann – nicht zuletzt, weil ihre Mitglieder stets auf wundersame Weise Essen und Schokolade hervorzaubern, wenn ich mich einem Abgabetermin nähere.

Mein größtes Dankeschön aber gilt meinen Leser:innen, die meine Bücher kaufen, mir nette Nachrichten schicken, wunderschöne Fotos posten und mir ganz allgemein viel Mut machen. Ich hoffe, dieses Buch ist eine willkommene Ergänzung für die Sammlung.

Alles Liebe
Sarah